Bucarest 187

Patricia Verdugo

Bucarest 187

Editorial Sudamericana Señales

IMPRESO EN ESPAÑA

Queda hecho el depósito
Que previene la ley 11.723.

Humberto I 531, Buenos Aires.

www.edsudamericana.com.ar

ISBN 950-07-2030-2

Gracias…

A Óscar Jadue por pintar
Bucarest con sus óleos.

A mis hijos por su amoroso y paciente apoyo a
la escritura de esta historia que les pertenece.

A mi madre por su ejemplo de fortaleza y por
confiarme el relato del dolor de nuestra familia.

A Rodrigo Egaña y Eduardo Dockendorff por respaldar las
largas jornadas de este solitario oficio de escribir.

A todos los que nos acompañaron en estos años
con su solidaridad.

Uno

Mi madre dice que durmió con mi padre hasta por un año después de muerto. Dice que estando semidormida, escuchaba el sonar de las llaves en la reja, los pasos sobre los pastelones del jardín, el ruido plañidero de la puerta principal al abrirse, luego los pasos en los peldaños de mármol de la escalera hasta sentir su cuerpo deslizándose entre las sábanas, para abrazarla por detrás. Y cada mañana, al comenzar a despertar, volvía a sentir su abrazo y luchaba por despabilarse del todo, darse vuelta y verlo. Cuando lo lograba, el abrazo se desvanecía.

Así, durante meses, su fantasmal compañía la consoló en su viudez. Estaba tan atontada por el dolor que, entre creer que era un sueño o creer que era cierto, se aferró a la visita nocturna. Cuando volvió el invierno y se iba a cumplir un año de duelo, vino el terror. Un miedo visceral a estar volviéndose loca, quizás. Y en vísperas del primer aniversario, ya no pudo más y se arrodilló junto a la cama, llorando, al tiempo que le rogaba a mi padre no volver. Y así fue. Desde esa noche ya no volvió a meterse entre sus sábanas y, a cambio, le entregó la primera pista que nos llevaría a resolver el misterio de su asesinato.

De espíritus que se conectan con los vivos está llena mi familia. Mi abuela, Matilde del Real, contaba la historia que había salvado la vida de mi madre. Y la contaba con la misma naturalidad con que daba su receta de dulce de alcayotas con nueces, esa mermelada de hilachas transparentes que llenaba hasta el borde las barricas de madera en el cuarto de la despensa. Sucedió una noche en que ella dormía junto a mi abuelo en la gran cama de bronce de la casona de Santa Cruz. Se despertó al escuchar el chirrido de la puerta al abrirse, vislumbró la figura oscura que avanzaba hacia la cama y se apoyaba en ella, haciéndola crujir. Entonces escuchó la voz de su abuela ya muerta: "¡Matilde, Matilde, la niña!". El llamado se repitió y ella se incorporó de un salto, corriendo al dormitorio vecino donde mi madre dormía junto a su nana. Sacó a la niña de la cuna y apagó el fuego que ya avanzaba por los encajes de la almohada. Luego, la niñera explicó lo ocurrido: había traído la vela y no encontró la palmatoria de bronce sobre la mesilla. Cansada como estaba, renunció a volver a la cocina y afirmó como pudo la vela sobre la cubierta de madera. Para colmo, se durmió y la dejó encendida. La llama al bajar, debió hacer contacto con los encajes de la cuna. Lo inexplicable fue el aviso salvador. Para mi abuela no fue problema, ya que había crecido entre mesas de tres patas y sesiones de espiritismo. El que se devanó los sesos tratando de entender fue mi abuelo, porque Juan Manuel Aguirre era masón y radical, ingeniero de oficio y cartesiano por formación, y se había despertado con el crujido de la cama, escuchando con toda claridad la voz que llamaba a su mujer.

Yo no heredé capacidad alguna para conectarme con mis muertos. Sólo una vez recibí un mensaje que me permitió prepararme para el duelo. Ocurrió pocas horas antes de saber que el cuerpo de mi padre había sido sacado del río Mapocho en julio de 1976. Ése fue un mes gris, frío y oscuro en Santiago de Chile. Así lo recuerdo al menos. Es posible, si reviso los archivos meteorológicos, que me encuentre con la sorpresa de muchos días soleados ese julio, mes en medio de nuestro invierno sureño. Quizás era yo la que llevaba el frío por dentro. Ya estábamos en el tercer año de la dictadura militar y las noticias iban de mal en peor para los disidentes. A la redacción de la revista *Ercilla* llegaban las familias denunciando las torturas a los prisioneros en los campos de concentración o, lo que era peor, clamando por ayuda para encontrar a alguien que había desaparecido. Poco y nada podíamos hacer los periodistas para denunciar la violencia ejercida por el Estado contra personas indefensas. Estábamos con las manos amarradas por las cuerdas invisibles del miedo: desde el temor a que cerraran la revista hasta el terror en la piel de pasar a integrar las interminables listas de detenidos o exiliados. Sólo podíamos canalizar la demanda por ayuda hacia el Comité Pro Paz, el organismo de auxilio creado por la Iglesia Católica y otras iglesias cristianas.

Todos los medios de izquierda habían sido clausurados desde el mismo día del golpe militar de septiembre de 1973. Los canales de televisión estaban militarmente intervenidos y sólo permanecían circulando los medios de derecha y los ligados al centrista Partido Demócrata Cristiano. Mi revista era uno de estos últimos y tenía un sólido prestigio de cuatro décadas de vida. Pero nuestro semanal ejercicio de libertad de prensa se vino al suelo con el golpe, bombardeado por los mismos rockets que perforaron el Palacio de La Moneda y quemado por las mismas llamas que consumían libros y revistas durante los allanamientos.

La censura militar revisaba todos los textos. Las "páginas de prueba" partían cada semana a la oficina del censor y volvían tachadas con lápiz rojo. El efecto perverso se hizo notar con rapidez. Cada tachadura parecía un tiro al aire, una advertencia. Obtener las mínimas correcciones se transformó en la meta tácita del equipo periodístico. Un desafío semanal para garantizar la vida de la revista y la sobrevida personal. La línea de la información permitida la daba la prensa de derecha. La leíamos cuidadosamente cada día. De las muertes –sólo algunas– se informaba con el parte oficial, argumentando muchas veces fusilamiento por "ley de fuga". ¡Obviamente no era creíble la cantidad de prisioneros que se fugaban de manos de sus captores! Pero no había indagación periodística que confirmara lo sucedido. Si no lo hacía la prensa de derecha, menos podíamos intentarlo nosotros. El clima era de creciente terror para cualquier disidente. Un bando militar invitaba a la delación, asegurando "una total discreción sobre la identidad del que la formule". Otro bando ofrecía recompensas de quinientos mil escudos a quien diera información para detener a dirigentes políticos de la Unidad Popular.

Sólo recordar esos meses de comienzos de la dictadura me provoca un escalofrío. La multitud silenciosa frente al Estadio Nacional, usado como campo de concentración. Los rostros desencajados de mujeres y hombres, portando paquetes los más, esperando un dato que calmara su angustia, aguardando un "afirmativo, aquí está" para saber de la persona amada. En marzo del '74 hubo una semana que se me quedó anclada en la memoria. Comenzó con la muerte del general Alberto Bachelet en su celda de la Cárcel Pública, tras las torturas que se le practicaron en la Academia de Guerra de su propia institución, la Fuerza Aérea. "Infarto", dijeron. Tres días después, la muerte del periodista José Tohá, ex Ministro del Interior y de Defensa, en el Hospital Militar. "Suicidio", dijeron, se colgó del clóset de su habitación con su propio cinturón. Luego supimos los datos que hacían imposible esa versión: del campo de concentración de Isla Dawson había salido pesando apenas cuarenta y nueve kilos para su gran estatura, más de un metro noventa. Y del Hospital Militar lo habían llevado a la Academia de Guerra de la Fuerza Aérea para ser interrogado. Apenas podía moverse por su avanzada desnutrición y las drogas que le inyectaban. Más aún, su mujer –la valiente Moy de Tohá– vio su cuerpo y comprobó la mentira ya que ella había trabajado por más de una década en el Laboratorio de la Policía Técnica de Investigaciones. No había ojos desorbitados, ni lengua tumefacta fuera de la boca, ni rostro amoratado. José Tohá parecía dormir, sereno y pálido, sobre la camilla. Un hilillo de sangre había quedado marcado, saliendo de su nariz. Moy preguntó a qué hora había muerto. "Como a la una de la tarde", le dijeron. Sintió un estremecimiento al recordar que a esa misma hora, su pequeño hijo José volvió del colegio, llorando, con un hilo de sangre corriendo desde su nariz. El cardenal Raúl Silva Henríquez apareció en el Hospital Militar para confortarla. Moy lo escuchó discutir por teléfono con el general Sergio Arellano Stark, quien le negaba autorización para hacer una misa en la Catedral. "A un suicida y a un marxista no se le hace misa en la Catedral", dijo el general. De nada sirvió al cardenal argumentar que Tohá había sido Vicepresidente de la República. Incluso prohibieron discursos durante el funeral.

Sí, las cosas iban de mal en peor. Ese mismo día, quince de marzo del '74, se presentó ante la justicia el primer recurso de amparo por

131 detenidos que no aparecían en ninguna lista oficial de centros de reclusión. En mi revista no pudimos siquiera publicar brevemente estas noticias.

El general Pinochet buscaba, entretanto, más títulos para asegurarse el poder total, luego de haber sido el último en subirse al carro blindado del golpe militar. Ya no le bastaba con ser el Comandante en Jefe del Ejército y el Presidente de la Junta de Gobierno. Tenía que borrar todo rastro de esa debilidad suya que lo había llevado a decir –el 30 de septiembre del '73– que la presidencia de la junta iba a ser rotativa. "Después de un tiempo lo será el almirante Merino, luego el general Leigh y así sucesivamente. Soy un hombre sin ambiciones. No quiero aparecer como el detentador del poder". Así, durante ese año '74 primero dictó un decreto-ley que lo ungió como "Jefe Supremo de la Nación" y luego otro que lo proclamó "Presidente de la República de Chile". ¡Qué extraño efecto producen los títulos de poder y qué oscuras debilidades ocultan su búsqueda!

No recuerdo la fecha en que terminó la censura previa. Lo más seguro es que la dictadura decidió pasar a la siguiente etapa –la autocensura– cuando comprobó que el censor casi no usaba el lápiz rojo. Ya enviábamos sólo las noticias posibles de publicar. Nos automutilábamos a la perfección. Y cada semana dolía menos. Cada uno recurría a la dosis de "anestesia" que le viniera bien para justificar lo obrado. Sobrevivir –como medio y como persona– era la meta. Nada más.

Se dictó un decreto que autorizaba al jefe militar de zona en Estado de Emergencia para "impedir la publicación o emisión de noticias destinadas a menoscabar el espíritu de sacrificio de la población en beneficio del porvenir de la Patria, lo mismo que de aquellas que deforman la verdadera dimensión de los hechos o simplemente los falsean". Y en la ambigüedad de ese texto crecía como levadura el espacio de lo prohibido, alimentado por el terror del crimen que ya desbordaba las fronteras. Recuerdo muy bien el silencio que se dejó caer –pesado, torvo, frío– en la casa de calle Quebec 497, donde funcionaba la redacción de la revista, a fines de septiembre de 1974. No podíamos creer que fuera cierto y no había palabras para expresar esa incredulidad: el cable anunció que una bomba había matado al general Carlos Prats y a su esposa, Sofía Cuthbert, en una calle de Palermo, Buenos Aires. Si se habían atrevido a matar al ex Comandante en Jefe del Ejército, ¿qué podría sucederle a uno, simple trabajador de la prensa, si desataba el enojo o la sospecha de la dictadura?

Dejamos de hablar con franqueza hasta entre nosotros. La autocensura invadió todos los espacios, desde las conversaciones en la sala de redacción hasta las discusiones en las reuniones de pauta. Creíamos que los teléfonos estaban intervenidos, que había micrófonos en las salas y oficinas. Medir las palabras y los gestos pasó a ser un ejercicio cotidiano, en medio de un pueblo síquicamente disociado que seguía funcionando –en apariencia– como si todo fuera normal. Nunca desconfié de mis colegas, pero quizás alguien pensó que yo podía ser una delatora. No lo descarto. Había oficiales de Ejército en mi familia y yo misma había trabajado en la Escuela Militar.

Lo cierto es que lamentaba la mala suerte de mi hermano menor, Roberto. Se le había ocurrido ser militar –en el Chile democrático– poco antes de que dejara de ser un oficio inofensivo de quienes sólo jugaban a la guerra. Y estaba todavía en la Escuela Militar cuando vino la orden de vestir trajes de comando e "invadir" la casa presidencial de calle Tomás Moro, tras el bombardeo de los aviones Hawker-Hunter. Un par de semanas después del golpe militar, tuvo su primera salida tras el acuartelamiento en primer grado. "Apareció Roberto, arrasó con el refrigerador y se puso a dormir", me avisó mi madre por teléfono. Fui a verlo ese mismo atardecer. Bastaron dos frases para saber que estaba enfrente de un soldado del ejército vencedor sobre un "ejército de vencidos". ¡Como si los disparos de unos pocos francotiradores pudieran justificar un estado de guerra! Decidí acallar cualquier crítica, para no molestar a mi mamá. Fue entonces cuando él comenzó a relatar el asalto a la casa presidencial. El niño que todavía era y el soldado que comenzaba a ser se entremezclaban en el relato. Y lo culminó poniendo sobre la mesa su "botín de guerra". Sobre el mantel se desplegaron unos cuantos objetos. Mi madre tomó una pesada medalla. "Es de oro", dijo y luego leyó el nombre del Presidente Salvador Allende en una de sus caras. Era el Premio Lenin por la Paz. Nos quedamos unos segundos en silencio.

–Roberto, hijo, esta medalla es de gran valor histórico. ¡No puedes tenerla en tu poder...!

El reproche maternal cayó como balde de agua fría. Mi hermano intentó argumentar que sólo se trataba de *souvenirs*, que no había reparado en el valor de la medalla y, finalmente, se justificó diciendo que todos sus compañeros habían cogido objetos pequeños. Mi madre no aceptó sus razones. Él argumentó, entonces, que los oficiales a cargo del asalto se habían llevado los grandes objetos que no habían resultado destrozados por el bombardeo: cuadros, muebles y otros. Mi madre no cedió.

–Robo, eso es un robo –dijo con voz severa.

–Guerra, esto es una guerra –apuntó mi hermano alzando el tono.

–No es el punto, no voy a discutir, mañana devuelves esta medalla y que la guarden en el museo de la Escuela –sentenció ella sin dar lugar a apelación.

Roberto tomó la medalla, se dio media vuelta y salió. Yo tomé el pasaporte oficial a nombre de Hortensia Bussi de Allende y una tarjeta blanca, pequeña, que en letras doradas tenía inscrito el nombre del Presidente Allende.

–Déjame guardar esto, mamá, ya veré forma de hacérselo llegar a la familia –dije pensando en la viuda y las hijas del Presidente que ya habían iniciado su exilio en México.

Para entonces yo también trabajaba en la Escuela Militar. "Ayudante de relaciones públicas" era mi cargo desde el '71, cuando mi tío Gustavo Verdugo –ayudante del subdirector de la Escuela– me había pedido que lo asistiera en la tarea de relaciones públicas. Era algo muy simple, que agregaba unos pesos al ingreso familiar y me tomaba pocas horas a la semana: avisar a los medios cuando se realizaba un acto oficial y escribir las notas que finalmente se recopilaban en la revista anual *Cien Águilas*. Conservé el trabajo después de que mi tío fue destinado a otra unidad. Pero el cruento golpe militar cambió el cuadro. ¿Cómo trabajar para ellos en esas condiciones? ¿Cómo renunciar sin levantar sospechas? Cuando un amable sargento me avisó que ya se permitía el ingreso de "personal civil no indispensable", mi problema de conciencia encontró una excusa humanitaria. Recibí en mi casa la visita de Olaya Tomic, quien creía que su marido –el ex ministro Pedro Felipe Ramírez– estaba detenido en la Escuela Militar. Me llevaba alguna ropa de abrigo y útiles de tocador para que se los hiciera llegar. Así, crucé la guardia mostrando mi TIFA (Tarjeta de Identificación de las Fuerzas Armadas) y sintiendo que llevaba una misión de auxilio. Recorrí el largo y frío pasillo, cruzándome con oficiales en tenida de combate. Entré a la oficina de la subdirección y vi a mi "jefe", un capitán, en su escritorio. Cuando le planteé el encargo que traía para el detenido Ministro, consultó por teléfono y me comunicó que todos los prisioneros ya habían sido trasladados a otra unidad. La tal "unidad" –eso no me lo dijo– era la isla Dawson, en el extremo austral de Chile, campo de concentración para los "vip" del gobierno depuesto. Acto seguido, me alcanzó una hoja escrita a máquina.

–Léala, me gustaría conocer su opinión –dijo con voz grave.

Yo no podía creer lo que estaba leyendo. Quince políticos democratacristianos, encabezados por el ex ministro Bernardo Leighton, se manifestaban en contra del golpe militar, condenaban "el derrocamiento del Presidente constitucional de Chile, señor Salvador Allende". Volví a leer con cuidado la declaración, sintiendo cómo se me aceleraba el corazón. Admiré la valentía de los firmantes: Ignacio Palma, Renán Fuentealba, Radomiro Tomic, Claudio Huepe, Andrés Aylwin, Mariano Ruiz Esquide, Jorge Donoso, Belisario Velasco, Ignacio Balbontín, Florencio Ceballos, Jorge Cash, Fernando Sanhueza, Sergio Saavedra y Valdemar Carrasco. Sentí alivio al saberme acompañada por estos "camaradas", ya que militaba en el PDC desde mi adolescencia.

–Me gustaría conocer su opinión –repitió el capitán.

–Me parece interesante. No tenía la menor idea de esta declaración. No se ha publicado en la prensa –comenté tratando de controlar cada palabra.

–Y no se publicará –sentenció él, dejando puntos suspensivos para que yo siguiera hablando.

–Bernardo Leighton es un hombre respetado por todos –agregué, refiriéndome al político conocido como "el hermano Bernardo" por su bondad y consecuencia.

–Así será, pero aquí se anduvo cayendo –dijo él.

Me escabullí de opinar. Y el capitán me lo permitió. Yo le simpatizaba, ¿para qué complicar las cosas? Igual se las compliqué un par de días después, cuando fui a la peluquería. Estaban poniéndome los rollos, cuando dos clientas comenzaron a comentar lo sucedido, la "pesadilla" comunista de la que el país se había librado y la "bendición" del golpe militar. Escuché en silencio, pero al momento en que me metían bajo el secador interrumpí su algarabía. Nada dije sobre derechos humanos transgredidos (ni siquiera usábamos esas palabras), sólo argumenté que si el Ejército se proponía un rol ejemplarizador debía cuidar que sus oficiales observaran un correcto comportamiento. Extrañadas, en tono frío, preguntaron a qué me refería. Dije que sabía –de buena fuente– que algunos oficiales habían saqueado la residencia presidencial. Me metí al secador y observé cómo mis palabras habían congelado el ambiente. Se fueron del local antes que yo y la peluquera, conocida por años, apenas me dirigió la palabra. Esa misma tarde, un suboficial dejó un recado en la revista: debía ir a la Escuela Militar al día siguiente.

No más llegar y el capitán –con gesto serio– me pidió pasar a la sala contigua. A la tenida de combate y al par de granadas colgando del cinto, le agregó un fusil en la mano derecha. No sé cómo fue que justo escogí la peor posición en la sala. Quedé cercada por un escritorio metálico verde a mi espalda y, enfrente, el capitán aproximó una silla sobre la que puso su bota derecha y el arma. Me enfocó directo con sus ojos claros por unos segundos que se hicieron larguísimos.

–Ha llegado una denuncia en su contra –dijo con voz grave.

–¡¿Qué?!

–Una de-nun-cia...

–¿De qué? No entiendo, capitán.

–Usted comentó del mal comportamiento de nuestros oficiales, habló de robo, de saqueo...

Sentí que me congelaba y supe que en los siguientes segundos me jugaba la vida. No tuve otra salida:

–¿Yo? –musité tratando de ganar tiempo.

–Sí, usted. Parece que fue en una peluquería...

Odié mi pelo. Sentí que cada mechón me delataba.

–¡Pero cómo se le puede ocurrir que yo...!

–A mí también me cuesta creerlo– dijo él.

Seguí argumentando a trastabillones. Tenía miedo por mí y por mi hermano, ya que una mínima investigación daría con la fuente de mi información. Súbitamente cambió la postura, dejó el arma a un lado y me ofreció un cigarrillo. Había decidido perdonarme, sabiendo que yo mentía.

–Dé gracias a que fui yo quien recibió la llamada. Pero tenga cuidado, los tiempos no están para malos entendidos...

Intenté seguir argumentando que era una falsedad, pero él cambió de tema. Los siguientes minutos, hablando acerca de la revista *Cien Águilas*, me parecieron eternos. Necesitaba salir de ahí con urgencia y no volver más. Nos despedimos con un beso en la mejilla, como era habitual, pero lo habría abrazado fuerte en señal de gratitud. Crucé la guardia y, ya en la calle, tuve que respirar grandes bocanadas para tratar de calmarme. Al día siguiente, la salvación llegó por la vía de un contrato a tiempo completo en *Ercilla*. Lo llamé para decirle que ya no podía seguir en la Escuela y él me pidió que hacia fines de año lo ayudara en la redacción final y en la diagramación de la revista. Accedí porque le debía un favor... ¡y qué favor!

A comienzos del '74, la decisión de mi hermano Roberto de ser ingeniero militar –decisión previa al golpe– lo llevó a Tejas Verdes, en las cercanías de Santo Domingo, un elegante balneario de la costa central. ¡De nuevo mala suerte para él! El director de la Escuela de Ingenieros Militares era el coronel Manuel Contreras. Y como si eso fuera poco, había allí un campamento de prisioneros políticos. Hasta hoy no he querido saber qué rol tuvo que jugar allí mi hermano, con sus escasos dieciocho años a cuestas y un mínimo rango de subteniente. Me refugio en apostar a su inocencia en los dolorosos relatos de las torturas que allí se practicaban con los detenidos. Pero el hecho cierto es que de ese lugar surgió la DINA, cuyo rastro operativo se remonta al inicio mismo de la dictadura, aunque el decreto-ley que oficializó su existencia tenga como fecha un día de mediados del '74.

Casi no vi a Roberto después del golpe, nunca fui a verlo a Tejas Verdes. Y cuando terminó el curso que lo transformó en ingeniero militar, fue enviado a Arica, ciudad en la frontera norte de Chile. En las contadas ocasiones en que nos vimos en casa de mis padres, evitábamos cualquier conversación que nos llevara a la ruptura. Hablar del clima, de la comida o de algún recuerdo de infancia mantenía el nexo de afecto. Nuestros padres trataban de impedir cualquier roce. Amaban profundamente y por igual a sus cuatro hijos, pero casi podíamos palpar el muro invisible que se iba alzando inevitablemente entre nosotros.

En la primavera del '74 detuvieron a María Olivia Monckeberg, periodista de nuestro equipo. ¡Qué largas horas de angustia! Ella cubría las informaciones económicas y hasta el general que dirigía el Banco Central fue movilizado para obtener su liberación. Pocas semanas después, la expresión de horror de María Olivia me es inolvidable. La noticia oficial informó del asesinato de Lumi Videla dentro de la Embajada de Italia. Los diarios hicieron un sórdido relato del crimen cometido entre los "izquierdistas asilados" en dicha embajada. ¡Así de perversos eran, se mataban entre ellos! La verdad era otra: el cuerpo de Lumi Videla fue lanzado al patio de la embajada por la DINA. La mataron a lenta tortura en la cárcel clandestina ubicada en calle José Domingo Cañas. Y nuestra María Olivia había compartido celda con ella. Teníamos en la misma revista la prueba de la falsedad de la información oficial.

Hacia fines del '74, además, la dictadura decidió agregar a algunos democratacristianos en la lista de enemigos de la patria. Por "desafiar a la autoridad" se expulsó del país a Renán Fuentealba, ex senador y presidente del partido. Había dado una entrevista a la agencia France Presse, calificando como inaceptables las violaciones a los derechos humanos. Y por "actividades antichilenas" se prohibió el ingreso al país del ex ministro Bernardo Leighton. El exilio era el castigo asignado para ambos. Y casi al terminar ese siniestro año '74, mi amiga Patricia Lutz enterró a su padre, el general Augusto Lutz, jefe del Servicio de Inteligencia Militar hasta fines del '73. Estaba en Punta Arenas cuando súbitamente se sintió muy mal y lo trajeron de urgencia al Hospital Militar. Dos veces se anunció por las radios la noticia falsa de su muerte. La tercera resultó cierta. Escuché de su hija un entrecortado relato acerca de médicos que se contradecían, de la misteriosa enfermera que había sido sorprendida inyectando al general y que huyó por el pasillo sin explicar qué substancia metía en su vena. ¿Qué secretos había que enterrar con su muerte? Nada supimos, salvo el claro mensaje de que ni un poderoso general se libraba de morir "en extrañas circunstancias". Después nos enteramos de que el general Lutz, en reunión del Alto Mando, cuestionó el papel de la DINA y el extraño poder que estaba teniendo el coronel Manuel Contreras. Una reunión que terminó abruptamente cuando el general Pinochet golpeó la mesa y gritó: "Señores generales, la DINA soy yo".

Mi país se fracturaba en dos mundos. Arriba, la parafernalia militar con arengas, marchas y banderas, aplaudida por la derecha que recuperaba su sacrosanto derecho a la propiedad privada. Abajo, en taciturno silencio, los disidentes que perdíamos desde el derecho a la vida hasta el derecho a la integridad física, pasando por el de vivir en la patria y no ser discriminados por razones políticas. Quizás eran tres mundos, si agregamos el de una mayoría silenciosa y obediente que optaba por la "neutralidad" para evitar problemas. Moverse entre esos mundos lo ponía a uno en serio riesgo de perder la integridad síquica. Yo rezaba mucho, era mi ejercicio de fe para tratar de conservar la cordura, para no perder la capacidad de asombro y de dolor ante tanta barbarie.

Para entonces, comienzos del '75, me las arreglaba para trabajar y criar a mis dos hijos, con ayuda –claro– de esas maravillosas "nanas" chilenas. Felipe ya casi tenía tres años y Ángela, casi dos. Si cierro los ojos, aún hoy puedo sentir sus risas en el jardín. Me aferraba a la alegría y a la seguridad emocional que me daban esos dos chiquitos de ojos luminosos. Para ese verano del '75 les había comprado ropa con los mismos colores y diseños. Cuadrillés rojos y azules. Hasta puedo repasar en la memoria la forma de las mangas, de los cuellos, de los botones. Volvía del trabajo, al caer la tarde, y salíamos a pasear por el barrio. Al atardecer, los restos de calor se evaporaban con aromas a flores y tréboles que los vecinos regaban con sus mangueras. Los niños, en el triciclo, casi parecían mellizos.

Había otro niño que nos acompañaba, invisible, en esos paseos por el barrio del Estadio Italiano. Ese niño era nuestro hijo mayor, Edgardo, muerto en julio de 1971. Era un niño precioso, de poco más de un año, cuando el examen médico de rutina nos hizo entrar en el túnel oscuro. Las pruebas de laboratorio intentaron vanamente dar una respuesta. No había escáner ni resonancias magnéticas en aquel tiempo. Entró a una sala de operaciones para una biopsia quirúrgica y salió de allí luego de una operación de emergencia, en la que se le extirpó un riñón, malformado de nacimiento. Seguramente contrajo una infección. Murió a los pocos días y no quisimos hacer una autopsia para averiguar razones. ¿Para qué? Vivimos así la pesadilla larga y profunda de quedarnos con la cuna vacía, con los brazos vacíos. Salimos de ese túnel, día por día y centímetro a centímetro, con la vida nueva que hinchaba mi vientre.

Debo reconocer que entonces bordeé el límite de la locura. Trabajaba mucho para no tener tiempo libre y, por las noches, tenía pesadillas con el pequeño ataúd blanco. Incluso creí ver ese ataúd junto a mi cama. ¿Cómo me salvé? Creo que la única respuesta está en el amor. El amor de mi familia y de mis amigos. El amor por la vida que se traducía en ese nuevo embarazo. Aun así, alimentaba la loca esperanza de que Dios me devolvería a mi hijo. Sería un varón, recibiría el mismo nombre y traería una marca, quizás una línea al costado, el mismo costado que se había abierto para sacar el riñón. Fue un hermoso varón, pero su pequeño cuerpo parecía gritar "soy otro, soy otro". Más bien lo decían sus ojos enormes, con una mirada que evocaba sabiduría milenaria. Y lo bautizamos con el nombre de Felipe. Cuando tenía tres meses, suspendí la lactancia y me embaracé nuevamente. Me había quedado resonando dentro una frase de un libro de Pearl S. Buck: las madres chinas tenían muchos hijos porque pocos pasaban la prueba de la infancia.

Mi primera gran prueba en defensa de la vida me llegó cuando tenía dos meses de embarazo. Felipe enfermó de rubéola. El pediatra ordenó un examen de mi sangre y me envió donde el obstetra. Nunca olvidaré el gesto serio del doctor Guilloff al escribir unas palabras sobre el papel y darlo vuelta para que yo lo leyera. "Aborto terapéutico". Eso decía. Discutí con el médico cada detalle. Había un alto riesgo de que me hubiera contagiado y se hubiera dañado el feto. Ceguera, sordera, hidrocefalia y cardiopatía fueron los males que me detalló. Salí de la consulta y caminé muchas cuadras, llorando y preguntándome qué derecho me asistía para decidir sobre la vida de esta criatura. Y decidí que ninguno. Mi marido estuvo de acuerdo y seguimos adelante con el embarazo. Cuando Ángela nació –en mayo del '73– redoblamos la minuciosidad de los exámenes para comprobar su estado. Era una niña preciosa y sana. ¡Todo normal!

¿Por qué le pusimos Ángela? No lo sé. Alguna vez, ante la pregunta, respondimos que para regalarle el coraje de Angela Davis, la gran luchadora negra por los derechos civiles. Pero no era cierto. El nombre se nos fue colando durante el embarazo y se instaló sobre su cuna como estrella de Belén. "Goga" la llamó el pequeño Felipe, un nombre que evocaba los "go" y los "ga" que ella emitía en la cuna. "Pepi" alcanzó a nombrarlo ella, entre su risa cantarina que le marcaba dos hoyuelos en las mejillas. Así fue como Ángela nos regaló alegría hasta que –un nublado día de febrero del '75– retomó las alas y partió. No hubo aviso. Sólo un color azulado que le pintó súbitamente los labios y un llamado de emergencia al pediatra que vivía a pocos metros. Corrí escaleras abajo y apenas alcancé a dar unos pocos pasos fuera de la casa cuando sentí que su frágil cuerpo se contraía. Y vi como expiraba. Traté de retenerla con respiración artificial. Puedo hasta hoy sentir mis rodillas sobre el cemento y mi boca sobre su boca. Y recuerdo el color del cielo cuando el médico me apartó para asistirla y alcé la mirada clamando auxilio. "Dios mío, dos no, dos no". Sé que lo repetí gritando, buscando un resquicio entre las nubes para llegar directamente a Él y pedir piedad.

Otro ataúd blanco. "Muerte súbita", sentenciaron los médicos. Yo sólo escuché la voz de Felipe, buscando a su hermanita por los cuartos y, para calmarlo, pinté un cielo donde había mamaderas, muñecas y hasta monitos de televisión. Dentro mío, se dibujó un gigantesco "hágase Tu voluntad" para aceptar lo incomprensible. Y me embaracé de nuevo, aferrándome a la vida más que con dientes y uñas.

Así, el año '75 transcurrió como en sordina. Yo estaba y no estaba a la vez. En más de una ocasión mi marido –Edgardo Marín, periodista también– comentó que me percibía más en el cielo que en la tierra. Quizás era cierto. Había más tarea maternal allá que acá. El trabajo fue nuevamente un potente salvavidas para que los días transcurrieran con rapidez, mientras sentía la nueva vida en el vientre, y para no ahogar con mi pánico a nuestro pequeño Felipe. Hágase tu voluntad Señor y ojalá tu voluntad sea que este niño precioso permanezca con nosotros. Recuerdo que mis colegas me rodeaban con un delicado afecto y sentí crecer la solidaridad entre nosotros. María Paz del Río estaba siempre atenta a mis gestos, lista para auxiliarme, y Emilio Filippi, el director, me cubría con su protección casi paternal.

En las reuniones de pauta, donde se decidían los temas de cada semana, se incorporó el análisis de sobrevivencia. Datos, de primera o segunda mano, que permitían medir la reacción oficial. ¡Cómo nos turbábamos al saber que tal general o cual coronel estaban "molestos" por algún reportaje! ¡Con qué cuidado tuvimos que escribir las crónicas acerca del "accidente" en que murió el general Óscar Bonilla, Ministro de Defensa!

El primer lunes de marzo del '75 explotó un helicóptero Puma cerca de Curicó y murió este general que seguía en antigüedad a Pinochet. Era su reemplazante, si el dictador –por alguna razón– quedaba fuera de "combate". Bonilla había comenzado como cabeza del Gabinete –Ministro del Interior– y luego pasó a la cartera de Defensa. Había tenido un discurso político curioso, que obviamente chocaba con el neoliberalismo económico que los *chicago boys* querían imponer al interior del régimen. Tenía un cierto aire "progresista" que no armonizaba con la triunfal derecha. Enarbolaba, por ejemplo, la bandera de la participación de los trabajadores en las empresas. Decía que "una empresa está formada por el que tiene el saco de billetes y los que ayudan a formar ese saco. Aquí se acabó el reparto de la torta para unos y las migajas para otros". Y para que nadie se confundiera, agregaba el toque militar: "Nos encargaremos de que tales conceptos se entiendan, aunque sea a palos".

Obviamente, Bonilla no encajaba en un cuadro donde –con el gurú Milton Friedman a la cabeza– la torta comenzaba a cocinarse para unos pocos y el resto debería esperar "el chorreo". Pero su gran y secreto conflicto era otro: como Ministro del Interior se vio sobrepasado por la DINA y el siniestro coronel Manuel Contreras. A obispos y laicos del Comité Pro Paz les constaba la de veces que Bonilla empeñaba su palabra para entregar datos sobre detenidos y se quedaba sin respuestas, con la puerta de la DINA dándole en la nariz.

De las dudas sobre el "accidente" de Bonilla no pudimos escribir ni una sola línea. Luego se supo que el helicóptero Bell Cobra UH 182 en el que murió fue el mismo que usó para una sorpresiva visita de inspección al campamento de prisioneros de Tejas Verdes. Allí, el general Óscar Bonilla había comprobado las torturas, al ver los lacerados cuerpos en las "parrillas" y en los "pau de arara". Y también supimos de otro "accidente" ocurrido tres semanas después de su muerte, en ese mismo marzo del '75: cayó en la ladera del cerro San Cristóbal el helicóptero que debían abordar dos técnicos franceses, enviados para investigar lo sucedido. Dicen que, al saber la noticia, un escalofrío recorrió a todos los funcionarios de la embajada francesa en calle Condell.

Así, a comienzos del '75, los dueños de *Ercilla* –un grupo de financistas ligados al PDC– ya sentían que la presión los cercaba: el avisaje publicitario disminuía y los inspectores de impuestos husmeaban los libros de todos sus negocios. Esa presión caía en cascada, desde el director, pasando por los editores, hasta el último redactor. Y por solidaridad de equipo, el efecto perverso se traducía en una cada vez más autocensurada corriente de reportajes que hacía el camino de ascenso. A los editores y al director les llegaban los textos ya tan mutilados que muy poco tenían que corregir. Hacíamos el trabajo sucio desde abajo. El único de nosotros que no lo resistió fue el redactor político Luis Hernández Parker: buscó un infarto mortal para salirse de la pesadilla en abril del '75.

Para ese entonces, ya las embajadas se iban desocupando de los miles de disidentes que buscaron refugio. Todos los días salían grupos de chilenos hacia el exilio y en el aeropuerto internacional –bajo fuerte custodia militar– se podía adivinar la profunda angustia provocada por esta salida forzada. ¡Cuántos salvaron la vida por haber decidido asilarse! Chile no terminará de agradecer la solidaridad de los países que abrieron sus puertas para acoger refugiados políticos. Varios de mis primos partieron a Suecia, Austria, Francia y Alemania Oriental.

A mediados de mayo del '75, la ya tensa relación entre la dictadura y el cardenal Raúl Silva Henríquez tuvo un choque frontal. Nos avisaron al atardecer que había una emergencia en el Comité Pro Paz. La calle Santa Mónica –en el centro antiguo de Santiago– estaba cubierta de agentes. Todo el sector estaba cercado. Ni pensar en enviar reporteros y fotógrafos. Supimos después lo ocurrido. Para lograr un momento de tregua, el detenido Sergio Zamora –dirigente del Partido Socialista– ofreció a los torturadores de la DINA "entregar a su contacto" y dio una dirección en calle Santa Mónica. Ya en el lugar se zafó de sus captores y corrió al interior de una casa vecina al Comité, que también pertenecía al Arzobispado de Santiago. Los gritos de monjas y sacerdotes paralizaron a los agentes, los que enfundaron sus pistolas.

Así fue como Zamora se convirtió en "asilado" y hasta el médico de cabecera del cardenal –doctor Alberto Luchini– comprobó cómo habían usado su cuerpo como vulgar cenicero. Tenía dieciocho áreas de quemaduras. El general Pinochet envió al propio coronel Contreras, jefe de la DINA, y al coronel René Vidal, Subsecretario General de Gobierno, para negociar la entrega del detenido. El Comité Pro Paz movilizó desde el cardenal hasta el embajador de Estados Unidos, pasando por el gran rabino Ángel Kreiman. Y finalmente Zamora pudo salir hacia Francia.

Para entonces, la "desaparición" de prisioneros comenzaba recién a delinearse en su profunda y larga pesadilla. Algo muy extraño estaba pasando y no había explicación. "Hay gente que no aparece", comentaban los abogados del Comité, un pequeño grupo de valientes que encabezaba José Zalaquett. ¿Cómo que no aparece? Las listas crecientemente no calzaban. A un lado, la nómina oficial de prisioneros en cárceles y campos de concentración. Al otro, el listado hecho por el Comité. ¿Dónde estaban los no reconocidos oficialmente? ¿Se trataba de un "desorden administrativo" de la nueva burocracia militar represiva?

A las familias les respondían con explicaciones ofensivas en las oficinas del Sendet (Servicio Nacional de Detenidos): "se habrá ido con otra, pues señora" o "por ahí debe andar escondido y de puro ingrato no le avisa". Y hasta el presidente de la Corte Suprema, Enrique Urrutia, férreo defensor del gobierno militar, se quejaba públicamente del "exceso de trabajo" que daban los recursos de amparo interpuestos en favor de "individuos que viven en el país en la clandestinidad, o que, de la misma manera, han salido a los países vecinos". Ningún periodista pudo preguntarle al presidente de la Suprema cómo le constaba esa información.

¿Qué estaba pasando? Yo estaba convencida de que sólo se trataba de una confusión. Por alguna razón que hoy me cuesta entender, ponía límites a la brutalidad. Un límite "legal". Ellos se habían facultado legalmente, con el estado de sitio, para detener a quien quisieran. En sus consejos de guerra, podían dictaminar hasta la pena de muerte. Incluso fusilaban por "ley de fuga". Y aplicaban tormentos para obtener información. Eso estaba en las reglas tácitas de los organismos de Inteligencia, según novelas y películas. Pero, ¿hacer desaparecer a los prisioneros? No, no era posible.

Así fue como el Comité Pro Paz preparó el *dossier* de documentos probatorios y hacia fines de mayo del '75 se presentó a los tribunales la petición de un Ministro en Visita para averiguar el paradero de 163 detenidos. El obispo luterano Helmut Frenz y el obispo católico Fernando Ariztía encabezaban la petición de auxilio al Poder Judicial. No nos atrevimos a informar. Ahora, póngase en el caso de que su marido, su hijo o su hermano hubiera estado en esa lista. Cuando se revisa la nómina de muertos de un accidente aéreo, en cada nombre se adivina el duelo de las familias y en cada fotografía imaginamos el terror de los últimos minutos. Aquí, recorrer la lista dibujaba sólo signos de interrogación, congelados en un tiempo de pánico. Las frases se repetían en rostros pálidos de tanto esperar y de tanto insomnio. "La última vez que lo vi fue el martes, se fue al trabajo como todos los días" o "me llamó por teléfono para decirme que estuviera tranquila, que me estaría llamando cada semana, eso fue hace seis meses". O "me avisaron que lo habían visto en Tres Álamos, estaba muy maltratado" o "se lo llevaron detenido de la casa, tres agentes llegaron después del toque de queda".

Comenzó la tensa espera y cincuenta días después de haber presentado esa lista a la justicia, supimos del primer paso de "Colombo". Claro que del nombre nos enteramos muchos años después, a través de la acuciosa investigación de la periodista Mónica González en Buenos Aires donde se develó a "Colombo" como una de las faenas cumplidas dentro de la "Operación Cóndor". Para entonces, año '75, Mónica estaba en el exilio y nada sabíamos de los pactos internacionales de cooperación de la DINA con los otros organismos de Inteligencia del cono sur de América.

¿Por qué habrán elegido ese nombre, Colombo, para esta acción tan macabra? Fue el doce de julio del '75 –otro julio gris y frío en mi memoria– cuando un cable UPI fechado en Buenos Aires dio cuenta del hallazgo de dos cadáveres calcinados y acribillados a balazos. Se trataba –decía el cable– de dos miristas chilenos, Jaime Robotham y Alberto Guendelman. Sobre sus cuerpos, un lienzo decía "Dados de baja del MIR. Brigada Negra". Las familias partieron a repatriar los restos. Pero no, no eran ellos. Ahí estaban las cédulas de identidad, pero los cuerpos no calzaban. Y, ¡qué extraño!, la noticia había sido escrita en el cable con errores en los nombres. Se había escrito "Robostan" en lugar de "Robotham". Y "Wendelman" en vez de "Guendelman", así como "Wisnik" en lugar de "Wisniak" para el segundo apellido. ¡Qué raro! Los mismos errores tipográficos que se habían cometido en la lista de los 163 detenidos presentada por el Comité Pro Paz a la justicia.

La prensa de derecha agregó sus pinceladas para colaborar en la tenebrosa operación. El diario *La Tercera* corrigió el cable de la UPI asegurando que el lienzo sobre los cadáveres decía "Dados de baja por el MIR" y aseguró que así "se ponen al descubierto las burdas maniobras con que los elementos de izquierda se preparan para esperar a la llamada Comisión de Derechos Humanos de las Naciones Unidas". Agregó *La Tercera* que "la identidad de los miristas asesinados por sus ex 'compañeros' de célula fue confirmada por las autoridades chilenas". El diario *El Mercurio* –endosando la información a "voceros del edificio Diego Portales" o "fuentes de gobierno"– decía que el lienzo era una bandera chilena rayada con la leyenda "Traidores al MIR" e informaba que estaba "en marcha un plan para hacer falsos secuestros". Textual: "Estos seudo-detenidos o secuestrados son trasladados a Argentina a fin de que se incorporen a movimientos guerrilleros y, tras recibir adiestramiento, son retornados a Chile".

Leíamos una y otra vez las informaciones, sin entender de qué se trataba. Pasó casi una semana, y el dieciocho de julio del '75, otro cable de UPI fechado en Buenos Aires anunció el contenido del primer (y único) número de la revista argentina *LEA*. El escalofrío nos recorrió de pies a cabeza. Junto a una gran foto del Presidente Allende, se publicaba una lista de sesenta chilenos muertos, "eliminados en los últimos tres meses por sus propios compañeros de lucha". El titular –según la UPI– decía: "La *vendetta* chilena: salieron de Guatemala y cayeron en guatepeor". Al pie de la foto de Allende, una leyenda: "El padrino mata desde la tumba". La noticia de UPI era escueta, no incluía los sesenta nombres. Sólo cuatro días después otro despacho de la agencia estadounidense trajo el listado. Todos estaban en el recurso de amparo masivo presentado por el Comité Pro Paz.

El diario *La Tercera* informó que había "malestar" entre los jueces, textual, "por el hecho de que los extremistas y una serie de organizaciones que alegan defender los derechos humanos hubieran usado a los jueces en el sucio juego de desprestigiar a Chile". La Corte Suprema entonces rechazó la petición del Comité Pro Paz para nombrar un Ministro en Visita.

Pero, ¿de qué se trataba? No había cómo entender lo que estaba sucediendo, salvo presentir la barbarie. Hasta que "Colombo" completó su operación pocos días después. Recuerdo que me quedé paralizada frente al quiosco del centro de Santiago, mirando el titular del diario *La Segunda*. Un titular que debiera reproducirse en grandes afiches para que toda Escuela de Periodismo lo exponga como ejemplo de la historia negra del oficio durante la dictadura. La mitad superior de la portada del vespertino, perteneciente a la cadena de *El Mercurio*, decía: "Exterminados como ratones". El gran epígrafe agregaba: "59 miristas chilenos caen en operativo militar en Argentina". La información daba cuenta de la noticia aparecida en el diario *O'Dia*, de Curitiba, Brasil. Dos enfrentamientos entre guerrilleros y fuerzas policiales en la ciudad argentina de Salta. Entre los muertos, 59 chilenos.

Al día siguiente, veinticinco de julio del '75, el diario gubernamental *La Patria* y el tabloide *Las Últimas Noticias* (de la cadena de *El Mercurio*) agregaron al listado de nombres una fotografía que reproducía la página de *O'Dia* con la noticia original. ¿De qué diario se trataba? Nunca habíamos oído hablar de esa publicación. Pero *Las Últimas Noticias* aseguró que era "el diario más antiguo del Paraná". Y la revista *Qué Pasa* agregó que era "una publicación derechista, con abundante información económica, dirigida por Almin H. de Lara y fundada hace más de cien años".

Así, la prensa de derecha avalaba la información que sumía en un angustioso dolor a un total de 119 familias chilenas, sumando los dos listados. A *Qué Pasa* le dio luego peso de conciencia y aclaró –tres semanas después– que *O'Dia* "se trata de un tabloide que no tiene periodicidad fija ni expresión política alguna. Tampoco se vende en los quioscos. En siete meses sólo han aparecido dos ejemplares". La verdad es que la tal publicación nunca existió. La fotografía de la página –prueba del hecho– debió ser entregada a los directores de los diarios en el Edificio Diego Portales por algún alto uniformado. Y ellos obedecieron muy a gusto –estoy casi cierta– la "petición" de publicar la noticia.

Así de simple y así de trágico. Incluso *El Mercurio* afirmó que "víctimas de sus propios métodos, exterminados por sus propios camaradas, cada uno de ellos señala con trágica elocuencia que los violentos acaban por caer víctimas del terror ciego e implacable que provocan y que, puestos en ese camino, ya nada ni nadie puede detenerlos". ¡Qué elocuencia mercurial!

Lo que nunca sabremos es si los directores y editores de estos medios participaron de este "operativo comunicacional" porque creían ciegamente en el régimen militar o porque decidieron colaborar con la mentira para escudar la represión de la DINA. El hecho cierto es que el Comité Pro Paz emitió una declaración que ningún diario consignó ni brevemente. Finalmente, *El Mercurio* aceptó publicar una inserción pagada en la que el Comité pedía "meditar sobre la extrema gravedad que encierra el hecho de que un sector de la prensa nacional retransmita en forma sensacionalista noticias emanadas de un semanario y un diario extranjeros, escasamente conocidos, que se refieren a la presunta muerte de un alto número de chilenos en el extranjero, sin señalar las fuentes de organismos competentes". La operación fue tan burda que el propio *El Mercurio* debió preguntarse en un editorial: "¿Es verosímil en su conjunto la información que se ha estado suministrando? Aparentemente, no" (domingo 3 de agosto de 1975).

De más está decir que ambos listados seguían repitiendo los errores tipográficos en nombres y apellidos de los detenidos que estaban desaparecidos, los mismos errores cometidos por la secretaría del Comité Pro Paz. Y no aparecieron, en ninguna morgue, los cuerpos de todas estas personas cuyo último rastro se perdía en alguna cárcel o campo de concentración chilenos. El propio embajador del Vaticano, nuncio Sótero Sanz de Villalba, pidió al gobierno militar una clarificación de lo ocurrido y el mismo general Pinochet anunció una investigación porque –dijo– "...ésta es otra forma artera de atacarnos". Nunca se supo de sus resultados.

Incluso 95 presos políticos del campo de concentración Melinka, en Puchuncaví, se declararon en huelga de hambre. ¡Qué cosas puede impulsar la solidaridad cuando se vive en el filo de la vida y la muerte! Le escribieron una carta al ministro del Interior asegurándole que ellos mismos eran testigos del presidio y la tortura de muchas de las personas que aparecían en esas dos listas. Y dejaron de comer por muchos días en la esperanza de apurar una investigación. En la Basílica de Lourdes, el obispo Enrique Alvear presidió una solemne misa para rogar por el esclarecimiento de los hechos. En el templo repleto, 119 sillas vacías clamaban justicia junto al altar. Se podía casi tocar el duelo sofocado entre los asistentes, la capacidad de resistir en pie llevada casi hasta el límite. Yo me quedé tras una columna, detrás de un velo de lágrimas. Nadie en mi familia sabía que yo estaba allí, me habría llevado una reprimenda por irresponsable con mi embarazo.

Nada de eso pudimos publicar en la revista. No nos atrevimos. En un clima de creciente censura, en que hasta la serie Mafalda fue eliminada de Televisión Nacional por "tendenciosa y destructiva" (así lo dijo Jaime del Valle, su director), no podíamos siquiera escribir la palabra DINA en letras de imprenta. Todos los periodistas sabíamos que la DINA dirigía la represión y que el coronel Manuel Contreras estaba al mando, pero la autocensura de sobrevivencia lo hacía un personaje innombrable.

Yo había tenido una sola experiencia con un cuartel secreto de la DINA, en calle Santa Lucía, pleno centro de Santiago. Sucedió un día de ese mismo invierno del '75, cuando debimos comprar un aparato vaporizador de agua porque Felipe tenía una bronquitis fuerte. Estacionamos nuestro auto en esa calle, fuimos a la farmacia que vendía estos aparatos y al volver encontramos que una ambulancia sin patente estaba estacionada, en segunda fila, impidiéndonos la salida. Nadie estaba a bordo. Esperamos unos minutos pensando que se atendía una emergencia. Luego, mi marido decidió averiguar qué sucedía. Tocamos a la puerta de una casona señorial y abrió un hombre. Sí, el chofer de la ambulancia estaba adentro. ¿Se trata de una emergencia?, preguntó Edgardo. No, está adentro y ya va a salir, contestó secamente el hombre. Mi marido se molestó. Argumentó en alta voz que no era posible, que quería saber a qué hospital pertenecía la ambulancia para hacer la denuncia. Volvimos junto al auto y seguimos esperando. Salieron tres hombres, nos rodearon y uno de ellos puso una metralleta corta en el pecho de Edgardo.

–¿Cuál es el problema, cuál es el problema? –repitió en tono amenazante, mientras apretaba el cañón contra las costillas de mi marido.

–Ninguno, ninguno. Sólo necesitamos irnos de aquí –tartamudeó Edgardo.

A mí no me salió palabra. No podía creer que estuviera sucediendo, en pleno centro de Santiago, con vehículos que pasaban a centímetros del grupo y gente que caminaba por las veredas como siempre. Nadie nos vio. Nadie quiso vernos. Un sujeto se subió a la ambulancia y la hizo avanzar unos metros.

–Pueden irse... ¡y cuidadito!– dijo otro, empujando a Edgardo con el cañón.

Nunca supe cómo salimos de ahí. Sólo recuerdo que Edgardo repitió varias veces que debíamos irnos de Chile...¡ya! Pasamos a la casa de mis padres, en la comuna de Providencia, para relatarles el episodio. Yo necesitaba del abrazo de mi papá, bálsamo de mis angustias. Al día siguiente me reuní con un abogado defensor de prisioneros, mi amigo Roberto Garretón, y supe que allí funcionaba una clínica clandestina de la DINA, donde llegaban los torturados a los que había que "armar" antes de liberarlos o de continuar los interrogatorios.

En la primavera del '75 –inaugurada por el general Pinochet encendiendo su Llama de la Libertad en el Altar de la Patria, ¡qué de nombres rimbombantes!– mi embarazo avanzaba y yo buscaba espacios de trabajo que me dieran tregua. Pero no había cómo escapar de las malas noticias. Me seguían hasta en el pequeño jardín infantil del barrio, que escogí al azar, para que Felipe pasara unas horas. Y ahí, en medio de la comuna de Las Condes, resultó que la parvularia lloraba la muerte de su padre. La patrulla militar había llegado de noche, con toque de queda, y lo acribilló en la puerta de entrada. Después, con el cadáver aún tibio, se disculpó por el error. Buscaban a otra persona. Pero la parvularia estaba segura de que no había tal error. Su padre había pagado muy caro sus afanes donjuanescos con la mujer de un coronel.

La arremetida contra el Comité Pro Paz se inició al cumplirse dos años del golpe de Estado. Primero fue la detención de una funcionaria del Comité, Georgina Ocaranza, embarazada de cinco meses. Y luego, el tres de octubre del '75, supimos que se prohibía el regreso a Chile del obispo luterano Helmut Frenz, directivo del Comité. Oficialmente se dijo que el Obispo realizaba "actividades antinacionales, comprometiendo la seguridad y tranquilidad públicas". Para muchas personas comenzó el temor a viajar fuera de Chile –por trabajo o vacaciones– y encontrarse de un día para otro en el exilio. Ya le había sucedido a Bernardo Leighton, fundador del PDC, justo hacía un año.

Lo que no sabíamos es que a la DINA le gustaban los mensajes encapsulados en sus acciones criminales. Le dio justo un año a Leighton para entender que su exilio lo obligaba a inmovilizarse, a callar. Y como no entendió, el seis de octubre le disparó en la Via Aurelia, en Roma. Tendidos sobre un charco de sangre quedaron Leighton y su mujer, Anita Fresno. Sobrevivieron por milagro. Durante las semanas en que se debatieron entre la vida y la muerte, en un hospital romano, recuerdo que –rezando– me concentraba en la última imagen que tenía de él. Sentado en un sofá de felpa oscura, hablándome en tono muy quedo sobre los alarmantes datos que iban configurando el cuadro de la represión. Sí, se hablaba con voz ahogada hasta en las casas, como si los micrófonos de la DINA pudieran rastrear toda la ciudad. El ex vicepresidente de la República no podía entender que algo así pudiera estar ocurriendo en su patria. Había una mezcla de horror y de incredulidad.

La DINA, entretanto, había entrado a fuego de metralla al convento de los Padres Columbanos en Santiago. Fue el primer día de noviembre. La portera del edificio, una modesta mujer llamada Enriqueta Reyes, madre de cuatro hijos, quedó muerta en la entrada. Y por sobre su cadáver sacaron a la doctora inglesa Sheila Cassidy, a la que torturaron salvajemente en Villa Grimaldi. Se salvó sólo por la presión diplomática del gobierno británico. Al allanamiento del convento de los Columbanos se agregó el arresto de los sacerdotes Fernando Salas y Patricio Cariola (Premio Nacional de Educación 1999).

Fue el quince de noviembre del '75 cuando los agentes llegaron a la casa del abogado José Zalaquett para llevarlo detenido al campo de Cuatro Álamos. Caía el jefe del equipo jurídico del Comité Pro Paz. El general Pinochet decidió entonces "recomendar" al cardenal Silva Henríquez que disolviera el Comité. La amenaza sobre la Iglesia Católica era directa y a eso se sumaba la presión de los feligreses más conservadores sobre las otras iglesias que conformaban este Comité. ¿Por qué defender a los comunistas?: ésa era la pregunta que resumía la postura de los jefes religiosos que optaban por retirarse.

Yo, cada mañana miraba la hoja de papel que había colgado sobre mi escritorio, con el famoso verso de Bertold Brecht, ése que comienza con "primero se llevaron a los comunistas" y terminaba con "ahora vienen por mí... y es demasiado tarde."

Cuando el cardenal dispuso el cierre del Comité, el veintisiete de noviembre del '75, la estadística indicaba que había prestado asistencia jurídica a casi siete mil detenidos, redactado más de dos mil 300 *habeas corpus*, defendido a 550 prisioneros en consejos de guerra y presentado denuncias por 435 desapariciones. Más de setenta mil personas habían recibido atención médica en sus policlínicos y unos treinta y cinco mil niños recibían alimentación en comedores colectivos.

¿Qué sucedería ahora? ¿Quedarían los disidentes en la total indefensión, cuando ya la estadística indicaba que unos noventa y cinco mil chilenos habían sido detenidos, desde los que habían estado un día privados de libertad hasta los que aún no aparecían? Las preguntas no alcanzaron a pasar de la inquietud a la angustia cuando, pocos días después, el cardenal tomó la decisión: crear una Vicaría, directamente tutelada por él, bajo la exclusiva responsabilidad católica. ¡Santo varón!, habría exclamado mi abuela. Se enfrentaba cara a cara con el general Pinochet. Y para colmo nombraba como vicario al sacerdote Cristián Precht, el mismo que había dirigido el Comité. Y para rematar el gesto de desafío, localizaba la nueva Vicaría de la Solidaridad al interior de la Catedral de Santiago, el símbolo más potente del catolicismo local. ¡Qué orgullosa me sentí de mi Iglesia!

Para entonces, fines del '75, la autocensura sofocaba más que el caluroso verano que nos caía encima. Aprendimos un lenguaje críptico para comunicarnos con los lectores disidentes. Eso creíamos al menos. Escribíamos entrelíneas, rogando que la clave no fuera descifrada por ningún decodificador militar. Es posible que ni siquiera los destinatarios la comprendieran, pero nosotros estábamos convencidos de que nuestro trabajo servía de algo.

Cuando ya estaba a punto de tomar mi descanso prenatal, en la primera semana de enero del '76, se publicó la entrevista que le hice a la esposa del general Pinochet. "Primera Dama: conversación al trasluz" era el titular que llenaba la portada. En la fotografía a color, Lucía Hiriart de Pinochet vestía un pesado traje blanco de raso, largo, y estaba sentada en un sofá de madera tallada, tan sobrecargado como su vestimenta. Yo misma había escogido la foto de entre varias diapositivas que su encargada de prensa –Ada Mongillo– me había ofrecido. Y la escogí porque la escena, incluyendo la pose del personaje, me pareció ridícula: la mujer del general se creía reina. Era mi interpretación, obviamente no compartida por sus asistentes.

El hecho es que obtener la entrevista era muy importante para mi revista: una especie de "bendición" de la papisa que podía servir como escudo por algunas semanas. La recuerdo en su trato entre almibarado y cursi, pero es obvio que mi prejuicio me impide ser justa. Mi trabajo sucio consistió en transcribir cabeza gacha que el gobierno de su marido –lo dijo ella– "respeta todos los derechos humanos" y no contrapreguntar con los informes del Comité Pro Paz en la mano. Me di el gusto en detalles estúpidos, como hacerla contar que había regalado trajes de comando a sus nietos en la Navidad (estaba segura de que mis lectores iban a sentir un escalofrío) o hacerla describir su pulcro peinado diario: "Lo bueno es que tengo un pelo muy dócil. Me pongo unos rulitos mientras me meto en la ducha y ya está". Nada más. Aún así, pedí que ella revisara el texto final. Y salí de mi segunda visita al Edificio Diego Portales con el legajo de papeles sin correcciones y con su firma en cada hoja.

Durante ese verano, un par de agentes de la DINA llegó a la revista y pidió mis antecedentes al director. Mis tontos mensajes en clave habían sido decodificados. Los agentes dijeron que había ofendido a Lucía Hiriart de Pinochet y el director les mostró las hojas firmadas que yo había dejado en el archivo. Se llevaron fotocopias.

"Cuidado, ya tiene carpeta en la DINA", me advirtió el director Emilio Filippi a fines de abril del '76, cuando volví al trabajo tras el permiso postnatal. Mi cuarto hijo, Diego, había nacido en febrero de ese año, regalándonos unas semanas de intensa alegría. Me refugié en mi casa, no leí la prensa, jugué a que todo era normal a mi alrededor y organizamos un gran festejo para el bautismo católico de nuestro pequeño. Ni siquiera me alteré cuando la dictadura ordenó requisar el último número de marzo de mi revista (*Ercilla* 2.121). Sostuvo que con nuestras informaciones sobre la Universidad de Chile estábamos colaborando a crear un clima de agitación estudiantil. Más bien me pareció que el costo era mínimo y que ganábamos terreno como prensa disidente ante nuestros lectores. Casi sentí alivio porque, además, la radio Balmaceda había sido clausurada nuevamente por una semana y su director, Belisario Velasco, relegado a Putre, en el extremo norte de Chile. Compartir los castigos era una forma de solidaridad.

El hecho es que cuidar a mis hijos, ¡dos nuevamente en los brazos!, arreglar el jardín y la casa, fueron las actividades que concentraron toda mi energía. Era explicable esa reacción. Necesitaba una tregua.

Dos

Volver al trabajo me conectó de golpe con la realidad censurada. Comenté lo de mi carpeta en la DINA con mi padre, un domingo de comienzos de otoño del '76, mientras caminábamos por la avenida Providencia. Él llevaba de la mano a Felipe, de cuatro años, mientras yo empujaba el coche de Diego.

–Cuidado, negrita –me advirtió luego de escuchar mi relato.

–No te preocupes –respondí, al tiempo que rodeaba su cintura para que me abrazara.

Y seguimos caminando, ahora rumbo a la avenida Costanera, a paso lento bajo el sol tibio. Deambulábamos por las veredas, en las cuadras cercanas a su casa, casi todos los domingos. Mi marido trabajaba los fines de semana en las transmisiones de fútbol y yo partía a Bucarest 187, casa de mis padres, a pasar el día. Por la mañana, el gran puzzle de *El Mercurio* ocupaba nuestros esfuerzos, diccionario en mano. Después del almuerzo, mi madre se rendía a su larga siesta. Mi padre sólo dormitaba unos minutos y luego iniciábamos el paseo que, a veces, incluía una parada en el Coppelia para comprar helados. Era nuestro rato a solas, en los que intercambiábamos datos y comentarios sobre lo que estaba pasando.

–Con la DINA no se juega –me insistió ese domingo otoñal del '76.

–Lo mismo te digo a ti, papá. ¿Lograste saber algo más?

–Sí, en mi carpeta de antecedentes dice que una de mis hijas viajó a Cuba...

–¡Qué ridículo! Ni la Cristina ni yo hemos ido a Cuba. ¿No se supone que un Servicio de Inteligencia debería chequear sus datos con Policía Internacional?

–Supe también que carabineros de bajo rango son los que aparecen acusándome cada vez...

–¿Cómo?

–No supe los nombres, pero son carabineros los que me denuncian...

–¿Y por qué carabineros, papá?

–No sé, no lo entiendo.

–Hay dos elementos en común en las acusaciones. En el origen está Carabineros y en las tres te acusan de ser comunista. ¿Por qué no les mandas una copia de tu carnet de partido? –sugerí finalmente, refiriéndome a la tarjeta que lo identificaba como militante del Partido Demócrata Cristiano, tarjeta que él guardaba cuidadosamente desde que la dictadura había proscrito la actividad política.

Pero el tiempo no estaba para bromas. Los datos se los había dado obviamente su hermano Gustavo, teniente coronel de Ejército. En su "carpeta de la DINA" constaba –según el informe– que un sargento de Carabineros lo acusaba ante Investigaciones, en el '74, de ser un dirigente sindical comunista. Luego, el '75, un cabo de Carabineros repetía la acusación ante la Dirección de Inteligencia de Carabineros (DICAR). Y finalmente, ese mismo año '76, otro carabinero de baja graduación aparecía con la misma acusación ante la DINA. Y como en la DINA las riendas las llevaba el Ejército, mi padre se había enterado por su hermano de la investigación en curso. "Dirigente sindical comunista". La primera parte era cierta. Aunque nunca tuvo pasta de líder, su generosidad y su fuerte sentido del deber lo llevaron a aceptar un cargo de vicepresidente en la lista que había ganado la última elección sindical de la Sociedad Constructora de Establecimientos Educacionales, una empresa estatal que construía escuelas y liceos. Poco antes del golpe, el presidente del sindicato renunció al trabajo y mi papá debió asumir la jefatura. Y ahí estaba cuando sobrevino el golpe y la dictadura prohibió todo tipo de elecciones. Si renunciaba, permitía que se designara al reemplazante a gusto de la nueva autoridad. Le pareció que quedarse era su deber, de modo de tratar de garantizar los derechos laborales que el sindicato había conquistado.

En esos días de comienzos del otoño del '76, las reuniones entre los dos hermanos eran más frecuentes. Había entre ellos un cariño fraternal que se había fortalecido cuando Gustavo, el menor de los nueve hermanos, llegó a Santiago para entrar a la Escuela Militar. Mi padre fue su apoderado y nuestra casa, el refugio del joven cadete en sus salidas de fin de semana. Siempre sentí que los ojos azules de Gustavo miraban a su hermano Sergio como a un segundo padre. A su vez, años más tarde, Gustavo "apadrinó" a mi hermano menor, Roberto, cuando anunció que quería entrar en la Escuela Militar.

Así, para entonces, teníamos dos oficiales de Ejército en la familia. Y podría agregar otro uniformado, si cuento a mi primo hermano Eduardo Verdugo, entonces capitán de Carabineros.

El hecho es que ese otoño del '76 volví al periodismo con la nueva energía de la maternidad plena. Felipe ya asistía al *kinder* del colegio Saint George y Diego engordaba en su cuna. Lo habíamos hecho revisar minuciosamente por los pediatras y todos los exámenes demostraban que era un niño sano. ¡Qué poderosa es la fuerza de la vida! Ambos habían sido engendrados poco después de enterrar a nuestros hijos muertos. Ambos fueron nuestro consuelo y el nexo más potente que nos ligó a la vida en medio de la devastación del dolor. Frente a sus cunas, me había comprometido a no dañarlos con nuestro trauma. La clave, creía yo, era no sobreprotegerlos. Por ellos y por nosotros. Confiar, debíamos confiar en nuestros ángeles de la guarda. Confiar en la vida y confiar en la muerte, misterios que no podíamos develar. La clave era vencer el miedo y dejarlos vivir en libertad. Ellos pondrían a prueba mi compromiso muchas veces: subiéndose a los árboles, deslizándose por las escaleras, saltando en el *bicicross* y hasta compitiendo en *motocross* cuando fueron adolescentes. ¡Cuántos padrenuestros se pueden rezar entre la polvareda que da la partida a una carrera de motos y la voz del altoparlante que anuncia la llegada a la meta!

Agradecí tanto haber sido criada como cristiana, aunque a mi fe comencé a agregarle ingredientes orientales. La reencarnación de las almas le daba sentido a las breves vidas de mis hijos muertos. Sus almas –me dije– necesitaban sólo un breve paso por este planeta para completar su perfección. Y traían para nosotros –sus padres, hermanos, abuelos, tíos– un mensaje que debíamos develar con serenidad y aceptación.

Al volver a la redacción de calle Quebec, sentí que la fraternidad del equipo de periodistas era más sólida. Había una suerte de complicidad que se afiataba en el ejercicio diario de la disidencia. Aguzábamos la pluma buscando un lenguaje cifrado para comunicar y correr ese límite difuso que separaba lo permitido de lo prohibido. ¡Éramos tan pocos en un país que se había teñido de verde oliva y parecía obedecer con cabeza inclinada los bandos militares! Si hasta la palabra "obrero" había quedado proscrita por orden del general Pinochet el ocho de enero del '74. Nombrar siquiera –en una crónica de cultura– al poeta Pablo Neruda se convertía en un riesgo. Sentarse frente a la máquina de escribir ponía en movimiento un amasijo de neuronas y adrenalina que se alimentaba de litros de café y mucha nicotina. Leíamos entre nosotros los párrafos que parecían más difíciles en la búsqueda de cómo decirlo, cómo insinuarlo siquiera. "¿Se entiende?" debió ser la frase que más repetíamos, porque a esa altura de tan críptico lenguaje no estábamos seguros de nada. ¡Éramos tan pocos! De hecho, éramos los únicos en la prensa escrita. La parte más dura le tocaba a los periodistas de las radios Cooperativa y Balmaceda, con quienes conformábamos un trío de medios ligados al PDC. Al grupo se agregaba la radio Chilena, de propiedad de la Iglesia Católica. Nada más. Todos los medios de izquierda habían sido clausurados y sus periodistas estaban en el exilio, detenidos o cesantes.

Apoyar el trabajo de los corresponsales extranjeros era parte clave del oficio. Eso nos tomaba mucho tiempo porque ahí recomponíamos nuestra tragedia ética de faltar a la verdad por omisión. Ellos podían contar lo que realmente estaba ocurriendo. Y más podían los que venían de paso que los que vivían en Chile, ya que estos últimos trabajaban bajo la permanente amenaza de la expulsión del país, sintiendo incluso que corrían riesgo de muerte. Así, ayudar al colega extranjero en su reporteo se transformó –para muchos de nosotros– en una tarea prioritaria. Eso era un poderoso cable a tierra que impedía encandilarse con el brillo de la historia oficial que se tejía entre charreteras y marchas militares.

Ya funcionaba la Vicaría de la Solidaridad y la dictadura debía estar lamentando su hostigamiento al Comité Pro Paz. Porque el tiro le salió por la culata. Como organismo intereclesial, el Comité tardaba en reaccionar, había que obtener consenso de todas las iglesias miembros. En la Vicaría, bastaba el visto bueno del cardenal Silva Henríquez, ni siquiera se consultaba a los otros obispos. Así, en el corazón de la Catedral de Santiago, en plena Plaza de Armas, los periodistas nos enterábamos de la represión que ese año parecía tener en su mira al Partido Comunista. Lo cierto es que poco y nada podíamos informar, pero igual necesitábamos saber.

Ya el Senado de Estados Unidos había aprobado la llamada Enmienda Kennedy, que prohibía vender material de guerra a los países que violaban los derechos humanos, y nosotros rogábamos porque tuviera algún efecto en Chile. A comienzos de junio del '76, la OEA realizó su sexta asamblea anual en Santiago, hecho que quebró el aislamiento internacional creciente de la dictadura. Vino el Secretario de Estado, Henry Kissinger, y fue de una blandura cómplice al referirse a los derechos humanos cuando se entrevistó con Pinochet. De eso supimos más de dos décadas después, al revisar la transcripción de esa entrevista en los documentos desclasificados por la Casa Blanca. En ese entonces, en todo caso, dijo Kissinger que la transgresión sistemática de los derechos humanos –según informes de la ONU y de la OEA– "ha perjudicado nuestras relaciones con Chile y continuará perjudicándolas". Y eso nos dio un "paraguas" para tratar el tema en la revista y hasta los diarios reprodujeron el informe de la Comisión Interamericana de Derechos Humanos. Más aún, cinco abogados –encabezados por Jaime Castillo Velasco y Eugenio Velasco Letelier– hicieron llegar un documento a todos los cancilleres denunciando "la conversión de los servicios de Inteligencia en policía secreta, irresponsable y omnipotente", la que hacía detenciones ilegales y mantenía a los detenidos en "lugares clandestinos de reclusión" donde "se practican torturas". El abogado Ricardo Claro, asesor de la Cancillería, calificó esa denuncia como "una canallada".

Tuve turno de taller esa semana y recuerdo haber revisado el texto de ese reportaje, momentos antes de que ingresara al proceso de impresión. Tuve un mal presentimiento, que se confirmó semanas más tarde cuando Velasco y Castillo fueron detenidos y enviados al exilio. Se los castigaba por su "canallada". Así, la represión volvía a tocar el corazón mismo del PDC, ya que Jaime Castillo –el "maestro"– conformaba con Leighton el dúo de referencia ética de mi partido.

Un día de ese otoño del '76, mi padre me contó de la entrevista que había tenido con el ministro de Educación, vicealmirante Arturo Troncoso Daroch. Le había solicitado la audiencia durante una visita del ministro a la Empresa Constructora de Establecimientos Educacionales (SCEE), en la que mi padre –constructor civil de profesión– era jefe del Departamento de Abastecimientos a la vez que presidente del Sindicato de Trabajadores. El cargo sindical, como ya dije, quedó en sus manos de modo sorpresivo. No tenía pasta de político ni de líder sindical. De carácter más bien retraído, casi tímido, sus subalternos lo destacaban por su bondad, su amabilidad y su seriedad profesional. Amaba el trabajo bien hecho y era el primero en dar el ejemplo.

Por aquel entonces la meta militar era ordenar la economía a cualquier costo humano y "apretarse el cinturón" fue el lema oficial. Con un desempleo que bordeaba el veinte por ciento, una inflación que superaba el diez por ciento mensual y una política económica de *shock*, los trabajadores aceptaban cualquier disposición de los patrones, desde rebajas salariales hasta despidos arbitrarios. No se podía protestar. Mi padre protestaba, recurría a su mejor batería de argumentos humanistas para impedir arbitrariedades laborales.

–Tuve la entrevista con el ministro y no estuvo bien –me anunció con tono preocupado.

–¿Qué pasó?

–Pasó que me extralimité...

–No entiendo, papá...

–Le planteé lo que estaba sucediendo. Él me había prometido el año pasado que no iba a haber despidos y le pedí que cumpliera su promesa. Lo hice en tono respetuoso, tú me conoces, negrita. Pero él levantó la voz, golpeó la mesa y me dijo, casi me gritó, que quien no estaba entendiendo lo que pasaba era yo. El hecho es que me levanté y me fui, sin esperar a que él diera por terminada la audiencia...

Me quedé callada, acariciando su mano.

–No fue lo peor –agregó con voz queda.

–¿Y qué fue?

–Al salir, calculé mal el peso de la puerta. Y se cerró de un portazo...

–¿Le diste un portazo al almirante, al ministro de Educación?

–No quise hacerlo...

Claro que no había querido hacerlo. Habría que estar loco para desafiar a un alto oficial, ministro de Estado en la dictadura militar. Y mi padre estaba muy cuerdo, aunque muy dolido por los despidos que afectaban a los trabajadores que él representaba. Traté de restarle importancia al incidente. Pero él y yo sabíamos que lo ocurrido era grave, aunque nunca imaginamos que ese portazo lo conduciría a la muerte.

En otra ocasión, mi padre me contó que había ido al cuartel central de la DINA, buscando aclarar esas acusaciones que figuraban en su carpeta. Su hermano Gustavo le había sugerido que lo mejor era aclarar el asunto directamente con el comandante Pedro Espinoza, segundo jefe de la DINA, cuestión que mi padre aceptó de inmediato. Gustavo pactó la entrevista y fueron juntos. No sabíamos entonces qué puesto tenía Espinoza en la DINA, pero entendimos que era importante.

–Le dije que era militante democratacristiano desde que se fundó el partido, que no entendía por qué se insistía en acusarme de "comunista"...

–¿Te creyó?

–Si no me creyó a mí, debió creerle a Gustavo que es su amigo. Mi hermano le insistió en que así era...

–¿Cerrarán la investigación?

–Dijo que lo haría...

–¿Te pareció creíble?

–No tengo razones para dudar. Pero me quedé muy enredado con el discurso que me hizo sobre la colaboración patriótica que se espera de los dirigentes de organizaciones intermedias. No están dispuestos a aceptar un punto de vista distinto. Cero derecho a discrepar. Así, no tiene sentido ser presidente de un sindicato...

–¿Quieres renunciar?

–Debería renunciar al sindicato y debería renunciar a la empresa. Pero no puedo, tú sabes que no puedo. Me sentiría tan cobarde. No puedo...

Atrapado entre la espada y la pared. Así se sentía en esos días. Y el alivio que quizás le provocó el supuesto cierre de la investigación de la DINA fue flor de un día.

–Algo anda muy mal– me anunció en la siguiente ocasión en que estuvimos a solas.

Me cobijé en su pecho, como tantas veces lo hacía para que me contara de sus asuntos. Yo medía en sus latidos el nivel de gravedad. O quizás los latidos me calmaban a mí, dulce tic-tac cardíaco de un pecho amado desde siempre.

–Me están revisando los papeles de mi escritorio...

Me aparté, alarmada por sus palabras:

–¿Quién, cómo?

–No sé quién, pero noté el cambio de posición de mis papeles desde hace tres días. Cada mañana están traspapelados. Y hoy descubrí que una hoja no correspondía y, en su lugar, había una fotocopia. Están fotocopiando mis papeles...

–¿Estás seguro?

–Absolutamente seguro.

–¿Y a quién puede interesarle?

–Son sólo papeles de la oficina, cuestiones de rutina. Yo tampoco entiendo...

–Supongamos que es la DINA y el hecho es que sólo van a perder el tiempo, papá. No tienes nada que ocultar y todo está en regla. Se darán la lata de revisar y punto. Hasta podrías tomarlo con buen humor y dejarles un mensaje arriba de cada montón. Imagínate: "señor agente, deje este montón en el ángulo superior derecho de mi escritorio, me carga el desorden"...

Conseguí que se sonriera. Pero los dos sabíamos que no había de qué reír. Nos abrazamos largo y apretado ese atardecer. "Espero que todo salga bien", murmuró en mi oído y seguimos caminando rumbo al 187 de calle Bucarest, su casa. De ahí en adelante, cada vez que le pregunté acerca de lo que estaba sucediendo, me respondió con pocas palabras. "Nada nuevo" o "todo sigue igual". Sólo una vez me mencionó que la Contraloría estaba haciendo una investigación en la empresa y que, en esos días, el departamento a su cargo prácticamente no había trabajado para atender la demanda de los investigadores.

–¿Esa investigación tiene que ver contigo? –pregunté.

–No, no, afecta a toda la empresa. Pero igual provoca molestias en el trabajo de rutina...

Por esos días comencé una serie de entrevistas políticas. Yo tenía apenas veintiocho años y mi sueño secreto era llegar al nivel de Luis Hernández Parker o Lenka Franulic, grandes periodistas que marcaron la pauta en Chile y cuyos retratos me miraban cada día desde la sala de redacción. Pero tenía en mi contra la coyuntura histórica con su feroz autocensura, los partidos proscritos y un dictador que despotricaba a diario contra "los señores políticos". Yo quería jugar un rol importante en el periodismo disidente, aportando como se pudiera en la lucha por reconquistar la democracia.

Convencí al director Filippi para que me dejara entrevistar a Pablo Rodríguez Grez, un abogado nacionalista que había sido el líder del "Movimiento Patria y Libertad", grupo terrorista de ultraderecha que sembró bombas durante la Unidad Popular y empujó el fallido intento de golpe de Estado del veintinueve de junio de 1973. Rodríguez, entre las bambalinas de la dictadura, lideraba al sector nacionalista que se oponía a la instauración de una economía neoliberal y que encontraba alero en el Comandante en Jefe de la Fuerza Aérea, general Gustavo Leigh, miembro de la Junta Militar. Cinco páginas y un llamado de portada "Las críticas de Pablo Rodríguez" coronaron mi esfuerzo.

A la semana siguiente, hice una igualmente larga entrevista a su contrincante en la sorda pugna: el abogado Jaime Guzmán, líder de los gremialistas y los *chicago boys* libremercadistas, a quien calificábamos como "el ideólogo" tras el trono del general Pinochet pese a sus escasos veintinueve años. No había duda de que Guzmán tenía todas las de ganar. Y salí de su casa comprendiendo a cabalidad lo que la derecha buscaba con la dictadura militar: refundar a mi país por completo. Eso implicaba la desarticulación del poder estatal. La salud, la previsión, la educación, la producción de bienes y hasta los servicios de utilidad pública, todo debía ser proporcionado por empresas privadas. Y así, me dijo Guzmán, cada ciudadano sabría que su bienestar dependía del "sistema" y no volvería a ponerlo en jaque con juegos revolucionarios socialistas.

Más de una vez debí quedarme boquiabierta durante la conversación, ya que entonces aquello parecía impensable. Y si ése era el plan, deduje, tenemos dictadura para muchos, muchos años. En ese cuadro se explicaba la dureza de la represión: el cambio exigía un pueblo paralizado por el miedo, que no osara protestar. Y para un pueblo como el chileno, muy politizado y con alta conciencia de su derecho a participación, al punto que había sido el primero en el mundo en elegir democráticamente un gobierno socialista, se exigía una dosis muy alta de represión. Para hacer esa "revolución silenciosa" –así la bautizó luego Joaquín Lavín– se exigía una DINA aterradora que inmovilizara a la disidencia.

Todos sabíamos que Guzmán era un católico conservador. En su casi modesto departamento de la comuna de Providencia, un gran retablo dorado, con ángeles celestes que tocaban trompetas, era la pieza central de su *living*. La Biblia estaba sobre su escritorio. Apelé a su cristianismo para plantearle el tema de los derechos humanos. Me escuchó en silencio. Y finalmente aceptó que en la entrevista apareciera una pregunta respecto a la inoperancia del *habeas corpus*, el antiguo recurso jurídico que garantizaba la integridad física de los detenidos. El hecho es que los jueces habían rechazado todos los recursos de amparo, de manera que la policía secreta disponía de total impunidad para torturar hasta la muerte. Me contestó que "se podrían efectivamente perfeccionar las normas jurídicas pertinentes con el objeto de avanzar en las garantías o derechos de las personas". Nada más.

En privado, al despedirme en la puerta, noté la pesadumbre en su mirada cuando me dijo: "Hago todo lo que puedo, Patricia, y tú no sabes lo difícil que está resultando". Yo no sabía que, para entonces, él ya estaba entrando en otra pugna al interior de la dictadura, una lucha peligrosa porque el contrincante era el coronel Manuel Contreras, jefe de la DINA.

Mi tercer entrevistado fue Enrique Ortúzar, un político derechista que había sido ministro varias veces y al que Pinochet designó a cargo de la comisión que debía redactar una nueva Constitución.

Leer documentos, material de archivo y tratar de reflexionar con claridad para elaborar los cuestionarios copó mi energía laboral de esas semanas. Estaba tan orgullosa con el resultado de mi trabajo que, apenas salía la revista de la imprenta, buscaba a mi padre para conocer su opinión. Lo observaba en silencio mientras él leía mi trabajo y esperaba sus comentarios. Su opinión era clave para mí. Su respaldo –racional y emocional– me sostenía. Nos comunicábamos casi sin palabras. La mirada, el gesto, la presión de su mano en mi espalda, bastaban. Luego supe que en esos días, por estar tan ocupada en mí misma, me fallaron los sensores y él pudo ocultarme su angustia.

Por mi madre me enteré, después, del violento incidente que había tenido con su hermano Gustavo. Lo había llamado para plantearle que el acoso continuaba, que a la revisión nocturna de sus papeles se estaba sumando una actitud hostil por parte de otros ejecutivos de la empresa. Necesitaba saber si la DINA había dado por terminada la investigación. Y sólo su hermano podía averiguarlo. Dice mi madre que Gustavo se impacientó y terminó gritándole: "¿Y qué te crees? ¿Que por ser democratacristiano te vas a librar? ¡Entiende de una vez que hay democratacristianos que son peores que los comunistas...! ¡Ya no puedo protegerte!". Mi padre salió del *living* y subió la escalera. Mi madre salió tras él y lo encontró, en el dormitorio, llorando.

Él pidió a mi mamá que no comentara el episodio, sabiendo que –de enterarnos– nos habríamos enojado. Protegió a su hermano menor. Y si el dolor fraterno explicaba ese acceso de llanto de mi padre, pocos días después el cuadro se completó con su segundo quiebre.

Mi madre –una mujer enérgica y luchadora– le pidió que analizaran la situación en detalle. Repasaron cada episodio del hostigamiento. Tras un rato de conversación, mi padre se quedó en silencio y las lágrimas volvieron a aflorar:

–Me van a matar, Carmen, me van a matar...

–Pero... ¿qué estás diciendo? –balbuceó mi mamá, entendiendo que se refería a que tantos disgustos pudieran provocarle un infarto o algo así.

–Eso... me van a matar –musitó él.

Mi madre sintió que él no estaba pensando con claridad y creyó que su ayuda consistía en darle ánimo. Y largó un discurso para que hiciera valer sus razones y sus derechos, para que exigiera el trato respetuoso que se merecía. Ahí estaba "el bondadoso Sergio" dejándose atropellar y eso la sacaba de sus casillas. Ella no tenía cómo saber que él estaba reaccionando por intuición.

–Me van a matar, Carmen, me van a matar...

Tres

La bronca militar contra el PDC iba en aumento. Le tenían guardada al partido una vieja cuenta. A finales de la década del sesenta, durante el gobierno de Frei Montalva, un general hizo un conato de golpe de Estado en el Regimiento Tacna. El llamado "tacnazo", del general Roberto Viaux, quedó en el registro militar como la única y desesperada vía para obtener mejores sueldos. Luego vino la historia del '73. El PDC se alió con la derecha para las elecciones parlamentarias y varios de sus dirigentes alentaron el golpe militar para resolver así la crisis política.

Cuando ocurrió el golpe, el partido se fracturó *de facto*: unos aplaudieron y otros censuraron lo ocurrido. El presidente del PDC, ex senador Patricio Aylwin, justificó el golpe como algo inevitable y autorizó a los militantes a colaborar con la naciente dictadura. Otro sector, liderado por Leighton, Fuentealba y Castillo Velasco, fue conformando una disidencia que, para el '76, ya aglutinaba a todo el partido, ante la dramática realidad de violación de los derechos humanos. Esa disidencia activa de militantes "decé" –en sindicatos, medios de comunicación, organismos de derechos humanos– provocaba mucha rabia militar.

En la edición de *Ercilla* del catorce de julio del '76 publicamos la carta enviada por diez dirigentes sindicales al Ministro del Trabajo, Sergio Fernández, bajo un gran titular que buscaba bajar el perfil beligerante de la declaración: "Peticiones al Presidente". Nacía así el llamado "Grupo de los Diez", haciendo sonar la alarma de los aparatos de seguridad. La mayor parte de los firmantes eran "decé", presidentes de confederaciones de sindicatos, salvo Manuel Bustos, que entonces lideraba el sindicato de una industria textil. El grupo estaba encabezado por el radical Tucapel Jiménez, presidente de la Agrupación Nacional de Empleados Fiscales (ANEF). El texto denunciaba el sombrío panorama laboral. Al intento de paralizar el movimiento sindical –decían– se sumaba ahora el de "debilitar y desintegrar" las organizaciones de los trabajadores, al tiempo que –en casi tres años de gobierno militar– los ingresos reales habían caído un cincuenta y cinco por ciento.

Mi padre leyó en voz alta la declaración, cuando le llevé la revista. Coincidimos en verla como una primera luz de esperanza. Él no tenía contacto alguno con los diez dirigentes. Ni siquiera los conocía personalmente. Comentamos el texto en general y no se nos ocurrió que él pudiera contactarse con ellos. Ya bastantes problemas tenía que enfrentar, como para que se agregara otra acusación. Concluimos que habría que esperar unos días para ver la reacción del gobierno.

–Voy a proponer entrevistarlos. Ojalá pudiéramos poner la cara de Tucapel Jiménez en la portada. Con eso matamos varios pájaros de un tiro –le comenté finalmente.

–¿Qué estás pensando?

–Que la portada pasa a ser un afiche en los quioscos de todo el país, papá. Así, comunicamos este mensaje de esperanza a toda la gente que lo vea, le elevamos el perfil a Tucapel Jiménez y con eso aumentamos el costo político si decidieran hacer algo contra él. Tendrán que pensarlo dos veces...

El que lo pensó dos veces fue mi director, quien decidió que más prudente era esperar a que se aquietaran las aguas porque el asunto había provocado revuelo en el gobierno. Y me encargó que, esa semana de julio del '76, me hiciera cargo del reportaje con el caso de Hernán Montealegre, el abogado de la Vicaría de la Solidaridad que aún estaba detenido en el campo de concentración de "Cuatro Álamos". El catorce de julio, un comunicado oficial publicitó la lista de cargos: miembro activo del Partido Comunista clandestino, arrestado en una casa-buzón del PC. Pero la Iglesia Católica reaccionó rápida, desmintiendo las acusaciones: era un cristiano comprometido con la causa de los derechos humanos y había sido detenido en su propia casa. Sus "faltas" estaban a la vista: venía regresando de Valdivia, donde defendió a 37 campesinos en un Consejo de Guerra, y se convirtió en el blanco elegido por la dictadura para atacar a la nueva Vicaría.

El viernes dieciséis de julio –día de la Virgen del Carmen, patrona de Chile– mi familia se reunió en Bucarest 187 para el tradicional festejo por el santo de mi madre. Llegó mi hermano Sergio y su mujer desde Vallenar, donde él trabajaba como ingeniero de la empresa estatal que producía acero. Llegó mi hermana Cristina con su pequeña hija. Sólo faltó Roberto, quien estaba en su regimiento en Arica. La mesa del gran comedor se cubrió con comida especial y hasta los niños estuvieron a la altura del evento, sin llantos ni gritos. Padres, hijos y nietos. Todo parecía tan normal. Después de la torta, nos fuimos al *living* para el café. La chimenea estaba encendida y ayudaba a evocar el hogar de nuestra infancia.

Sé que le conté a mi papá, en voz baja, que ahora sí haría la entrevista con Tucapel Jiménez, estaba pactada para el lunes siguiente. Y sé que mi hermano Sergio anunció que era hora de fotos, mientras instalaba el trípode y la cámara en medio de la sala. Disparó el *flash* una y otra vez. Mi padre preguntó si la cámara tenía el dispositivo de *timer* para sacarnos todos una foto. Mi hermano preparó la cámara mientras nos agrupábamos junto a los papás y de dos saltos se sumó al grupo antes de que nos iluminara el *flash*.

Recorro esas imágenes una y otra vez. Sonreíamos, sin siquiera imaginar cuán cerca estaba la tragedia. Me sumerjo en el rostro de mi padre. La última foto. Tenía apenas cincuenta años, conservaba el cuerpo delgado y todo su cabello, apenas dos pincelazos le blanqueaban las sienes. Sólo al sonreír se le plegaba la piel en torno a sus ojos oscuros. La nariz fina y levemente aguileña. Los labios más bien delgados. Los dientes grandes y blancos. El hoyuelo al centro del mentón. Sonríe. Pero en la mirada hay un dejo de tristeza, quizás el rastro visible de esas palabras pronunciadas entre lágrimas: me van a matar, Carmen, me van a matar.

Que mi madre olvidó esa frase lo prueba el acontecer de las horas siguientes. Es posible que también él la haya dejado atrás, aferrándose a la vida y sus quehaceres. El hecho es que el sábado diecisiete de julio, desde las primeras horas de la mañana, el aire –en Bucarest 187– se fue cargando de tensión. Mi madre y su nuera tenían una pésima relación. Así fue como mi papá –eterno buscador de armonías– halló una solución para evitar el choque femenino que provocaría dolor a mi hermano Sergio. Propuso dejar a la joven pareja como dueños de casa, mientras ellos se iban a pasar el fin de semana a su parcela de Linderos, un pequeño campo de pocas hectáreas muy cerca de Santiago. Y para que mi hermano no sintiera que lo abandonaban –se veían tan poco– cursaron una invitación para almorzar en el campo al día siguiente, domingo.

"Tengo ganas de que estemos tranquilos, los dos solos", dijo para vencer la última resistencia de mi madre. Se fueron a mediodía en el auto, llevándose a Quena, la empleada, ya que tenía su día libre y sus padrinos eran los cuidadores de la parcela. Además, el plan se completó: mi madre se quedaría en el campo hasta el miércoles, para así pagar cuentas pendientes, comprar alimento para los animales, ultimar las faenas de poda.

Todo ocurrió según lo previsto. Dicen que el almuerzo del domingo dieciocho fue tranquilo. Y cuando mi hermano Sergio supo que la mamá se quedaría en el campo con el auto, trató de convencer al papá para que volviera con ellos. Él se negó: "Quiero quedarme aquí hasta más tarde". Mi hermano partió y debió volver porque olvidó su portadocumentos. Encontró a los papás ya comenzando la siesta. Estaban muy juntos, dándose calor en esa fría casa de campo. Puedo imaginarlos porque los vi así incontables veces. Él la abrazaba por detrás, curvaban sus cuerpos como se unen dos cucharas y se sumergían en el sueño. Se amaban. De eso no tengo dudas. Ya estaban por celebrar treinta años de matrimonio y habían logrado sortear más de una crisis. No era ya el par de pichones que bailaba los boleros de Altemar Dutra o los *blues* que cadenciosamente entonaba Jane Froman desde los discos 33, cuando él volvía del trabajo y ella se vestía especialmente para recibirlo. Pero se mantenía entre ellos la complicidad esencial de la pareja, cimentada sobre la historia compartida y el compromiso emocional de presente y futuro. Se amaban.

Al final de la tarde, ya oscureciendo, ella fue a dejarlo al cruce de Linderos con la Carretera Panamericana, a metros del control de Carabineros. La niebla estaba espesando, hacía mucho frío, el bus podría tardar y ella pensó en cambiar de plan, que él se llevara el auto o que volvieran juntos. Mi padre se negó. Y lo dejó allí, en la carretera, enfundado en su abrigo oscuro, la bufanda al cuello y la mano en alto diciéndole adiós. Fue la última vez para ellos dos.

Hablé con él la tarde del lunes diecinueve para contarle de la entrevista con Tucapel Jiménez. Lo llamé a su oficina. "Papá, tenía tantas ganas de verte hoy, pero tengo que empezar a transcribir la entrevista y después me voy volando a mi casa, para estar con los niños". Sugerí que fuera a verme por la noche. "No puedo, negrita, estoy sin auto y acuérdate de que en la casa está tu hermano. A ver si nos vemos mañana". Pero no hubo mañana para nosotros.

No sé qué datos tenía yo entonces acerca del "accidente" del español Carmelo Soria, que terminó siendo un brutal crimen de la DINA. Las primeras informaciones dieron cuenta del hallazgo del cuerpo de un hombre que, aparentemente, se había desbarrancado en un camino del cerro San Cristóbal, en el sector de La Pirámide, al nororiente de la capital. El cadáver fue hallado en un canal, arrastrado por el agua un kilómetro más abajo del lugar donde apareció el auto. Dentro del vehículo, una botella de pisco. Eso fue el diecisiete de julio. Resultó ser Carmelo Soria, el economista y funcionario de la ONU que había desaparecido en la tarde del quince de julio, luego de avisar a su mujer que ya iba camino a casa porque le dolía la cabeza. Nunca llegó.

Sé que el caso de Carmelo Soria sobrevoló –con un vuelo pesado y lúgubre– nuestra vida en esos días. Para mí la pesadilla comenzó cuando estaba vistiéndome para iniciar la jornada del miércoles veintiuno de julio y tocó el timbre mi amiga y comadre Verónica Morales, quien vivía a pocos metros. Yo no tenía teléfono y el suyo se usaba en caso de emergencia. "Llama tu hermano Sergio, dice que es urgente". Corrí a su casa.

–Patricia, ¿sabes algo del papá?

–¿Qué pasa? No entiendo...

–Es que no durmió aquí anoche...

Mi hermano Sergio describió en pocas palabras lo sucedido en la víspera. Había desayunado con el papá muy temprano y quedaron de verse al atardecer. Cuando regresó con su mujer, a eso de las siete de la tarde, comprobó que el papá había llegado de la oficina y había vuelto a salir.

–Pensamos que había ido a verte a ti...

–No, no vino.

–Nos quedamos hasta tarde, esperándolo. Quizás se fue a estar con la mamá al campo.

–Te habría escrito una nota, para que no te preocuparas. Conoces al papá...

–Quizás salió rápido, por alguna emergencia de la mamá.

–Ya habría avisado. ¿Llamaste a la oficina? A esta hora debería estar allá –dije consultando mi reloj y sabiendo que mi padre era de los primeros en llegar.

–Ya llamé y no ha llegado todavía.

–¿Qué hacemos?

–Lo primero es no pasarse películas. Mira, voy a irme ahora al campo a ver qué pasa. Lo más seguro es que la mamá pudo tener una emergencia.

Calculé el tiempo que tomaría su viaje de ida y vuelta. No había teléfono en la parcela. Acordamos que me comunicaría en un par de horas a Bucarest 187 y, entretanto, seguiría llamando a la oficina. Si el papá se había ido intempestivamente al campo, podría llegar más tarde o avisaría al menos para justificar su ausencia.

De ahí en adelante, la pesadilla comenzó en cámara lenta. Manejé hasta el centro, rezando repetidas veces el Padrenuestro. Que no sea algo grave, Dios mío, que no sea algo grave. Había pactado con Tucapel Jiménez que, esa mañana, él revisaría la entrevista. Yo no quería correr riesgos por una palabra de más. Puse los folios sobre el escritorio del dirigente sindical y le pedí su teléfono. Llamé a la oficina del papá por lo menos tres veces mientras Tucapel Jiménez recorría las líneas. Fumé un cigarrillo tras otro. El papá no llegaba y sus subalternos estaban muy extrañados. Jamás se atrasaba, no era concebible que faltara sin avisar. Finalmente me comuniqué con mi hermano, ya de regreso:

–Me traje a la mamá. Nada sabe del papá. Algo anda muy mal, Patricia...

–Lo detuvieron...

–Puede ser un accidente. Hasta pudo haberse desmayado en la calle y estar ahora en algún hospital –argumentó él.

–Lo detuvieron –insistí.

Me convenció de que exploráramos primero la posibilidad de un accidente. Él se encargaría de buscar datos en Carabineros. Yo, en las postas de urgencia. Temblando, enfrenté la mirada interrogadora de Tucapel Jiménez. Le conté, en pocas palabras, quién era mi padre y las razones para temer una detención. Concordó conmigo en que todo apuntaba hacia el arresto. Debo haber estado muy desencajada. Me abrazó y me ofreció ayuda. Jamás olvidé su gesto fraternal de esa mañana.

Ya no recuerdo el orden en que recorrí las postas de urgencia. Sé que pedí ayuda a mi cuñado, Mario Marín, porque el temblor en las manos me impedía manejar. Sé que fui primero a casa a buscar a mis niños. Que dejé a Diego, el chiquito de apenas cinco meses, en casa de mis padres, junto con su nana. Que traté de calmar a mi madre. Que llevé a Felipe conmigo y su manito me acariciaba el pelo, tratando de animarme. Sé que me di por vencida frente a la quinta o sexta ventanilla, luego de preguntar por heridos o enfermos que hubieran sido ingresados sin identificación. Sé que, entremedio, llamaba desde teléfonos públicos a mi hermano. Nada, ni una sola pista. Y sé lo que sentí cuando enfrenté la última ventanilla, la de la morgue de Santiago. Casi no podía respirar. Nombre, edad, descripción física.

La voz me temblaba. No, su nombre no estaba en la lista. Y sólo el cuerpo de una mujer estaba sin identificación. Salí de ahí murmurando la frase una y otra vez, para convencerme a mí misma: "Está vivo, está vivo, sólo está detenido".

La blanca casa de Bucarest 187 se convirtió en nuestro cuartel central en la emergencia. Repasamos cada detalle de lo ocurrido. El papá había dejado su oficina a la hora de siempre y, por tanto, debía haber llegado a la casa poco después de las seis de la tarde. Se había preparado una taza de té. Se había instalado en el comedor. Mi hermano había encontrado allí la taza, a medio vaciar, y sobre el platillo el resto de un pastel de manjar con nueces. ¿Qué urgencia lo había hecho salir así, al punto de romper sus costumbres? Todos sabíamos que el papá era tan respetuoso que jamás dejaba huellas de su presencia, ni un pelo en el lavatorio, ni ropa sucia en el baño. Incluso si tomaba agua, dejaba el vaso lavado en el secador.

Pero, salvo el detalle de la taza de té, la casa estaba en perfecto orden. No había huellas de violencia. Las puertas de entrada estaban cerradas con llave –cuando llegó mi hermano– sin señales de haber sido forzadas. Hicimos una revisión más minuciosa. En su clóset, fue fácil deducir con qué ropa se había cubierto al salir. Era un hombre muy austero en el vestir. Faltaba su chaqueta *beige* y su abrigo de *tweed*. En el primer cajón, hallamos el reloj, su permiso de conducir, un cheque a su nombre y algunos billetes. No lográbamos entender. "¡La escobilla de dientes, falta su escobilla de dientes!", gritó mi madre desde su baño. El cepillo azul no estaba en su lugar.

–Ahí está la prueba de la detención. El papá sólo se habría llevado la escobilla sabiendo que pasaría varios días afuera –dije refiriéndome a su enfermedad periodontal, que lo obligaba a cepillarse cuidadosamente.

Sí, conociendo al papá, se habría ido pacíficamente con sus captores, sin oponer resistencia alguna. Habría querido creer alguna versión como "acompáñenos, necesitamos hacerle algunas preguntas". O quizás quedó paralizado por el terror. ¿Cómo se comporta un inocente en esos casos? Quizás trató de botar algún jarrón, haciéndolo parecer un accidente, y no pudo. Quizás le bastó dejar la taza de té sobre el comedor, sabiendo que nos llamaría la atención de inmediato.

La angustia crecía por minutos. Comenzaron a llegar los hermanos de mi padre que vivían en Santiago. El rostro del teniente coronel, enfundado en su uniforme, revelaba su preocupación. ¿Fue la DINA, Gustavo? No, le habían asegurado que no. ¿Y quién entonces? Lo estaban averiguando, había que esperar. Decidimos que mi hermano Roberto debía saber y ojalá venir a Santiago. Aunque fuera sólo un teniente, la voz de un hijo tendría más fuerza para intervenir en favor de su padre. Gustavo se comunicó con el comandante del regimiento en Arica. Mi hermano estaba en una misión desierto adentro, lo harían tomar el primer avión.

Las imágenes se agolpan y se confunden. El miedo es un plasma que invade cada rincón del cuerpo y del alma, que detiene relojes y te deja flotando sin hallar a qué asirse. Sólo sabía que debía rescatarlo con vida. Y cada minuto era clave. Si lo estaban torturando, podría morir. Y si moría se convertiría en un detenido-desaparecido. Por algo habían buscado detenerlo sin testigos. ¿O había sido casualidad que estuviera solo en casa a esa hora? "Fuerza, papá, estés donde estés, fuerza para resistir". Llamé a Jaime Guzmán, el joven ideólogo de la dictadura, y clamé por su ayuda. "Haré lo pueda", dijo después de preguntarme todos los datos. Y hablé con Enrique Ortúzar, el presidente de la Comisión Constituyente. Al poco rato, Ortúzar llamó de vuelta: "Ya informé al ministro de Justicia. Schweitzer es mi amigo y se comprometió a movilizarse de inmediato. Él puede obtener datos". Pero hubo una frase de Ortúzar, en tono cariñoso, que me hizo sentir muy mal: "¿Por qué no me contó antes que su papá estaba en problemas? Esto podría haberse evitado".

Llegó a Bucarest 187 gente de la Sociedad Constructora de Establecimientos Educacionales. Jefes, miembros del sindicato y algunos subalternos del papá. Relataron un confuso incidente de la víspera. Alguien había dicho que de las bodegas se estaba robando, que habían salido camiones cargados con materiales de construcción. Y como las bodegas dependían de mi padre, él había exigido aclarar el episodio de inmediato. Había salido de la oficina muy molesto.

Mi madre lloraba. Entraban y salían de la casa policías de Investigaciones. Hacían preguntas. Uno de ellos insistía en la posibilidad del suicidio. Todo era caótico y aterrador. Yo imaginaba a mi papá en algún sitio frío y oscuro. Trataba de hurgar en los ojos del tío Gustavo, creyendo que sabía más de lo que decía. Cada vez que se encerraba en el cuarto de la biblioteca para hablar por teléfono, yo mantenía un ojo en la puerta para sorprenderle el gesto a la salida. Esperar y esperar. Cada campanilleo del teléfono nos hacía saltar de las sillas.

En algún momento decidí que debía investigar acerca de su detención. Y me fui casa por casa, por la calle Bucarest. "Mi papá desapareció ayer, entre las seis y siete de la tarde. ¿Vio usted algo que le llamara la atención?" Nadie recordaba algo inusual. Y de cada encuentro salí seguida por la sombra de una mirada compasiva.

Volví a la casa y al poco rato llegó la vecina de enfrente, Lucía Correa de Mujica. Me llevó aparte y, en susurros, me dijo que había recordado algo extraño. "Fíjese que acabo de ver en la esquina, por avenida Costanera, un auto estacionado con carabineros adentro. Y ahí me acordé que ayer también estaban, pero por esta misma calle". Corrí al comedor a informar a mi tío, el teniente coronel. Un chispazo le iluminó la mirada, al tiempo que dijo: "¿Viste? Te dije, está detenido, ésa es la prueba de que está detenido. Cuestión de procedimiento, siempre se vigila el domicilio del detenido". Para él, era la prueba contundente de que todo estaba en regla. Para mí, sólo un dato que requería más investigación.

–Vamos a hablar con ellos –le dije.

–Anda tú, estoy esperando una llamada –argumentó.

Si lo hubiera pensado mejor, lo habría forzado a acompañarme. Tendrían que haberse identificado frente a un alto oficial de Ejército. Pero ya no pensaba con claridad y salí casi corriendo, sola, por Bucarest hacia el norte y doblé por Costanera. Ahí estaban. Un auto grande, sin identificación policial alguna. Dentro, carabineros de uniforme. Me acerqué al chofer e hice un gesto para que bajara el vidrio. Cuando recuerdo lo que dije, me siento avergonzada por mi estupidez:

–Buenas noches, me dicen que ustedes ayer andaban por aquí cerca, como a esta hora. Y resulta que mi papá desapareció de la casa. Y la casa queda ahí a la vuelta. Vine a preguntarles si saben algo de él...

El que estaba al volante se volvió hacia el copiloto. Éste, que parecía un oficial, hizo un leve gesto de negativa. Y el chofer me retransmitió el mensaje: "No, nada". No supe qué más decir y ellos tampoco hicieron preguntas. Hubo unos segundos de incómodo silencio y me despedí. Estoy segura de haber escuchado cómo echaban a andar el motor, pero no me volví para comprobarlo. Y ni siquiera se me ocurrió mirar y retener el número de la patente, si es que la había. Visto a la distancia, me recrimino. Ellos no se comportaron como policías, no hicieron preguntas, no intentaron ayudar a una persona que estaba obviamente angustiada. Seguramente se trataba de agentes de Inteligencia. Y yo actué con una ingenuidad fuera de lugar.

Al volver a Bucarest 187, relaté lo sucedido y el teniente coronel reiteró su convicción acerca del arresto. No sabíamos qué hacer, por dónde seguir, cómo ayudar. Sé que nos fuimos –con mi marido y los niños– poco antes del toque de queda y yo estaba agotada. Ya casi no podía hablar, sólo rezaba y rezaba sin abrir siquiera los labios.

Debo haber dormido muy pocas horas. Me desperté muy temprano, de golpe, con el corazón retumbándome en el pecho. Debo haber gritado porque desperté a mi marido. Lo había visto. La imagen de mi padre era nítida. Estaba tendido, con los ojos cerrados, parecía dormir. Sólo vi su pecho y su cabeza. Estaba vestido. Y lo cubría el agua, una capa de agua transparente de no más de veinte centímetros de espesor. ¡Está muerto, está muerto!, gemí. Edgardo trató de hacerme entrar en razón y creyó haberlo logrado. Sólo había sido un sueño, una pesadilla.

Me vestí con rapidez. Hablé por teléfono a la casa de Bucarest y comprobé que todo seguía igual. Ningún dato acerca del papá. Comenzamos a bajar desde la comuna de Las Condes hacia Providencia. A medio camino, pedí un favor a mi marido: ir a la morgue nuevamente. "Esta vez tú solo", le rogué. Me dejó en Bucarest y siguió hacia avenida La Paz. Él estaba convencido de que sólo se trataba de un trámite y accedió para tranquilizarme. Yo intuía lo peor. Esperé, fumando un cigarrillo tras otro, junto al teléfono de la biblioteca. Cerré la puerta, argumentando que tenía que hacer unos llamados importantes. El rostro de mi padre, dormido bajo el agua, se me repetía una y otra vez. Contesté con monosílabos cada llamada. Necesitaba la línea abierta. Hasta que escuché la voz de mi marido:

–Patricia...

–Sí...

–Aquí está. Lo sacaron del Mapocho.

Cuatro

No sé si podré seguir escribiendo esta historia, mi historia. Me he detenido aquí porque, veintitrés años después, duele tanto que me quedo por largos momentos frente a la pantalla en blanco. Jamás el general Augusto Pinochet –que en este mismo momento, julio del 99, cumple casi 300 días arrestado en Londres– podrá imaginar cómo sigue doliendo. Sé que debo seguir porque me propuse escribir para los hijos, los míos y los suyos, para que sepan qué nos pasó.

A mí me pasó que, ese julio de 1976, al saber que mi padre estaba muerto, se me abrió un boquete en el estómago. Así lo sentía. Debí parecer un fantasma enfundada en ropa de luto. Escuchaba las voces muy lejanas y las imágenes se me tornaban blandas, como cuadro surrealista de Dalí. Me enfrenté al ataúd, instalado en la iglesia de avenida Providencia con Los Leones, y sé que avancé muy despacio, rogando para que no fuera él quien estaba dentro, hasta que fue inevitable encontrar su rostro bajo el vidrio. Dormía como en mi sueño. Había ligeros rasguños y una herida que había abierto su labio superior, casi hasta topar con la nariz. Una sustancia semitransparente parecía sellarla.

De la misa sólo retengo la imagen de muchos sacerdotes en el altar y del multitudinario funeral no recuerdo detalles. No sé qué pasó con mi madre y mis hermanos. No pude salir de mí, aturdida de dolor, para saber de ellos. Sólo veo enfrente al sacerdote Percival Cownley, de la Parroquia Universitaria, tratando de consolarme con argumentos evangélicos y con datos de represión. Y terminé dando gracias por el privilegio de poder tener un funeral. "Patricia, ahora mismo hay cientos y cientos de hijas como tú que están buscando a sus padres hace meses. Los hicieron desaparecer. Al menos aquí tenemos la certeza de lo que pasó". ¡Qué locura! Dar gracias porque hayan tenido la gentileza de lanzar su cuerpo al Mapocho. Y dar gracias a la sequía que permitió que mi padre varara en medio de la ciudad y no siguiera rumbo al mar. "Ribera norte del río Mapocho, frente a Televisión Nacional, posición decúbito dorsal, sexo masculino, un metro 72 de estatura, 45 años aproximadamente, tez blanca, cabello negro entrecano". Así decía el parte policial para describir al N.N. que terminó siendo Sergio Verdugo Herrera.

No pudimos cremar sus restos. El Tercer Juzgado del Crimen lo prohibió, ante la posibilidad de practicar una segunda autopsia. Y lo enterramos en una sepultura provisoria en el Cementerio General, en un pabellón cualquiera que nos hirió con su nombre: "Once de septiembre", la fecha del golpe militar.

Mucha gente, en los años que siguieron, reaccionaba con frases de "los mato" o "me muero" cuando sabían mi historia. La verdad es que uno no mata ni muere. Se sigue caminando por la vida, medio atontada, como si estuviera anestesiada. Quizás algún día descubran los científicos que el cuerpo –en la infinita sabiduría y perfección de la naturaleza– emite alguna sustancia que provoca ese estado como una forma de sobrevivir a los traumas más fuertes. Lo que sí sucedió es que conocí el miedo en grado extremo. Las vísceras me temblaban todo el día, la voz me salía entrecortada y las manos aleteaban como mariposas moribundas. Así fue por casi un mes. El miedo era más fuerte que mi voluntad. Pero seguí actuando como si a mi cuerpo le hubiera puesto piloto automático. Trabajar, atender a mis hijos, acompañar a mi madre en su dolor insondable, minado por las recriminaciones. "¿Por qué me fui a la parcela y lo dejé solo? Si yo hubiera estado en Santiago, no habría ocurrido". Peor aún. "¿Por qué no lo impulsé a renunciar a ese sindicato y a la empresa? Si lo hubiera hecho, estaría vivo".

Pero la verdad es que nadie descifró las señales que anunciaban el peligro. Y no supe, en esos años, de alguien que entendiera la lógica de la represión selectiva. Eso habría salvado la vida de muchos. Visto hoy, se puede hacer un cuadro, una suerte de carta gant de esa represión, quizás la misma que Pinochet y el jefe de Inteligencia revisaban en sus reuniones. Hay claramente etapas para liquidar a los "enemigos" según el grupo político. Hay un tiempo para el MIR, otro para el Partido Socialista y un tiempo para el Partido Comunista. Hay momentos dedicados a liquidar la acción de los democratacristianos y a golpear el trabajo auxiliador de la Iglesia Católica. Estábamos, el año '76, en el ojo de la tormenta para el Partido Comunista y no supimos descifrar los indicadores a tiempo. Ni siquiera sabíamos que junto con la DINA operaba un segundo organismo, el Comando Conjunto, así como los servicios de Inteligencia de cada institución de las Fuerzas Armadas.

No estábamos capacitados para entender la lógica de una represión asesina. Visto hoy, las amenazas estaban a la vista y debimos actuar en consecuencia desde que supimos que lo acusaban de ser un "comunista emboscado". Quizás, en nuestra ceguera, influyó la presencia de oficiales de Ejército en la familia. ¿Cómo habría explicado mi hermano Roberto que sus padres partieran al exilio? ¿O mi tío, el teniente coronel? ¿Quedarían bajo sospecha? O quizás operó la tozudez con que nos aferrábamos a la vida y a buscar el lado positivo de las cosas, a "ocuparnos" de remontar obstáculos cuando ya son una realidad y no "preocuparnos" en prever desastres. No sé lo que pasó. ¡Cuántas veces mi padre me habló de confiar en Dios y sus misteriosos designios! Acurrucada entre sus brazos, de niña o de madre en duelo, aprendí de aceptación y de confianza. Juntos fuimos haciendo crecer ese "hágase Tu voluntad" como viga central que sostenía nuestras vidas.

Pero en la fe, las preguntas de la razón caen en el vacío. Si creíamos que nacer y morir estaban determinados por el plan divino, ¿lo estaba la forma de morir? ¿Tendría algún sentido espiritual? ¿Estaba en el plan divino que su muerte fuera por asesinato? Y si así fuera, ¿cómo es que ese plan contemplaba que otro ser humano cumpliera el papel de asesino? ¿O ese episodio final formaba parte del libre albedrío y mi padre pudo escapar a esa violencia, así como su asesino pudo negarse al crimen? No hay respuestas a las preguntas que hice en voz alta, mirando el Mapocho. Apoyadas en la baranda de cemento del puente Pedro de Valdivia, mi amiga María Paz del Río y yo nos quedamos largo rato mirando las líneas de agua turbia que conformaban el río. No había llovido y el agua era muy escasa. ¿Lo ahogaron en esta agua? ¿O ya lo trajeron muerto hasta acá? ¿Y si lo hubieran lanzado semiaturdido desde este mismo puente? Al final de las preguntas, una única obsesión: ¿habrá sufrido, le habrá dolido mucho? Mi amiga me abrazaba, mientras yo agregaba lágrimas a ese río-tumba de tantos chilenos.

Pocos días después, volví al Mapocho. Iba por avenida Costanera y vi –frente a lo que hoy es el Edificio de la Industria– autos estacionados, un furgón policial y un carro de bomberos. Era un día frío, con neblina matinal espesa y baja. En ese lugar, desemboca el canal San Carlos hacia el río. Estacioné mi auto y me acerqué. El cuerpo del hombre yacía al fondo, sobre una roca, y el agua del canal golpeaba sobre su espalda. La camisa blanca estaba plegada hacia su cuello, le faltaba un zapato. Mis ojos no podían despegarse de su cabello oscuro que se movía por la fuerza del agua, de su ropa mojada y su piel tan pálida, la de la espalda y el pie desnudo. Me quedé ahí, viéndolo. Y en él veía lo que antes otros habían visto: el cadáver de mi padre. Y recé por ese desconocido del que nunca averigüé dato alguno. Fue la última vez que miré el Mapocho por muchos años. De ahí en adelante, cada vez que bordeaba o cruzaba ese inevitable río que atraviesa mi ciudad, me las arreglé para mirar al horizonte y evitar las aguas turbias.

Caminé por las calles de Santiago sintiendo el significado esencial de la palabra "absurdo". La gente me parecía sorda –sorda y ciega– al dolor que tantos arrastrábamos. Mi país se había hecho incoherente. Unos se habían cubierto los oídos y los ojos para no escuchar los lamentos y no ver la represión. Otros gritábamos sin que saliera la voz y llorábamos lágrimas que parecían invisibles. Unos y otros tratábamos de sobrevivir. Quizás sólo dentro de las cárceles secretas, victimarios y víctimas tenían conductas asociadas a sus trágicos roles.

Todo era tan absurdo. Pocos días después del funeral, el tío Hugo Verdugo –hermano menor de mi padre– volvió a su trabajo en la Vicaría Oriente y se encontró con una monja que le contó, muy alterada: "Hugo, fuimos a tu casa con el padre Gregorio Sánchez. Qué pena que no hayas estado, porque él estaba muy apurado por darte un recado urgente de parte del ministro de Justicia. Decía que el ministro pide a tu familia que exija una investigación a fondo, porque tu hermano fue asesinado. Que la prueba está en el Instituto Médico Legal, en la muestra de agua que le sacaron de los pulmones". Mi tío Hugo había intentado comunicarse con el padre Sánchez, capellán de Gendarmería y asesor del ministro de Justicia. No lo logró.

Cuando me relató lo sucedido, el dato calzó con mi petición de auxilio a Enrique Ortúzar, en esas horas en que buscábamos al papá. Don Enrique me había dicho que el ministro de Justicia, el abogado Miguel Schweitzer, había prometido "movilizarse" para ayudarnos. Y ahora el mismo ministro enviaba un recado. Pero no pudimos lograr que el padre Sánchez contestara nuestros llamados.

–Dice el padre Sánchez que no tiene nada que hablar con usted– me dijo una secretaria, ante mi insistencia.

Entendimos que la opción del silencio nos cerraba las puertas y yo tampoco intenté contacto alguno con el ministro de Justicia. Sé que hoy no resulta coherente nuestra conducta, pero la pesadilla se desplegaba paralelamente en varios escenarios donde campeaba el miedo con todas sus banderolas. Por un lado estaban los militares de mi familia. Mi hermano Roberto y mi tío Gustavo aseguraban que la DINA era inocente de este crimen, que el coronel Pedro Espinoza –jefe de Operaciones– lo prometía bajo honor militar y para probarlo iban a realizar la investigación. Para que no cupieran dudas, el teniente Verdugo se integraría al comando DINA a cargo de la tarea, un comando a cargo del capitán Fernando Vásquez. Mi hermano anunció que se quedaba en Santiago en esa "misión especial", se sacó el uniforme y sólo conservó la pistola bajo una casaca de *jeans*. ¿Armado para qué? Se lo pregunté un día, al encontrarnos en la puerta de Bucarest 187. Lacónico, contestó: "Nos están siguiendo. Hay más peligro de lo que tú crees". ¿Cuál peligro, de qué estaba hablando un oficial de Ejército? En frases cortas, me habló del conflicto entre la DINA y el organismo de inteligencia de carabineros (DICAR), de que "los pacos son unos brutos y andan matando gente para que la DINA cargue con la culpa". No le creí, me sonó a película de ficción. Entendí que él no me estaba mintiendo, que le mentían a él y él quería creer esa mentira. Él optaba por meterse en los complejos laberintos de la represión, para liberar de culpa a la DINA, a su Ejército y a su Comandante en Jefe. Para mí, la dictadura era una sola, tenía una sola cabeza que se llamaba Pinochet y su represión había escrito el nombre de mi padre en el listado de víctimas.

Los llamados anónimos amenazantes se dejaron caer por varios teléfonos. Uno lo recibió mi amiga y vecina Verónica Morales. Otro, la secretaria de la revista *Estadio*, donde trabajaba mi marido. Si seguíamos haciendo preguntas, matarían "a los militares y a la periodista". Incluso mi angustiada madre escuchó una voz que decía: "Deje a su muerto tranquilo, si quiere que los vivos sigan vivos". Más que pesadilla, parecía un recodo del infierno. Y en paralelo con el caso de Carmelo Soria, donde la prensa deslizaba alcohol y pasiones clandestinas para conducir al suicidio y encubrir el crimen, fuimos bombardeados en privado por frases que buscaron paralizarnos del todo: dicen que salió muy desanimado de la oficina esa tarde, parece que se perdía material de las bodegas y él "estaba metido", dicen que tenía una amante. ¿Tenía motivos para suicidarse?, preguntaban insistentemente los detectives o los actuarios que nos interrogaban en el tribunal. Hasta en el parte policial del hallazgo del cadáver –de la Brigada de Homicidios– se decía que su cuerpo tenía un "intenso hálito alcohólico". La autopsia lo contradecía: 0.00 gramos por mil en la alcoholemia. ¿Habían rociado con alcohol su cuerpo, previamente mojado, cuando lo dejaron en la ribera? ¿Lo habían ahogado, entonces, en otro lugar?

Nos fuimos quedando cada vez más solos mientras nos hacíamos las preguntas. Se apartaban de nosotros tíos y primos, vencidos por el miedo. Preferían poner distancia de algo que olía a peligro. Y se apartaban también los derechistas de la familia, mascullando que obviamente se trataba de un suicidio. ¿Quién iba a querer hacerle daño al bueno de Sergio, si ni siquiera era de izquierda? Yo sólo sabía que mi padre estaba muerto y se buscaba un segundo crimen: el de su honra. Hacerle justicia y establecer la verdad en su memoria, pasó a ser la meta, aunque hacerlo me tomara la vida entera. Estaba puesto a prueba algo que me era esencial para poder seguir viviendo: mi lealtad como hija.

A comienzos de agosto del '76, entretanto, la dictadura expulsó del país a los abogados Jaime Castillo y Eugenio Velasco. Se los castigó, como ya dije, por haber redactado la denuncia de derechos humanos que recibieron los cancilleres durante la reunión de la OEA, en junio pasado. En el caso de Eugenio Velasco se agregaba otro ingrediente: era el abogado de la familia Soria y había logrado averiguar que el auto de Carmelo Soria estuvo en el campo de concentración de Tres Álamos, poco antes de aparecer volcado en el cerro San Cristóbal.

Tanto el caso Soria como la expulsión de los abogados nos rondaban en esos dolorosos días. A comienzos de septiembre, mi hermano Roberto anunció a mi madre que tomaba el siguiente avión para volver a Arica y se fue sin dar tiempo para que le hiciéramos la gran pregunta: ¿cuál fue el resultado de la investigación de la DINA? Y sufrimos entonces la fractura al interior de nuestra pequeña familia. Roberto no aceptaba hablar del tema desde Arica. Sergio estaba en Vallenar, en su trabajo en la empresa estatal del acero, y no quería tener conflictos con su mujer, hija de un dentista de Carabineros. Y Cristina guardaba distancia porque no quería alterar a su pareja, un piloto de LAN, la empresa aérea estatal. Quedábamos sólo mi madre y yo en Santiago, recorriendo el laberinto por el cual no sabíamos cómo avanzar en medio de noticias aterradoras.

Ocurrió entonces el crimen de Letelier. Primero la dictadura, el diez de septiembre, anunció que le quitaba la nacionalidad chilena al ex canciller Orlando Letelier, por "atentar gravemente contra los intereses esenciales del Estado". El decreto supremo llevaba la firma de Pinochet y de su gabinete en pleno. Luego supimos que ese mismo día, en Nueva York, Letelier hizo un vibrante discurso frente a cinco mil personas en el Madison Square Garden: "Se me ha privado de mi dignidad de chileno, pero yo quiero que ustedes sepan que yo soy chileno, nací chileno y moriré chileno. Ellos, los fascistas, nacieron traidores, viven como traidores y serán recordados siempre como fascistas traidores".

Orlando Letelier y su familia no descifraron tampoco las señales de peligro: llamados telefónicos y cartas anónimas, una campaña de desprestigio en la prensa de derecha, sujetos que parecían vigilar en las cercanías del Instituto de Estudios Políticos (IEP) en Washington. Incluso comentó a su mujer que el decreto le salvaba la vida: era el castigo a que lo sometía la dictadura. Hasta que pocos días después, el martes veintiuno de septiembre de 1976, estalló en Sheridan Circle la bomba que la DINA pegó bajo su auto. El primer policía que llegó junto al humeante Chevette, el oficial Walter Johnson, dice que se asomó al interior y "vi a un hombre blanco, sentado en sus caderas, en el pavimento. Todo el piso del coche se había desprendido. Había perdido las piernas por encima de las rodillas. Había sangre en todas partes. Él miró hacia mí y movió el cuerpo, como queriendo acercárseme". Muy cerca, tendida sobre el pasto, se desangraba la joven Ronnie Moffit, colaboradora de Letelier en el IEP. Estaba embarazada y una esquirla rompió una arteria de su cuello. Pocos minutos después, en el hospital, junto a los cuerpos aún tibios, un joven amigo y colaborador de Letelier se hacía cargo de cada macabro detalle: Juan Gabriel Valdés. Veintitrés años después sería el canciller de Chile y tendría que encabezar las gestiones para liberar al general Pinochet de su arresto en Londres. ¡Qué extrañas vueltas que tiene la vida!

Cuando supimos la noticia del asesinato de Letelier, en la sala de redacción de *Ercilla* se callaron las viejas Underwood. Alguien sacó fotos de Letelier del archivo y las desplegamos sobre un escritorio. Rastreamos en la onda corta alguna radio que nos agregara información. Yo pensaba en los días martes que –quizás por estar dedicados al planeta rojo y al dios de la guerra– resultaban tan trágicos. En martes fue el golpe, en martes se llevaron a mi padre, en martes mataban a Letelier. Todos sentíamos que el nudo de la horca se estrechaba. ¡Se habían atrevido a asesinarlo en la capital de Estados Unidos! Qué quedaba para nosotros, trabajadores de la prensa, disidentes autocensurados, intentando abrir espacio desde dentro de Chile. La semana anterior habíamos sido "vendidos" a un grupo económico de derecha –el grupo Cruzat Larraín– porque los dueños "decé" sucumbieron a la presión. ¡Qué quedaba para nosotros!

Estiramos la cuerda –corta en verdad– hasta el máximo posible. Yo seguía haciendo entrevistas a los líderes sindicales del "Grupo de los Diez" y recibimos con esperanza la elección del demócrata James Carter como Presidente de Estados Unidos, ya que la Casa Blanca ejercería más presión en pro de los derechos humanos. De hecho, dos semanas después de la elección de Carter, Pinochet anunció que liberaba a 304 detenidos desde los campos de concentración de Tres Álamos y Puchuncaví.

Así fue como el diecisiete de noviembre de 1976 entré al campo de Tres Álamos, para ser testigo –junto a decenas de colegas chilenos y corresponsales extranjeros– de la liberación de presos políticos. Era un día de mucho calor. En las calles vecinas al campo de concentración, la multitud –familiares y amigos– crecía por momentos. Estaba ubicado en la zona sur de Santiago, muy cerca de las avenidas Vicuña Mackenna y Departamental. Observé que de los tres grandes álamos que dieron nombre al recinto, sólo quedaba uno. Ya estaba avanzada la primavera y sus ramas estaban desnudas. Se había secado. Anoté en mi libreta que los álamos se habían muerto de pena, testigos mudos de las atrocidades que allí se hicieron. En larga fila, los periodistas recorrimos las barracas de mujeres, donde estrechas literas subían desde el piso hasta el techo. Un periodista alemán me comentó en voz baja: "igual que las barracas nazis, las copiaron tal cual". Observé los detalles, pegados en las tablas de los muros. Los recortes con el rostro de Alain Delon o Yves Montand. Las tarjetas con alguna reproducción de Matisse, Picasso o Degas. Una peineta y una rosa seca sobre una tablita. Una cuna de mimbre y un sonajero roto. El guardia me permitió hojear un cuaderno de clasificación de la improvisada biblioteca. Los autores más solicitados por las presas habían sido García Márquez, Sábato y Sartre. Y junto a la puerta, una imagen de Jesucristo con la siguiente leyenda: "Cristiano es aquel que deja en los demás ganas de ser mejor". No nos permitieron revisar las barracas de hombres, así como tampoco el anexo Cuatro Álamos del que se relataban tenebrosas historias.

Los oficiales anunciaron el examen médico de los presos. Nos dividieron por sexos. Yo sólo escuchaba la voz de la detenida, detrás de un biombo, respondiendo las preguntas del médico. Se supone que el médico las revisaba desnudas. Ninguna reconoció haber sido torturada. Una de ellas resultó ser mi colega Cecilia Binimelis. Años después, la encontré en un carro del metro. Recordamos el episodio y ella, sorpresivamente, rebajó su escote con una mano y alcancé a ver las marcas en un pecho. "Apagaban cigarros", dijo secamente y volvió el escote a su lugar.

Teníamos la lista de los 134 presos de Tres Álamos en orden alfabético. En el gran patio, observamos cómo iban formando hileras, con su "equipaje" en el suelo: frazadas, mochilas, bolsos, abrigos. Ahí estaban, con la huella de lo vivido en la mirada y en la piel opaca de sus rostros. Hablaban entre ellos y fueron, por momentos, subiendo el tono de la voz. Así avisaron a sus familias que ya estaban muy cerca, a pocos metros, separados solamente por ese murallón coronado por cinco corridas de alambre de púas. Desde afuera comenzó a llegar una melodía y las voces se fundieron en una canción de moda que pasó a ser himno de prisioneros: el "Candombe para José". Carceleros y periodistas observamos la escena inmóviles y en silencio. Había en esa música –cantada por esas gargantas– una epopeya de sobrevivencia.

Luego un suboficial dio orden de formación para pasar la lista. Yo iba marcando con un *ticket* el nombre de cada prisionero que respondía "presente". Hasta que se llegó al número 34 y el vozarrón militar gritó:

–¡Guerrero...!
No hubo respuesta.
–¡Guerrero...!

Silencio nuevamente. La mirada del sargento buscó la del comandante del campo y observé cómo éste le ordenaba seguir con un ligero levantamiento de la barbilla. Yo dibujé una línea que encerró el nombre del prisionero número 34: Manuel Guerrero Ceballos. Nunca había oído su nombre. Cuando se terminó de pasar lista, vino el discurso de despedida del jefe del Servicio Nacional de Detenidos, comandante Sergio Guarategua. Tan breve como surrealista. Anoté una frase: "que toda la mente, todo el esfuerzo vaya ahora dirigido al futuro de los familiares... hasta luego y buen viaje". Se ordenó romper filas y prepararse para salir. Sentí que se dibujaba en el aire un gigantesco "adiós" que oprimía las gargantas de esos hombres y mujeres que se fundían en abrazos de despedida. Habían resistido juntos, habían logrado sobrevivir, se habían hermanado en el miedo y en la esperanza.

Yo tenía una misión que cumplir. Me abrí paso entre los soldados que escuchaban instrucciones y me acerqué al jefe del campo, el comandante Becerra.

–Comandante, comandante –dije en alta voz, ya que mi baja estatura impedía que me viera.

–A ver, la señorita, déjenle paso...

–Comandante, ¿qué pasa con el prisionero Guerrero?

–¿Quién?

–Guerrero, el número 34 de la lista, que no respondió al llamado.

Hizo un mínimo gesto que delató su incomodidad. Yo insistí:

–Es que falta un prisionero, comandante.

–A ver... ¡usted, vaya a averiguar qué pasa con ese detenido...! ¿Cómo dijo que se llama? Guerrero, Manuel Guerrero –le ordenó a un suboficial.

Me quedé ahí, cerca del grupo de uniformados. Y cuando volvió el suboficial, observé cómo rendía su breve informe. Me acerqué de nuevo. No fue fácil esta vez. El comandante daba órdenes y parecía no escucharme ni verme cada vez que yo invocaba su grado. Insistí hasta que no tuvo otra opción:

–Fue trasladado en la mañana a Puchuncaví para declarar en la Fiscalía Naval –me contestó secamente.

–Pero está en la lista de los que debían ser liberados hoy desde su campo, comandante –dije con voz suave y amistosa, tratando de obtener más datos.

–¿Y qué quiere que haga yo? Me dicen que ese detenido hizo una denuncia por torturas, ¡imagínese, torturas!, y que se la hizo al presidente de la Corte Suprema. Por eso tiene que quedarse adentro, para declarar en el proceso que hay en Valparaíso.

El comandante estaba muy molesto. Anoté su explicación y me despedí. Ya los prisioneros se acercaban al gran portón y me ubiqué entre ellos. Observé al abogado Hernán Montealegre, de la Vicaría de la Solidaridad, quien mantenía su cabeza en gesto altivo al recuperar su libertad tras seis meses de cautiverio. Comenzaron a abrirse las puertas, una muchacha gritó ¡viva la libertad! y fue entonces cuando comencé a llorar. ¡Papá, papá, podrías estar acá! La imagen de mi padre era lo único que veía ya que la cortina de lágrimas me separaba de la multitud. ¡Si no te hubieran matado, papá, estarías caminando por aquí mismo! Y salí de Tres Álamos, a ciegas, bajo el calor que fundía sudores y lágrimas, escuchando las voces del reencuentro, adivinando abrazos y besos, sintiendo mi infinita orfandad. ¡Papá, papá...!

–¡Papá, papá! –gritó una voz infantil a mi lado.

La vocecita repetía el llamado, con desesperación, y me conectó con mi entorno. Sequé mis ojos y busqué de dónde provenía. Un niño chiquito, no más de seis años, gritaba al tiempo que trataba de zafarse del soldado que retenía su brazo.

–Está perdido, no sé qué hacer –me explicó el uniformado.

Me arrodillé en el suelo y traté de calmarlo. Luego me incorporé con el niño en los brazos y comencé a gritar:

–¡Aquí hay un niño perdido! Atención, atención, hay un niño perdido...

El pequeño seguía gimiendo "papá, papá" y yo lo calmaba de tanto en tanto, mientras mantenía mi llamado de atención a la multitud. De repente, una voz de mujer gritó:

–¡Manuelito...!

Era la madre del niño y la esposa de Manuel Guerrero Ceballos. Supe entonces que había sido yo quien había averiguado por el desaparecido prisionero para informar directamente a su familia. Mi vida está llena de sincronías evidentes que se resuelven en cuestión de minutos. Y supe también que escribiría esta historia, aunque fuera en pocas líneas, en mi reportaje de la revista. Manuelito y yo habíamos unido nuestros gemidos llamando "papá, papá", los dos habíamos salido de Tres Álamos con las manos vacías. Lo que no supe entonces es que le estaba salvando la vida al prisionero Manuel Guerrero Ceballos. De eso me enteré siete años después, cuando ya había olvidado el episodio y hasta su nombre.

En el '83, recibí un llamado en la redacción de la revista y una voz de hombre me rogó que anotara su nombre en un papel: "Guerrero, Manuel Guerrero. No se olvide, por favor. Estoy en el aeropuerto. ¿Cuánto me demoro en llegar hasta su oficina?". Media hora en taxi, una hora en bus. "Por favor, espéreme, necesito verla ahora mismo. Es muy importante". Algo había en la voz que me hizo confiar. Se apareció con una sonrisa abierta y pidió permiso para abrazarme. Accedí, era muy atractivo. Y él me tomó entre sus brazos, diciendo "gracias, gracias, me salvaste la vida".

No podía creer que yo hubiera olvidado su nombre. Hicimos subir, desde el archivo, el tomo de la revista *Ercilla* correspondiente al último trimestre de 1976. Y repasamos juntos ese reportaje de cinco páginas titulado "Estado de sitio: la liberación de los detenidos".

–Me estaban torturando cuando apareció tu revista con la historia del prisionero Guerrero. Tuvieron que parar la máquina. Y los obligaste a liberarme. Por eso te debo la vida...

Le habían canjeado la detención por exilio. No alcancé a preguntar por detalles cuando Guerrero develó que el objetivo no era sólo darme las gracias.

–Necesito que me salves la vida por segunda vez. Acabo de volver a Chile por un milagro. Iba en un vuelo de Lima a Buenos Aires y cuando aterrizamos en Santiago, no pude aguantar las ganas de pisar mi tierra. No sé cómo, pero me dejaron entrar. Debe haber un error con mis datos en las computadoras. Oficialmente yo estoy en el exilio...

Dijo su historia de corrido, sin turbarse. Y en la mirada ambos sabíamos que no era cierto. Había ingresado clandestinamente y con eso les daba la coartada perfecta para hacerlo desaparecer. Guerrero debía ser alguien importante. No hice preguntas.

–Tienes que escribir que me viste, que quede una prueba escrita de que estoy acá y seas mi testigo –rogó.

Hablé con el director Filippi y aceptamos su petición. A la semana siguiente, una pequeña nota daba cuenta de que el profesor Manuel Guerrero Ceballos estaba en Chile, que se trataba del primer retornado de ese exilio dispuesto por decreto-ley y que planeaba incorporarse a las tareas gremiales de su oficio. No supe entonces que el año '76 –al igual que mi padre– él había estado en manos del Comando Conjunto. A decir verdad, aún no sabía que ese comando hubiera existido.

Cuando el miedo sopla fuerte, quedan al desnudo grandezas y miserias. En nuestra familia ocurrió lo que luego escuché en tantos testimonios: tan pocos en el abrazo solidario y tantos apartándose lo más lejos posible, como si fuéramos contagiosos. Me dolía porque mi papá fue un hombre transparente y todos en nuestra familia supieron de su bondad y generosidad. Cualquiera puede comprobarlo. Y me dolía porque su asesinato, a mi entender, obligaba a cerrar filas en lugar de provocar una estampida. Uno de esos hermanos que decían quererlo tanto apareció por Bucarest 187, a fines de noviembre del '76, y justificó su ausencia en el informe que había recibido de su otro hermano, el teniente coronel. Cuando mi madre me lo contó, sentí que se me doblaban las rodillas: "Gustavo le dijo que estaba probado que tu papá se había suicidado porque en la empresa hubo robos graves y tu papá estaba involucrado". Y, claro, el informe terminaba con un "no insistas en lo del crimen, Carmen, no tiene sentido". Tomé el teléfono y pedí una entrevista urgente con el general Carlos Gardeweg, presidente de la Sociedad Constructora de Establecimientos Educacionales. Cuando lo tuve enfrente, pregunté por el resultado de la investigación de la Contraloría. Gardeweg fue muy claro: todo estaba en orden. Insistí, haciéndole ver que había comentarios que dañaban la honra de mi padre. Fue enfático para decirme que había sido un funcionario ejemplar. Sucedió entonces lo que no me esperaba. El general sacó una carpeta de un cajón con llave y desplegó delante unas hojas que llevaban el timbre "reservado".

–Mire, Patricia, yo quería mucho a su papá y no se puede imaginar cómo me afectó su muerte. Así que investigué todo ese episodio de los rumores de robo, identifiqué a las personas que habían participado de esos falsos rumores y las despedí. Mire, le voy a mostrar este documento secreto. Es un oficio que me manda el general Rubén Romero, jefe de la Dirección de Inteligencia de Carabineros, la DICAR, usted sabe. Me pide que reincorpore a la empresa a toda esa gente que eché. Y aquí está mi respuesta, explicándole por qué debo rechazar su petición...

Y el general me leyó su carta, orgulloso de su lealtad con mi padre. Yo sólo repetía, en silencio, una frase: "así que eran agentes de la DICAR". No había otra explicación al hecho de que ese jefe de Inteligencia intercediera por ellos: trabajaban para él. Cuando el general Gardeweg cerró su carpeta secreta, le pedí lo que necesitaba, una prueba escrita de la inocencia de mi padre. Al día siguiente retiré de la empresa la carta firmada por Gardeweg, donde certificaba el impecable desempeño laboral de Sergio Verdugo. Lo mismo declaró en la investigación judicial: "...el resultado de la investigación probó la total inconsistencia de las denuncias".

El hecho es que, con la carta de Gardeweg en la mano, partimos con mi mamá hacia el barrio de Los Dominicos para encarar a mi tío Gustavo Verdugo, el teniente coronel.

–¿Qué haces tú en mi casa? –dijo con voz airada, en cuanto me vio en el *living*.

No supe cómo reaccionar.

–¡Sal de inmediato! ¡Fuera! No tengo nada que hablar con gente como tú, que traiciona a la patria. Pones en riesgo a mi familia al estar aquí. Yo sólo acepté hablar con tu mamá...

Mi madre apretó mi mano y me pidió esperarla afuera, en el auto. La reunión duró pocos minutos. De ahí salió conmocionada, llorosa, luego de que su cuñado –el que tantas veces se cobijó en nuestro hogar– no pareció interesarse por la carta de Gardeweg y le insistió en que había "cosas muy raras que más vale que ni sepan". Nos abrazamos largo, dejando correr las lágrimas.

–Mamá, te lo prometo, algún día le vamos a hacer justicia...

Cinco

Todo duelo tiene una recaída para los siguientes festejos de Navidad y Año Nuevo. La ausencia se hace presencia con una fuerza que arrasa con la más firme voluntad. Y una se encuentra colgando adornos del pino, envolviendo regalos y escribiendo tarjetas, mientras el cuerpo se licua de tanto llorar. Para la medianoche del treinta y uno de diciembre, parece un sacrilegio cruzar el puente del nuevo año sin llevar al amado físicamente consigo. Pero nuestro muerto se queda atrás, en el año que se va.

A mí me empujaron dos niños, haciéndome atravesar el puente. Felipe y Diego no daban tregua en su jolgorio, eran una fiesta permanente. Pero en lo más íntimo me sentía viviendo en los dos mundos. Dos hijos tenía en esta tierra y dos hijos volaban en el cielo. Mi padre se les había sumado. Vida y muerte, dos caras de la misma medalla. Le perdí el miedo a la muerte –territorio que cobijaba ya a tantos de los míos– y le gané sentido a la vida. Había que vivir a conciencia cada momento del presente. El futuro es un bosquejo que no controlas, un espejismo que se desvanece cuando menos lo esperas. ¡Cuántas cosas dejamos "para mañana"! Y luego ese mañana no existe para ser vivido con los que amas. Sólo hoy, sólo este momento, vivido a conciencia. Y la conciencia me decía que yo estaba en deuda con mi padre y con todos los muertos de esa represión que iba enlutando a mi país. Había que redoblar el esfuerzo para que se respetaran los derechos humanos y para recuperar la democracia. ¿Que eso implicaba un riesgo de muerte? Sí, claro, ¿y eso qué? Yo necesitaba acostarme cada noche con la sensación del deber cumplido, con la creencia de que hacía lo posible para que mis hijos –de tener un futuro– vivieran en un país libre y con garantías para sus derechos básicos.

Cuando se cerró el balance del '76, la Vicaría de la Solidaridad comprobó que durante el año se había producido un cambio en la represión, ya que "comenzó a aplicarse la detención sin testigos como sistema". En el segundo semestre, agregó el informe, "la proporción de detenciones que significan desaparecimiento indefinido, y quizás definitivo para el afectado, aumentó cuatro veces". ¿Quiénes habían sido las víctimas?: "las detenciones se han centrado en dirigentes sindicales y otras personas a las cuales se les asigna vinculación con el Partido Comunista".

Al promediar enero del '77, un bombazo en el barrio Bellavista destruyó el Taller 666 y la galería de arte de Paulina Waugh, ubicados en una misma casona de calle Siglo XX, la que luego sería rebautizada como Ernesto Pinto Lagarrigue. El mensaje estaba más que claro en el crepitar de las llamas que consumieron óleos y grabados, así como las primeras arpilleras multicolores hechas por las manos de mujeres que marcarían la historia de ese siglo XX, incluso más allá de nuestras fronteras: las integrantes de la Agrupación de Familiares de Detenidos Desaparecidos. A la jueza Carmen Canales Lavín le tocó investigar ese caso, la misma jueza que investigaba la muerte de mi papá. Hacia fines de enero del '77, llamó a mi mamá al tribunal:

–Señora Carmen, quiero que usted sea la primera en saber que voy a cerrar el sumario. Estoy recibiendo muchas presiones para dictaminar un suicidio y no tengo ayuda alguna de la policía para comprobar el crimen. Yo sé que fue un asesinato, pero estoy con las manos amarradas. Lo único que puedo hacer por usted y sus hijos es dictar un sobreseimiento temporal, para que así puedan reabrir el caso en el futuro, cuando cambien las condiciones políticas...

Así, con apenas cincuenta fojas, la investigación judicial se cerró seis meses después de su muerte. Leí muchas veces cada hoja, especialmente el informe de autopsia que detallaba sus ropas manchadas con sangre: camisa amarilla con rayas verticales, chaleco amarillo sin mangas, pantalón azul, corbata azul, sólo un zapato negro, el derecho. Fracturas en el cráneo, con escasa reacción vital. Causa de muerte: asfixia por sumersión. La jueza Canales había pedido una ampliación de la autopsia, quería saber si mi padre estaba vivo al momento de sufrir las fracturas. Un médico legista llamado Exequiel Jiménez le informó que las lesiones tenían "escasa infiltración vital, lo que supone una sobrevida corta". Y agregó: "de ahí que sea aventurado concluir con certeza si las lesiones pudieron haber sido provocadas por terceros". Sólo había cuatro páginas que me saltaba cuidadosamente al leer y releer el sumario. Ahí estaban las fotografías del cadáver de mi padre en el río Mapocho.

Enero de 1977. Al mismo tiempo que la dictadura ordenó la clausura de la Radio Balmaceda, allanando su estudio con medio centenar de agentes, los nuevos dueños de la revista *Ercilla* lograron la renuncia del director Emilio Filippi. La mala noticia se transformó en buena nueva cuando los periodistas, fotógrafos, diagramadores, empleados del archivo y hasta el subgerente –con una sola voz– reaccionamos en cadena solidaria y renunciamos. Nos quedábamos sin trabajo, agregábamos otro dato a nuestra sospechosa carpeta de la DINA, pero qué alivio responder con un gesto de grandeza.

Recuerdo que hasta sonreíamos mientras las máquinas escribían las renuncias, con las teclas en un coro de sonidos que se elevaba como un himno a la dignidad. El subdirector Abraham Santibáñez; el jefe de redacción, Luis Álvarez Baltierra; los redactores Hernán Millas, María Olivia Monckeberg, María Paz del Río, Mauricio Carvallo, Mabel Correa, Ana María Foxley y Carmen Ortúzar. Entre los colaboradores, Alfonso Calderón (Premio Nacional de Literatura 1997), Guillermo Blanco (Premio Nacional de Periodismo 1999), Andrés Sabella, Óscar Pinochet de la Barra, Malú Sierra, Mariano Silva, Enrique Ramírez Capello y Mónica Blanco. En el diseño, Julio Palacios y Alejandro Montenegro ("Rufino"). En la gerencia, Víctor Marshall.

Ésos son los nombres de este episodio que entibia el alma de puro recordarlo. Porque hay batallas que se dan sin disparar un tiro, en las que se juega el pellejo, en las que un invisible manual de ética se levanta como bandera y un halo de heroísmo la hace a una caminar entre nubes. Dejamos atrás la casona de calle Quebec y dejamos atrás al único de los nuestros que no pudo seguirnos: Hans Ehrmann. En su memoria aún sangraban las heridas de la persecución nazi.

Sacar una nueva revista. Ésa fue la meta. Nos asilamos, laboralmente, en los estudios de la radio Chilena y comenzamos a planearla en detalle. Eso mantuvo al equipo cohesionado y con el ánimo en alto. El director Filippi rastreaba fuentes de financiamiento fuera de Chile, en la generosa bolsa de la solidaridad internacional que sostuvo a la disidencia chilena, tanto en el exilio como en el "interior". Cuando llegó la plata, no hice preguntas. Sé que soy una buena interrogadora cuando me propongo hacer una investigación, pero por instinto –en esos años– no preguntaba por asuntos que parecían confidenciales. "Mientras menos sepa, mejor", parecía ser mi lema en la eventualidad de un interrogatorio bajo tortura.

El asunto es que, aún teniendo la plata, no podíamos fundar una revista así como así. Había que contar con el "permiso" de la dictadura. Y sé que ahí se movió Lucía Pinochet, la hija mayor del dictador. Curiosa mujer. Había sido secretaria de Belisario Velasco –dirigente del PDC y director de la clausurada radio Balmaceda– antes del golpe militar. El PDC, por tanto, le era cercano. Y a mediados del '76, Lucía Pinochet había invitado a almorzar al abogado Jaime Castillo Velasco, quien había firmado la carta de denuncia dirigida a los cancilleres reunidos por la OEA en Santiago. Ella le dijo, entonces, que necesitaba saber la verdad de lo que estaba ocurriendo. Y Castillo Velasco se la dijo. Ella no podía creer lo que escuchaba y le pidió enterarse de un caso concreto al momento que estuviera ocurriendo. ¿Cárceles secretas, torturas, desapariciones? No, no podía ser cierto. Su padre –insistía ella– era un militar con honor, un hombre decente. No pasaron muchos días cuando Castillo Velasco la llamó y le pidió ayuda para un detenido que había sido visto en Villa Grimaldi. Así fue como la hija del dictador llegó frente al alto portón y se encontró frente a los sorprendidos guardias que le negaron el acceso. De nada le sirvió gritar su identidad y exigir que el oficial a cargo le diera una explicación. No pudo entrar al centro de torturas. Y el jefe de la DINA, coronel Manuel Contreras, informó a Pinochet de la "interferencia" de su hija en las tareas de seguridad. Cuando el padre pidió a Lucía que explicara su acción, el nombre de Jaime Castillo Velasco salió a relucir. Pocos días después, el "maestro" democratacristiano fue puesto en un avión rumbo al exilio.

En ese panorama y en esos días, quizás cómo se resolvían las cuentas pendientes entre padre e hija. Quizás cuando ella le pidió que aceptara una nueva revista, él sintió que saldaba una deuda y –de paso– tapaba la boca de los que decían que en Chile no había libertad de prensa. Nosotros, al recibir la autorización oficial, sabíamos que íbamos a ser usados como "el negrito de Harvard". ¿Cómo que no hay libertad de prensa, han leído la revista *Hoy*? Excepción que confirma la regla.

Por esos días, la dictadura prohibió la venta de los libros de García Márquez, Vargas Llosa y Cortázar. En pleno toque de queda, agentes incendiaron una carpa de circo en avenida Providencia donde se daba la obra de teatro "Hojas de Parra", escrita por el poeta Nicanor Parra y montada por los actores Jaime Vadell y José Manuel Salcedo. Incendiaron también –¡cómo les gusta el fuego!– la radio osornina La voz de la Costa, de la Iglesia Católica.

Observábamos cómo las presiones del Presidente Carter y de la Enmienda Kennedy, boicoteando la venta de armamentos, comenzaban a complicarle el cuadro a la dictadura en esos primeros meses del año '77, cuando aún no teníamos dónde escribir. Igual continuaron los arrestos y las desapariciones, aunque ya la Corte Suprema había aceptado nombrar un ministro en visita para investigar la desaparición de trece personas.

La DINA, en mayo del '77, secuestró a un pequeño niño, Carlos Veloso, y luego lo torturó enfrente de su padre, un dirigente sindical democratacristiano. Una vez que ambos fueron liberados, el hecho se publicó en la prensa, provocando un escándalo que la DINA trató de ocultar culpando a cinco vecinos del dirigente sindical. Las torturas fueron brutales y uno de ellos no las resistió. El relojero Jorge Troncoso pasó a integrar la nómina de desaparecidos.

A esa altura, mientras preparábamos la nueva revista, trabajé mucho como "corresponsal extranjera". Acepté el contrato de la cadena Televisa porque la oferta llegó en la voz de la periodista chilena Érica Vexler, mi maestra de periodismo real. Con ella tuve mi primer trabajo cuando aún estudiaba en la Escuela de Periodismo de la Universidad Católica: la producción periodística de su programa de entrevistas políticas en el Canal Trece. Luego, hice mi práctica como su ayudante en la revista *Ercilla*. Aprendí con ella de ese periodismo que se nutre de horas de investigación en los archivos y de rastrear nuevos datos sin desfallecer de calor, frío, hambre o cansancio. No incluyo el miedo como factor, porque no lo conocíamos al ejercer el periodismo en democracia. Érica había tenido un contacto con el terror, cuando se le ocurrió colarse –disfrazada– en la Colonia Dignidad, un enclave de colonos alemanes nazis en el sur de Chile. Ella estuvo en el meollo de la denuncia de los años '60 y lamentablemente no logró su clausura. ¡Cuántos niños se habrían salvado del pederasta Paul Schaeffer y cuántos disidentes no habrían sufrido torturas!

Érica Vexler pertenecía a una pequeña familia judía que había escapado de Rumania después de la Segunda Guerra Mundial. Y sus padres entraron en pánico la misma noche en que fue elegido Salvador Allende, el cuatro de septiembre de 1970. Muchas familias judías temieron lo peor, creyendo que el comunismo antisemita se apoderaba de Chile. Ni siquiera confiaron en el apellido materno del Presidente electo: Gossens. Y se fueron casi con lo puesto, dejando hasta las luces prendidas en sus casas. Obviamente Érica –inteligente y muy culta– no cayó en ese pánico, pero más fuerte fue mantener la cohesión de su pequeña familia. No alcancé siquiera a despedirme de ella. Luego me llamó desde Buenos Aires para decirme adiós y me escribió desde Israel, ya como directora de una agencia de noticias. Ahora me ofrecía ser corresponsal de Televisa y no podía negarme. Le debía mucho. Luego descubrí que la credencial de corresponsal extranjero podía resultar protectora y que el trabajo mismo me permitía enviar noticias a los exiliados en México. Más de una vez, además, el cheque en dólares salvó el presupuesto familiar.

Nuestra revista apareció el primer día de junio del '77, bajo el lema "la verdad sin compromisos" y con el nombre de *Hoy*, el mismo de una revista que había cerrado el año '42 y en la que escribieron las admiradas plumas de Lenka Franulic y Luis Hernández Parker. Al equipo original se habían sumado otros periodistas como Jaime Moreno, Irene Bronfman, Patricia Politzer y Juan Andrés Piña, así como contábamos con el trazo preciso de los dibujantes Hernán Vidal ("Hervi") y Patricio Amengual.

Lo más importante, para mí, es que apareció una irreverente jovencita que tuteaba al director y hasta le decía "palomo", en tanto que para nosotros era el reverenciado "don Emilio". Odette Magnet era su nombre y se transformó en mi hermanamiga. No supe entonces, cuando la vi aparecer con su altivo desparpajo, que guardaba un dolor reciente y profundo. En julio del '76 –mi mismo julio– había desaparecido su hermana María Cecilia. Ni ella ni yo supimos, por mucho tiempo, que su amada hermana y su joven cuñado –el doctor Guillermo Tamburini– habían sido víctimas de la "Operación Cóndor" en Buenos Aires. Y no estaba en nuestro espacio imaginable que –veintidós años después– esa operación conjunta pondría al dictador en manos de un juez español apellidado Garzón.

Aparecimos en los quioscos de Chile con el Presidente Carter en la portada –¡qué mejor paraguas!–, justo para cubrir la primera huelga de hambre de familiares de detenidos-desaparecidos en el edificio de la ONU, en la comuna de Vitacura. A mí me tocó trabajo sucio de nuevo: entrevistar a la ministra de Justicia, Mónica Madariaga. Necesitábamos al menos de un miembro del gabinete para que "bendijera" a nuestro caballo de Troya. La joven ministra relató su vida, describió a su primo, el dictador, como "tiernamente autoritario" y respondió las preguntas que le hicieron el presidente del Colegio de Abogados, el presidente de la Comisión Constituyente, un ministro de la Suprema y una jueza. Ninguno preguntó por los derechos humanos. Yo tampoco.

Nuestra revista había nacido para correr el cerco de lo prohibido y teníamos la responsabilidad de ser el único medio escrito disidente que se podía comprar en la calle. Sólo en circuitos privados circulaba el "Boletín" de la Vicaría de la Solidaridad y el informativo *APSI*, así como la revista *Mensaje* de los jesuitas.

Cada día peleábamos con nuestra propia autocensura para ir recuperando un lenguaje claro, explícito. Y en esa tarea me sumergí con alegría. Había sólo un detalle en mi conducta que revelaba el trauma sufrido: comer tierra. Necesitaba sentir el sabor de la tierra en la boca, hacerla crujir entre los dientes. No se lo confesé ni a mi mejor amiga. Encontré una fórmula para saciar mi hambre por tierra sin llamar la atención. Buscaba caminar por la tierra, en plazas o borde de veredas, y dejaba caer las llaves del auto. Al recogerlas, presionaba una de ellas a ras de tierra y luego disimuladamente me la llevaba a la boca. Fui perfeccionando el sistema, de manera que cada vez sacaba más tierra en la punta de la llave.

Para el primer aniversario de la muerte de mi padre, el cardenal Silva Henríquez nos ofreció celebrar una misa en la pequeña capilla de su casa, en calle Simón Bolívar. Era su manera de abrazarnos. Avisamos a los pocos familiares que quedaban cerca nuestro y a los compañeros del sindicato de mi padre. En la víspera, se apareció por Bucarest 187 el arquitecto Alfredo Junemann, vicepresidente del sindicato. Explicó que no podía asistir a la misa –miedo, me dije– y venía a expresarnos su afecto. Lo acompañé hasta su auto. Y allí, de golpe, preguntó:

–¿Y qué dice el contador en su confesión?

–¿Qué contador, qué confesión?

No sabía de qué hablaba, él no podía creer que yo no supiera. Me dijo que un contador de la empresa había confesado su participación en el crimen, que un vicario católico del sur sabía de esa confesión, que también sabía el ex ministro Juan Hamilton, dirigente democratacristiano. No pude dormir esa noche. Y muy temprano al día siguiente pedí una entrevista a Hamilton, quien –para entonces–

aparecía como socio de la empresa que editaba la revista *Hoy*. Se veía muy turbado cuando me relató lo que sabía.

–Supe de esa confesión por el sacerdote Gustavo Ferraris, vicario de la zona sur de Santiago. Él me pidió que lo conectara con tu familia y por eso me enteré...

–¿Cuándo fue eso?

–Hace tiempo ya, casi un año...

–¿Y por qué guardaste el secreto?

–No, no lo guardé. Hablé con tu marido y él me pidió que no te dijera una palabra de este asunto. Dijo que era mejor que no supieras, por tu propia protección, que te haría daño saber. Por eso me callé...

Sentí que la confianza conyugal se quebraba de raíz, no hice ni un gesto que delatara mi estupor y pedí los datos para ubicar al padre Ferraris. Al día siguiente, en la Vicaría Sur, recibí un sobre lacrado de manos de un sacerdote que –por meses– no entendió cómo la familia Verdugo no se interesaba por este documento clave. Antes de que abriera el sobre, el padre Ferraris me relató la historia. En agosto del '76, pocos días después del asesinato de mi padre, un hombre aterrorizado había sido traído a la Vicaría Sur por el párroco Mario Scomparin y otros sacerdotes. Decía que lo iban a matar, a él, a su mujer y a sus hijos. Pedía asilo, pedía ayuda para salir del país. Escucharon su historia, calcularon que corría real peligro y –tras discretísimas consultas– le consiguieron protección de la embajada de Canadá. Antes de partir, el hombre cumplió con lo pactado y redactó su confesión frente al notario Orlando del Fierro.

Abrí el sobre y ahí estaba la firma y el timbre del notario, ratificando su autenticidad. Ocho carillas de papel ordinario, escritas con tinta de bolígrafo y una letra apretada. Sentí cómo me bombeaba el corazón en cada línea. Así comenzaba: "Cuando yo, Juan Antonio Navarro Navarrete, contador, jefe administrativo de la zonal Santiago Norte, comencé a tener participación en los hechos acaecidos en la Sociedad Constructora de Establecimientos Educacionales...".

La historia era sórdida. Oficiales de la DICAR (Dirección de Inteligencia de Carabineros) lo habían obligado a colaborar en la "operación Sergio Verdugo" desde comienzos de junio del '76, un mes y medio antes del asesinato. El jefe del grupo era un capitán llamado Fernando Shesta Puente, quien "me informó que su gestión era una misión especial de colaboración al capitán de Carabineros Juan Brown Galleguillos, Jefe del Departamento de Locales del Ministerio de Educación, quien estaría siendo boicoteado por la Sociedad Constructora de Establecimientos Educacionales".

Así, mientras mi padre era vigilado en sus desplazamientos, cada noche este contador llegaba hasta el cuartel central de la DICAR, ubicado en calle Dieciocho 229. Y ahí se encontraba con fotocopias de los documentos que mi padre firmaba y tramitaba cada día. "Me están fotocopiando mis papeles", había dicho mi padre. Y tenía razón.

Revisar los documentos –le dijeron a Navarro– tenía como objetivo colaborar con una investigación de la Contraloría. Pero, agregaba el contador, "conversaciones con el señor Shesta me hicieron formarme una idea del problema: el señor Verdugo debía salir de la empresa bajo cualquier pretexto". Hasta que, el lunes diecinueve de julio de 1976, a pocas horas de la desaparición de mi padre, el capitán Shesta dio por terminada la misión. "No te preocupes, ese huevón de Verdugo se va a suicidar, así que olvídalo". Ésa era la frase clave. Un oficial de la DICAR anunciando el "suicidio" de mi papá...

El contador agregaba que, al aparecer el cadáver, "hecho que me conmovió dado lo anterior, me comencé a preocupar". Y llamó por teléfono a "don René", el nombre de chapa del capitán Shesta. "Me dijo que no me preocupara, que el trabajo se suspendía para dejar enfriar la conmoción y el revuelo, que posiblemente sería investigado por el Ejército SIM (Servicio de Inteligencia Militar) lo ocurrido, dado el parentesco del fallecido con oficiales de Ejército".

Todo calzaba. Incluso anotó al final un detalle. Había visto un cepillo de dientes sobre el escritorio de Shesta y éste le había respondido con un "es de Verdugo, olvídalo". Todo encajaba. La confesión del contador Navarro incluía la historia de un conflicto desatado entre los organismos de Inteligencia. El domingo veinticinco de julio, pocos días después del crimen, fue llevado hasta el cuartel de la DICAR.

"Al entrar, me recibió don René y me dijo, pasando a una pieza oscura, 'mire esto'. Se trataba del cadáver de una persona, lo tenían tendido arriba de dos escritorios. Pregunté de quién se trataba y me dijo que era el sargento que siempre me trasladaba entre la oficina y mi casa". Agregaba el contador Navarro que el capitán Shesta "me dijo que no me preocupara, que tratarían de cuidarme hasta donde les fuera posible, y me dijo además que el cadáver de ese carabinero fue botado en la puerta del edificio y que a los congrios les iba a costar dos por uno. Se refirió con ese término, congrios, a los militares".

Y Navarro describía cómo, de pie frente al muerto, el tal capitán Shesta le había hablado: "esto te pasó por desconsiderado, debías haberlo dejado terminar la once". El contador Navarro anotó: "yo estimo que se refería al señor Verdugo". Otra pieza que encajaba en el rompecabezas. El cepillo de dientes, la taza de té a medio tomar...

Seguía el relato del contador Navarro. En los días siguientes, comenzó a notar que lo seguían en la calle, a la salida de la oficina. Creyó que se trataba de militares y decidió escapar con su familia. Pidió ayuda en su parroquia. Así fue como canjeó su confesión por el asilo político en Canadá y dejó una minuciosa descripción del "quehacer" policial en el cuartel de la DICAR, incluyendo un plano del recinto, números de teléfono y hasta patentes de autos. Hablaba de torturas y acarreo de cadáveres. Describía con detalle a un sujeto –un agente civil al parecer– que manejaba una camioneta verde y blanca. Era un tipo cruel en extremo y una vez lo vio salir con cadáveres en el *pick-up*. Era la mascota del equipo, lo apodaban "el chico" y decía ser sobrino de un señor de apellido Diez.

Cuando terminé de leer, todos los esfuerzos del padre Ferraris por suavizar el golpe fueron inútiles. Lo veía sonreír, lo escuchaba ofrecer una taza de café, me describía el miedo del contador Navarro. Yo sólo sabía que se había abierto una puerta hacia un mundo tenebroso, que en ese mundo había estado mi padre hasta morir, que poder atisbarlo me permitía de algún modo acompañarlo y me daba la primera llave para –¡algún día!– hacerle justicia.

Salí de la Vicaría Sur con la confesión de Navarro y con un grito ahogado que sólo yo escuchaba: "¡Shesta o como te llames, algún día te encontraré!". Y me fui directo a la Vicaría de la Solidaridad, donde entregué a Javier Luis Egaña una copia. Me fui luego hasta Bucarest 187 y encontré a mi madre con los ojos enrojecidos, muy conmocionada. ¿Qué le había pasado? Su entrecortado relato me estremeció. Había tenido un sueño. Iba por la calle y entraba a una vieja casona. Escuchó la voz de mi padre decir: "Aquí las traen en la noche". Y detrás de unos escritorios, semiborradas por los vidrios de una galería, veía mujeres moviéndose.

Se había despertado con angustia, sin entender de qué se trataba y con la voz de mi padre resonando en el recuerdo: "Aquí las traen de noche". Mi madre siempre ha creído que los sueños la conectan con dimensiones misteriosas, más allá de su propio subconsciente. Ella estaba muy sensible, al cumplirse el primer aniversario, y le costó calmarse. Esa misma mañana, decidió comprar semillas para preparar la siembra en la parcela. Conectarse con la tierra ha sido siempre su recurso de salvación, quizás por su crianza en los campos de Colchagua. Y partió al almacén donde siempre compraba semillas, muy cerca de avenida La Paz. No encontró estacionamiento al frente y debió alejarse por otra calle. Cuando volvía, al doblar una esquina, vio la casa del sueño:

–Casi me desmayo, casi boté el paquete de semillas, tuve que afirmarme en una pared –me dijo muy alterada.

Las mismas ventanas, las mismas rejas de protección, la misma puerta. Una puerta custodiada por carabineros. Se trataba de la Novena Comisaría de calle Dávila.

–Estuvo ahí, tu papá estuvo ahí. Estoy segura de que estuvo ahí –me repetía llorando.

No le mostré la confesión del contador Navarro hasta un par de días después. Se la tuve que leer en voz alta, ella no lograba entender la apretada letra y la conmoción le nublaba los ojos. Recuerdo que nos quedamos largo rato con las manos tomadas, en silencio.

–¿Qué vas a hacer con eso? –preguntó finalmente.

–Por ahora nada, mamá. Los abogados de la Vicaría dicen que hay que esperar. Lo importante es que ya sabemos...

Dejé de comer tierra. Y tuve una reunión con el embajador de Canadá para pedirle datos acerca del contador Navarro:

–Embajador, no sabemos cuándo podremos pedir la reapertura del caso. Y cuando suceda, necesitamos saber dónde ubicar a Juan Antonio Navarro Navarrete. Ustedes le dieron asilo a un colaborador de un organismo de Inteligencia. Yo espero que ustedes ayuden también a las víctimas y, en este caso, la primera ayuda significa no perderle la pista a Navarro.

Poco después, el embajador canadiense me entregó un papel con los datos. Desde entonces, cada año, en la letra "N" de mis agendas quedaba escrito "Navarro Navarrete, Juan Antonio / Suite 102-310 Partridge Ave / Winnipeg, Canadá. Fono (204) 339-9859". Nunca lo llamé. Sentía un profundo rechazo hacia el hombre que era cómplice del crimen. Su confesión no impedía que yo sintiera náuseas. Un par de años más tarde, mi hermano Sergio –estando al borde de la frontera canadiense– habló con él. Apenas con monosílabos, un asustado Navarro dijo que estaría dispuesto a colaborar si algún día "se daban las condiciones". Es decir, seguridad personal garantizada y democracia que asegurara un debido proceso. Eso entendimos.

Pero esas "condiciones" no estaban en los planes oficiales, pese a la presión de la Casa Blanca que llevó al dictador a hacer los llamados "anuncios de Chacarillas". En el cerro de ese nombre, frente a jóvenes que portaban antorchas, en un escenario casi wagneriano que habría sacado aplausos de Goebbels, el general Pinochet prometió que la transición a la democracia comenzaría el primero de enero del '81 y habría elecciones parlamentarias para el '85. No cumplió lo prometido.

Pero en ese entonces, julio de 1977, mientras tratábamos de entender el juego político que se barajaba en la Junta Militar, otro anuncio nos dejó más descolocados aún: el fin de la DINA. El anuncio se enmarcó en las breves visitas, por separado, de dos hombres de la Casa Blanca, Todman y Lowenstein, secretario de Estado adjunto y representante de EE.UU. ante la ONU, respectivamente. La prensa pudo informar de sus declaraciones en materia de derechos humanos y Todman se fue con un trofeo en la mano: la disolución de la DINA y su reemplazo por la CNI (Central Nacional de Informaciones). Pero sólo fue un trofeo aparente, ya que la represión mantuvo la línea trazada por los mismos jefes. El coronel Contreras, ahora jefe de la CNI, seguía teniendo el respaldo que cada mañana le daba –en el desayuno– el general Pinochet.

No sabíamos, entonces, que el "caso Letelier" ya rondaba –fantasmal– por los pasillos del edificio de gobierno. En la revista publicamos una breve nota dando cuenta del "suicidio" del Director de Protocolo de la Cancillería, Guillermo Osorio. No teníamos cómo saber que él había tramitado los pasaportes oficiales para los agentes de la DINA que fueron a Washington a matar a Letelier. ¡Qué alivio debió sentir el coronel Contreras al saber de su muerte!

Y en nuestra ignorancia, buscamos sólo explicaciones políticas internas cuando –el dos de noviembre del '77– supimos que Contreras era ascendido a general y dejaría pronto la jefatura de la CNI para asumir como "asesor" del general Pinochet. Lo reemplazaría el general Odlanier Mena, curioso nombre que resultaba de "Reinaldo" al revés. "Él es un profesional de la Inteligencia, no es un bruto como Contreras", nos confidenciaban fuentes gubernamentales. Nos refugiamos en la esperanza de que se acabarían las cárceles secretas y la desaparición de detenidos.

Seguimos sin entender qué estaba sucediendo cuando Pinochet convocó a una "consulta nacional", aduciendo que el país debía apoyar a su gobierno y rechazar "la intromisión extranjera". La única "intromisión" visible era la cuarta condena de la ONU por la violación sistemática de los derechos humanos. De la "intromisión" que estaba por venir, nada sabíamos. El comidillo político del momento fue, en todo caso, que el general Pinochet se había peleado con el general Gustavo Leigh, comandante en jefe de la Fuerza Aérea. Nos pasábamos de mano en mano la fotocopia de la carta donde Leigh se oponía a esa "consulta nacional" y hacíamos todo tipo de pronósticos optimistas a partir de esta trizadura en la Junta Militar.

El hecho es que nos obligaron, el 4 de enero de 1978, a presentarnos en "recintos de votación". Salíamos de ahí con un dedo manchado con tinta indeleble y con nuestra cédula de identidad mutilada en un ángulo, además de una estampilla de papel sobre el plástico. Y había que tener coraje para marcar el "no" en un clima francamente amedrentador. Los cómputos dijeron que un veinte por ciento votó contra el gobierno y un cinco por ciento anuló la papeleta. Me pasé el día en el edificio de gobierno –colaborando con la transmisión de radio Cooperativa– y cuando Pinochet salió a la Alameda para celebrar su triunfo, yo celebré que había ganado la apuesta. Aposté con un grupo de colegas que el general Leigh marcaría con su ausencia su nueva postura disidente.

Partí al día siguiente a Estados Unidos, sin imaginar siquiera que allá se ultimaban los detalles de una operación que remecería a la dictadura desde su base. Inquirí sobre el quehacer de físicos y biólogos chilenos en Princeton y Harvard, escribí una serie de reportajes sobre la fuga de cerebros y volví para enterarme de que el dictador había relegado al extremo norte a doce dirigentes DC –Andrés Aylwin y Belisario Velasco entre ellos– y para irme de vacaciones a la playa de El Tabo.

Cada tarde, llevaba a los niños a Isla Negra donde jugaban con palas, baldes y pelotas en la arena gruesa. Me quedaba mirando la casa de Pablo Neruda, clausurada por orden militar tras la muerte del poeta, y observaba a los paseantes que –al desgaire, como quien no quiere la cosa– anotaban un breve mensaje en la empalizada gris. "Pablo, te amamos". "Contigo, siempre". "Esperanza de mi pueblo". Ahí estaba una tarde de febrero, entre que observaba la empalizada y hojeaba *El Mercurio*, cuando un cable fechado en Washington me hizo saltar en la arena. Cuatro líneas apenas para decir que el FBI buscaba a dos oficiales chilenos por el crimen de Letelier.

El huracán se dejó caer el cinco de marzo cuando *El Mercurio* –que a la hora de reconocer patrones, no tiene dudas– publicó dos grandes fotos con los "buscados" por el FBI. Sus nombres de chapa eran Juan Williams Rose y Alejandro Romeral Jara. Dos días después los identificó como Michael Townley, agente de la DINA y ex miembro de "Patria y Libertad" (grupo terrorista de ultraderecha), y el capitán de Ejército Armando Fernández Larios, también agente de la DINA.

¡Qué días fueron ésos! Todo el mundo comentaba los hechos y seguía las noticias. Podíamos escribir con más libertad, buscábamos pistas criminales en el "suicidio" de Osorio (el que tramitaba los pasaportes para la DINA) y podíamos informar hasta de las maniobras oficiales para encubrir lo ocurrido. Llegaron agentes del FBI con el fiscal Eugene Propper, los que no aceptaron gato por liebre y Pinochet no tuvo más remedio que permitir que se llevaran al agente Townley. A esa altura, el dictador ordenaba maniobras desesperadas. Terminó con el estado de sitio, por ejemplo. Nombró a un civil –Sergio Fernández– como ministro del Interior. Y sacó de la manga un decreto-ley que amnistiaba todos los crímenes cometidos desde el golpe militar, con la sola excepción del caso Letelier.

Por su parte, el general Contreras, acosado por EE.UU. y sus enemigos internos en el gobierno, ordenó una sola y certera movida en el tablero. Hizo publicar en el diario *La Segunda* una breve nota diciendo que había enviado a Europa, en el vapor Badenstein, doce maletas con documentos de la DINA. ¡Que se dieran por notificados Pinochet y todos los generales! El gran Mamo, su sobrenombre, no estaba dispuesto al sacrificio, ni por la patria ni por el gobierno militar.

Así fue como el siete de abril de 1978, después de intensas negociaciones aquí y allá, en la embajada de Chile en Washington se reunieron dos personeros. Por el gobierno militar, el coronel Enrique Montero Marx, subsecretario del Interior. Por Estados Unidos, Lawrence Barcella, ayudante del procurador general. Y firmaron el documento que autorizaba al agente Townley para confesar sus acciones, a cambio de que Estados Unidos sólo usaría las informaciones relativas al crimen de Letelier. Es decir, se ocultaría todo lo relativo al crimen del general Prats y el atentado contra Leighton en materia de operaciones internacionales de la DINA.

Casi dos décadas después entrevisté a Barcella en Washington. Venía llegando de Madrid, donde testificó ante un juez español que investigaba los crímenes de Pinochet. Estaba aliviado porque ese "acuerdo" del '78 se le había quedado atravesado en la conciencia y ahora tenía la oportunidad de reparar.

Al caso Letelier entré por los padres. Entrevisté a doña Inés del Solar y don Orlando Letelier ese mismo abril del '78, recorriendo con ellos fotografías y recuerdos de ese niño pelirrojo que los mantenía aferrados a la vida: "Tenemos que ser fuertes porque él era un hombre de una maravillosa fortaleza y tenemos que ser fuertes para exigir que se haga justicia". Vivían en un departamento muy cerca de la redacción de la revista –ubicada en Eliodoro Yáñez con Infante– y me iba a almorzar con ellos cada dos o tres semanas. A veces los consolaba yo, a veces me consolaban ellos. Y nunca dejaron de estar conscientes del "privilegio" que significaba el asesinato en Washington: la primera potencia mundial no dejaría impune la osadía de la dictadura chilena al perpetrar un acto de terrorismo estatal en su propia ciudad capital. No contaríamos con esa ayuda los que llorábamos muertos del Mapocho, de Calama o de Lonquén.

El hecho es que la arremetida de EE.UU. permitió que corriéramos el cerco que limitaba lo permitido. Pudimos publicar una llamativa portada que, en los quioscos de todo Chile, decía: "Exiliados: el derecho a regresar". Y otra que, en grandes letras rojas, decía: "Desaparecidos: la búsqueda de una salida". Los familiares estaban en huelga de hambre y ya nadie se tragaba el cuento de que se trataba de terroristas que habían pasado a la clandestinidad o muertos por enfrentamientos que portaban falsas identidades. Ni la derecha, que ya intuía –al promediar el año '78– las graves secuelas que podría tener la desaparición de prisioneros. Así *El Mercurio* exigía una "completa e imparcial investigación", *La Segunda* sostenía que el gobierno debía entregar a las familias "todos los antecedentes de que pueda disponer" y la revista *Qué Pasa* proponía una "comisión de notables" para buscar una solución.

Dos décadas después, con el general Pinochet arrestado en Londres, algún remordimiento debieran sentir los que optaron por la negativa y el ocultamiento. El ministro Sergio Fernández –ahora Senador de la República– insistió entonces en la versión del clandestinaje y las muertes en enfrentamientos. "No está comprobada la detención de ninguna de estas personas", dijo muy serio por cadena de radio y televisión. Y anunció que se dictaría un decreto para que las familias pidieran la muerte presunta, de modo de arreglar sus problemas legales o patrimoniales. Ninguna familia utilizó ese decreto. Está claro que el gobierno militar nada sabía acerca del poder de la memoria y la fuerza de la lealtad que sostendrían la lucha de la Agrupación de Familiares de Detenidos-Desaparecidos.

Tuvimos otras sorpresas a mediados del '78. Del general Gustavo Leigh dio cuenta el dictador con un golpe audaz que, de paso, descabezó a la Fuerza Aérea con la eliminación de dieciocho generales. Dejó encerrado y aislado a Leigh en sus oficinas, en la mañana del veinticuatro de julio del '78, mientras anunciaba que la Junta lo destituía "por faltar reiteradamente a los principios y postulados" del gobierno militar. En su reemplazo entró el general Fernando Matthei.

Una semana después, en Washington, un Gran Jurado emitió su veredicto y Estados Unidos pidió al gobierno chileno la extradición del general Manuel Contreras, del coronel Pedro Espinoza y del capitán Fernández Larios. No podíamos creer que fuera cierto. Los jefes de la DINA, los intocables, a los que ni siquiera podía nombrarse públicamente hasta hace pocos meses, ahora estaban arrestados en el Hospital Militar. Fue entonces cuando se inició la modalidad del arresto en hospitales de las Fuerzas Armadas. Siempre se enferman ante la adversidad judicial.

A fines de septiembre del '78 , el embajador Landau entregó un grueso archivador de tapas negras al canciller Hernán Cubillos. Eran las quinientas cincuenta fojas que daban inicio al proceso de extradición en la Corte Suprema. Ahí fue cuando me asignaron el caso en la revista y comencé a aguzar mis sentidos para la investigación periodística en terrenos peligrosos. Luego uní fuerzas con el gran periodista John Dinges, del *Washington Post*. Intercambiábamos datos, rastreábamos pistas, lo que no se podía publicar acá salía allá, jugábamos al rebote de noticias para ir provocando hechos y avanzar en la investigación. Así fue que nos hicimos grandes amigos.

Al comienzo, un ingenuo observador podía deducir que en Chile había condiciones para un debido proceso de extradición. El abogado de los oficiales de la DINA, Sergio Miranda Carrington, alegaba que sus defendidos no podían ir a la corte a declarar, que se produciría una masacre: "Las mujeres de los desaparecidos tratarían de matarlos y los partidarios de mis defendidos atacarían para defenderlos". El presidente de la Suprema, Israel Bórquez, le contestaba –con gesto ofendido– que "los inculpados no son embarazadas de ocho meses ni enfermos graves del corazón", por lo que tendrían que presentarse al Palacio de Tribunales.

La secuencia de hechos –entre marzo y agosto del '78– había ido abriendo un forado en el miedo que paralizaba a Chile. Y por esa abertura se colaban las acciones disidentes de la "resistencia". Desde los juristas reunidos en el Grupo de los 24 hasta la querella criminal contra el general Contreras, presentada por 69 familias, pasando por la protesta salarial de los mineros de Chuquicamata (no ir a los comedores de la mina) que la dictadura ahogó decretando Estado de Sitio y arrestando a los "activistas".

El ministro Sergio Fernández declaró ilícitas, además, a siete confederaciones sindicales que representaban a 550 sindicatos. ¡Curioso, un sindicato por cada foja del proceso de extradición de los jefes de la DINA! Quizás la bruja de Pirque que aconsejaba al general Pinochet metió mano en este asunto, basándose en cálculos de la numerología.

Fue ese mismo año '78 que mi madre dejó la casa de Bucarest 187 y arrendó otra en la calle Luis Pereira, en Nuñoa. Debo confesar que sentí un gran alivio cuando supe que la mudanza coincidía con uno de mis viajes. No asistí al momento en que se desarmó cada habitación. No me despedí del sillón, apostado en ángulo con la chimenea, donde mi padre leía el diario. Ni de su puesto en la mesa del comedor. No miré, en las paredes desnudas de cuadros, los clavos que él martilló. No supe, y nunca quise saber, qué hizo mi madre con su ropa. No me quedé, como tantas veces, paralizada frente al portón de fierro, tratando de buscar una huella que me revelara lo sucedido. O tocando los barrotes de fierro como si pudiera así conectar mi mano con la última vez que su mano tibia cerró esa puerta. O como si pudiera enlazar mi corazón con el suyo que debió galoparle en el pecho desde que miró a sus captores. Congelé las imágenes de lo vivido en Bucarest 187 y de ahí en adelante eliminé la calle de mi mapa de Santiago.

De la mudanza, mi mamá obtuvo otra prueba importante. Entre los libros de la biblioteca, encontró un cuaderno que mi hermano Roberto, el teniente, había usado como bitácora de su investigación. Trece páginas escritas con letras mayúsculas. La primera, fechada el nueve de agosto de 1976, decía:

"La razón por la cual me decido a iniciar esta especie de diario es porque este último tiempo he notado que me siguen. Ignoro quiénes puedan ser, pero de lo que estoy seguro es que se debe a que estoy pronto a saber algo que ciertas personas no desean.

"En caso de que fuera detenido o, en el peor de los casos, se hiciera efectiva mi desaparición, aquí se podrán encontrar todos los antecedentes sobre el fallecimiento de mi padre que están en mi conocimiento, los cuales pudieran ser el motivo si me ocurriera alguna desgracia personal".

Roberto Verdugo Aguirre
Subteniente
Oficial de Ejército

Su bitácora confirmaba, por escrito, que el mismo día del funeral había ido con el teniente coronel Verdugo, al cuartel central de Investigaciones. Y que allí un tal coronel Aro le había ordenado al jefe de la Brigada de Homicidios, prefecto Rubén Araya, una investigación especial, así como la entrega de todos los datos a ambos oficiales de Ejército. Luego, habían ido al cuartel central de la DINA: "nos entrevistamos con el coronel Pedro Espinoza, quien en forma inmediata ofreció toda su colaboración y designó como investigador especial al capitán Fernando Vásquez".

Anotaba esa bitácora otro dato que luego resultó importante. El parte de Carabineros –escrito al hallar el cadáver– no mencionaba su anillo de matrimonio ni su medalla de oro con la imagen de la Virgen María, que siempre llevaba al cuello. Pero el informe de Investigaciones, entregado después al tribunal, incluía ambos objetos. ¿Dónde estaban? Mi hermano anotó la palabra "duda" sobre ese párrafo. El hecho es que la jueza entregó a mi madre la medalla, pero el anillo nunca apareció.

También anotó mi hermano que nuestro tío Raúl Verdugo, funcionario de la Municipalidad de Las Condes, había hecho averiguaciones con el coronel Juan Salazar, prefecto del Tránsito de Santiago, quien a su vez consultó con sus "amigos" de la DICAR (Dirección de Inteligencia de Carabineros). ¿Qué le dijeron?: "que a mi papá se le había investigado, pero al llegar la investigación a los límites de la jurisdicción de DICAR, el caso había pasado a la DINA" (textual del diario de mi hermano).

Finalmente, estaba el párrafo de lo ocurrido ese mismo día –nueve de agosto del '76– que lo había llevado a escribir el diario, aparte del seguimiento de que era objeto: "Este día me entrevisté con el jefe de la Brigada de Homicidios, prefecto Rubén Araya, en quien noté un brusco cambio de conducta en lo que respecta a colaboración y entrega de información, negándose a entregar información y prohibiéndome conversar con el inspector Moya".

Leí muchas veces cada página de ese "diario" y sentí por mi hermano menor una mezcla de sentimientos muy encontrados. Rabia, mucha rabia. No había seguido escribiendo y se había marchado llevándose el secreto de lo que sabía, si es que sabía. Entre la angustiosa urgencia de su familia por saber la verdad y los "deberes militares" de silencio, había optado por su uniforme. Con su silencio, sentía yo, se transformaba en encubridor de los asesinos de su padre. Debió saber del "capitán Shesta" desde un comienzo y se lo guardó. Rabia, sentí mucha rabia.

Y pena, mucha pena. Se me cruzaban imágenes donde lo veía jugando con el papá. Construía en el patio surcos larguísimos que se transformaban en carreteras para sus autitos de juguete y mi padre lo animaba para agregar puentes y pasos a nivel. Quizás de ahí había nacido su vocación por la ingeniería militar. Podía imaginar –si lograba apartar mi rabia– su dolorosa contradicción. ¿Cómo sería eso de amar al padre asesinado por "comunista" por la dictadura militar, al mismo tiempo que se venera al Ejército?

Lo vi muy pocas veces en los años que siguieron a la muerte de nuestro padre. Cada vez fue más distante y duro conmigo. La primera vez que le exigí decirme la verdad –¡tengo derecho a saber!– me respondió con un tajante: "Hubo un sumario en la justicia militar y los culpables fueron fusilados. ¡Y se acabó, no se vuelve a hablar del tema!". ¿Fusilados? ¿Quiénes, cuántos? ¿Se refería al sargento muerto que el "capitán Shesta" había mostrado al contador Navarro? Nunca pude saberlo.

Volví a la carga en otra ocasión.

–¡Error de Inteligencia, entiéndelo, error de Inteligencia! –me gritó.

–¿Cuál error? Lo estaban investigando desde dos años antes, así que ni hables de error. Sabían perfectamente quién era cuando ordenaron detenerlo y matarlo...

–¿Quién sabía? A ver, ¿quién sabía...?

–¡Tus organismos de Inteligencia, los de tu dictadura! –grité yo.

–¡Fueron los pacos, los brutos de los pacos...!

–Como si los carabineros no formaran parte de tu dictadura...

Bufaba de rabia cuando me interrumpió:

–¿Y quieres saber más? ¡Fueron los comunistas, tus comunistas! Porque si no estuvieran metidos en lo que están, no habría que andar detrás de ellos para tenerlos cortitos. ¡Así que cóbrales la muerte del papá a tus comunistas!

No hubo forma de volver a hablar con mi hermano. La siguiente vez –en casa de mi madre– se retiró apenas llegué, gritando que yo era "peligrosa", que hasta me había recortado de las fotos familiares.

De ahí en adelante, nos separó el silencio. Un silencio cada vez más espeso y frío que yo pude casi visualizar como una pared cuando –a mediados de los '90– tuvimos que compartir la misma antesala del tribunal.

Seis

De Lonquén supimos el último día de noviembre del '78, en el relato que nos hizo el subdirector Abraham Santibáñez. Lo habían citado en la Vicaría de la Solidaridad con la petición de máximo secreto. Allí se encontró con otros dos invitados: el abogado Máximo Pacheco Gómez y el director de *Qué Pasa*, Jaime Martínez. La plana mayor de la Vicaría, presidida por el obispo Enrique Alvear, les relató que –por medio de un secreto de confesión– tenían la ubicación de un entierro clandestino de cadáveres. Les pedían que fueran testigos de la exhumación.

Así fue como, en Lonquén, palas y picotas abrieron los hornos de piedra de una mina abandonada de cal. Abraham Santibáñez escribió:

"La construcción que alberga los dos silos, en uno de los cuales se encontraron los cadáveres, es de por sí impresionante: alta torre de piedras cuadradas, con una esquina a punto de quebrarse, tiene algo de medieval en su desnuda apariencia gris. Abajo, al nivel del suelo, una al lado de la otra, como fauces siniestras, están abiertas las negras bocas de los hornos: por una de ellas fueron vomitados los primeros restos. Trozos de cráneos amarillentos, con huellas de cuero cabelludo; pelos sueltos, negros; ropas desgarradas..."

Recorrí el lugar, muy cerca de Santiago, unos meses después, cuando ya el ministro en visita Adolfo Bañados había completado su investigación. Quince lugareños –campesinos en su mayoría– habían sido enterrados vivos en el horno. Los criminales eran los carabineros del lugar: el capitán Lautaro Castro y siete subalternos. El juez los declaró reos a comienzos de julio del '79 y, seis semanas después, la justicia militar los liberó aplicando el decreto de amnistía.

Para entonces –julio y agosto del '79– no teníamos dónde escribir. Nos habían castigado con dos meses de clausura, aduciendo que habíamos "violado el receso político". La violación consistía en entrevistas al ex senador Carlos Altamirano y al ex canciller Clodomiro Almeyda, dirigentes socialistas en el exilio. Como no creíamos una coma de los partes oficiales, buscamos otras causas para la clausura. Nuestros reportajes informaban más de lo deseable, para la dictadura, respecto del caso Lonquén y el caso Letelier. Estaba también la pesquisa por el asesinato de un niño llamado Rodrigo Anfruns, nieto del director de Correos, un coronel retirado del Ejército que había chocado con la DINA por la violación de correspondencia. Y el suicidio de un coronel de Ejército, Leonel Konig, ex director de la Escuela de Infantería de San Bernardo, justo cuando debía ir a declarar a los tribunales por los desaparecidos de Paine.

Quizás también influyó en la decisión del régimen la lectura de un reportaje que, por primera vez, puso a los detenidos-desaparecidos en un escenario real y humano. Porque hay maneras y maneras de tratar un tema candente que afecta la esencia misma de una sociedad. Hasta entonces, la desaparición de prisioneros había sido materia de informes judiciales, estadísticas, protestas de los familiares y negativas gubernamentales.

–Llegó la hora de que demos un paso más –me dijo el director Filippi cuando me encargó ese reportaje.

Lo planificamos con cuidado. Decidimos tomar cuatro casos que afectaban a "buenas familias", es decir, gente de clase media alta, profesionales, que vivían en los barrios más acomodados de Santiago. "Gente como uno", según la clasificación social de los poderosos y los arribistas, que hasta usaban la sigla GCU en los chistes. Gente bella en la fotografía, blancos y bien vestidos. Esa gente cuya palabra vale, en una sociedad donde el racismo y el clasismo campeaban. Esa gente cuyo sufrimiento conmueve, identifica. Porque hay un extraño y perverso mecanismo que pasa por alto el sufrimiento de los pobres, como si su piel fuera genéticamente más gruesa para soportar la adversidad. El hecho es que tuve tres páginas de la revista para desplegar mi reportaje que se tituló simplemente "Los que no regresaron". Y al día siguiente, muy temprano, tenía delante de mi escritorio al ex diputado DC Claudio Orrego Vicuña, quien dirigía la Editorial Aconcagua.

"Patricia, hagamos un libro sobre los detenidos-desaparecidos", me propuso con urgencia en la voz. Así fue como llegué hasta Lonquén y el libro-reportaje como medio de comunicación. Aproveché las vacaciones obligadas que me daba el dictador y me puse a trabajar a todo vapor. Rastreé en la Vicaría los casos más potentes, aquellos donde las pruebas sobre la detención resultaran indudables. El del químico farmacéutico Carlos Contreras Maluje, por ejemplo, que había logrado escaparse de sus captores y se había lanzado a las ruedas de un microbús, en pleno centro de Santiago, a fines del '76. Buscó un accidente de tránsito para salvarse de la tortura. Un capitán de Carabineros, Clemente Burgos, lo escuchó pedir auxilio cuando tomaba el procedimiento de rigor en un atropello:

–¡Auxilio, ayúdeme, señor carabinero, ayúdeme, son de la DINA, me persiguen, me están torturando, me quieren matar! –gritó Carlos.

Pero ganó la DINA, exhibiendo sus credenciales, y los agentes se llevaron al prisionero. No contaron con la decencia del capitán Burgos, quien relató el episodio en el Libro de Guardia de su comisaría, incluyendo el número de patente del auto de los agentes. Resultó ser un auto inscrito a nombre del general Enrique Ruiz Bunger, jefe de Inteligencia de la Fuerza Aérea. Tan contundentes eran los hechos que la Corte de Apelaciones, por primera vez, decidió no creerle al Ministerio del Interior con sus repetidos informes negando las detenciones. Y aprobó el primer recurso de amparo en favor de un detenido. La dictadura desobedeció la orden judicial y siguió negando la detención. El caso pasó a la justicia militar, donde el mismísimo general Pinochet ofició al juez militar para decirle que "esta detención arbitraria pudiera haber sido premeditadamente efectuada por elementos subversivos". ¡Increíble! Dolorosamente increíble si usted se pone en el pellejo del abogado Luis Contreras, el padre, o en el de María Adriana Pablos, la joven esposa del detenido-desaparecido.

Hablé con ellos muchas horas, repasando datos, mirando fotografías y cartas, compartiendo el dolor. Poco después, María Adriana me escribió desde Londres y por un tiempo me enviaba dibujos y fotos de sus dos pequeños hijos. Hace muy poco volví a encontrarla. Estaba de vuelta en su patria, vestía un *sahri* blanco y su mirada era serena. Había hecho votos con los Brahma Kumaris y dedicaba su vida a la meditación. Del capitán Clemente Burgos supe después por la entrevista que le hizo mi colega María Eugenia Camus: lo amenazaron de muerte y lo pasaron a retiro.

Estaba también el caso del ingeniero David Silberman Gurovich, gerente general de Cobre-Chuqui hasta el golpe militar. Estaba cumpliendo una condena en la Penitenciaría de Santiago cuando llegó un comando de la DINA y se lo llevó. El alcaide del penal, capitán Jorge Ortiz Aedo, testificó ante los tribunales todos los detalles: desde el nombre del oficial de la DINA que comandaba el grupo (teniente de Ejército Alejandro Quinteros Romero) hasta el número de teléfono donde confirmó la orden escrita que portaba el oficial. La DINA obviamente negó todo y acusó al alcaide de ser un "encubridor de extremistas". Muchos años después entrevisté al oficial de gendarmería Jorge Ortiz y supe que lo presionaron mucho para que se desistiera de sus dichos. Él mantuvo su palabra y lo dieron de baja con el grado de mayor.

Recorrí con Filma Canales, profesora de cine de la Universidad Católica, la pesadilla por la desaparición de su hijo Juan Maino. Católica ferviente, esta madre le pedía a Dios: "Tú que eres su Padre, cuídalo, abrígalo para que no sienta frío, dale fuerzas". Igual le había tejido un abrigo: "Sí, le tejí un chaquetón grueso por si hubiera alguna forma de enviárselo. Ahí está el chaquetón esperándolo". Cada vez que me encontré con Filma, me parecía verle una aureola alrededor de su pelo. El dolor parecía iluminarla, igual que a Carmen Vivanco, una mujer de frágil apariencia que terminó de convencerme respecto de que una comunista consecuente era casi igual que una monja de claustro. En sólo seis días del año '76 había perdido a su marido, a su hijo, a su hermano, a su cuñada y a su sobrino. Tal como se lee. Cinco personas. Los habían detenido y nunca más aparecieron. Su pequeña familia había quedado reducida sólo a su hija. A Carmen Vivanco se la encontraba todos los días en la Vicaría, en la oficina de la agrupación de familiares. Era una hormiguita de acción incesante, participaba en todos los ayunos y protestas, ya ni llevaba la cuenta de las veces que la habían detenido. "Me ayuda estar ahí todos los días", me decía esta mujer maravillosa que se pasaba la vida ayudando a las otras, animándolas. Para buscar alivio se imaginaba que los cinco estaban detenidos juntos, que podían ayudarse mutuamente. Pero se le colaba el mal presentimiento con su hijo. Al hablarme de él, las lágrimas se le escaparon:

–Perdóneme, yo sólo lloro cuando nadie me ve. No sé qué me pasó ahora. Perdóneme, no me gusta angustiar a otras personas. Y una también tiene su dignidad...

Me lo dijo con un hilo de voz enronquecida, retorciendo el pañuelo entre sus manos.

En Lonquén, salí de las modestas casas campesinas sintiendo que dejaba pedazos del alma en cada una. O que me llevaba su tragedia conmigo. No lo sé. Los árboles comenzaban a brotar y los zapallos tomaban sol sobre los techos, cuando los cuerpos de los quince detenidos-desaparecidos de Lonquén ya completaban ocho meses en las cámaras frías de la morgue de Santiago. Las familias esperaban la entrega de los cuerpos para hacer los funerales con seis años de retraso.

¿Qué había pasado con los campesinos de Lonquén? Los carabineros de la tenencia habían llegado de noche a buscarlos. Nadie opuso resistencia. Eran conocidos, hasta amigos algunos, y por eso los policías guardaron el secreto de lo ocurrido bajo siete llaves, informando solamente que habían trasladado a los detenidos al Estadio Nacional de Santiago. ¿Cómo decir a las familias que cumplieron una "misión" criminal para la que contaban con los vehículos del dueño del fundo, José Celsi Perrot, y del párroco Ignacio Bermeosolo? ¿Cómo confesar que los habían asesinado?

El capitán Lautaro Castro, seis años después, en 1979, le contó al ministro en visita que la muerte de los detenidos ocurrió mientras los llevaban, amarrados, en fila india, por entre los cerros. De repente, un grupo extremista había comenzado a disparar. Cuando se silenciaron los disparos, todos los presos estaban muertos y ningún carabinero resultó herido. Ordenó entonces esconder los cuerpos en el horno de cal.

Su relato era escalofriante: "Los cuerpos fueron subidos por el costado derecho del horno y comenzaron a ser lanzados de a uno, cayendo libremente hasta llegar abajo. Previamente, a todos se les había sacado las trincoyas con las que estaban amarrados. Algunos de los cuerpos se estrellaban con las murallas del horno, precisamente a la altura de la estrechez. Una vez arrojados los cuerpos, comenzamos a echar tierra, piedras, ladrillos por sobre sus cuerpos a fin de dejarlos enterrados". Eso declaró el capitán de Carabineros a cargo de la misión. La mentira era evidente. La autopsia no encontró rastro alguno de disparos. Los enterraron vivos.

Cuando llegué a Lonquén, las familias ya habían desfilado por la morgue, reconociendo ropas de sus muertos. En una modesta casa de madera, limpia y ordenada en extremo, doña Purísima de Maureira me dio una lección de fuerza espiritual que nunca olvidaré. En una sola noche, había perdido a su marido y cuatro de sus doce hijos. Mujer campesina, conectada a la tierra en los partos y en las cosechas, aguantó de pie el golpe que terminó con su esperanza de hallarlos vivos y con su incertidumbre lacerante:

–Terminó la tortura de todos los días. Todo el tiempo pensando en ellos. ¿Estarán comiendo? ¿Tendrán frío, estarán bien tapados? Soy madre y soy esposa del verdadero esposo que Dios me dio. Dios me ha dado muchas fuerzas y ahora sólo quiero justicia –me dijo con su curtida frente en alto.

Y si doña Purísima simbolizaba la fuerza, doña Carmen Flores de Hernández encarnaba la desolación. Me recibió con una letanía que parecía no terminar jamás: "Tenía siete hijos, señorita, tenía siete hijos". La mirada se le quedaba perdida en los cuadros multicolores del mantel de plástico y las lágrimas le escurrían mansamente por los surcos de las mejillas. Pensé que de tanto llorar se le habían abierto esas líneas verticales de arrugas bajo los ojos. Tenía siete hijos y los carabineros se llevaron a tres esa noche.

–Los he echado tanto de menos. Tanto, tanto de menos... y ellos no tenían delito, señorita. Tan injusto que fue –murmuró al despedirse.

Cerca de allí, en su casa de ladrillos blancos, me recibió doña Rosario Rojas de Astudillo. Una casa que en cada rincón le recordaba la ausencia de su marido y sus dos hijos. A los cincuenta y dos años, parecía una anciana. Quería morir luego, ya no tenía sentido seguir viviendo. Se había aferrado a la esperanza de que volvieran y ahora esa esperanza se había estrellado contra el fondo del horno de piedra.

Salí de Lonquén con mis grabaciones y apuntes, preguntándome si había límite para la violencia humana en este país mío que parecía sin Dios ni ley. Y me aferré a un trocito de relato de doña Purísima, cuando me contó lo ocurrido con dos de sus nietos, hijos de sus hijos desaparecidos. Los niños estaban recién nacidos cuando sus padres fueron detenidos y crecieron con la historia de "están lejos, ya van a volver". Pero un día los niños comenzaron a decir que sus padres estaban muertos, enterrados juntos "ahí". Y apuntaban hacia un cerro. Se anticiparon en dos años al hallazgo de Lonquén y apuntaban en la dirección correcta. Entendí que sus padres, como el mío, habían enviado un mensaje. Un mensaje desde un mundo donde había Dios.

Me puse a trabajar a toda máquina en mi primer libro. Cuando estaba redactando el texto para entregarlo a la imprenta, otro juez descubrió los restos de diecinueve detenidos-desaparecidos de Laja y San Rosendo. Habían sido arrestados por Carabineros, trasladados en un bus de la Compañía Manufacturera de Papeles y Cartones hasta el puente Perales y allí los acribillaron. Había dos adolescentes de dieciséis y diecisiete años entre ellos. El régimen militar, durante seis años, había negado toda información acerca de su paradero. En este caso, los restos –en pequeños ataúdes– fueron entregados a sus familias por el ministro en visita José Martínez Gaensly. No parecía posible que se repitiera el escándalo de Lonquén: la dictadura ordenó el entierro de los cuerpos en una huesera común, negando el derecho de las familias a un funeral.

Sentí que el cardenal Silva Henríquez estaba impregnado de ira celestial cuando protestó públicamente ante "un hecho que parece inconcebible y cruel, que se suma a las innumerables humillaciones sufridas por las familias a lo largo de estos años". Doscientos sacerdotes oficiaron la misa de funerales –sin cuerpos presentes– en la Catedral de Santiago.

Titulamos ese libro *Una herida abierta*, tomando esas tres palabras de la doliente frase de una madre. Claudio Orrego aportó el análisis acucioso para comprobar que los detenidos-desaparecidos "no son presuntos". Porque "presunto" era la palabra con que la dictadura y la prensa de derecha ocultaban la tragedia. Escribimos, en el prólogo, algo que debo reproducir:

"Prestigios institucionales y políticos mal entendidos anteponen el encubrimiento de errores y delitos de personas individuales a la preservación del prestigio y el honor de conglomerados completos. La historia –maestra entrenada en los siglos– señala cómo, de estas miopías y equivocaciones, nacen terribles anatemas que confunden a inocentes y culpables en un solo descrédito. Y cuando ello quiere ser reparado, el mal suele ser demasiado profundo. Y las explicaciones... demasiado insignificantes. Surgen, entonces, los arrepentimientos tardíos. Las recriminaciones amargas. Las soluciones desesperadas. Es para evitar esos males a la nación chilena que este libro ha sido escrito. El dolor actual de los familiares de los detenidos-desaparecidos será mañana la vergüenza colectiva de todos los chilenos, por haber sido incapaces de asumir esta tragedia con elevación y coraje".

Veinte años después, cuando escribo este libro, esas frases premonitorias me llegan en el eco de la voz de Claudio, amigo querido que ya no está en este mundo. Pero entonces, hace dos décadas, publicamos un libro para colaborar con la verdad y la justicia. Hicimos una ceremonia de lanzamiento casi clandestina, en un local de Santiago viejo, y por ahí guardo una foto donde aparezco entre Claudio y Clotario Blest, el viejo y santo luchador sindical. El libro comenzó a ser repartido, por correo privado, en la lista de "socios" de la Editorial Aconcagua. Agotamos varias ediciones por esa vía, ya que no fue posible obtener el pase de la censura de libros, la que sólo fue levantada a fines del '83. Fue un libro prohibido *de facto*. También lo fue en mi casa. Mi marido no lo leyó hasta cuatro años después –cuando ya nos estábamos separando– y a mis hijos se los mostré, medio en susurros, con un "miren, la mamá hizo este libro". Aunque eran muy pequeños, tenían pleno derecho a verlo y tocarlo ya que se quedaron con muchos cuentos sin contar en las horas en que tecleé mi vieja máquina. Felipe y Diego nunca supieron de cómo los miraba, ya dormidos, bendiciendo sus presencias mientras escribía del dolor de tantas mujeres y sus ausencias.

Hacia fines de ese año '79 tuve mi primer contacto directo con el exilio, con esa muchedumbre de chilenos que tenían una "L" estampada en su pasaporte. La "L" significaba literalmente "listado nacional" y prohibía el ingreso al país de millares de personas diseminadas por el resto del planeta. Se decía que, entre los que tenían la "L" y los que temían por sus vidas en caso de regresar, sumadas sus familias, el castigo del exilio afectaba casi a un millón de chilenos. En Europa, en América o en África, los chilenos –junto a uruguayos y argentinos– se destacaban por su capacidad de organización, por la cohesión de los grupos de refugiados, por la permanente acción buscando solidaridad con su causa. Hoy algunos se ríen de las toneladas de empanadas que cocinaron en las reuniones de "solidaridad con Chile". Pero también hubo quienes no pudieron resistir tanta pena. Como Beatriz, la hija mayor del Presidente Allende, que se suicidó en La Habana. O como Cristina, la hija del general Guillermo Pickering, que se mató en Suiza. La lucha por terminar con el exilio comenzó a darse abiertamente. Se formó aquí un "Comité de familiares pro retorno de exiliados" con Matilde Urrutia, la viuda de Neruda, y doña Inés del Solar, la madre de Letelier, entre sus miembros. A su cabeza, dos ejemplos notables de los luchadores de siempre, de esos que son imprescindibles, como decía Bertold Brecht. Allí estaban dos hombres del PDC: Jaime Castillo Velasco y Bernardo Leighton, que ya habían logrado retornar.

Fui a Viena en el '79 y, cuando salí del aeropuerto, me fundí en el abrazo con mi primo, el doctor Claudio Weber. Había estado detenido en el Estadio Nacional y, una vez liberado, un violento allanamiento a su casa lo empujó al exilio. Quedarse en Chile, en esas condiciones, parecía una locura. Y lo mismo dedujo su hermana Paulina, tras claras señales de hostigamiento en su contra. El hecho es que Claudio y yo casi éramos hermanos, en una fraternidad amasada en esa adolescencia de bailoteos y malones. Hacía las veces de hermano mayor, ya que no me dejaban ir sola a las fiestas. Claudio era, para mí, otro ejemplo del buen ciudadano, además de mi padre. Había estudiado medicina, se había especializado en pediatría y su única aspiración era atender en hospitales y consultorios públicos. Imaginar la medicina como fuente de enriquecimiento personal le parecía un sacrilegio.

Ahora estaba Claudio en Viena, ejerciendo su oficio en hospitales modernos y bien dotados, donde nada faltaba. Los vieneses lo distinguían por su dedicación y eficiencia. Y ahí estaba el negro querido, mostrándome la catedral de San Esteban mientras me confesaba su añoranza por el consultorio de la población Nogales. Muy dentro, él tenía, como tantos exiliados, la maleta cerrada y lista para volver a su tierra. Cuando nos despedimos, no era posible imaginar que faltaban más de diez años para que lo lograra.

Del exilio sólo pueden hablar con propiedad quienes lo vivieron. Por entonces, me sentía conectada por hilos invisibles con la suerte de estos chilenos desparramados por el mundo entero. Y cuando salía de viaje, los buscaba para expresarles de algún modo mi afecto. Lo que no resultaba fácil era explicar a los extranjeros mi situación. Vivir y trabajar en Chile la hacían a una, por principio, sospechosa. En la visión maniqueísta, no había espacio para ser decente si se vivía acá. Algo de eso se les coló a muchos exiliados y años más tarde, cuando comenzó el retorno, muchas veces me encontré hablándoles del "exilio interno".

Fue también muy difícil quedarse acá, resistir como se pudiera, practicar la "no violencia activa" para recuperar la democracia y recibir el castigo de la dictadura. Pero hay una realidad que me sigue conmoviendo hasta hoy: los hijos que echaron raíces fuera. Pablo y Elías se quedaron en Viena y no necesito hacer preguntas para saber cómo los extraña mi primo Claudio. Lorena se quedó en París y hasta se puede tocar el forado en el corazón de mi amiga Mónica González. Y Malena está en Alemania para la nostalgia agridulce de mi amigo Carlos Rubio. Pienso en estos hijos que se quedaron lejos cada vez que escucho voces pinochetistas proclamando el valor de la familia como célula esencial de la sociedad. ¿Creerán que Claudio, Mónica o Carlos no soñaban con ver crecer a sus hijos y nietos?

Cuando la dictadura celebró seis años en el poder, en septiembre del '79, el país tenía otro clima. Coincidía con la primavera, por lo que anoté en mi agenda que "están brotando cosas buenas". Buena señal me parecía, por ejemplo, el escándalo provocado por la muerte de un profesor, Federico Álvarez, por causa de las torturas que le aplicó la CNI. Hasta la prensa de derecha le había dedicado un gran espacio: la vida de una persona volvía a ser importante. Había otra buena señal en la protesta del Colegio Médico por la nueva política de salud. O en cómo la gente se atrevía a hablar en reuniones sociales. En cómo podíamos usar esa poderosa herramienta del humor –en caricaturas y escritos– para expresar la disidencia. O en cómo proliferaban las reuniones políticas amparadas en locales eclesiásticos.

El ex Presidente Eduardo Frei Montalva ya aparecía encabezando la disidencia interna y atrás se quedaba ese tiempo en que, para hablarme, nos encerrábamos en el baño de su oficina, con el agua corriendo, o prendíamos la radio. "Estoy seguro de que hay micrófonos", me repetía Frei. Una vez comprobamos la interferencia electrónica, cuando no nos fue posible grabar una entrevista para Televisa. Cambiamos el equipo de video y no hubo caso.

Buena señal fue también la enviada por casi dos mil personas que se acercaron al Palacio de La Moneda, en plena reconstrucción, para rendir un homenaje al Presidente Allende el once de septiembre de 1979. Había que tener coraje para hacerlo, que lo digan los 111 detenidos. O los 36 que fueron arrestados en el cementerio Santa Inés, por acercarse a esa tumba que no llevaba el nombre del Presidente. Porque Allende fue, por casi dos décadas, un enterrado clandestino.

Y buena señal fue lo que le ocurrió a doña Inés del Solar, la madre de Letelier, cuando perdió en un taxi una cadena de bronce donde colgaba un pez de piedra. La leyenda tallada decía "Orlando-Inés Dawson 26". El ex canciller había escrito los nombres de sus padres y había firmado con su número de preso en la Isla Dawson. Doña Inés relató a otro taxista el valor de este objeto perdido. Y en cadena solidaria, los taxistas de Santiago se pasaron la voz. En tres días, doña Inés tenía el pez en su mano. Buena señal era, también, el montaje teatral de Ictus –"Lindo país esquina con vista al mar"– con la creatividad colectiva de Delfina Guzmán, Nissim Sharim, Maité Fernández y Claudio di Girolamo. ¡Cómo nos alimentaron el alma esos cuatro artistas!

En medio de esas buenas señales, no resultó balde de agua fría que la Corte Suprema rechazara las extradiciones solicitadas por Estados Unidos, en octubre del '79. Nadie cuerdo esperaba otra cosa, incluyendo al imperial solicitante. Pinochet se jugaba el pellejo si entregaba a su Jefe de Inteligencia. Igual los ministros de la Suprema –para el juicio de la historia– no pusieron las manos al fuego por la DINA y anotaron trece puntos sospechosos. Leerlos era un atentado a la lógica: conformaban indicios claros de la culpabilidad de la policía secreta de Pinochet.

Para el Año Nuevo que dio paso a la década de los '80, bromeé con mis amigos acerca de que el número ocho nos traería suerte. Acostado, les decía, es señal de infinito. Tuve que esperar dos señales de infinito –88– para empezar a celebrar en grande. Igual tuvimos un momento de jolgorio cuando, el veintidós de marzo, la radio Cooperativa –¡bendita radio!– hizo sonar sus alertas y nos contó que el dictador se había quedado plantado en pleno vuelo. Iba rumbo a Filipinas cuando otro dictador, tan bruto como él, Ferdinando Marcos, le canceló la invitación. Dicen que se armó un gran alboroto en la cabina y el canciller Cubillos se quedó sin empleo *ipso facto*.

Para el primero de mayo –día del trabajo– la nueva Coordinadora Nacional Sindical, con el DC Manuel Bustos a la cabeza, comenzó a entrenar sus protestas callejeras y eso le costó la relegación a treinta y siete de los detenidos. Al amparo de la Vicaría Obrera, con el bendito monseñor Alfonso Baeza en la testera, las organizaciones sindicales volvían al ruedo después de tanto castigo.

Se iniciaron, por esos días también, extrañas acciones que no lográbamos entender. Aparecían bombas en la calle. Una mató a un teniente de la CNI, Luis Carevic. Otra a dos obreros en Valparaíso y una tercera a un niño chiquito, Orlando Sáez, de sólo diez años. Un comando asaltó tres bancos al hilo. Otro comando ametralló un cuartel de la CNI y otro mató a un carabinero, Heriberto Novoa, que estaba de guardia en el cerro Santa Lucía. Quizás se trató del mismo comando. Nunca lo supimos.

Lo que sí tuvo "dueño", por esos días, fue el escándalo llamado "el fraude al IVA". Era el mayor robo al fisco detectado en la historia y los autores eran amigos del general Contreras. Usaron las cédulas de identidad de detenidos-desaparecidos. Uno de los estafadores era agente de la CNI. Quizás por eso el defensor de todos era Jorge Villalobos Bolt, abogado de la DINA. El jefe de la mafia era un hombre llamado Eduardo Romero Olmedo, dueño de la gran oficina que ocupaba Contreras tras su retiro del Ejército. Esa oficina estaba en calle Santa Lucía 270 y funcionaba como cuartel central de los hombres de la DINA que habían seguido al jefe en desgracia. Estaban organizados como "empresa de seguridad Alfa Omega". Algunos meses más tarde, me fui con un fotógrafo hasta esa oficina a pedir una entrevista con el general Contreras. Una cámara colgada en el techo me siguió por el pasillo y la puerta se abrió apenas diez centímetros para recibir mi petición. Alcancé a atisbar hombres armados y un par de secretarias que más parecían cabareteras. De más está decir que no obtuve la entrevista.

¿En qué andan Contreras y sus hombres?, era la pregunta que se repetía por esos días. Una pregunta que –formulada como duda sobre el origen de los actos terroristas– le había costado el puesto al prefecto de Santiago, general Germán Campos. De ahí que en la revista reaccionamos con un signo de interrogación cuando supimos del atentado que costó la vida al coronel Roger Vergara, director de la Escuela Nacional de Inteligencia del Ejército, y su chofer, el sargento Mario Espinoza. Día quince de julio, ocho de la mañana, una emboscada en la comuna de Providencia. Un comando armado con ametralladoras AKA, acción coordinada con alta eficiencia. "Fue el MIR", sostenían fuentes tan altas como anónimas en la prensa local, aludiendo al movimiento de extrema izquierda del que –hasta entonces– sólo teníamos noticias por los militantes que eran víctimas de la represión. Y el director de la CNI, general Odlanier Mena, aclaró públicamente que el atentado "escapa al criterio de actuación del MIR". La fuerte pugna entre los generales de Inteligencia quedó al descubierto. "Que vuelva la DINA para que tengamos paz", escribían amigos de Contreras en la prensa. Pinochet zanjó la cuestión nombrando a otro jefe en la CNI, el general Humberto Gordon.

Fueron días de terror. Los teléfonos de la revista no dejaban de sonar, avisándonos de detenciones. Los "operativos de seguridad" se desplegaban por toda la capital. Dos semanas después del asesinato del coronel Vergara, dos periodistas fueron secuestrados a mediodía en pleno centro de Santiago: Guillermo Hormazábal, director de Comunicaciones del Arzobispado y jefe de prensa de radio Chilena, y Mario Romero, jefe de prensa de la radio Presidente Ibáñez de Punta Arenas, ambas emisoras de la Iglesia Católica. Romero estaba en Santiago buscando a su hermano Gonzalo, estudiante de Medicina, desaparecido desde el veintiséis de julio. Los periodistas y la Iglesia Católica armamos una batahola descomunal. El Ministro del Interior, Sergio Fernández, negó que se tratara de arrestos y con eso –entendimos– firmaba un pasaporte a la muerte. Salvar a nuestros colegas se transformó en la obsesión de esas horas espesas y largas. Debo anotar la actitud canallesca del diario gubernamental *La Nación* que calificó el hecho como "autosecuestro". Y lo duro que resultó ver que *La Tercera* habló de "presunto secuestro". A esa altura ya nadie podía alegar ignorancia para utilizar palabras que conducían a la muerte.

Primero fue liberado Hormazábal, de noche, en el sector de Pudahuel. Dos horas más tarde, el periodista Romero y su hermano al sur de la ciudad. Al día siguiente, nos enteramos de los detalles. Los autores decían ser del "Covema", Comando de Vengadores de Mártires. En los estudios de radio Chilena, en la mañana del primero de agosto, busqué al periodista Romero para que me relatara cada secuencia vivida. Estaba muy afectado. Le habían metido una aguja eléctrica por la uretra. Avancé con suavidad con las preguntas, tratando de calzar detalles que me parecían inconexos, hasta que repentinamente se quebró.

–Hay algo terrible que no he dicho, Patricia. Ellos me dijeron que tenían ahí a dos amigos míos. Son estudiantes de Periodismo de la Católica. Mi hermano dice que escuchó sus voces. Así que es verdad, están ahí...

–¿Y por qué no lo dijiste?

–Nos amenazaron de muerte si hablábamos.

Llamé a mi colega María Olivia Monckeberg, que estaba cerca, y le pedí a Romero que repitiera lo que me había dicho. Ambas supimos que la vida de esos jóvenes pendía de un hilo. Había que actuar con extrema rapidez. Romero lloraba y asentía al mismo tiempo, cuando le dijimos que de su palabra dependía salvar a sus amigos. Miramos el reloj y calculamos que sólo podían entrar en acción las radios y el vespertino *La Segunda*. Así se hizo. Por la tarde, el diario ya traía el relato de Romero, con lo que obligó al "Covema" a liberar a varios secuestrados, incluyendo a los estudiantes de Periodismo Cecilia Alzamora y Eduardo Jara. Los sacaron de los calabozos, los subieron a vehículos donde permanecieron muchas horas, quizás mientras discutían qué hacer con ellos. Finalmente, ya avanzada la noche, Cecilia y Eduardo fueron abandonados en la comuna de La Reina. "Me saqué las vendas y luego saqué las de Eduardo. Él estaba muy mal. Medio que lo arrastré como dos cuadras y lo examiné debajo de una luz: tenía la mirada extraviada y vi sus heridas", relató luego Cecilia Alzamora. A las ocho de la mañana del dos de agosto, en la posta cuatro, murió el joven Jara. No resistió las torturas.

Detener la acción del "Covema" e identificar a los criminales pasó a ser nuestro objetivo. Porque de los asesinos del coronel Vergara y su chofer se encargaba el gobierno, con todas sus fuerzas policiales y de seguridad. En la revista publicamos una "Alerta a la ciudadanía" que refleja bien lo que vivimos:

"Debido a que la banda criminal opera imitando a los organismos de seguridad legalmente vigentes, los involuntarios testigos de lo que parece una detención deben intentar retener datos –características de los vehículos y de los aprehensores, características de las víctimas– y avisar a los medios de comunicación y abogados.

"En el caso del secuestro de los periodistas Hormazábal y Romero, sólo tres testigos se presentaron dispuestos a declarar. Al día siguiente del hecho, *Hoy* visitó el lugar a la misma hora. Preguntó a los vendedores de una librería, a escasos dos metros donde se estacionó la camioneta de los captores, y la respuesta es estremecedora: "No vimos nada y aunque hubiéramos visto. Es mejor no ver, ¿no cree?".

"En el caso de la aprehensión del fallecido Jara y la estudiante Alzamora, ambos viajaban en un taxi colectivo y charlaron sobre cuestiones universitarias con los tres pasajeros del asiento trasero (todos estudiantes o funcionarios de la sede Oriente de la UC). La camioneta con los criminales los interceptó –poco después del mediodía– en avenida Los Leones esquina de Lota. El episodio duró varios minutos y se bajaron conductores de otros vehículos, además de acercarse transeúntes curiosos. Las víctimas se identificaron en alta voz. Ningún testigo dio aviso".

Toda la prensa se movilizó en el tema. Sabíamos que era clave informar, investigar y denunciar de modo que se desbaratara cualquier intento por volver hacia etapas más oscuras y masivas de represión. En eso ya coincidíamos la prensa disidente y la derechista mercurial. El clima de repudio fue tan aplastante que hasta el gubernamental *La Nación* entrevistó a uno de los secuestrados y tituló en primera plana "Pintor Capra hizo retrato hablado de secuestradores".

El general Pinochet hizo, entonces, una de esas movidas magistrales en el tablero que descolocan a medio mundo. De su habilidad para sobrevivir –zorro en el desierto– nunca tuvimos dudas. Ordenó una sorpresiva cadena de radio y televisión, el domingo diez de agosto, y anunció un plebiscito para aprobar la nueva Constitución. Pocas horas después, cuando el país entero estaba con un ¡¡¿¿qué??¡¡ llenando las bocas abiertas, incluidos los derechistas, el ministro del Interior anunció que la CNI y Carabineros le habían informado que los miembros del "Covema" eran funcionarios de Investigaciones, por lo que renunciaba el director, general Ernesto Baeza.

La noticia rebotó en el cuartel central de Investigaciones a los pocos segundos. Los periodistas escucharon el grito que nació en el subterráneo y se fue esparciendo por todo el edificio: "¡Se enchuecaron los maricones de la CNI!". Lo que siguió fue de locos. Un gran *show* de detectives interrogados en un cuartel militar para que finalmente sólo dos fueran procesados por "secuestro" de una joven. El abogado Jaime Hales, colaborador de la Vicaría, se obsesionó en la pesquisa. Varias veces le ayudé a ordenar la información que probaba, a ojos de cualquiera, que el "Covema" había operado como un comando conjunto de policías y agentes de la CNI, usando varios recintos y cuarteles, obviamente al amparo de órdenes superiores. No hubo caso: los jueces estaban por olvidar lo ocurrido. Había en el aire oficial un tácito mensaje que decía: fue una lamentable excepción, no volverá a ocurrir y hubo un solo muerto no más...

Sin registros electorales –así, a la bruta no más– el plebiscito del '80 activó la discusión política. El destituido general Leigh anunció que votaba "no" porque la Constitución era "la institucionalización de la dictadura". ¡Sonaba increíble! Hice una larga entrevista, con gran foto en la portada, titulada "El desafío de Frei" y más de diez mil disidentes nos reunimos en el teatro Caupolicán a escuchar el discurso del ex Presidente y otros cinco mil se quedaron en las calles vecinas oyéndolo por la radio. Fue el primer acto disidente masivo. Eso ocurrió el miércoles veintisiete de agosto de 1980. Esa misma mañana, el director de *La Segunda*, Hermógenes Pérez de Arce, había tenido un curioso diálogo con Andrés Zaldívar, presidente del PDC, partido que ya funcionaba abiertamente pese a la proscripción política.

–Oye, chico, ¿es verdad que en una reunión que tú presidiste se acordó hacer un desfile esta noche, provocar incidentes y dejar dos muertos por lo menos?– preguntó Pérez de Arce a su compañero de la Escuela de Leyes.

–¿De dónde sacaste esa estupidez?– le contestó Zaldívar.

Esa noche, la cobertura de la televisión fue decidora. Cuatro minutos le dio TV-13 al acto y al discurso de Frei, para luego pasar al ideólogo Jaime Guzmán que –en el estudio– argumentó durante diez minutos en favor de la Constitución pinochetista. En Televisión Nacional, una nota de treinta segundos sin sonido directo. Y en el canal de la Universidad de Chile, el locutor Patricio Bañados no leyó los adjetivos descalificativos que estaban en el libreto de veinte segundos. "¡Este señor está despedido!", gritaba el director José Tomás Hurtado por los pasillos del canal.

La oposición, en pleno, concordaba en que ese plebiscito era ilegítimo, al igual que la Constitución que pretendía consagrar. Una Constitución que, en sus artículos transitorios, nos dejaba en manos de la dictadura por toda la década de los '80 y luego abría paso a una "democracia protegida". ¿Protegida de qué, de quien? De la soberanía popular y de las mayorías electorales, males que se debía controlar por el bien de la patria. Así, en un clima de mucho temor, con toda la propaganda de la dictadura remachando el "sí" a un batido conceptual de seguridad-progreso-futuro-patria, el general Pinochet celebró su triunfo con un 67,6 por ciento de los votos. Perdedores, nosotros calculamos un porcentaje similar (67,2) en el aumento de los votos "no" respecto de la consulta del '78. Cada nuevo voto era un triunfo sobre el miedo, partiendo del supuesto ingenuo de un conteo correcto de votos.

En el acto de celebración, un eufórico dictador prometió un millón de empleos, novecientas mil viviendas, un televisor por cada cinco chilenos, un auto y un teléfono cada siete, y un ingreso *per capita* de tres mil quinientos dólares, prueba concreta del progreso económico del nuevo Chile libremercadista. Y como regalo extra de cumpleaños, le llegó el triunfo del republicano Reagan. Volvía a tener amigos en la cabeza del continente. Lo que es nosotros, agregamos a Andrés Zaldívar en la lista del exilio. Nunca olvidaré el rostro fiero del ministro del Interior, Sergio Fernández, hoy su colega en el Senado, cuando anunció que al presidente del PDC se le prohibía ingresar al país. Ganamos, en todo caso, a un nuevo y potente embajador para la disidencia chilena. Tiempo después fui a Quito a encontrarme con él, cuando la Democracia Cristiana Internacional lo eligió su presidente. El exilio había potenciado a Zaldívar. Y lo mismo ocurrió aquí con su familia. Su madre, doña Chepita Larraín, fue de las activistas más entusiastas en los mitines relámpago que organizábamos en la calle.

Lo que es yo, ese año '80, me quedé sin ser directora de un medio. Trabajé duro preparando la primera edición de una nueva revista –*Gente Actual* se iba a llamar– que fue prohibida por el jefe de la Zona en Estado de Emergencia. Fuimos a reclamar a la justicia. La Corte de Apelaciones nos dio la razón, la medida –dijo– era inconstitucional. Pero la Corte Suprema estuvo por respaldar a la dictadura. Así perdí mi oportunidad de dirigir un medio, pero conservé mi trabajo como redactora de *Hoy*. El que perdió su trabajo fue Tucapel Jiménez, despedido después de trabajar veintiocho años en la administración pública. Volví a la misma oficina donde lo había entrevistado el año '76, el día en que iniciamos la búsqueda de mi desaparecido padre. "Quedamos con los brazos cortados sin don Tuca", me dijo una llorosa secretaria. Él, en cambio, estaba triste porque 156 compañeros quedaban en la calle.

–¿Y usted, don Tuca?

–Ya me las arreglaré...

–¿Va a renunciar a la presidencia de la ANEF?

–Eso quieren, pero no les voy a dar el gusto. Yo sigo a la cabeza hasta el siguiente congreso, eso dicen los estatutos.

Sabía que quedarse sin trabajo era el menor de los riesgos. Y de corrido, mirándome fijo con sus ojos claros, me dijo: "Por lealtad al movimiento sindical, por convicción y por vocación, voy a seguir en lo que estoy. Sólo dejaré de defender los derechos de los trabajadores cuando me muera". Ni él ni yo sabíamos que el cronómetro ya se había activado, quizás el mismo día de septiembre del '80 cuando el general Pinochet dijo: "no podemos seguir pensando que existan señores que se crean líderes de los empleados públicos".

Sí, su existencia misma ya era materia de análisis del área sindical de la policía secreta...

Siete

Engrosar la piel para resistir las amenazas formaba parte del oficio de periodista disidente. No llevábamos ni la cuenta de los llamados y cartas anónimas. Opté por ni hablar del asunto con mi marido y mi madre, para no alterarlos más de la cuenta. Pero a mi casa –ya con teléfono– comenzaron a llamar por las noches. Dependía del agente encargado del asunto, el tenor de la amenaza. A veces, sólo se escuchaba el jadear de una respiración. Otras, la imitación de una voz de ultratumba: "mueeeeerteeeee". Optamos por descolgar el teléfono al empezar el toque de queda.

En dos ocasiones tuve que irme de la revista a mi casa, meterme en la cama en posición fetal y hasta pedir una bolsa de agua caliente para tratar de recuperar la temperatura y el aliento. La primera vez, la voz al teléfono me describió con detalle la ropa que vestía mi pequeño Felipe ese día. Sólo imaginar que los ojos de un asesino hubieran mirado a mi hijo me provocó un colapso. Opté, de ahí en adelante, por colgar el teléfono apenas se iniciaba la amenaza. Pero luego el director me pidió grabar la siguiente llamada. Quería reunir las grabaciones de todos y comparar voces y mensajes. Así fue como escuché el minucioso detalle de cómo me iban a violar, rompiendo la botella que meterían en mi vagina. Terminé en mi cama, tiritando como un pollo en invierno.

En la revista, todos nos animábamos en la tarea común. Había un tácito acuerdo para no jugar dinámicas paranoicas y fomentar el miedo. Pero cada uno barajaba su propio análisis para tomar decisiones. En mi caso, operaba una mezcla de fe cristiana y de lógica. Me decía: ellos tienen todo el poder, pueden detenerme o matarme cuando quieran, la amenaza sólo busca que paralice mi acción como periodista. Y seguía: ya estoy en su lista negra, dejar de escribir no me asegura la vida, más me la asegura seguir ejerciendo mi oficio, hacerlo cada día mejor y así subir el costo político que tendrían que pagar con mi muerte. Al final, la fe: hágase Tu voluntad, Señor. Y cada día, a cada rato, un *tête à tête* con mi ángel de la guarda.

Sólo dos veces se acercaron a mi casa sin usar el teléfono. La primera ocasión ocurrió por la tarde. Llegué del trabajo, besé a mis hijos que jugaban en la sala y subí para cambiarme de ropa. Ahí estaba, a medio vestir, cuando escuché la voz de la empleada que subía por la caja de escala:

–Señora, le llegó un paquete...

–¿Qué dijo?

–Un paquete, lo trajeron unos señores hace poco rato.

Me asomé por la baranda y ella apuntó su mano hacia un paquete rectangular, forrado en papel kraft, que estaba sobre la mesa de entrada. Bajé la escalera corriendo y me quedé mirando el paquete. Manuscrito, con tinta azul, mi nombre y mi dirección en la cara superior. Lo tomé con cuidado, lo volteé, sintiendo cómo un objeto pesado se movía al interior, y leí el remitente: "Puerto Montt". No conozco a nadie en Puerto Montt, fue mi primer pensamiento. Y luego el escalofrío. Puerto Montt era la clave de la DINA para marcar con sus iniciales, la "pe" y la eme", el destino de los detenidos: Pena de Muerte.

–¡Salgan de la casa! Todos, ¡salgan de la casa!– grité al tiempo que tomaba a los niños.

No sé cuánto rato nos pasamos en la calle, tratando de razonar acerca de la posibilidad de que se tratara de una bomba. La empleada contaba cómo le habían tocado el timbre y, cuando salió, encontró el paquete en el suelo, junto a la puerta de entrada. Miró hacia el pasaje y vio al hombre que se subía a un auto que otro manejaba. Eso era todo. Decidimos con mi marido explorar el asunto por nuestra cuenta. Nos conseguimos una larga vara de coligüe en una casa vecina. Logramos encajar la punta de la vara en la amarra del paquete y lo llevamos al medio del jardín. Luego lo abrimos. Era una caja de zapatos grande. Dentro, un pescado grande y podrido, sin cabeza. Amenaza de muerte a la siciliana. Me fui con el paquete hasta la comisaria más cercana, en calle Las Tranqueras.

–Vengo a hacer una denuncia, sargento.

–¿De qué se trata?

–Me dejaron esto en la puerta de mi casa...

El sargento miró el contenido y preguntó:

–¿Y usted qué hace?

–Soy periodista, periodista de la revista *Hoy*.

–¡Ahhhhhh!

Con la constancia escrita en la comisaría, escribí al ministro del Interior –Sergio Fernández– una carta de tono solemne donde lo responsabilizaba en caso de que me mataran o le hicieran daño a algún miembro de mi familia. Él respondió con el inmediato envío de un amable prefecto de Investigaciones a mi casa. No recuerdo su nombre, pero sé que salió de allí muy descolocado. Me anunció que los detectives rondarían la casa, vigilándola. ¿Y cómo voy a distinguir a los detectives buenos de los agentes de seguridad malos?, le preguntaba yo. Se encogía de hombros, no tenía respuesta. Luego me dio las indicaciones que debía seguir: nunca usar la misma ruta para mis desplazamientos por la ciudad, llevar una hoja de papel y un lápiz en el asiento del copiloto, listos para anotar patentes de autos sospechosos si notaba que me estaban siguiendo.

–Pero, prefecto, esto es vida real, no una película de espías. No hay dos vías de acceso para llegar a esta casa y no hay dos vías para entrar y salir del colegio Saint George...

Cuando se fue, le noté una mirada compasiva. Quizás dudaba de volver a verme con vida. Lo único que perdí por ese episodio, por cierto, fue a la empleada que no resistió la idea de una patrona tan peligrosa.

La segunda ocasión en que se acercaron a mi casa, les demandé más trabajo. Ya estaba en la reunión de pauta de mi revista, cuando llegó el urgente llamado desde mi casa:

–Señora, véngase "altiro", no sé qué hacer...

–Cálmese y dígame qué pasa...

–Fui a comprar el pan y todo el barrio, señora, está lleno de papelitos que dicen cosas muy malas de usted. Las calles, las veredas, hasta los jardines de las casas...

Le pedí que tomara una bolsa, saliera a la calle y recogiera los que más pudiera mientras yo llegaba. Habían "nevado" mi barrio con sus mensajes manuscritos con letra de imprenta y copiados a mimeógrafo. "Patricia Verdugo, antipatriota, mentirosa maldita, vendida al oro de Moscú, condenada a muerte". Eso decían. Incluía un tosco dibujo de un pez, el mismo que acompañaba las amenazas a los abogados de la Vicaría. Interpuse un recurso de amparo y me instalé en la fría sala de la Corte de Apelaciones mientras el abogado Jaime Hales alegaba ante los ministros. ¡Qué contraste brutal entre la pasión de mi abogado y la siesta que dormían los jueces! Obviamente rechazaron mi demanda por protección.

Nunca me interesó el tema de la posible guerra con Perú y con Argentina. Yo pertenecía a una generación criada en la fraternidad latinoamericana, que soñaba con eliminar fronteras y armar el sueño bolivariano, de modo de hablar con Estados Unidos de tú a tú. Así que todas esas historias sobre guerra inminente me parecían un invento de las dictaduras de nuestros países para justificarse en el poder, para mantener ocupadas a sus Fuerzas Armadas, para comprar más armamento y hasta para explicar la represión brutal contra el "enemigo interno" por razones de Estado. De hecho, se amenazaban con guerra por disputas de territorio, pero en el patio trasero trabajaban juntos en la "Operación Cóndor" para eliminar a los disidentes.

Tampoco enganché con el éxito económico de los *chicago boys*. Mi gesto de resistencia –en ese caso– se reducía a no comprar un aparato de televisión a color. ¡Hoy suena gracioso! Pinochet le había puesto color a la televisión chilena porque –eso se dijo– había que "quemar dólares". Había que gastar lo que los argentinos luego llamaron la "plata dulce". Esas montañas de dólares que los árabes y las compañías petroleras obtenían por el alza del crudo, que repletaban las bóvedas de la banca internacional del Primer Mundo y que había que trasvasar a los países del Tercer Mundo a como diera lugar. Para que se engolosinaran comprando televisores a color y baratijas de Taiwán. Hasta la ropa usada del Primer Mundo pasó a ser un buen negocio. Apenas treinta y nueve pesos costaba el dólar y el gobierno prometía que el "tipo de cambio" era intocable.

Por aquel entonces, la represión de la dictadura –para mucha gente a mi alrededor– tuvo una nueva justificación. Antes decían "por algo será" cuando se comentaba de alguna detención. Luego se escuchaban frases como: "bueno, hay costos dolorosos que un país tiene que pagar para poder ordenarse y progresar". Los que argumentaban así –y lo siguen haciendo hoy– no pagaron obviamente ningún "costo doloroso" con sus padres o sus hijos. Eran los padres y los hijos de "otros". Yo sentía náuseas ante la percepción de que mi padre se había transformado en un dato económico, un dato de "costos". Y como respuesta a esa lógica –metiéndome en ella– veía manchado de sangre todo lo que simbolizaba ese progreso: edificios como la Torre Santa María, nuevas avenidas, tiendas en galerías-caracol. Quizás por eso es que hasta hoy me siento mal en los grandes supermercados o *malls*. Me mareo y debo retirarme pronto.

Para el once de marzo del '81, la fiesta oficial para instalarse en La Moneda fue en grande, con *Te Deum* en la Catedral y el general Pinochet recibiendo aplausos en auto descubierto. Daba inicio a su "gobierno de transición" y él, a todas luces, se sentía Presidente legítimo de Chile, elegido por la misma votación que había aprobado su Constitución. Sólo supe de los cambios exteriores que presentaba el Palacio, reconstruido tras el bombardeo del '73. Ya no estaba la puerta de Morandé 80, acceso más privado de los Presidentes, la misma que usaron los colaboradores de Allende para salir manos en alto. De ahí, muchos de ellos se convirtieron en detenidos-desaparecidos. Y ya no estaba el libre paso ciudadano a través del Palacio. Antes del golpe, todos acortábamos camino cruzando los dos patios del edificio de gobierno.

Pinochet se veía tan feliz, con su guerrera blanca cruzada por la banda presidencial y su mano derecha enguantada y en alto saludando a su gente. A su lado, pecho henchido, su ministro del Interior, Sergio Fernández. Al balcón de La Moneda se asomó con su mujer y ella, con uno de esos sombreros alones que tanto le gustaban, estaba dichosa. En los festejos, el presidente de la Corte Suprema, Israel Bórquez, usó un frac que revelaba su solemne gozo. Seis horas duró el desfile cívico-militar por la Alameda. ¡Qué contentos que estaban todos ellos! Lo que es nosotros recibimos un ultimátum en el discurso del dictador: nos instó "a la cordura", a sumarnos a su esfuerzo sin condiciones. "¡Por última vez los llamo!", exclamó con esa voz disonante que lo hacía inconfundible.

Ese mismo día, decretó un nuevo estado de excepción jurídico que se sumaba al Estado de Emergencia. Se llamó Estado de Peligro de Perturbación de la Paz Interior. A esa altura del proceso, ya no había campos de concentración y no se desaparecían prisioneros. Pero operaban los centros clandestinos de detención, donde la tortura se practicaba con esmero durante los veinte primeros días de incomunicación. Un grupo de abogados de derechos humanos –Pamela Pereira, Fabiola Letelier y otros– pidieron a la Corte Suprema que investigara más de 130 denuncias de torturas practicadas recientemente. Cuando leí el escrito, anoté en mi agenda: "menos miedo, más denuncias". Incluso había casos en que las víctimas denunciaban ante los tribunales, acreditando las secuelas físicas en el Instituto Médico Legal.

La tortura se convirtió en objetivo clave en la defensa de los derechos humanos. Y la Iglesia Católica nos hacía reflexionar –en escritos y reuniones– acerca de que en una sala de tortura había dos víctimas realmente: el torturado y el torturador. Como lo lee, el torturador. Porque se trataba de un sujeto que se degradaba como persona y dañaba gravemente su psique o su alma. Muchas veces participé en actos donde rezábamos por ambos, por el detenido que estaba amarrado y desnudo sobre la parrilla, por el agente que activaba los mandos eléctricos.

Decidí entrevistar al presidente de la Suprema. Después de mucha insistencia, Israel Bórquez me recibió en su oficina. Yo iba con mi grabadora y el cuestionario listos.

–La recibí sólo para decirle personalmente que no le voy a dar la entrevista –me dijo en tono cansado.

–¿Cómo?

–Lo que oyó. Lo que pasa es que no hay razón para dar una entrevista ahora, no pasa nada importante por acá, pura rutina...

–Presidente, le pedí una entrevista para hablar de algo que a nosotros nos parece muy importante: la tortura...

–¿Cuál tortura?

–¿Cómo que cuál tortura? Usted mismo ha recibido las denuncias. Aquí mismo, en este palacio de los tribunales, se están tramitando querellas por torturas.

–Cualquiera puede hacer denuncias, pero de ahí a que sea cierto...

–Hay certificados del Instituto Médico Legal que acreditan esas torturas, presidente.

–Habrá que verlos, pues...

–Presidente, hay ciudadanos que logran vencer su terror y vienen acá, a la justicia, a denunciar lo que les pasó. Y usted reacciona como si se tratara de cheques protestados...

–¿Y qué quiere que haga? –subió la voz.

–Que actúe con la urgencia que esas denuncias exigen. Eso es lo lógico.

Me miró y se quedó callado. Yo, urgida por convencerlo, me levanté de la silla y me aparté de su escritorio varios pasos. Él podía verme de cuerpo entero.

–¿Sabe lo que es un "pau de arara", presidente?

Meneó la cabeza, aún sorprendido de que yo estuviera de pie.

–Así es. Míreme bien...

Y se lo expliqué con mi cuerpo en cuclillas.

–Meten un palo largo bajo las corvas, detrás de las rodillas. Y uno se queda colgando, desnudo, con las manos amarradas adelante. ¿Lo ve? Así, presidente, los genitales quedan al descubierto. Y de tanto en tanto, los torturadores aplican electricidad...

Me incorporé para tomar aliento y seguí explicándole, con gestos, las torturas llamadas "el submarino", "el teléfono", "la parrilla".

Él miraba, en total silencio, casi sin pestañear. Cuando terminé, me acerqué a su escritorio y él seguía mirándome.

–Presidente, ¿cómo puede dormir tranquilo?

–Duermo muy tranquilo –dijo pronunciando bien cada sílaba.

–¿Y no le importa nada lo que diga de usted la historia?

–Nada. No tengo hijos.

Se levantó y tomó el citófono para comunicarse con su secretario. Yo tomé mi grabadora y salí. No hubo despedida.

Para entonces, había una "escalada" terrorista que se traducía en ataques incendiarios y asaltos a bancos. No lográbamos entender de qué se trataba, nos preguntábamos si realmente estaban actuando algunos comandos del MIR, como decía el gobierno. Incluso algunos bromeaban con que el asalto era el primer acto en la estrategia de marketing del general Contreras, para que le contrataran su servicio de "seguridad".

Un día, a comienzos de marzo del '81, robaron en el Banco del Estado de Chuquicamata y hubo mucho revuelo porque se trataba del "botín más grande de la historia". Estaban desaparecidos el jefe y el cajero de la sucursal. ¿Eran cómplices o se los habían llevado como rehenes? Casi tres meses después, un informe de Investigaciones reveló lo sucedido. Los ladrones eran los jefes de la CNI local, el mayor Gabriel Díaz Andersen y el agente Ernesto Villanueva. Los empleados del banco habían sido asesinados y sus cuerpos, dinamitados. En su confesión, Díaz Andersen dijo que obedeció órdenes de su superior regional, el jefe de la CNI de Arica, mayor Juan Delmás. Motivo de la operación: resolver problemas presupuestarios del organismo de Inteligencia. ¿Y qué dijo el mayor Delmás? Nada, su cuerpo –con un tiro en la cabeza– apareció dentro de su auto.

El escándalo fue mayúsculo. Hasta la revista *Qué Pasa*, voz respetada en la derecha, repasó en detalle el "suicidio" del mayor Delmás: "En un principio, se supone que después de revisar al revés y al derecho el vehículo, no se encuentra la bala asesina en el Mazda rojo donde yace el agente de seguridad... y unos días después la bala aparece en un lugar tan sencillo y visible como el piso trasero del auto".

Por esos mismos días, ocurrió uno de esos episodios que nosotros interpretábamos como "cortinas de humo" de la dictadura para ocultar actos criminales. ¡Asaltantes se dejaron caer sobre la sucursal Las Condes del Banco del Estado mientras otros grupos atacaron con *bazookas* y lanzacohetes la comisaría de Las Tranqueras y el cercano cuartel de Investigaciones! Acción de película en medio del barrio burgués. No hubo detenidos.

Fue un tiempo confuso aquel del '81. Un día mataban a un agente de la CNI (Carlos Tapia) y en los tres días siguientes mataban, en venganza, a dos disidentes, el pintor Hugo Riveros y el ingeniero Fernando Polanco. Por varias días agonizó una oficial de Carabineros, Ingrid Olderock, con un balazo en la cabeza. Había sido agente de la DINA y la DICAR, experta en torturas con sus perros adiestrados. Pero la robusta oficial –una gorda que parecía sacada de una película nazi– sobrevivió y después acusó a un oficial de Carabineros como autor del atentado.

Mataron también a tres detectives, escoltas del general Sinclair, y le dispararon al Presidente de la Suprema que salvó sólo con una bala en un brazo. Siete militantes del MIR fueron muertos en un enfrentamiento en Neltume, al interior de Valdivia. Los informes de autopsia revelaron que no hubo tal enfrentamiento: había un tiro en la cabeza de cada muerto, develando la ejecución. Igual versión –enfrentamiento– se dio para explicar la muerte de otras cuatro personas que "pensaban atacar la casa del canciller Rojas Galdames". La investigación judicial probó, luego, que habían sido ejecutados.

Recordar es un acto subjetivo. Cada uno recuerda lo que le importa, ya que por serle importante quedó grabado en la memoria. Para mi gremio, el '81 es cuando pudimos hacer elecciones y recuperamos el Colegio de Periodistas, al ser electos por mayoría colegas disidentes en los cargos directivos. Para la revista *Apsi*, bajo la dirección de Arturo Navarro, el '81 es el año en que dio la gran batalla en los tribunales, luego de que la dictadura le prohibió informar sobre los hechos nacionales.

Para el ministro José Piñera, es el año en que echó a andar su Reforma Previsional, primera piedra del "nuevo Chile", que les permitiría contar con montañas de dinero –descontado de nuestros salarios, mes a mes– para crear empresas y apropiarse de las hasta entonces creadas por el Estado. Para el "maestro" Castillo Velasco –ya presidente de la Comisión Chilena de Derechos Humanos– el '81 es el año donde lo destierran por segunda vez, junto a otros tres disidentes.

Para muchos académicos y estudiantes, es el año en que el creciente descontento universitario se castiga con despidos, detenciones y relegaciones. Como los rectores-delegados (todos generales y almirantes) no logran aplacar la situación, una Ley General de Universidades hará picadillo a las grandes universidades laicas para poder controlarlas.

Para mí, el '81 es el año en que aparece Marcela en mi vida. Venía desde el exilio en La Habana y se llamaba Marcela Otero Lanzarotti. Menuda, curvilínea, con parada de bailarina de ballet, unos ojazos oscuros que ocupaban un tercio de su rostro. El tercio superior se lo llevaba una frente amplísima, con una curva perfecta, donde su piel morena brillaba como anunciando con luces su presencia. Yo llegué a verle estrellas en esa frente. Y el tercio inferior se lo llevaba la boca sensual de mulata –su padre era un peruano exiliado–que sonreía ancha, como la Amanda de Víctor Jara.

Mi descripción revela mi amor por ella. Fue mi hermana y mi cómplice hasta su muerte. La verdad es que lo sigue siendo. Tengo su retrato enfrente y muchas veces le pido que me sople un título o una frase cuando me falta inspiración en la escritura. Procuro llevar siempre al cuello el caracol de plata que me legó y para qué les digo la de veces que me ha consolado cuando estoy en apuros. Escucho su voz diciéndome: "Acuérdate, como dijo Benedetti, bienvenido el sufrimiento si es señal de que estás viva". Y automáticamente las piezas me encajan en el rompecabezas. O en el rompecorazón.

–¡Qué espanto! Parezco puerta de circo al lado de ustedes –dijo de entrada, el primer día que llegó a *Hoy*, refiriéndose a su caribeño maquillaje que muy pronto dejó de lado.

Se me fue colando de a poquito dentro del corazón. Fue la primera persona que dudó de mi hipócrita versión acerca de mi feliz matrimonio. Y persistió en su duda hasta que, llorando, le conté de mis penas. Actuó luego como espejo, me obligó a enfrentar mi incoherencia y a buscar soluciones. Eso era ella ante todo: una mujer coherente en pensamiento y acción. Decía que yo era la primera amiga católica que tenía en su vida. Se reía de mi pacatería y nunca supe si sólo por escandalizarme decía que su sueño era seducir a un cura. Llegó con lo puesto y los bolsillos vacíos, casi todos sus amigos estaban en el exilio. Con ayudas de por aquí y por allá, armó un primer hogar de retornada con algunos muebles y un afiche de Toulousse Lautrec que casi le costó un arresto.

Un día cualquiera, al alba, le allanaron su casa. Buscaban a otra gente. Pero un culto de la CNI estuvo a punto de llevársela, intrigado porque en el afiche decía "urs". Insistía en que era la sigla de la Unión de Repúblicas Socialistas Soviéticas. La verdad es que eran las últimas letras de la palabra "ambassadeurs". Lo más importante de esa primera casa de Marcela era la cafetera italiana. Decía que en la peor de las miserias no podía faltarle café-café. Aborrecía el instantáneo. Y en su baño, claro, siempre un perfume francés. Adoraba a mis hijos. Más de una vez la pillé devorándoselos con los ojos, viendo en ellos a los suyos –Rodrigo y Álvaro– que optaron por quedarse en Cuba, ya en la universidad.

Con Marcela recorrimos, en el periodismo y la política, la "transición" pinochetista. Ella era una izquierdista de tomo y lomo que se fue reconciliando con el PDC a través de mí.

El paso del '81 al '82 estuvo marcado por la larga agonía del ex Presidente Eduardo Frei Montalva, debido a que una operación simple se complicó por una infección que contrajo en el quirófano. Hasta hoy sus hijos dudan de que la tal "infección" haya sido accidental, más aún cuando se conocen nuevos datos acerca del siniestro accionar de los organismos de Inteligencia. Con el gas Sarín podían incluso simular ataques cardíacos.

El hecho es que Frei murió justo cuando lideraba con mayor energía la disidencia y trabajaba en el proyecto de aunar fuerzas con sectores izquierdistas. Yo estaba velando su agonía, junto a su familia y sus amigos en el *hall* de la Clínica Santa María, cuando dieron la noticia de su muerte. Tuve que apoyarme en una pared, para contener mi acceso de llanto. Había nacido diciendo papá, mamá y Frei casi al mismo tiempo. Él simbolizaba –para mi padre– el sueño de un país más fraterno, con justicia social y sin la violencia antiética y antiestética de la pobreza. A los diez años ya repartía yo sus afiches por el barrio, para la elección del '58. A los catorce, con su imagen y la flecha roja a cuestas, gané la elección del centro de alumnas de mi liceo. Y a los dieciséis, fui a todas las marchas y concentraciones de la campaña del '64, ésa del lema "la revolución en libertad" que cantaba "brilla el sol de nuestras juventudes".

Tanto lo quería que le perdoné su justificación del golpe militar, como inevitable salida de la crisis política, y se me aligeró el alma cuando lo vi ya en la disidencia. Él me quería también. Le gustaba hablar conmigo, me invitaba seguido a tomar té en su casa de calle Hindeburg y me comentaba los avances en mi trabajo como periodista. "Esta niñita va a ser la Oriana Fallaci de Chile", le decía riendo a sus hijos o sus amigos. Yo me inflaba de orgullo.

Para sus funerales, fui simplemente una militante de camisa azul. Cerca de su ataúd, por dos días, fui testigo del cariño profundo de tanta gente por él. Cientos de miles de personas llegaron hasta la Catedral, en la primera salida masiva de chilenos a las calles desde el golpe militar. Cuando el dictador anunció que quería asistir al funeral, el rechazo de la familia fue tajante. "Mi padre murió como un disidente", dijo su hijo Eduardo. El dictador insistió. El protocolo exigía que el Jefe de Estado estuviera presente. La familia aceptó finalmente que se le hiciera una ceremonia aparte, previa al funeral, para Pinochet y su gente. Un gesto amable que contrastaba con la dureza de la dictadura, que no permitió el ingreso de los DC exiliados para despedir a su líder: Zaldívar, Fuentealba, Castillo Velasco y Huepe. Del mismo aeropuerto los reembarcó a Buenos Aires.

Todos acordamos retirarnos de la nave de la Catedral, minutos antes de que llegara Pinochet y sus ministros. Al hacerlo, un joven militante –Guillermo Pickering– se aferró al ataúd y quería sacarlo. "¡No, no, no podemos permitir que se quede solo con el dictador!", gritaba llorando.

Nos fuimos a la vecina Vicaría de la Solidaridad y hallamos la ventana justa para observar la llegada de Pinochet a una Plaza de Armas repleta de gente. Un silencio abismal pesaba en el aire cuando los agentes de seguridad rodearon el área de acceso a la Catedral para dar paso libre a los autos oficiales. Se abrió la puerta, emergió el general Pinochet y millares de voces se hicieron una voz:

–¡Asesino, asesino, asesino!

En cuatro sílabas, alargando la "a" inicial. Cada sílaba como golpe de tambor que rebotaba en edificios y torres. Cada sílaba pronunciada como grito contenido de nueve años. Dicha de frente, a rostro descubierto, sin miedo. Ese día, en ese momento, comenzó a trizarse la espada del opresor. Ese día, veinticuatro de enero de 1982, en ese momento, la valentía comenzó a ganarle terreno al miedo. Desde entonces, ni el crimen más horrendo logró detener el proceso de liberación. Paso a paso, lentamente, en pequeños y mínimos actos cotidianos, se podía palpar el cambio en la gente.

Tres semanas más tarde, iba con mi amigo Jaime Hales llegando a la Plaza Italia, cuando en la radio de su auto la alarma noticiosa de la Cooperativa nos interrumpió la charla. Se anunciaba que la Coordinadora Nacional Sindical, la ANEF y otras confederaciones habían decidido unir la acción para defender los derechos de los trabajadores. A la cabeza del nuevo organismo estaría Tucapel Jiménez.

–¡Lo van a matar! –se me escapó en un susurro.

–Ni lo digas...

Estábamos en reunión de pauta, pocos días después, cuando llegó la noticia. Lo mataron. Dos disparos en la cabeza, tres puñaladas en el cuello. Así encontraron a don Tuca en su auto. Su rostro y el de mi padre se cruzaban entre lágrimas cuando desfilé por las calles detrás de su ataúd.

Fue entonces cuando decidí que ya era hora de ver el lugar y le pedí a Marcela que manejara el auto, lentamente, por calle Dieciocho.

–Ahí está, ¿lo ves? El 229...

–Pero si ahí estaba *El Clarín* –me dijo con extrañeza, aludiendo al diario más popular de la izquierda hasta el golpe militar.

Dieciocho 229. Cuartel central de la DICAR. Parecía un edificio más, entre las antiguas construcciones del sector. Había tardado casi seis años para llegar a verlo, para acercarme al lugar donde los asesinos planearon la muerte de mi padre. Quizás el lugar que escuchó sus lamentos.

Ocho

El miedo que nosotros perdíamos se les inoculaba a ellos. Era un proceso de traspaso que se palpaba cada día. Nuestros políticos iban recuperando el habla, al mismo tiempo que la gente, en su trabajo o en la calle, se atrevía a criticar al régimen. La dictadura tenía ahora un enemigo invisible, contra el cual la CNI nada podía hacer: la recesión económica. Tres gabinetes tuvo el general Pinochet ese año '82, pero igual el país siguió cayendo en picada.

A nosotros, los disidentes, se nos sumó la voz enojada de la derecha empresarial. Su líder máximo, el ex Presidente Jorge Alessandri, dio el vamos a las críticas en abril y Pinochet respondió dándole duro a la "fronda aristocrática" –así la llamó– que "se cree que por derecho tiene que gobernar". Hasta envió al exilio a un dirigente empresarial, Carlos Podlech. Y *El Mercurio* tuvo arrestos de independencia al decir que "se está manejando mal el tema de la seguridad de las personas. Algo ocurre en los servicios de policía". Y otro día remachó con "las cosas se están manejando con rudeza de inexpertos", el gobierno está "en peligro de quedar sin más defensores que sus aguerridos soldados". El principal diario del país no podía darse el gusto de esa crítica, dado su alto nivel de endeudamiento, y los dueños sacaron al director Arturo Fontaine.

Pinochet militarizó el gabinete con hasta quince uniformados y se autocalificó como "el general de los pobres". Tenía razón si con eso se sentía comandando a la mayoría, porque la cesantía bordeaba el treinta por ciento. No tuvo más camino que soltar el precio del dólar, mientras programas especiales de desempleo –el PEM y el POJH, siglas que hicieron historia– trataban de retener el descontento. Le llovía sobre mojado al general Pinochet y eso fue literal. Ese invierno llovió tanto que en un solo día –27 de junio– cayó más agua que en dos meses de invierno normal. El Mapocho rugió fuerte y yo, que no lo miraba, me vi obligada a escucharlo primero y luego a ver sus aguas corriendo furiosas por calles y avenidas del sector nororiente, arrasando con todo a su paso.

A nosotros nos dejó, ese año '82, sin el líder sindical que seguía a Tucapel Jiménez en la línea de mando: el DC Manuel Bustos, presidente de la Coordinadora Nacional Sindical, fue enviado al exilio. ¡Qué gran líder fue Manuel, generoso y valiente como el que más! La ONU condenó a la dictadura por noveno año consecutivo. El registro indicaba más de mil setecientos arrestos de disidentes y casi un centenar de denuncias por torturas.

Y fue el '82, también, cuando el director Filippi me encargó una nueva misión:

–Hay que ayudar a los políticos a conectarse con la realidad, Patricia. Andan bastante perdidos. Hágame una lista de personas que usted crea que pueden liderar la reconstrucción de la democracia. Incluya gente joven también. Pero no ponga comunistas. Ése es el único límite.

Se trataba de formar un "grupo de reflexión" que cada semana desayunara con nosotros –el director y yo– en la revista. Con ese grupo comentaríamos los hechos y tendríamos un invitado especial para entrar al hueso con un tema. Hice la lista y se la presenté al director:

–Bien, muy bien. Pero creo que le falta un nombre, Patricia...

–¿Cuál?

–Patricio Aylwin.

Argumenté que el ex senador DC estaba muy viejo, que lo había notado muy enredado en los últimos meses. La verdad no era ésa. Simplemente no quería imaginarme el futuro con Aylwin de nuevo. Como presidente del PDC el año '73, él simbolizaba para mí el viraje de mi partido hacia la derecha, su alianza con el Partido Nacional y su apoyo al golpe de Estado. Ése fue el detonante de tanta desgracia.

–No, ¡qué va a estar viejo! Es el político más hábil de todos los que conozco. Inclúyalo no más –terció el director.

Mi lista resultó ser –ocho años después– casi todo el gabinete del primer gobierno de transición democrática. Y no me vanaglorio de ser adivina. Simplemente, esas reuniones semanales fueron conformando un grupo afiatado con mutuas confianzas. Hasta Ricardo Lagos, entonces un desconocido funcionario internacional, estaba en la mesa. Pero estuve a punto de dejar afuera al Presidente de la República. Por esa mesa de desayuno, cuyas discusiones eran *off the record*, pasaron decenas de invitados. Sólo mencionaré el comentario final cuando el invitado fue un general en retiro, Sergio Arellano Stark.

–¿Éste es el mismo general del que se dice que comandó una caravana que mató a mucha gente en el norte? –preguntó Ricardo Lagos, segundos después de que Sergio Arellano se había despedido.

–No, no creo. Debe haber un error. Arellano fue edecán de Frei y, por lo que sé, es un tipo decente –le contestó Aylwin.

No se volvió a mencionar el asunto. ¿Caravana al norte? Le escribí a mi tío Carlos Weber, quien vivía en La Serena y cada año –en octubre– me enviaba mensajes escritos que recordaban a los fusilados del '73. ¿Te suena el nombre de Arellano, del general Arellano? Mi tío me envió fotocopias con la prensa de la época. No estaba el nombre de Arellano en ninguna parte. Sólo el coronel Ariosto Lapostol, comandante del regimiento, daba explicaciones inverosímiles para justificar el fusilamiento de quince personas. Marqué un párrafo, sólo dos líneas, que daban una pista. El coronel Lapostol decía que "un Tribunal, venido especialmente de la capital, fue el que dictaminó en última instancia la sentencia". Guardé el recorte marcado. Algún día sabríamos...

Las primeras protestas callejeras estuvieron focalizadas en el centro de Santiago. Las organizó el Partido Comunista y las llamó

"Marcha del hambre". Fui con Marcela a la primera de ellas, en agosto del '82. Anochecer en el centro, alicaídos empleados saliendo de sus trabajos, gente que paseaba –oscura y gris– de aquí para allá.

–¿Dónde, Marce, dónde?

–Tranquila, paciencia. Faltan dos minutos –dijo consultando su reloj.

La disciplina comunista siempre me pareció sorprendente. Una disciplina que los había distinguido como los más leales colaboradores del Presidente Allende, en contraposición con el desorden irresponsable de los socialistas. A la hora exacta, una bengala iluminó el cruce de Ahumada con Huérfanos y mil transeúntes se convirtieron en manifestantes. "¡Pan, trabajo, justicia y libertad!" fue el grito coreado al unísono. No tengo idea cuántos eran los convocados y cuántos se sumaron en el camino. La gresca con la policía –muy poca en el sector– fue monumental y se llevaron a treinta y dos detenidos.

Con Marcela estrenamos la costumbre de ir a las protestas céntricas vestidas con nuestra mejor ropa. Parecer "pitucas" era la clave con una policía clasista hasta el tuétano: no arriesgar equivocaciones, deteniendo a gente inocente y bien conectada, parecía ser la orden policial. Morenas y chiquitas las dos, no conseguíamos engañarlos con la pura ropa y agregábamos un aire ausente, como de disgusto. De día, nuestras credenciales de prensa actuaban como un sagrado "detente".

Por ese entonces a mi trabajo agregué el papel de guionista en un documental que terminó llamándose "Frei, tiempo para un líder". Cada minuto libre me instalé en los estudios de Filmocentro, donde Tatiana Gaviola y Joaquín Eyzaguirre intentaron hacerme comprender el misterio del lenguaje audiovisual. No lo consiguieron. Igual ayudé como pude y gané dos buenos amigos.

Para el '83, enero trece fue un día negro en la bitácora de la dictadura. No le quedó más camino que intervenir cinco bancos, disolver otros dos y con eso dejar casi todo el sistema financiero bajo tutela estatal. Antes habían caído otros bancos y financieras. Habían presionado a la gente para endeudarse con la compra de casas y autos, televisores y viajes, aparte de cuanta chuchería puede imaginar la fiebre del consumo.

Sin trabajo, con tasas de interés que subían como globos, la gente dejó de pagar y el sistema se hizo añicos. Casi diez años después del golpe, el Estado tenía que hacerse cargo de nuevo del sistema financiero. No lo reestatizaron, claro está. Friedman no se lo habría aceptado a sus *chicago boys* ni tampoco el FMI ni el Banco Mundial. Reaccionaron al más puro estilo del capitalismo salvaje: las ganancias se privatizan y las pérdidas se socializan. Sacaron plata de la salud, la educación, los proyectos sociales de vivienda y de carreteras, el reajuste de los jubilados y otros ítemes y se la inyectaron a la banca para sanearla.

Esa deuda multimillonaria en dólares –una deuda de la banca privada a costa de los fondos de todos los chilenos– pasó luego a llamarse de un modo elegante. Siempre hay que poner nombres elegantes para ocultar lo feo. "Deuda subordinada" la llamaron y, por lo que sé, seguirá flotando en las aguas del sistema hasta el 2030. Inventaron también otro nombre elegante para disfrazar la caída brutal del producto en casi catorce por ciento: "crecimiento negativo".

Yo, a la bruta no más, sin maquillaje alguno, di por terminados catorce años de matrimonio. Había hecho todo lo posible para cumplir la regla católica de "hasta que la muerte los separe" y finalmente aceptaba mi fracaso. Mirando atrás, en ese paralelo inevitable que se da entre la vida privada y el momento histórico, creo que fui criando valentía de a poco para liberarme de mis miedos, igual como Pedro y Juan, María y Rosa le iban perdiendo miedo a la dictadura. Me sentí plena, coherente entre mi vida privada y mi vida pública, con chorros de energía para repartir alrededor. Había un eslogan feminista que me hacía gracia, quizás porque calzaba bien con mis ganas: "democracia en el país y en la casa".

Por esos mismos días de marzo del '83, once políticos firmaron un "Manifiesto democrático". El espectro iba desde el liberal Julio Subercaseaux hasta el socialista Hernán Vodanovic, pasando por los

DC Patricio Aylwin y Gabriel Valdés. Fue el primer paso, en abierto desafío al receso político, para construir lo que finalmente sería la Concertación.

Con María Olivia Monckeberg y Marcela Otero, participamos desde adentro en la organización de la primera jornada de protesta. Fue el mundo sindical –no el político– el que prendió la mecha. La Confederación de Trabajadores del Cobre, la misma que peleó contra Allende, había acordado un paro para reclamar "contra la política laboral, económica y social". El gobierno respondió con la ocupación militar de las minas, hasta con tanques apuntando a las casas de los mineros en Chuquicamata. Estuvimos en la sede de la Confederación cuando su presidente, Rodolfo Seguel, anuló el llamado a paro y convocó a la ciudadanía a una Jornada de Protesta.

Con sólo veintinueve años, el DC Seguel era un recién aparecido en el escenario sindical. Sorprendió a su propio partido con su convocatoria y en el mundo político disidente, igual que en el gobierno, no se apostó un peso al éxito de la iniciativa. Lo convocaba el sábado siete de mayo para el miércoles once, teníamos sólo cuatro días para organizarlo en forma. Nuestro "once" para responder a su "once". Miles de fotocopiadoras se pusieron en acción en todo Chile, para reproducir las instrucciones: no enviar a los niños a clases, no hacer compras (ni el pan), trabajar lento, no asistir a los comedores de las empresas, conducir despacio por las calles, no abrir los locales comerciales, hacer sonar tarros y ollas a las ocho de la noche.

Fui una más de los miles que se dedicaron a repartir volantes. Detenía mi auto en los paraderos de buses y entregaba unas cuantas hojas a quien me las recibiera. Me ponía en marcha antes de conocer su reacción. No contábamos con más medios que las radios disidentes y nuestras revistas. Cero televisión. La Secretaría General de Gobierno había llamado a todos los diarios, canales y radios para recordarles la "inconveniencia" de hablar sobre el tema. La prensa del domingo ocho, por ejemplo, ni siquiera consignó la razón por la que los mineros suspendían el paro. Sólo *La Segunda*, el lunes nueve, publicó parte del "instructivo" de protesta. Teníamos que confiar en el tambor de la tribu, en el dato que se pasa de uno en uno. Y confiar luego, con el poema de Benedetti, en que "uno más uno somos mucho más que dos".

Casi no dormí la víspera. Nos estábamos jugando el pellejo y no sabía si el fracaso o el éxito de la protesta nos daba más protección. Mis niños me habían dado la primera pista cuando les dije que no irían al colegio: "qué bueno, porque casi todos los otros dijeron que tampoco iban". Muy temprano, comencé a tomarle el pulso a mi ciudad. Menos vehículos por las calles, la mayor parte conduciendo más lento de lo habitual. ¿O seré yo la que quiere verlo así?, me preguntaba. Pero había en el aire algo impalpable, un brillo especial en las miradas que se cruzaban. Me parecía que la gente tenía la espalda más derecha, la cabeza más levantada. Me encontré intercambiando leves sonrisas con mujeres y hombres desconocidos. Sentí que un nexo cómplice me unía a los otros. Igual dudaba de mi percepción, podía tratarse sólo de mis ganas de que pasara. Al final del día, anoté en mi agenda: ¡cómo nos cambia el cuerpo cuando hay dignidad!

Mi ciudad fue silenciándose al paso de las horas, para mediodía todo se movía en cámara lenta. Hacia las siete de la tarde, penaban las ánimas por calles y avenidas. Y a las ocho en punto, un ruido ensordecedor surgió de patios y balcones, un sonar de metales que se amplificaba en el eco de los cerros. Un ruido tal que me recordó la frase de Vicuña Mackenna: "Chile tiene sueño de marmota y despertar de león". Porque era un rugido potente y sostenido que me llevó a imaginar al general Pinochet con las manos en los oídos, gritando ¡basta! Fue tal la alegría de comprobar que éramos tantos y tantos, que la gente salió a las calles –familias completas, hasta con niños pequeños– a manifestar su protesta. La avenida Apoquindo, arteria central en el cuerpo urbano de los más ricos, se atascó con los autos que hacían sonar sus bocinas. Cerca de La Moneda, la protesta de los más osados fue duramente reprimida y hubo 350 detenidos. Carabineros entraron disparando en la población La Victoria y murió un joven. En la población Santa Julia, un niño fue baleado desde una patrullera de Investigaciones en marcha.

Un gesto de estupor, boquiabierto, resume la reacción de gobiernistas y políticos disidentes el día después de esa primera protesta. *El Mercurio* dijo que fue "el más serio desafío con que se ha enfrentado al gobierno en sus casi diez años". La dictadura respondió con la clausura de los noticieros de la Radio Cooperativa y con una "operación peineta" en el sector surponiente de Santiago. Militares y policías rodearon la zona, ordenando por altoparlantes que salieran de sus casas todos los hombres mayores de catorce años. Canchas de fútbol y plazas se transformaron en campos de concentración por dos días hasta que fueron chequeados los antecedentes de más de diez mil hombres. Quinientos quedaron detenidos. Golpes y hasta picanas eléctricas fueron usados en público escarmiento. El obispo Manuel Camilo Vial expresó la protesta católica: "¿Es necesario allanar más de seis mil hogares, con todo lo que ello significa de *shock* psicológico para mujeres y niños? ¿Es necesario seguir humillando a pobladores que ya han sufrido tantos atropellos?".

Seguel, protesta mediante, se había transformado en "el líder". Los teletipos del mundo entero escribieron su nombre, asociándolo al polaco Lech Walesa, entonces líder del movimiento sindical Solidaridad. Dos dirigentes que emergían del sindicalismo y desafiaban dictaduras de opuesto signo. Nos llenamos de corresponsales extranjeros que venían a comprobar la rebelión chilena y se encontraban con este curioso pueblo que protestó un solo día y al siguiente salió a la calle como si nada hubiera pasado.

¡Qué capacidad de ocultamiento que tenemos los chilenos! Por dentro todo seguía ocurriendo, mientras Seguel decía: "seguiremos adelante, porque esta protesta la hizo el pueblo chileno para el pueblo chileno, gritándole al mundo que quiere vivir en un estado de derecho, en libertad y en democracia. Buscamos el diálogo y la apertura, no el enfrentamiento. Y si no lo entienden así, lo lamentamos mucho".

El general Pinochet estaba furioso. Así lo mostró una cadena nacional de televisión y radio. "¡Este gobierno no es un gobierno fascista, es un gobierno que trata de proteger al país del totalitarismo!", gritó con tanta fuerza que parecía querer convencerse a sí mismo.

Hizo una lista de las mentiras que difundía la oposición e incluyó una que ni siquiera había sido puesta en letra de imprenta: "dicen que el Presidente se está construyendo un palacio, olvidando que hoy día el Presidente no vive en La Moneda y que es necesario que tenga una residencia".

Entendimos que se refería a la casa de avenida Presidente Errázuriz, una mansión que él había ordenado demoler y reconstruir. En privado se criticaba su acción, ya que la vivienda estatal asignada al comandante en jefe del Ejército era una buena casa en un sector muy acomodado de Las Condes. Una casa mejor que el departamento de Alessandri, que la casa de Frei y que la comprada por Allende para los Presidentes de Chile, salvo porque esta última tenía más jardín.

Alguien, cercano a la familia Pinochet, me había contado que en la decisión de demoler esa casa confluían varias razones: el arribismo de doña Lucía que añoraba un palacio, el miedo de Pinochet que prefería un *bunker* y los extraños ruidos que se escuchaban, de noche, en una habitación del primer piso. ¿Estarían penando las ánimas del general Prats y de doña Sofía Cuthbert en la casa que debieron abandonar tan abruptamente? El único hecho cierto es que, allí mismo, se había levantado una nueva casa con subterráneo protegido y techo a prueba de bombas.

Unos meses más tarde, supimos a qué se estaba refiriendo Pinochet exactamente con su arenga. Obtuvimos las primeras fotos del "palacio-bunker" de Lo Curro. Sugerí al director Filippi que la revista no hiciera la denuncia, que buscáramos un intermediario ya que estábamos en días de "submarino", así llamábamos a los períodos en que debíamos sumergirnos ante una amenaza de clausura. Aceptó y al día siguiente teníamos al DC Jorge Lavandero, presidente del Proden, listo para la conferencia de prensa.

Cinco mil metros cuadrados de construcción, tres niveles a la vista y subterráneo también en tres niveles, terreno de ocho hectáreas en el carísimo cerro de Lo Curro. Dos canchas de tenis, piscina de ciento veinte metros, multicancha-helipuerto, tres invernaderos, estanques de agua y central eléctrica, casa de guardia para alojar hasta ochenta soldados, estacionamiento subterráneo para doscientos autos. Monitores de televisión y sensores de rayos infrarrojos que cubren todo el terreno. En más de doce millones de dólares se calculaba el costo, en un momento de aguda crisis económica. Y para peor, la señora Lucía estaba disconforme con algunas terminaciones y ordenaba nuevos gastos. Cambiar el asfalto de las canchas de tenis por ladrillo molido, abrir nuevas ventanas, subir en casi medio metro el nivel del tercer piso para obtener mejor vista, cambiar cerámicas y alfombras. ¡Uy, qué escándalo! La derecha tradicional arriscó la nariz y comentó que ningún Presidente podría habitar tan caro adefesio. El ex senador Francisco Bulnes –buen vocero de su clase–, dijo: "Espero que se mantenga la tradición de sobriedad de los Presidentes, que el Presidente Allende sólo alcanzó a empañar con su guardia personal y su procesión de automóviles. Deseo que a la casa de Lo Curro se le encuentre algún destino de beneficio social". Fue tal el escándalo que la dictatorial pareja se quedó sin "palacio-bunker" y no tuvo más remedio que cederlo como Club Militar.

Develar datos acerca de oscuros manejos de platas de la familia Pinochet pasó a ser tarea de un grupo derechista, sabedor de que su gente aplaudía la represión antimarxista, pero censuraba el arribismo y condenaría la deshonestidad económica. Recibimos fotocopias sobre las millonarias comisiones que uno de sus hermanos, a cargo del Instituto de Seguros del Estado, pagaba a una empresa de la familia. Y otro documento anónimo, que circulaba de mano en mano, incluía actas notariales para probar cómo uno de sus yernos, Julio Ponce Lerou, se había convertido en millonario. Al leer los papeles, cualquiera se preguntaba cómo este ingeniero forestal había hecho tal fortuna si –desde el golpe– su suegro lo había mantenido tan ocupado en cargos públicos, siempre mal pagados: director de la Conaf, de Soquimich, de Enami; vicepresidente de Endesa; presidente de la CTC, del Complejo Forestal Panguipulli y, finalmente, gerente general de Corfo.

Los documentos daban detalles de sus millonarias inversiones ganaderas y forestales en el sur de Chile, así como de propiedades en Paraguay, Panamá y Estados Unidos. Ponce Lerou –"el yernísimo", así se le decía– acusó por la prensa al abogado Ricardo Claro y al dirigente gremial de los trigueros, Carlos Podlech, como financistas del anónimo acusador que circulaba por Chile.

"¿Es necesario que vuelva con mi cepillo de dientes?", preguntó Rodolfo Seguel al juez cuando terminó el interrogatorio. Por violar la ley de Seguridad del Estado, los dirigentes mineros estaban en los tribunales. "No se preocupe", contestó el juez a Seguel. Nos fuimos a tomar un café frente al Palacio de los Tribunales, esperando la decisión judicial.

–Vamos avanzando. Ni muerte ni exilio. Esta vez recurrieron a la justicia –le comenté a Seguel entre sorbo y sorbo de mi *express*.

Se encogió de hombros y dijo simplemente:

–Estoy listo para lo que sea.

Volvimos a los tribunales y de allí Seguel salió rumbo a la cárcel, sin cepillo de dientes. La foto de su rostro tras la reja del carro celular, con su mano derecha haciendo la "V", la de la victoria, apareció al día siguiente en la portada de todos los diarios del mundo. La dictadura entró en alerta roja. Seguel en la cárcel era ponerle fuego al polvorín. En La Moneda no tenían previsto que los abogados Jaime Hales y Nurieldin Hermosilla rechazaran la libertad bajo fianza. Ocurrió entonces lo increíble: lo liberaron por la fuerza, aplicando el recurso de "libertad por oficio".

Pinochet daba manotazos, su habilidad para sobrevivir estaba en serios aprietos porque ya no contaba con una derecha dispuesta a avalar la respuesta represiva así como así. Al interior de La Moneda, chocaban los grupos de poder. El dictador anunció el surgimiento de un Movimiento Cívico-Militar para apoyarlo, pese a que en tres ocasiones anteriores la derecha gremialista (hoy UDI) le había desinflado su sueño fascista. El mismo ministro Fernández había explicado que el gobierno no podía crear un partido porque había receso político, "más cuando tendría el carácter de partido único, que es un triste sello de los regímenes de vocación totalitaria".

Y ahí estaba Pinochet de nuevo, soñando con juventudes pinochetistas y quizás con brazos en alto. Federico Willoughby no cabía en sí de contento cuando le pregunté por su movimiento: "¡Al fin se produjo la definición que yo esperaba! Ésta es una aspiración de las Fuerzas Armadas que el Presidente quiso hacer realidad muchas veces, siendo obstruido en el seno de su propio gobierno. Ahora a ese sector se le cayó el maquillaje y habla de acelerar el proceso, de plebiscitos, de otras alternativas constitucionales".

–La democracia es el mejor caldo de cultivo para el marxismo, por eso la defiende a brazo partido. Sin embargo, si regresara al poder, ¡ay de ustedes! –exclamó Pinochet en Iquique, haciendo sonar todas las alarmas del gremialismo, los *chicago boys* y la derecha empresarial, los que intentaban sostener el todavía débil andamiaje de su proyecto "libre mercado-democracia protegida".

El general volvió a quedarse con las ganas. Con su pluma sagaz, Rufino –en primera página de *Hoy*– dibujó una pantalla de televisión y al locutor diciendo: "Se registró un movimiento cívico que, aunque de poca intensidad, causó alarma en algunos sectores de la población". Nosotros, los disidentes, no nos alarmamos. Eran señales de que la dictadura se trizaba –Pinochet llegó a llamarlos traidores– y eso nos alegraba mucho. Las señales surgían por doquier. Como la sorpresiva y pública reunión de nuestro DC Bernardo Leighton con el ex Presidente Jorge Alessandri, quien había renunciado a la presidencia del Consejo de Estado. O las declaraciones del nuevo presidente de la Corte Suprema, Rafael Retamal, reclamando el fin del exilio y el pronto retorno a la democracia.

Por esos días del '83, despedimos, con una Catedral y una Plaza de Armas repletas, al cardenal Silva Henríquez como arzobispo de Santiago. Había cumplido la edad máxima establecida en el reglamento vaticano. "¡Raúl, amigo, el pueblo está contigo!" fue el grito que por vez primera se escuchó en las calles. Y nos sentimos medio desamparados porque su sucesor, el cardenal Juan Francisco Fresno, no nos garantizaba la misma decidida actitud en defensa de los derechos humanos.

El régimen, entretanto, nos bombardeó con una campaña de terror por televisión: vientos de estepas siberianas acompañaban las imágenes de Lenin y la Plaza Roja de Moscú mientras el locutor aseguraba que la protesta obedecía órdenes del Partido Comunista. Viejo recurso: si usted no es comunista, no se sume. Ni el general Gustavo Leigh picaba el anzuelo a esa altura del partido. Lo entrevisté para mi reportaje político de esa semana:

–¡Qué barbaridad! Este gobierno ni siquiera ha sabido adaptarse a los tiempos que se viven y sigue recurriendo al manoseado método del terror comunista –me dijo Leigh, el mismo que para el golpe había hablado de "cáncer marxista" y que ahora, destituido de la Junta Militar, disparaba dardos verbales contra Pinochet.

Así llegamos a la segunda Jornada de Protesta, el catorce de junio del '83. Esta vez, las provincias se sumaron y el país se paralizó. Llegué a mi casa agotada y contenta, después de haber vivido la protesta en las poblaciones populares. Con Marcela Otero y algunos corresponsales, recorrimos el surponiente de Santiago y en cada cuadra había una fiesta de tambores, con la gente alrededor de fogatas bailando y cantando. Más que protesta era alegría, esa alegría profunda por "poder" de nuevo: poder hablar, poder gritar, poder organizarse con otros, poder expresar lo que se siente. No alcancé a dormir mucho, cuando –ya de madrugada– la voz de María Olivia Monckeberg me despertó en el teléfono.

–¡Se llevaron a Seguel! Hay que moverse, hay que hacer algo, lo van a matar...

La voz de mi amiga clamaba por auxilio. Un grupo de civiles, sin identificarse, habían irrumpido violentamente en el hogar de Seguel y se lo había llevado. Hice mi parte. Desperté a Jaime Guzmán, el ideólogo gremialista.

–¡Es de vida o muerte, ayúdanos, por favor! –le rogué en el teléfono.

Inquirió detalles y se despidió con un "haré todo lo posible". ¿Cómo llegar al embajador de Estados Unidos? Revisé mi libreta y di con el teléfono del abogado Ricardo Claro, cuyo nexo con el Departamento de Estado se daba por cierto. Lo desperté también y le dije que la vida de Seguel dependía de que sacara de la cama al embajador Theberge. No sé cuánta gente se movió esa noche para impedir un crimen. El hecho es que, al día siguiente, el ministro Enrique Montero, general de la Fuerza Aérea, reconoció el arresto de Seguel. Y el Departamento de Estado, en Washington, dijo que esperaba que "el líder de un movimiento laboral libre pueda expresar sus preocupaciones, tanto económicas como políticas, y disfrute de todos los derechos de proceso a los cuales tiene derecho por ley".

La mano dura se desplegó rápido: volvió el toque de queda, prohibieron a la prensa mencionar nombres de partidos y organismos ilegales, se anunció el despido masivo de mineros. Y una zanahoria para pasar el garrotazo: una lista con 128 exiliados autorizados para volver. Zaldívar, Huepe, Rafael Agustín Gumucio y la viuda de Letelier entre otros.

Pinochet, cada vez más furioso, anunció que no toleraría una tercera protesta: "Mi gobierno ha sido tolerante para aceptar las dos que han ocurrido. ¡Pero esto se acabó, señores!". Ya estaba convocada para el doce de julio y en la prensa no podíamos escribir ni una línea al respecto. Volvimos al sistema de volantes y al dato boca a boca. Finalmente, a una argucia periodística: hacer hablar a alguien del gobierno sobre lo prohibido de informar. Y hasta *El Mercurio* publicó lo dicho por el abogado Ambrosio Rodríguez, del Ministerio del Interior, donde estaba la fecha de la tercera protesta.

Trataron de que desistiéramos con el único argumento que conocían: el miedo. Gabriel Valdés, Jorge Lavandero y José de Gregorio, todos DC, fueron encarcelados por "impresión ilegal de volantes". Nos pusieron toque de queda para las ocho de la noche de ese día martes doce de julio y amenazaron con las penas del infierno. Igual, a las ocho en punto, el toque de queda se transformó en toque de ollas y tarros que se golpeaban en toda la ciudad. Ahí comenzó a desplegarse la mano dura prometida por Pinochet. El tableteo de ametralladoras resonó hasta altas horas de la noche. Tiros al aire, para asustar en su gran mayoría, a juzgar por el saldo de dos muertos y unos pocos heridos. Fuerzas policiales allanando poblaciones completas. Puertas derribadas, muebles destruidos, bombas lacrimógenas por doquier.

Ahí comenzó a surgir la "legítima defensa" en las barriadas populares, con piedras, hondas y barricadas de neumáticos quemados. Un clima "pre-revolucionario", como decía la gente de izquierda. Una "violencia sin control", según los asustados dirigentes políticos de centro. Y se empezó a aceptar la idea de dialogar con la dictadura "antes de que sea demasiado tarde", al mismo tiempo que nacía la Alianza Democrática bajo el liderazgo del presidente del PDC, Gabriel Valdés.

Así, en vísperas de la cuarta protesta convocada por dos días –11 y 12 de agosto– el gobierno militar puso a un viejo zorro de la derecha como Ministro del Interior, Sergio Onofre Jarpa, presidente del Partido Nacional hasta el golpe. ¡Eso fue un horror! Dieciocho mil soldados participaron en esa desigual batalla de Santiago. Los camiones militares patrullaban las calles, con los soldados apuntando a los transeúntes, hasta que por la noche los balazos retumbaron largamente. Once horas de toque de queda y un trágico saldo de veintisiete muertos y centenares de heridos. Hasta el general Matthei, comandante en jefe de la Fuerza Aérea, manifestó su rechazo a la táctica pinochetista. Reunió a la prensa y les dijo que él mismo había rastreado la ciudad de noche, comprobando que había tranquilidad, sólo fogatas y ningún acto que obligara a emplear armas. En síntesis: no culpen a la FACH. Y agregó Matthei: "Ya es tiempo de entendernos con los partidos políticos".

Y así fue. Marchando por la Alameda, el PDC recibió a su "maestro" Castillo Velasco en su retorno del exilio. Yo no podía creer que no hubiera represión.

–¿Y qué va a hacer usted? ¿Cuáles son sus instrucciones? –le pregunté al oficial de Carabineros que abría paso, con su moto, al desfile del PDC con sus banderas azules y las flechas rojas.

–Acompañarlos hasta donde quieran llegar, hasta que se cansen –me contestó el teniente Latrille.

–¿Y por qué, qué pasó?

–¡Se acabó el estado de emergencia! –me contestó el oficial con una amplia sonrisa.

Con actos masivos también se recibió a los DC Zaldívar y Fuentealba. Por la izquierda, volvieron Luis Maira y César Godoy. En el aeropuerto, la gente gritaba "¡Maira, Godoy, el pueblo lucha hoy!" y más de alguno lloró al cantar la Internacional.

Al diálogo político convocó el cardenal Fresno y a su mesa se sentaron Jarpa y Valdés frente a frente el veinticinco de agosto. Gobierno y oposición, como si estuviéramos en democracia frente a un grave conflicto. Cinco días después, un comando del MIR mató al general Carol Urzúa. Eso ocurrió a pocos metros de mi casa, vivíamos en la misma calle. Él iba saliendo, a las ocho y media de la mañana, cuando se escucharon los disparos. Los tres cuerpos quedaron ahí, bajo la fina llovizna. El general Urzúa, su chofer y su escolta. Las sirenas policiales me hicieron salir y me acerqué todo lo que el cerco policial me permitía. La mirada se me iba de los bultos cubiertos hasta las ventanas de la casa del general. Ahí debía haber una esposa, quizás hijos, una familia en estado de *shock*. Tuve ganas de entrar, de abrazarlos, de decirles que entendía cada sollozo. Porque el crimen es crimen, quienquiera sea la víctima y el victimario. Mi calle quedó manchada con sangre y cambió de nombre. Se llamaba La Cordillera y pasó a ser General Carol Urzúa.

A la semana se informó de los enfrentamientos que abatieron a la cúpula máxima del MIR, a los culpables del asesinato del general y sus escoltas. Eso dijo el gobierno. La verdad fue otra. Los agentes instalaron una ametralladora punto 50 frente a la casa de calle Fuenteovejuna y dispararon durante varios minutos. Luego conminaron a los moradores a rendirse. Salió el veterinario Sergio Peña con las manos en alto y lo mataron junto a la reja del jardín. La misma ametralladora punto 50, montada sobre un jeep, partió luego a la calle Janequeo. Los agentes hicieron salir a los vecinos y los encerraron en una iglesia. Luego dispararon contra los moradores de la casa. Cinco muertos dejaron esos "enfrentamientos" del siete de septiembre de 1983.

La venganza debe estar prescrita en los Manuales de Inteligencia. Imagino que lo está en el capítulo "guerra sucia". O quizás simplemente "guerra", porque todas son sucias. Seguramente se recomienda venganza inmediata, sin siquiera investigar si los blancos elegidos tuvieron alguna participación directa en el hecho que motiva la acción. Y porque la tienen contemplada en sus manuales es que la suponen parte del comportamiento del "enemigo", llegando a confundir el legítimo derecho a la justicia con una *vendetta*. Esa confusión impregnó la "chilevisión" imperante hasta hoy, y cada vez que se entrevista a los familiares de víctimas se les pide cuenta por sus rencores y sus ánimos vengativos. "No tengo rencor" o "no quiero venganza" son los titulares más repetidos en la prensa chilena. Una negativa que juega en contra, que deja la sospecha en el aire, como si fuera un "no soy asesino" o "no soy homosexual". Yo he tenido que insistir decenas de veces en el ejemplo del Papa Juan Pablo II: fue a la cárcel y perdonó a quien intentó asesinarlo, pero jamás ha presentado un recurso judicial para que se anule la condena.

Nueve

Me convertí en presidenta del Consejo Metropolitano del Colegio de Periodistas a mediados del '83 y, a poco andar, encabecé la primera marcha de mi gremio por las calles del centro de Santiago. Nos pusimos mordazas y en completo silencio marchamos portando pancartas que denunciaban la censura. Hoy miro las fotos y repaso los rostros de Juan Pablo Cárdenas, director de *Análisis*; José Carrasco, Pamela Jiles y Marcela Otero en primera línea. A mi director no le gustó para nada mi iniciativa. Filippi era hombre medido, habría preferido una declaración. Yo, desmesurada, le argumenté que ni mil palabras podían reemplazar el efecto de una sola fotografía. De una pura mirada, chilenos, franceses o suecos iban a entender que los periodistas reclamábamos libertad y democracia. La gran mayoría de nosotros éramos disidentes de la dictadura, aunque muchos debieran trabajar en la prensa oficialista. No les quedaba otro camino, no había prensa disidente capaz de dar trabajo a todos.

El hecho es que me convertí en experta en fotos que hablaban por sí mismas. Nunca tomé una, no es mi oficio, pero participaba en el diseño de acciones disidentes que se traducían en una imagen, en una toma de veinte segundos, para comunicar una protesta y –con eso– invitar a otros a que se sumaran a la acción, a que perdieran el miedo. No me producía ninguna contradicción ser periodista y activista a la vez. Estábamos en dictadura y reconquistar la democracia era obligación ética de un periodista, comprometido en esencia con la libertad de expresión y de prensa.

Para los cuatro días de protesta de septiembre –se cumplían diez años del golpe– participé en la pacífica acción convocada por los dirigentes políticos en la Plaza Baquedano. Recuerdo muy bien las gotas de sudor que corrían por el cuello de Genaro Arriagada, en los instantes previos. Él debía dar el vamos a la simple acción de sentarse en la calle. Decenas de periodistas esperaban con sus cámaras listas y decenas de policías –de casco y escudo– movían sus bastones también prestos.

–Patricita, avísame cuándo –le escuché susurrar.

Miré la hora, faltaban diez segundos para el mediodía.

–Ahora –dije presionando su brazo, para darle ánimo.

Avanzó unos cuantos pasos, se sentó y sobre él se dejó caer una violenta nube verde. ¡Qué batahola fue ésa! A Gabriel Valdés lo mojaba el chorro pestilente del guanaco, a Aylwin lo empujaban dentro del carro policial. Gritos y bombas lacrimógenas por doquier. Si a los dirigentes de la Alianza Democrática los trataban así, ¿qué quedaba para los obreros? La respuesta era simple: balas.

Se había organizado un desfile cívico-militar en honor del general Pinochet en la Alameda para ese domingo once de septiembre. Fue una gran exhibición. Luego supimos lo que pasó con dos mil obreros del POJH que esperaban ser trasladados en buses desde la Municipalidad de Pudahuel hasta la marcha del general. Por altavoces se les informó que la asistencia era voluntaria. De inmediato, se echaron a caminar para salir del recinto. Desde un furgón municipal salieron los disparos: un muerto y veintiséis heridos.

Uno de esos días fuimos con Marcela a reportear de noche la protesta. Iba con nosotras un periodista brasileño de TV-Globo, un tipo robusto y de gran estatura. Nos sentíamos bien protegidas. Al acercarnos a la rotonda Grecia, los disparos de los soldados nos obligaron a buscar refugio detrás de unos autos. Ahí estábamos, tendidas sobre el pavimento, cuando escuchamos el ruido extraño. ¿Escuchas?, me dijo Marcela. Sí, claro, ¿qué es? El ruido provenía de los dientes del brasileño que chocaban en ataque de pavor. De buena gana nos reímos después, evocando la escena de las dos chiquitas cubriendo al grandote y sacándolo de la línea de fuego. Nosotras volvimos y logramos llegar –población adentro– hasta la capilla donde la doctora Fanny Pollarolo atendía a los heridos.

En esa misma rotonda, viví un momento difícil para otra protesta. Iba con la fotógrafa Kena Lorenzini, muy joven ella y tan menuda como yo. Ya era muy tarde y junto a las fogatas había un centenar de muchachos, de esos que a punta de piedrazos se habían convertido en defensores de su población, de aquellos que –sin escuela ni trabajo– habían reivindicado en ese rol el único espacio digno para tener identidad. La prensa les llamaba "lumpen". Nos pidieron identificarnos y explicar por qué queríamos entrar a Lo Hermida. Mientras les hablaba, percibí que el círculo se estrechaba y un par de ellos tocaba la cámara que mi fotógrafa llevaba al pecho. Imaginé lo peor: de ahí podíamos salir golpeadas y violadas.

–¡Momento, compañeros, aquí vamos a aclarar las cosas! A ver, a ver, ¿quién es el jefe? Quiero hablar con el jefe –grité a todo pulmón.

Apareció un jefe, con el rostro semicubierto por un pañuelo. No recuerdo qué dije. La Kena asegura que, de corrido, hice un discurso sobre la conducta ejemplar de un revolucionario para poder triunfar en su lucha contra la dictadura. Sólo sé que cuando me detuve, jadeante, el círculo se abrió entre aplausos y gritos. Y recuerdo a un muchacho que gritaba "¡ésta es la ametralladora del pueblo!", al tiempo que enarbolaba una modesta honda. ¿Habrá sobrevivido?

Con Marcela Otero recorrí el mundo clandestino de la izquierda perseguida. Desde un encuentro nocturno con Jaime Gazmuri, hoy senador, hasta una cita furtiva con Germán Correa –luego ministro de la Concertación– sin saber entonces cómo se llamaba realmente. Con ella recorrí los clubes de tango, ésos de Recoleta e Independencia, donde los cuerpos se entrelazan como en los cuadros de Nemesio Antúnez y los zapatos de charol dibujan filigranas en el piso. Guiando a los periodistas extranjeros por el Santiago nocturno, nos comimos todos los pasteles de jaiba del mercado. Agregando datos a la pauta matinal, nos hicimos adictas al *kuchen* de ricota de la pastelería vecina, devorados en la vereda de calle Monseñor Miller.

Con Marcela llegué hasta la Quinta Michoacán, donde compartí con una Hormiguita ya nonagenaria en sus tertulias de los viernes. Ése era un lugar que me conectaba con mi infancia, porque frente a Michoacán, en la calle Lynch, estaba la casaquinta donde viví mis primeros años. Una casa maravillosa, con huerto y árboles frutales, donde vi nevar por primera vez, donde me asusté con el primer temblor fuerte, donde mi madre horneaba galletas y me contaba cuentos, donde mi padre me construyó, con ramas de pinos, una casa de muñecas con dos habitaciones. Recuerdo muy bien mi curiosidad infantil por los vecinos de enfrente. Por el poeta gordo que se paseaba en la vereda conversando con sus amigos, por la señora rubia que cantaba arias de ópera asomada a un ventanal.

Treinta años después, estaba de vuelta en la calle Lynch, haciéndole a la Hormiguita su última entrevista. Delia del Carril seguía siendo una mujer sorprendente. Pidió una peluquera antes de la sesión de fotos. Con una melena alba y bien cortada, las uñas pintadas de rosado y un maquillaje que resaltaba sus ojos y cubría manchas de vejez, posó para las fotos con una alegría casi infantil. Me habló de Pablo Neruda y no hallé vestigios de rencor. Sentí que lo seguía amando dulcemente, con ternura casi maternal. Hablaba de él como si estuviera vivo. Puse en el reportaje una fotografía en que ambos aparecían de espalda, abrazados, caminando por la playa de Isla Negra. Lo que no calculé es que eso me iba a costar mi relación con Matilde Urrutia, la que nunca volvió siquiera a saludarme. ¿Cómo es que, a diez años de la muerte del poeta, ella tenía tantos celos de la Hormiguita? No tuve respuesta.

Lo que sí me contaron, en el círculo íntimo, fue la triste historia de la ruptura. Parece que Neruda estaba decidido a mantener a la Hormiguita como "catedral" y a Matilde como "capilla" *per secula seculorum.* Hasta que Neruda decidió echar al jardinero al descubrir que le robaba los vinos de la bodega. Y el jardinero, furioso, le contó a la señora que su casa era *non sancta*. El señor había traído a su querida esa noche en que la señora tuvo que quedarse en el hospital, después del choque. Varias voces, confidentes de la Hormiguita, me ratificaron la historia, incluyendo el episodio final que me conmovió profundamente.

–Pablo, no entiendo...

–Pero, Hormiguita, yo creí que usted sabía, que se imaginaba que algo así estaba pasando...

–¿Y por qué me lo iba a imaginar?

–Hormiguita, hace ya tantos años que no hacemos el amor...

–Pero, Pablo, yo creí que usted ya no podía...

Por el pintor Nemesio Antúnez supe lo que sucedió con ella, cuando él se fue: "Fue una puñalada para ella, cuando se enteró por el jardinero que él tenía una amante. Recuerdo cuando fui a verla y ella estaba tendida en un sofá, mirando el techo, sin poder decir palabra. Días y días, sin hablar, tendida. Yo no sabía qué hacer, cómo ayudarla. Así que la tomé de la mano y la obligué a ir a mi taller todos los días. Le enseñé el grabado". Fue así como nacieron los caballos de Delia del Carril.

Esta historia me quedó dando vueltas por mucho tiempo. Neruda se fue agigantando después de muerto y era un pilar central del mundo cultural-emocional de la disidencia. Yo, por dentro, le tenía una cuenta pendiente: ¿cómo pudo hacerle eso a la mujer que lo había potenciado y proyectado al mundo entero?

Me rebela la injusticia. Sólo ahora, leyendo la biografía que Fernando Sáez hizo de la Hormiguita (*Todo debe ser demasiado*) encajé una pieza. Ella lo enamoró, en Madrid, cuando él estaba casado con la holandesa Maruca Hagenaar. Me pude imaginar a esa mujer, con un embarazo avanzado, sola por las noches mientras Neruda, la Hormiguita y los amigos se recorrían todos los bares discutiendo de literatura y de política. Me la imaginé pariendo a una niña, Malva Marina, que nació con hidrocefalia. La puedo hasta ver, tal como la describe Sáez: "Maruca pasaba las horas encerrada con su hija, cantando canciones de cuna en su idioma holandés".

Neruda las envió a vivir a Barcelona, cuando la niña tenía casi dos años. A esa altura, la guerra civil dificultaba la vida en Madrid y él quería estar con la Hormiguita. Abandonada, Maruca parte a Montecarlo. Desde allí clama por ayuda económica. Neruda contesta que no tiene un peso, ha perdido su puesto de cónsul. Maruca escribe al Presidente de Chile, don Arturo Alessandri: ruega que contraten a su marido nuevamente o que la repatrien, a ella y su hija, en tercera clase de un vapor. No hay respuesta. Vuelve a su Holanda natal, donde más tarde muere su hija.

Conocer esta historia me hizo mirar a la Hormiguita de otra manera. "Por donde pecas, pagas", reza el viejo dicho español. "Todo lo que haces, vuelve a ti aumentado", dice otra enseñanza. Me sigue conmoviendo ese amasijo de abandono y de engaño que hirió a estas dos mujeres. Lo que aún no sé es si el poeta pagó, de algún modo, los dolores que causó.

En mi trabajo para la revista, lo más importante era el reportaje político que cada semana escribía para las primeras páginas. Nunca llegué a ser como Hernández Parker, mi meta, pero le hice empeño. El hecho es que, para ese año en que la dictadura crujía por la crisis política y económica, puse especial atención al conflicto interno entre "duros" y "blandos" al interior del régimen. Quizás lo hice porque soñaba con que se destruyeran entre ellos. Los "duros" eran los nacionalistas y su líder, el abogado Pablo Rodríguez Grez. Los "blandos" eran los gremialistas, comandados por el abogado Jaime Guzmán. Los dos "jefes" sabían exactamente qué puntos calzaba yo y me confiaban información. Había un juego abierto, de cartas sobre la mesa, sabiendo que jamás les iba a violar un *off the record* y que sus dichos no iban a ser tergiversados. Nunca recibí un desmentido. Es posible que me hayan usado para lanzarse dardos con claves secretas. Estaba contemplado en los riesgos.

Un día recibí la sorprendente llamada de Lucía Pinochet, la hija mayor del general. Ella claramente estaba con los "duros". Me invitó a tomar un café a su oficina y entendí que deseaba un diálogo privado con la redactora política de *Hoy*. Apenas cruzado el formal saludo, ella marcó el escenario.

–Lamento mucho el crimen de tu padre, Patricia. En estas situaciones siempre se dan excesos que debemos lamentar...

Me quedé muda, mirándola, y ella repitió:

–Lo lamento mucho, de veras...

Ahí estábamos, frente a frente, la hija del dictador y la hija del asesinado por la dictadura. Seguí sin decir palabra, mientras ella pedía café y daba instrucciones a su secretaria. ¿Qué podía decirle? Nada. Ella vivía en su mundo cortesano, lleno de reverencias y guardaespaldas, con capellanes militares que elevaban a su padre cual cáliz bendito en el altar de la patria. Mi mundo era tan distinto. Nada dije, pero le creí. Y aún hoy le creo: ella lamenta el crimen de mi padre. Ella cree que se trató de un "exceso", que a alguien se le pasó la mano y mató a un inocente. Gajes del oficio de un agente de Inteligencia, gajes de la guerra sucia.

No recuerdo nada importante de la media hora que siguió, ella trató de convencerme de que su padre sólo anhelaba "el bien de la patria" y que había muchos enemigos en el mismo Palacio de La Moneda. Es posible que haya pasado por alto más de un dato importante. Por fuera, parecía atenta a sus palabras. Por dentro, con el pulso acelerado, me resonaban sus palabras "crimen" y "exceso". ¡Desde la propia familia Pinochet me llegaba finalmente la confirmación de lo ocurrido!

Hacia fines del '83, en la tarde de una jornada de protesta, Rodolfo Seguel estaba solo y abatido en su oficina de la Confederación de Trabajadores del Cobre. Entre los tiras y aflojas del diálogo con el ministro Jarpa y la creciente violencia provocada por una cada vez más dura represión, los dirigentes políticos de la Alianza Democrática le quitaban el respaldo. Tres mujeres DC estábamos con él: la dirigente sindical María Rozas, la periodista María Olivia Monckeberg y yo. No podíamos entender cómo surgían disputas entre políticos y sindicalistas en un momento que exigía unidad para luchar contra la dictadura. Sabíamos que estaba en juego el liderazgo de la disidencia. Y sabíamos que la Alianza Democrática era el primer paso de un proyecto político de largo aliento: romper la unión histórica del socialismo con el Partido Comunista, de modo de crear una poderosa fuerza política de centro-izquierda que pudiera gobernar el país con estabilidad. Así que en la soledad de Seguel confluían esos factores: los celos por su liderazgo y la molestia por su acción sindical donde participaban los comunistas.

No sé cuál de las tres lo dijo, para el caso da lo mismo, pero decidimos que ya era hora de mujeres y nos pusimos en acción. Marcela Otero indicó los nombres claves de la izquierda y citamos a la primera reunión. ¡Qué maravillosa experiencia para nuestras vidas! Todas estábamos hartas de la forma autoritaria y oscura con que los hombres manejaban la política, en esas especies de clubes de Tobi. Percibíamos la dificultad de poder reconquistar democracia si nos lideraban personas que habían fracasado como políticos en el conflicto del '73 y mantenían actitudes tan poco democráticas en el quehacer de sus partidos.

Estaba de por medio también la decisión comunista de impulsar el Frente Patriótico Manuel Rodríguez (FPMR), para contestar a la dictadura en su mismo lenguaje: las armas. Una decisión insensata que costó tantas vidas porque los comunistas chilenos se habían caracterizado por su accionar democrático responsable, en los años '60 y comienzos de los '70, en contraste con la verborrea revolucionaria de grupos de extrema izquierda donde el fusil estaba en las consignas. Una cháchara que acompañó a las "tomas" de fundos y fábricas, armando pieza por pieza al monstruo homicida que se desató con el golpe militar. Porque el golpe podría resumirse en un "violaste mi derecho de propiedad y ahora te mato a ti antes de que me mates a mí". En el año '83 yo estaba entre quienes soñaban con un frente amplio de lucha pacífica contra la dictadura. Porque creo en la consecuencia entre medios y fines: la paz sólo puede conseguirse con la paz. Nos guiaba Gandhi, el líder más potente del siglo veinte en el lento peregrinar de la humanidad hacia la perfección espiritual.

Estábamos en la etapa de compartir reflexiones, cuando un hecho dramático provocó nuestra primera aparición pública. El once de noviembre del '83, un obrero de Concepción decidió quemarse en la Plaza de Armas, al tiempo que clamaba por la liberación de sus dos hijos. Un fotógrafo captó la imagen del cuerpo en llamas, del que la voz –como dijeron los testigos– emergía diciendo: "¡Que la CNI devuelva a mis hijos, que la CNI devuelva a mis hijos...! ¡Perdóname, Señor, y perdónalos a ellos!". Se llamaba Sebastián Acevedo, tenía cincuenta años y optó por la muerte para salvar a sus hijos de la tortura. Y lo logró.

En pocas horas reunimos más de trescientas firmas de mujeres destacadas en su quehacer, cubriendo todo el abanico político opositor, sin exclusiones. Me tocó leer ante la prensa la declaración, rodeada de Fanny Pollarolo, entonces comunista, Fabiola Letelier, María Rozas, María Olivia Monckeberg y la futura periodista Milena Vodanovic, en ese momento presidenta del centro de alumnos de la Universidad Católica. "Para detener este horror, se exige un cambio urgente. Un cambio que debe alcanzarse hoy y no mañana, un cambio que exige la suma de voluntades, porque ninguna diferencia puede ser tan grave y tan seria como para dividir a quienes nos oponemos a este sistema de muerte", decíamos en el párrafo final que cerraba con un llamado a trabajar "por la vida".

La pintora Roser Bru nos diseñó un afiche, donde una bandera chilena se clavaba en una marraqueta, con la frase clave: por la vida. Contratamos el teatro Caupolicán para este primer acto masivo de mujeres. Las hermanas Duque, Patricia y Ximena, se movieron como hormiguitas. Lotty Rosenfeld desplegó su creatividad. Graciela Bórquez, María Lenina del Canto e Inés Cornejo movilizaron a las organizaciones. Todas estaban listas para ayudar: artistas, sindicalistas, feministas, políticas y las mujeres de las agrupaciones de familiares de víctimas. Y setenta y ocho firmaron la convocatoria, incluyendo a Luisa Durán de Lagos, la ex diputada DC Wilna Saavedra, las viejas luchadoras feministas Elena Caffarena y Olga Poblete, la abogada Pamela Pereira y Marta Cruz Coke.

Le pedimos ayuda a un hombre para la puesta en escena de un acto sin discursos políticos, donde el mensaje surgiría de la suma de gestos. Y Lucho Vera, solidario como el que más, se agarraba la cabeza a dos manos frente a un largo libreto que exigía coordinación perfecta de luces y sonidos, videos y diaporamas. Un libreto que nació en la Nochebuena del '83, en mi casa, cuando con la periodista Mónica González vimos clarear el alba al momento que escribimos la palabra "fin" y nos abrazamos fuerte y largo.

Nos habíamos conocido con Mónica de calcetines y uniforme liceano, cuando yo era la presidenta del centro de alumnas y ella, comunista, la líder de mis opositoras. La izquierda ganó la siguiente elección y, a disgusto, tuve que entregarle el mando. Ella fue a la Escuela de Periodismo de la Universidad de Chile, yo a la Católica. Ella partió al exilio, yo me quedé en la patria. Y ahora nos habíamos reencontrado en el objetivo compartido. El Caupolicán se llenó a más no poder, la conducción de las actrices Ana González y Ana María Palma estuvo magistral, Isabel Aldunate guió el canto colectivo y Sola Sierra nos bailó su cueca sola. Esa misma noche nació "Mujeres por la Vida".

Decenas de miles de mujeres participaron, en todo Chile, en las acciones de protesta en los años siguientes. Un pequeño "grupo creativo" –al que luego se plegaron Teresa Valdés, Haydée López, Mónica Echeverría y Estela Ortiz, entre otras– diseñaba las acciones. Luego se ponían en marcha las organizaciones, haciendo suyo el llamado. Así pudimos actuar con rapidez y eficiencia.

Un día, tuvimos tres columnas marchando por las calles de la comuna de Providencia y confluyendo en la explanada de Carlos Antúnez. A la cabeza de dos de esas columnas, la DC Carmen Frei y la comunista Fanny Pollarolo, en el mensaje de unidad que requeríamos. Las imágenes de la represión policial, del carabinero bastón en alto frente a mujeres arrodilladas en el suelo, dieron la vuelta al mundo. Así también, en pleno centro de Santiago, tuvimos mil manos sosteniendo las siluetas de personas detenidas-desaparecidas.

Otra vez convocamos a una "jornada por la democracia" que sobrepasó toda expectativa. Diseñamos la acción con cajas de cartón que hacían las veces de urnas electorales y nos instalamos en puntos claves del centro, donde políticos y sindicalistas votaban en papeletas las opciones democracia o dictadura. En cada lugar, la policía nos dispersó con bombas lacrimógenas. Al atardecer, ya iba de vuelta a mi casa, cuando el noticiero de la Cooperativa comenzó a dar los cómputos ciudad por ciudad. En los colegios profesionales, en los sindicatos, en centros de alumnos, en grandes empresas, se había repetido la votación con el triunfo abrumador de la opción democrática.

En otra ocasión, armamos una larguísima caravana de autos para protestar, con crespones negros, por la avenida Apoquindo. Mi pequeño escarabajo amarillo encabezaba la columna, así que esta vez la credencial de prensa no me libró de ir arrestada. Los carros policiales encajonaron la parte delantera de la columna de casi cien vehículos y nos llevaron así, en fila india, hasta la Comisaría de Las Tranqueras. La parte trasera de la comitiva tuvo la opción de escapar, pero no lo hizo. Nos hicieron pasar a una especie de gran sala-gimnasio al interior de la comisaría, ahí esperamos hasta que apareció el comisario. Nos miró, sonrió y nos largó un discurso acerca de cómo, damas tan distinguidas, podían estar perdiendo su valioso tiempo en demostraciones "que no les corresponden". Por meternos donde "no nos corresponde", dijo, estábamos viviendo la experiencia de estar arrestadas, algo absolutamente fuera de lugar dada nuestra condición de "tan distinguidas damas". Debió sentir el comisario que su discurso no conmovía y decidió pasar a una segunda etapa demostrativa:

–A ver usted, señora, explíqueme sus razones...

–Me llamo Ángela Bachelet, soy la viuda del general Alberto Bachelet, muerto por torturas...

Ángela habló con el mentón en alto, erguida como estatua griega, con una solemnidad que selló en breves y pocas frases. Se hizo un silencio que el comisario remontó, apuntando a otra mujer:

–Y usted, señora, explíqueme por qué está metida en esto...

–Me llamo Moy de Tohá, soy la viuda de José Tohá, ministro del Interior y de Defensa del Presidente Allende, asesinado en el Hospital Militar...

Cuando Moy terminó de hablar, un pálido comisario renunció a seguir con las preguntas. De haberlo hecho, seguramente nuestro ángel –ése que le guiaba el índice– habría puesto en su camino a las hijas del general Prats o a la viuda de Orlando Letelier.

Así, el año '83 marcó el inicio de nuestro "rugido de león" exigiendo democracia y respeto por los derechos humanos, un clamor que congregó a casi un millón de personas en el Parque O'Higgins para el dieciocho de noviembre. Un clamor que Ricardo Lagos, como presidente de la Alianza Democrática, resumía diciendo: "El régimen está agotado y este hecho está ya en la conciencia de la inmensa mayoría de los chilenos".

Y mientras los obispos católicos decretaban la excomunión para "los torturadores, sus cómplices y quienes pudiendo impedir la tortura, no lo hacen", el sistema económico entraba en colapso. Un ministro de la Corte de Apelaciones metió en la cárcel al presidente del Banco de Chile y jefe del grupo económico BHC, Javier Vial, acusado de adulterar los balances para favorecer a sus empresas, la mayor parte empresas "de papel", entelequias contables creadas sólo para obtener préstamos. Pronto lo siguió a la cárcel su socio Rolf Lüders, quien había sido biministro de Hacienda y Economía hasta pocos meses antes.

Al repasar hoy todo lo hecho el año '83, comprendo por qué llegué exhausta a mis vacaciones de enero del '84. Había planeado irme de *camping* a Morrillos, cerca de La Serena, para tener una experiencia nueva con mis dos hijos. Conseguimos una carpa y utensilios, compramos sacos y preparamos las mochilas con entusiasmo de *scouts* primerizos. Queríamos dejar luego la casa con olor a pintura fresca y algunos detalles inconclusos. A la baranda de la escalera, por ejemplo, había que reponerle la malla de pescador que la cerraba. Estaba tan vieja y sucia la anterior que opté por eliminarla.

La mañana que debíamos partir, saqué las mochilas al pasillo con la ayuda de Felipe, el primero en despertarse. Y ahí estábamos cuando apareció Diego, bostezando, semidormido, se sentó en la baranda y desapareció por la caja de la escalera. Sé que el grito me salió desde el útero mismo. Felipe dice que todo mi pelo negro se levantó y se transformó en una aureola blanca. Corrí escaleras abajo, a recoger el cuerpo de mi hijo y comprobé que vivía. Supe entonces que la necesidad se transforma en fuerza física real. Diego tenía ocho años y era muy robusto. Pasé mi brazo entre sus piernas y llegué con mi mano hasta la nuca que palpé blanda e hinchada. Hice con mi antebrazo una camilla rígida y así lo cargué en el asiento trasero del auto. Llegué a la Clínica Las Condes a toda velocidad.

Diego se salvó, su ángel debió sostener su larga caída, pero la que cayó redonda fui yo, conmovida por el hombro afectuoso y protector que me brindó mi amigo Lucho Matte. Me lo había presentado Marcela unos meses antes: "Es socialista, fue ministro de Vivienda del Presidente Allende, pero parece democratacristiano porque tiene siete hijos", me dijo ella riéndose al momento de la presentación. Separado hacía casi cuatro años, Lucho se había quedado a cargo de su parvada, con niños que iban desde los cinco hasta los dieciocho años. Parecía el coronel Trapp cuando salía con todos ellos. Lo que nunca imaginé es que yo fuera a transformarme en la "novicia rebelde". Mi amor con Lucho –que un año después se anidaba en hogar común– mereció que Marcela me declarara loca de atar. "Te jodió tu catolicismo", me decía. No podía creer que me hiciera cargo de una casa con nueve niños en total, incluyendo los míos. El que no pudo creerlo tampoco fue mi director, quien me apartó de mi trabajo como redactora política.

–Las mujeres piensan políticamente con el útero. Lo lamento, Patricia, pero usted ya no me es políticamente fiable...

Lo dijo muy serio. Entendí que su reacción tenía de sectarismo y de machismo cuotas iguales. Por lo primero no protesté, no tenía sentido. Él era el director y podía disponer los cambios que quisiera entre los redactores. Por lo segundo, alegué:

–Está actuando como un viejo de mierda machista...

–No, me está mal entendiendo.

–Usted jamás haría esto con un hombre. Con él tendría una discusión política, le diría que están teniendo distintos enfoques, que...

No hubo caso. No pude renunciar, como hubiera querido, porque no había puestos vacantes para periodistas en el espacio disidente. Me reemplazó Ascanio Cavallo, brillante periodista, y yo me quedé rumiando mi pena. En todo caso, vale nuevamente la frase de "por donde pecas, pagas". Yo me había hecho de ese puesto de primera redactora política de mala manera. Cuando Filippi me llamó para decirme que reemplazaba a Ignacio González Camus, fue tal mi felicidad por llegar a ese puesto que no exigí condiciones. Y durante dos semanas preparé clandestinamente el gran reportaje del "balance político" de ese año, mientras Filippi –por alguna razón– no comunicaba a Ignacio su decisión. Al final, con la revista ya impresa, quedé como cómplice de un golpe *de facto* en contra de mi colega.

¡Lo pasé pésimo entonces y lo estaba pasando pésimo ahora! Como en todos los grupos humanos –la disidencia no nos hacía santos– hubo quienes se encargaron de castigarme duro cuando caí en desgracia. Hubo un editor que vigilaba mis horas de entrada y salida. Otro que me lanzaba las crónicas sobre el escritorio, con un agrio "parece que se te olvidó escribir, hazlo de nuevo". En medio de todos, recuerdo con especial afecto a Hernán Millas que más sabía por viejo que por diablo, como dice el refrán. Me trató siempre con dulzura.

Un comando atacó al DC Jorge Lavandero, el veinte de marzo del '84, dejándolo agónico. Le robaron su portadocumentos, con copia de las pruebas de un fraude realizado por el propio general Pinochet. Acto seguido, para impedir que publicáramos la noticia, se impuso nuevamente la censura previa para los medios disidentes, la que se levantó una vez que Pinochet "arregló" su fraude. A esa altura ya contábamos con dos nuevos medios, *Cauce* y *Fortín Mapocho*. El escándalo por "El Melocotón" fue mayúsculo y en la investigación periodística tuvo un rol clave Mónica González.

Primero Pinochet autorizó al fisco para comprar una propiedad de trece hectáreas en El Melocotón, camino a San José de Maipo. El Estado pagó tres millones quinientos mil pesos. Luego la compró él –usando como testaferro a uno de sus oficiales ayudantes, apellido Castro Ivanovic– por sólo quinientos ochenta y cinco mil pesos. Los chilenos pagábamos la diferencia de tres millones para que el dictador tuviera una casa cordillerana de descanso. Cuando supo que ya sabíamos, volvió a traspasar la propiedad al fisco. Entremedio, en la UTI, el ex senador Lavandero peleó una semana con la muerte y finalmente ganó.

Al escándalo de "El Melocotón" se sumaba el del Instituto de Seguros del Estado (ISE), a cargo de un hermano de Pinochet. La revista *Cauce* publicó los documentos que probaban el pago de comisiones por veintisiete millones de pesos a dos empresas que pertenecían a la hija del dictador, Lucía, y a su marido. Cobraban comisiones por vender seguros a empresas estatales, las que –a su vez– estaban obligadas por ley a contratar esos seguros en el ISE. A esto se agregó otra denuncia: Pinochet había comprado un predio en Limache y lo había vendido a la Caja de Previsión de las Fuerzas Armadas en seis veces su valor. ¡Qué pingües negocios los de la familia Pinochet!

Y como compartir las ganancias es la clave para que los socios no se enojen, el régimen decidió iniciar la privatización de las empresas estatales, con la bendición del FMI, el Banco Mundial y la banca extranjera que quería el pronto pago de nuestra deuda externa. Bueno, no fueron esas dos –compartir ganancias y pagar la deuda– las únicas razones. Pagar la deuda, al menos los intereses, aseguraba el visto bueno de Estados Unidos, al que además le bajó el pánico de que la protesta disidente en Chile siguiera la senda de los revolucionarios sandinistas en Nicaragua. Compartir las ganancias, con los ricos y los altos funcionarios de la dictadura, permitía tenerlos satisfechos y ganosos al tiempo que se daba un paso clave en la refundación de Chile. ¿Cuál Chile? Uno donde el Estado tuviera mínima propiedad en el aparato productivo. Uno donde fueran ellos los dueños del poder económico, alimentado mes a mes por el dinero fresco de las imposiciones de todos los trabajadores. ¡Genial! A ver quién se iba a atrever, en el futuro, a desmantelar tan perfecta red.

Mientras ellos se repartían las empresas estatales, nosotros seguíamos protestando en las calles. Los universitarios se movían como abejas en el panal y cada mes agregábamos cientos de personas a la estadística de los detenidos. La tortura seguía aplicándose en la CNI y cada cierto tiempo debíamos informar de muertos en enfrentamientos que luego no eran tales. El Partido Comunista y un sector socialista ya habían formado el Movimiento Democrático Popular, lo que pareció enardecer más a la CNI. En La Serena, los agentes torturaron hasta la muerte a un dirigente DC, Mario Fernández. Incluso en Punta Arenas había muerto, despedazado, un teniente de la CNI mientras colocaba una bomba en una parroquia.

En ese clima, la Iglesia Católica decidió convocar a una "Jornada por la Vida" en agosto del '84. Con Ricardo Hormazábal, luego senador, hicimos el dúo animador en el pequeño escenario instalado junto a la Catedral de Santiago. Durante muchas horas, micrófonos en mano, observamos cómo millares y millares de personas desfilaron por el centro, depositando una flor en la Plaza de Armas. Terminamos muy roncos y muy contentos, luego de palpar –en los rostros, en las miradas– el compromiso de tanta gente que iba perdiendo el miedo.

Fue para la gran protesta de septiembre cuando perdió la vida André Jarlan, el cura más querido por los jóvenes de La Victoria. Una bala, de las miles que disparaban policías y soldados en las barriadas populares, le entró por la cabeza. Estaba en su pieza, en el segundo piso de la casa parroquial de madera, cuando silbó la bala y André se quedó con la cabeza sangrante sobre la Biblia abierta. El párroco Pierre Dubois lo halló así momentos después.

–¿Qué te pasó, André...? ¿Qué te han hecho, André? –fue lo único que se le ocurrió decir.

Miles de velas se prendieron en las calles de La Victoria esa misma noche. Sabíamos de Dubois porque su imagen había dado vuelta el mundo varias veces. Era el cura francés que se paraba frente a las tanquetas, con su alba de sencillo algodón y crucifijo en alto, para impedir que entraran a la población La Victoria. Pero de Jarlan nada sabíamos. Yo supe cuando me fui a La Victoria, a observar cómo los pobladores desfilaban frente a su ataúd. ¡Cómo lloraban los niños y los jóvenes! Caminé en el cortejo desde La Victoria hasta la Catedral de Santiago, en esa multitud que crecía al paso de cada cuadra y cada kilómetro, hasta que ingresó al centro como una ancha y larguísima columna, bajo la lluvia de papel picado que caía desde los edificios. ¡Justicia, justicia, queremos justicia!, fue el grito que resonó por muchos minutos.

–Cuando se trata de la muerte violenta, con una muerte basta. ¡Ya es demasiado! –exclamó el arzobispo Fresno en la misa de funeral, ante el clero de Santiago en pleno.

El ministro del Interior, Sergio Onofre Jarpa, dijo que para dar con los culpables había que hacerse tres preguntas: a quién le convenía esta muerte, quién la iba a explotar políticamente y quién provocó los disparos. Voceros de su Ministerio dijeron que esa noche no entraron fuerzas policiales a La Victoria (*La Tercera*) y que los informes balísticos demostraban que los disparos se hicieron desde el techo de una casa vecina (*La Segunda*). La Iglesia Católica y el gobierno francés exigieron una inmediata investigación y consiguieron lo que decenas de muertes en noches de protesta no habían logrado. En sólo tres meses, el acucioso ministro en visita Hernán Correa de la Cerda demostró que la bala había salido del arma del cabo Leonel Povea, uno de los veintiún carabineros del piquete que esa noche atacó a La Victoria por uno de sus flancos.

Escribí entonces *André de La Victoria,* mi segundo libro, y traduje mi diez por ciento de derecho de autor en centenares de copias. Nos fuimos a La Victoria con Genaro Arriagada –director de la editorial– y regalamos los libros al sacerdote Dubois, para que los repartiera entre los pobladores. Fue un acto magnífico, con la parroquia llena de gente, donde Genaro hizo uno de los discursos más emocionantes que le he oído. Yo mantuve un ojo puesto sobre mi amiga Marcela Otero, llevándola con la mirada hasta el gran crucifijo de madera que colgaba detrás del altar. Quería conectarla con Jesucristo de alguna manera. Ya le habían sacado un tumor canceroso de un pecho y ella se declaraba –tan campante– "fuera de todo peligro, salvo la CNI".

Diez

A mi amiga Fanny Pollarolo la relegaron a Maullín, un pueblo costero cerca de Puerto Montt, y partimos con Lucho a verla. A esa altura, el castigo de relegar a los disidentes a pueblos apartados estaba resultando un tiro por la culata para la dictadura. Hasta el dibujante Lukas, de *El Mercurio*, hizo una memorable caricatura. Se veía un acto oficial de pueblo pequeño, con su proscenio, las banderitas de rigor y las autoridades en primera fila. El locutor decía al micrófono algo así como: "Señor alcalde, señor teniente, señor director y señor relegado...". Comprobamos ese fenómeno cuando llegamos a Maullín y fuimos a la parroquia para que nos dieran datos de cómo ubicar a la comunista relegada. En la pizarra de la entrada, bajo los nombres del párroco y del encargado de pastoral, decía "Relegada: doctora Fanny Pollarolo".

Compartimos con ella la jornada del ocho de diciembre, día de la Virgen, cuando los niños de Maullín hicieron su primera comunión. ¡Qué habría dado por tener una cámara de filmación! El viento sureño soplaba fuerte en la tarde soleada, agitando las finas algas –pelillo la llaman– que pendían como majestuosos cortinajes marinos. Así también, los tules blancos que coronaban las cabezas de las niñas revoloteaban con la brisa. La larga procesión recorrió el pueblo cantando los himnos católicos de mi niñez, desde "alabado sea el augusto" hasta "¡oh, María, madre mía". Fanny, criada como católica, cantaba a todo pulmón. Primero iba la bella imagen de la Virgen, cargada en andas, luego los niños de blanco y detrás, encabezando a los fieles, el párroco y Fanny.

Fue tal el revuelo que provocó su presencia en Maullín que optaron por enviarla luego a una isla lejana. De todos los pueblos y caseríos cercanos venía la gente trayéndole a sus niños enfermos. Fanny, al principio, creyó que requerían su asistencia como médico. Pero no, ellos sólo querían que la doctora tocara a sus niños con las manos. La líder comunista, relegación mediante, se había convertido en una suerte de chamán o machi, dotada de poderes sobrenaturales.

Hacia fines del '84, cuando el general Pinochet decretó Estado de Sitio y suspendió la publicación de cinco revistas disidentes, no lográbamos entender qué estaba sucediendo realmente. La restricción de derechos y libertades se debía, aparentemente, a dos atentados terroristas ocurridos en los días previos. Una bomba estalló contra un bus policial, en Valparaíso, matando a cuatro carabineros y dejando gravemente heridos a otros diez. Y un comando atacó una comisaría en Santiago, matando a otros dos policías. Los hechos eran muy graves, sin duda, pero no explicaban la clausura de la prensa disidente.

La clave del misterio la tenía la periodista Mónica González, de *Cauce*. Había obtenido la primera confesión de un agente de seguridad, un cabo de la Fuerza Aérea llamado Andrés Valenzuela. Una confesión que develaba la acción del Comando Conjunto, un organismo de seguridad que había actuado en paralelo con la DINA, colaborando a veces, compitiendo otras. Un organismo tan siniestro como la DINA, formado por personal de la Fuerza Aérea, Carabineros, la Armada y civiles que habían militado en "Patria y Libertad". El cabo Valenzuela confesó a Mónica los secuestros y asesinatos de muchas personas, dio nombres de comunistas que se habían convertido en agentes delatores e identificó a los jefes operativos del Comando Conjunto: el comandante Roberto Fuentes Morrison, de la Fuerza Aérea, y el civil Adolfo Palma Ramírez. Supe entonces que, el año '76, el cuartel central de la DICAR en calle Dieciocho 229 funcionó como centro de operaciones del Comando. A ese lugar lo llamaban "La Firma". Mi padre había caído en sus manos.

El agente Valenzuela fue sacado del país para protegerlo y su confesión provocó una soterrada y sangrienta explosión en cadena. La entrevista de Mónica fue publicada –sin su autorización– en el diario *El Nacional* de Caracas y las fotocopias corrían aquí de mano en mano. Eso es lo que estaba a la vista. Lo que no sabíamos es que dicha confesión había dado paso a una investigación especial. El jefe del Departamento de Análisis de la Vicaría de la Solidaridad, José Manuel Parada, estaba examinando línea por línea los archivos construidos por cientos y cientos de testimonios de prisioneros. Al cruzar la información dada por el agente confeso, con los datos registrados en el archivo, se obtenía un cuadro nuevo y más claro acerca de la represión criminal de la dictadura. En dicho análisis, José Manuel Parada contaba con un colaborador privilegiado: Manuel Guerrero. Sí, el mismo Manuel Guerrero al que yo –sin saberlo– había salvado de la muerte por torturas en 1976. Porque Manuel Guerrero era el único miembro del clandestino Comité Central que había sobrevivido a la persecución que ese año aplastó al Partido Comunista. Era el único que había sobrevivido a la acción del Comando Conjunto. Conocía voces y apodos, rostros y cuarteles. Sabía demasiado.

Todo ocurrió muy rápido, sin que pudiéramos impedirlo. Primero, a fines de febrero del '85, detuvieron en la calle a un joven arquitecto llamado Ramón Arriagada. Era amigo de varios amigos míos –Patricio Hales entre ellos– y Ramón, al que llamábamos "Vinchenzo", había estado varias veces en mi casa. Pasamos unos días de mucha angustia buscándolo y tratando de que lo entregaran con vida. No se reconocía su detención y eso, en nuestro código disidente, era señal de muerte. Finalmente, diez días después, Ramón apareció en el sur de Chile, en casa de sus padres.

Patricio Hales partió de inmediato a verlo, para saber qué había pasado. No fue fácil saberlo: lo habían torturado y amenazado de muerte. ¿Qué le preguntaban, qué dijo? Sé que Ramón estaba emocionalmente destruido por no haber tenido fuerzas para resistir la tortura y callar. Sé que, antes de partir fuera de Chile, dio los detalles de los interrogatorios a los que fue sometido. Y sé, a juzgar por los hechos que siguieron, que dicha información no fue rápida y correctamente evaluada por el Partido Comunista, en un momento en que las vidas de todos se vieron alteradas por el terremoto de marzo del '85.

Así fue como, bajo Estado de Sitio, comenzó la nueva pesadilla. El publicista Santiago Nattino fue el primer secuestrado, en la calle, a plena luz del día y en medio de la comuna de Las Condes, el veintiocho de marzo. Esa misma noche, varios profesores fueron arrestados en el local de la Asociación Gremial de Educadores de Chile (Agech) en calle Londres 75.

Al día siguiente, José Manuel Parada llevó a sus niños al colegio y se quedó por unos instantes en la puerta, hablando con el profesor Manuel Guerrero, presidente de la Agech. La lógica indica que debieron intercambiar datos sobre lo ocurrido en la víspera. En la avenida Los Leones, comuna de Providencia, todo parecía transcurrir como cada mañana. Ni el sobrevuelo de un helicóptero dio la señal de alarma. Habíamos tenido tantos helicópteros sobre nuestras cabezas, por tantos años, que uno más ya formaba parte del paisaje. Hasta que el comando entró en acción, se los llevó a ambos y dejó malherido en la vereda a un profesor que trató de impedir el arresto.

Los tres cuerpos aparecieron, degollados, al día siguiente. Muy cerca uno de otro, entre la hierba que bordea el aeropuerto internacional, camino a Quilicura. Cuando lo supe, volví a sentir el temblor dentro de mis vísceras, no fui capaz de decir palabra por muchas horas. Sólo asentí cuando Lucho me dijo que debíamos ir de inmediato a la casa de los padres de José Manuel, los actores Roberto Parada y María Maluenda, amigos nuestros. Y me quedé ahí, entre la gente que entraba y salía del departamento, mirando a Roberto y María, reconociendo en sus rostros el gesto que Miguel Ángel eternizó en el mármol blanco de "La Pietà". Podía ver, en las manos abiertas de María sobre su regazo, las manos de esa otra María sagrada, sosteniendo el cuerpo de su hijo muerto.

Apenas fui capaz de abrazar a mi amiga Estela Ortiz. Su duelo me laceraba. Era la pesadilla sin fin. Su padre, el profesor universitario Fernando Ortiz, estaba desaparecido desde diciembre de 1976, mes en que fueron arrestados la mayor parte de los miembros del Comité Central del PC. Había testigos de su detención en la Plaza Egaña. Ahora, casi nueve años después, marchaba detrás del ataúd de José Manuel Parada, su marido. Sé que todas sus amigas rogamos por lo mismo, para que sus cuatro hijos la mantuvieran conectada a la vida. Volvimos a hacer el recorrido entre la Plaza de Armas y el cementerio, por las calles de Santiago, esta vez entre sacerdotes que oraban portando cruces y militantes comunistas que enarbolaban banderas rojas coronadas por crespones negros, cristianos y marxistas unidos en un abierto clamor por justicia.

Obviamente el aparato comunicacional de la dictadura echó a correr que las muertes se debían a "una purga entre comunistas" y un nuevo ministro del Interior, Ricardo García, pidió a los tribunales la designación de un juez de la Corte de Apelaciones –ministro en visita– como prueba de la inocencia oficial. Cuatro meses después, el ministro José Cánovas dictó su fallo: los asesinos eran todos carabineros de la DICAR, que para entonces había cambiado su nombre y se llamaba DICOMCAR (Dirección de Comunicaciones de Carabineros).

El juez ordenó los arrestos de los jefes, los coroneles Luis Fontaine y Omar Michea, de los policías del equipo operativo y de los policías que pilotaban el helicóptero. Por primera vez –doce años después del golpe militar– el Poder Judicial se atrevía a tocar un centro neurálgico del aparato represivo. Obviamente el Director de Carabineros, general César Mendoza, miembro de la Junta de Gobierno, se vio obligado a renunciar y en su reemplazo fue designado el general Rodolfo Stange.

Algún día nos enteraremos de cómo fueron las presiones sobre los jueces en este caso, pero el hecho es que –un año después del triple crimen– todos los carabineros estaban libres y, con la sola excepción de los coroneles Fontaine y Michea, reincorporados a sus funciones. El coronel Fontaine fue asesinado en mayo del '90: un misterioso comando lo ultimó a tiros en pleno centro de Santiago. Y sólo en marzo del '94, hacia finales del gobierno de Presidente Aylwin, fue posible condenar a cadena perpetua a los culpables: el coronel Guillermo González Betancourt, el capitán Patricio Zamora y los agentes Miguel Estay, Alejandro Sáez y Claudio Salazar.

En el dictamen judicial, hasta el general Stange –segundo en el mando cuando ocurrieron los crímenes– fue sindicado como encubridor, por lo que el juez pidió que fuera juzgado por "grave incumplimiento de sus deberes militares". En severos aprietos se vio el Presidente Aylwin cuando le pidió la renuncia a su cargo de Director General de Carabineros y Stange se negó. Podía desafiar la autoridad presidencial ya que la Constitución, heredada del pinochetismo, no somete el poder militar al poder civil.

El triple crimen fue conocido como el "caso de los degollados", un nombre que me provoca escalofríos hasta el día de hoy. Porque si cierro los ojos puedo ver a Manuel Guerrero, abriendo los brazos para agradecer que le hubiera salvado la vida en el '76. Y puedo ver a José Manuel Parada caminando por el pasillo soleado de la Vicaría de la Solidaridad con carpetas bajo el brazo. Y visualizo también la fachada del cuartel central de la DICAR, en Dieciocho 229, donde los tuvieron maniatados y amordazados hasta sacarlos rumbo al aeropuerto. El mismo lugar, el mismo organismo de Inteligencia y la misma voluntad asesina que mató a mi padre.

Mi vida, entretanto, cambió de escenario el '85. De la pequeña casa en la comuna de Las Condes nos habíamos trasladado a una gran parcela en La Florida, al suroriente de Santiago. Lucho amaba esa tierra en la que se había criado, donde un bosquecito de viejos eucaliptos perfumaba el aire y potreros plantados con maíz y alfalfa mantenían las vacas que mugían en el establo. Vendíamos leche, mantequilla y manjar, lo que sumado a mi escuálido sueldo de periodista nos permitía llenar la olla donde comían nueve niños. Yo hubiera querido sacarle tajadas de tierra a las treinta y dos hectáreas cada vez que iba al supermercado. El hecho es que la conexión con la tierra nos hizo bien. Felipe tenía senderos interminables para andar en su primera moto y Diego tuvo un caballo llamado "Apiñadero". Plantamos un huerto con más de cien árboles y dediqué cada minuto libre al jardín.

Meter las manos en la tierra me resultaba profundamente sanador o, al menos, equilibrador. Porque vivíamos al filo, entre dos mundos tan opuestos. Por un lado, nuestra historia de amor, con todo lo bueno que tienen las historias de amor cuando comienzan. Por el otro, nuestra historia de dolores y muertes que parecían nunca acabar.

Lucho había estado en los campos de concentración de Dawson y Ritoque, debido a su cargo de ministro del Presidente Allende. Allí había conocido la miseria humana de sus carceleros, así como los gestos de máxima grandeza amasados en la solidaridad de sus compañeros de presidio. No se fue al exilio como ellos. Ingeniero de oficio, nadie le dio trabajo y resistió como pudo el castigo de su clase, ya que para ese sector de la derecha tradicional era entre loco y traidor, un Matte Valdés que se había hecho socialista y había tirado por la borda las oportunidades que heredó de su padre, Luis Matte Larraín, fundador de la Papelera y una docena de promisorias empresas. Él, en cambio, se sentía fiel heredero de los valores de su padre, un hombre que creaba empresas pensando en su patria, que no tenía interés alguno en monopolizar su propiedad y que construyó las primeras poblaciones obreras para sus trabajadores.

Nuestra casa era casa abierta para los amigos y para los que necesitaban protección. Allí escondimos a Jaime Insunza y su familia cuando lo estaban persiguiendo para expulsarlo del país. Todos los niños, hasta los más chicos, entendían lo que estaba en juego y guardaban silencio. Ni ante su abuela mencionaban a los "invitados" que vivían con nosotros. Así también se callaba todo lo referente a la reunión que, cada mes, realizaba la dirección del Partido Socialista en nuestra casa. Yo recibía el llamado de una mujer que decía llamarse Verónica Larraín y que me anunciaba la reunión de *scouts* para el sábado siguiente. Yo hacía un par de preguntas, desde si traerían utensilios para comer o si venían con el mismo número de carpas de siempre. Y el sábado en cuestión, nos despertábamos con el ruido de los automóviles al cruzar un puente metálico que antecedía el ingreso a esa zona de la casa. Cada cinco minutos, un "tlac-tlac" anunciaba un nuevo ingreso. Ninguno de nosotros se acercaba a las habitaciones que, al final de la zona de bodegas, acogía la reunión socialista. Una mujer me pedía agua caliente un par de veces y punto. Nuestros niños actuaban como si nada pasara.

Ese año, el '85, echamos a andar un proyecto para construir casas en ese gigantesco terreno que ya estaba en medio de la ciudad. Hoy ni siquiera puedo imaginar de dónde saqué tiempo hasta para reunirme con arquitectos y estudiar planos. ¡Qué energía que da el amor! El hecho es que un banco prestó la plata, con el terreno como garantía, y mientras Lucho armaba su empresa constructora yo tenía pesadillas con ladrillos que se montaban en hileras y se caían estrepitosamente. Y eso fue lo que luego estuvo a punto de ocurrir.

Pero en materia de pesadillas seguimos teniendo otras que afectaban a amigos muy queridos. Fue el caso de la familia Hales cuando, en el curso de pocos meses, secuestraron tres veces a Carmen Andrea. ¿Qué buscaban? No sabíamos qué mensaje querían transmitir los captores. El padre de la joven sicóloga, Alejandro Hales, ex ministro de Minería del Presidente Frei Montalva, se caracterizaba por su solidaridad y valentía. El hermano mayor, el arquitecto Patricio Hales, actuaba como vocero del Partido Comunista. Y su otro hermano, el abogado Jaime Hales, colaboraba con la Vicaría de la Solidaridad y era dirigente del PDC. Hubo largas y angustiosas horas de espera en la gran casa paterna de avenida Grecia, mientras centenares de personas prendían velas en las veredas y en los muros del Estadio Nacional. En cada una de esas esperas, yo ayudaba a animar a doña Adela Dib, la madre, y a mi gran amiga Leila Gebrim, periodista brasileña, quien vivió de susto en susto su matrimonio con Patricio Hales.

Fue a mediados de ese mismo año 85 cuando comencé a gestar –sin saberlo– una investigación que marcaría mi vida. Todo comenzó cuando el abogado Sergio Arellano Iturriaga publicó un libro –*Más allá del abismo*– donde dedicaba un pequeño párrafo a su padre, el general Arellano Stark. En pocas líneas sostenía que su padre recibió la orden de revisar las sentencias de los Consejos de Guerra en octubre de 1973 y que en Calama un grupo de presos "fue ejecutado sin mediar sentencia alguna". Su padre se había enterado después, decía.

Dos meses más tarde, en septiembre del '85, reaccionó el hombre al que se estaba endosando la culpa: el coronel Eugenio Rivera Desgroux, ex comandante del Regimiento de Calama. Su declaración fue publicada por la revista *Análisis*. Se abrió entonces el público debate sobre la "caravana de la muerte". Se escribía del asunto en toda la prensa, salvo en mi revista *Hoy*.

Luego de una primera semana de silencio, pregunté en la reunión de pauta qué había pasado con esa información. Sentí una corriente de incomodidad entre los editores y alguien dijo que se preparaba un gran reportaje para la próxima edición. Pero a la siguiente semana nada se publicó. Volví a preguntar y esta vez el subdirector, Abraham Santibáñez, dijo secamente que había poderosas razones que sólo conocía el equipo directivo. Luego, en la sala de redacción, me explicó que se trataba de un asunto muy delicado, ya que el director Filippi había escrito el prólogo del libro del abogado Arellano. Era mejor, me dijo, esperar a que regresara de su viaje para tomar con él las decisiones. De nada sirvió mi argumentación respecto de la ética y de la información veraz y oportuna.

A esa altura, yo estaba de mal en peor en la valoración de mis jefes. Volvió Filippi, mi revista se puso al día en la información y yo quedé castigada en un rincón. Me hice invisible, prácticamente no existía salvo para registrar mi asistencia a la sala de redacción. Me concentré en hacer un archivo con el caso Arellano, con la "caravana de la muerte". No podían echarme porque era socia fundadora y, porfiada, yo esperaba que un milagro revirtiera la situación.

El milagro ocurrió y, como siempre, se dio por una vía distinta. Me sentí tan deprimida para marzo del '86 que comprendí que mi porfía me estaba dañando. Y renuncié a la revista. Salí de la oficina del director tan aliviada que sentí que me salían alas en la espalda. Al día siguiente me enteré de que estaba embarazada. La primera ecografía dijo que sería un varón y desde ese día lo llamamos José Manuel, nuestro "Jose", con acento invisible en la primera sílaba, igual como Estela llamaba a su amado José Manuel Parada.

La cesantía se transformó luego en un mar de trabajo. Reportajes en video para Televisa, entrevistas para el diario *Fortín Mapocho*, reportajes para la revista *Análisis*. Con María Olivia Monckeberg y Mónica González armamos un buen equipo de trabajo. La pequeña casa de Mónica, cerca de la rotonda Grecia, se convirtió en una sala de redacción estimulante mientras su empleada, Margarita, alimentaba mi embarazo con sopaipillas y cazuelas.

Teníamos entre manos investigaciones acerca de materias tan peligrosas que, cuando sentimos la explosión que hizo retumbar paredes y vidrios, dijimos casi al unísono: ¡bomba! La tal bomba se había armado con una fuga de gas en el horno y Margarita apareció, pálida y con las pestañas chamuscadas, para casi desmayarse en nuestros brazos. En otra ocasión, el allanamiento militar nos pilló –a Mónica y a mí– revisando datos importantes. Los soldados ni siquiera sabían quiénes éramos. Estaban en medio de una gigantesca operación "peineta", buscando a un coronel secuestrado por el Frente Patriótico Manuel Rodríguez. Mónica reaccionó con la furia guardada por años, gritaba exigiendo la orden legal de allanamiento y yo veía a los soldados palidecer, al tiempo que empuñaban sus armas largas. Yo sólo pensaba en mi embarazo. Logré calmarla, los hice pasar, abrí los clósets, mientras Mónica los instaba a viva voz para que se agacharan y revisaran bajo las camas. Cuando se fueron, yo estaba sin aliento. Y mi amiga, compungida por el riesgo innecesario.

Teníamos muy cerca a nuestro gran amigo Ricardo García, director del sello Alerce, a quien la disidencia debe agradecerle la música que nos acompañó en los años de dictadura. Gracias a él tuvimos a los prohibidos Juan Manuel Serrat, Silvio Rodríguez, Pablo Milanés, Víctor Jara, Violeta Parra y tantos otros. El hecho es que Ricardo decidió ese año '86 que debíamos hacer un reportaje sonoro. Nos fue trayendo cintas y cintas para revisar, en sonidos, la historia del año '73. Era una experiencia nueva para mí: armar un gran reportaje sobre la base de los discursos, declaraciones y otros sonidos de la época. Con Mónica, volvimos a escuchar la voz del Presidente Allende y la de los bandos militares, los disparos y las bombas.

Nunca olvidaré las sesiones de grabación en los estudios de Filmocentro, donde Ricardo leía los "enlaces" que nuestro guión estipulaba entre los sonidos originales. Hacia el final, requeríamos de pasos, pasos de pocas personas que se iban transformando en una gran marcha, la gran marcha del pueblo chileno para reconquistar su libertad y su democracia. Ricardo decidió que los tres podíamos simbolizar al pueblo entero. Puso los micrófonos y nos encerramos en un cuartito muy pequeño, una sala de locución, a caminar en círculos. Yo ocupaba doble espacio, con un vientre que ya estaba a punto de estallar. Nuestra caminata se transformó en la gran marcha, por la suma de pistas de grabación. Creo que los tres, ya muy cansados, teníamos ganas de llorar mientras caminábamos. En esos pasos se resumía nuestra vida de trece años desde el golpe militar, con sus exilios y sus duelos, con tantas despedidas, tanto esfuerzo, tantas ganas de seguir viviendo, tantas ganas de sentirse con derecho a ser feliz. Ese reportaje en sonidos se llamó "Chile: entre el dolor y la esperanza".

Sólo un nuevo indicio cayó en mis manos, ese año '86, respecto del crimen de mi padre. La revista *Cauce* publicó un reportaje titulado "Desertores de DICAR revelan más crímenes". Así me enteré de que dos agentes habían desertado, obteniendo refugio político en Canadá. ¡De nuevo se repetía Canadá! Se trataba de un matrimonio formado por Fernando Arduengo y Nieves San Martín. Se habían enamorado entre arrestos y torturas. Y se habían casado con la oposición de sus jefes. ¿Por qué? La agente San Martín lo explicó: "Argumentaban que dos agentes, que trabajaban en la misma rama de Inteligencia, manejaban en conjunto tanta información que se violaban las normas de compartimentación".

La revista había conseguido la confesión que los agentes firmaron ante Inmigración de Canadá, donde daban detalles de varios crímenes. Describían cómo el capitán Sergio Ávila Quiroga había asesinado a un hombre recién arrestado, disparándole en la cabeza con su M-1, y cómo el teniente Alberto González lo remató de otro tiro mientras iba cayendo. O daban detalles de cómo el jefe de la DICAR, general Rubén Romero, ordenó la detención de un hombre que no le pagaba una deuda por arriendo, participando él mismo en la sesión de tortura. Se incluía el relato de cómo hacían desaparecer los cuerpos en minas abandonadas de Calera de Tango, lanzando explosivos para taparlos con los derrumbes.

Había también macabros detalles para explicar por qué habían decidido huir. El agente Arduengo decía: "Mi mujer formaba parte de nuestro equipo en 1976. Un hombre fue traído para interrogarlo y lo pusieron en lo que se llama la 'parrilla'. El hombre estaba completamente desnudo y le aplicaron corriente en sus genitales, brazos, manos y piernas. Yo no quería que Nieves presenciara esto. Y le dije al capitán a cargo que la dejara salir. Él me contestó que no, que ella pertenecía al equipo. Yo traté de convencerlo de que por ser ella mujer no debía ver una cosa así. El capitán me insultó y me dijo que yo era más cobarde que mi mujer y que yo no era la persona indicada para pedir que Nieves se retirara de la sala".

Leí muchas veces el relato. Coincidía con la confesión del contador Navarro respecto de la brutalidad con que actuaban los agentes de la DICAR. Muy dentro, volvía a sentir la pregunta lacerante: papá, ¿te habrán hecho sufrir mucho antes de morir? Guardé copias de ese reportaje en mi archivo, en la aún delgada carpeta caratulada "papá". La clave, para mí, estaba en un organigrama de la DICAR hecho de puño y letra de uno de los agentes. En el "Departamento IV Operaciones" se leía claramente un nombre: capitán Fernando Chesta Puente ("Don René"). ¿Shesta o Chesta? ¿Cómo se escribía realmente? ¿Era o no su nombre verdadero? Algún día lo averiguaría.

A mediados del '86, la Asamblea de la Civilidad –que reunía colegios profesionales, sindicatos, federaciones de estudiantes y muchos otros organismos– convocó a dos días de protesta nacional. El país entero quedó casi paralizado en una gigantesca manifestación de repudio a la dictadura. Iba en mi auto, sola, cuando la radio dio la noticia: dos jóvenes habían sido quemados y agonizaban en la Posta Central. Los habían encontrado, camino a Quilicura, balbuceando que una patrulla militar los había quemado.

Tuve que detener el auto y aferrarme al manubrio. Hasta entonces creía haber topado el límite del horror con todo lo vivido. No, estaba equivocada. Había más en ese infierno. ¡Quemados vivos por una patrulla militar! El joven fotógrafo Rodrigo Rojas Denegri murió cuatro días después. La joven Carmen Gloria Quintana luchaba por sobrevivir. Obviamente el Ejército emitió un enérgico desmentido: no, ninguno de sus miembros había participado en el hecho criminal. El Ministro de Defensa, vicealmirante Patricio Carvajal, ratificó la negativa. ¡Cómo se nos podía ocurrir semejante barbaridad! Doce días después de la muerte de Rodrigo, la Segunda División de Ejército no tuvo más remedio que entregar a los tribunales al capitán Pedro Fernández Dittus, jefe de la patrulla militar, quien ordenó rociar con bencina y prender fuego a los dos jóvenes que participaban en la protesta. Tres oficiales, cinco suboficiales y diecisiete conscriptos conformaban el grupo.

Decidí escribir un libro-reportaje sobre el caso, de modo que los lectores pudieran tener acceso a la mayor cantidad de información posible sobre un hecho que no debíamos olvidar. *Rodrigo y Carmen Gloria: quemados vivos* se escribió con mi pequeño José Manuel pateando la mesa desde dentro del útero. Lo escribí con la pena de sentir que la herida abierta en mi país era ya tan profunda, que tendríamos que hacer tantos esfuerzos para cerrarla y que no teníamos más camino que hacer esos esfuerzos para que niños como José Manuel heredaran una patria en paz. Lo escribí mientras Carmen Gloria simbolizaba esa esperanza, dando una pelea por vivir al tiempo que recibía trocitos de piel que se injertaban en su cuerpo. Había en el hospital una larga lista de gente que ofrecía pedazos de su piel para que ella pudiera volver a vivir.

Trece años después, al momento de inscribir la candidatura de Ricardo Lagos a la Presidencia de Chile, me encontré con ella. Las marcas en el rostro y en el cuello están ahí, gritando aún lo que pasó. Me sonrió con dulzura y nos abrazamos largo.

–¿Cómo estás, Carmen Gloria?

–Bien, muy bien. Te presento a mi marido...

Un hombre lindo, con la bondad pintada en la cara, me sonrió a su vez.

–Estamos viviendo en Viña. Ahí ya estoy ejerciendo mi profesión. ¿Supiste que ya me titulé de sicóloga?

–¡Qué bien!

–Sí, estoy muy contenta. Y ahora tengo unos kilos de más, porque acabo de tener otra hija.

–Felicitaciones, ¿cuántos hijos tienen ya?

–Dos, dos niñitas.

Del infierno al paraíso. Para entonces, año '86, Carmen Gloria representaba, en lo más profundo, a todos los disidentes con sus luchas y sus cicatrices. Me representaba a mí, aunque por fuera yo pareciera indemne y me sentara de lo más campante ante el fiscal militar que me estaba juzgando. Pinochet mismo me acusó de ofender a las Fuerzas Armadas.

–¿Qué declara ante esta acusación?

–Yo no ofendo, yo informo de los hechos que ocurren. En este caso, quienes ofenden a las Fuerzas Armadas son los que cometen crímenes como si fueran parte de sus funciones militares. Escríbalo tal cual, por favor. Se lo voy a repetir...

Once

Fue un domingo de comienzos de primavera, al atardecer, cuando escuchamos el ulular de muchas sirenas por avenida La Florida. Y luego los helicópteros, tantos y tan rápido, dirigiéndose hacia la zona del Cajón del Maipo. Yo estaba en el jardín, oliendo las primeras flores y observando brotes, dándome un recreo antes de volver a la máquina de escribir.

–Debe ser un tremendo accidente –comentó Lucho y picaneó mi curiosidad periodística con un "vamos a ver".

En pocos minutos llegamos al cruce con el Camino al Volcán, donde una barrera de carabineros cortaba el paso en el retén Las Vizcachas. Estacionamos y, credencial en mano, me acerqué al camión de Televisión Nacional donde los técnicos se afanaban en las perillas de transmisión. ¿Qué pasó? Un atentado, un atentado contra el Presidente...

No podíamos creer que fuera cierto. Igual le sucedió a mucha gente que, por algunos días, llamó a la cuesta Las Achupallas, donde ocurrió el atentado, "cuesta creerlo". Durante un buen rato, las noticias fueron muy contradictorias. Se hablaba de varios muertos y no estaba claro qué había sucedido con el general Pinochet. Reconozco que deseé que estuviera muerto. Y, por lo mismo, asumo mi corresponsabilidad criminal junto a los que apretaron los gatillos esa tarde del domingo siete de septiembre de 1986. Cuando cuatro años después publicamos, con mi amiga Carmen Hertz, el libro *Operación*

Siglo XX, escribimos en el prólogo que "tras las manos que dispararon –todas las manos, las de unos y las de otros– estaban los brazos de todos nosotros".

Pero en las primeras horas nada sabíamos, todo fue una gran confusión. Se confundieron los oficiales de Ejército que estaban de *picnic* al borde del camino y saludaron con alegría a los atacantes del FPMR que bajaban con sirenas y balizas. Lo mismo sucedió con los carabineros del retén Las Vizcachas, que abrieron rápido paso a lo que creyeron era la comitiva presidencial. Se confundieron los soldados y agentes que llegaron al lugar, donde aún ardían los vehículos bombardeados haciendo estallar las municiones. Creyeron que los estaban atacando desde los cerros y se pusieron a ametrallar blancos fantasmas.

Se confundió el propio general Pinochet, quien se atrincheró en su casa de El Melocotón creyendo que el atentado provenía de la CIA. ¡Quién mejor que un general latinoamericano puede saber de qué es capaz Estados Unidos cuando se enoja! Pero, para ser justos, nos confundimos también nosotros –los disidentes– porque nos parecía imposible que lo hubiera hecho el FPMR, más aún cuando todos los atacantes habían escapado. No, un ataque tan bien organizado parecía tener la factura de un organismo de Inteligencia. Incluso pensamos en un autoatentado, aunque hubiera cinco escoltas muertos, porque del general Pinochet podía esperarse cualquier cosa. De hecho, pusimos la sospecha sobre un fallo judicial que, pocos días antes, había levantado un gran revuelo. El ministro en visita Carlos Cerda dictó órdenes de arresto contra cuarenta uniformados al culminar una investigación por detenidos-desaparecidos. Entre ellos estaba el mismo general Gustavo Leigh, ex comandante en jefe de la Fuerza Aérea y miembro de la Junta de Gobierno.

Que Pinochet estaba vivo lo probó una transmisión de Televisión Nacional esa misma noche, muy tarde, donde aún tembloroso relató: "La primera reacción mía fue salir. Pero de inmediato reaccioné y me acordé que tenía al nieto al lado y cubrí su cuerpo con el mío". El heroico relato del abuelo se vio desmentido luego por la propia investigación de la justicia militar. Allí quedó establecido que

Pinochet se tendió en el piso del asiento trasero y su nieto Rodrigo, de nueve años, estaba de pie ayudando al chofer. Lo cierto es que Pinochet salvó con vida gracias a la pericia del cabo Carvajal, quien condujo el auto blindado marcha atrás, a toda velocidad, entre disparos y explosiones, por la estrecha ruta flanqueada por la montaña y el precipicio.

En la investigación militar quedó estampado un dato clave. La misma noche del atentado, Televisión Nacional transmitió reiteradamente un aviso: "Cítase al Club Deportivo Papillón de Colina en su sede. Atención: cítase al Club Deportivo Papillón de Colina en su sede". Era el santo y seña para la Unidad Antiterrorista Cobra, de la Escuela de Paracaidistas y Fuerzas Especiales del Ejército. Así lo dijo un "cobra", el sargento Manuel Antonio Durán, en el proceso: "Ésa era nuestra clave". Siete horas después del atentado, en medio del toque de queda, comenzó a operar la venganza. Ojo por ojo, uno por uno, pareció ser el objetivo de quienes decidieron la *vendetta* por los cinco escoltas muertos en el atentado. ¿Cómo escogieron a las víctimas? No hemos logrado saberlo hasta ahora. Lo que está claro es que no tenían relación alguna con el FPMR y que sólo mataron a cuatro. El quinto, un abogado de la Vicaría, se libró del secuestro gracias a la rápida reacción de su familia y los vecinos. O quizás por ser último de la lista porque –años más tarde– el ex ministro Francisco Javier Cuadra me aseguró que, desde su oficina en la Secretaría General de Gobierno, ardían los teléfonos.

–Bastaba con que llamara al jefe de la CNI, general Gordon, y la operación de venganza se habría detenido –le dije

–No, no es así. Para empezar el general Gordon estaba a mi lado, tan desesperado como yo, tratando de averiguar qué estaba pasando...

Mónica González y yo estábamos tratando de ordenar los datos en la mañana del lunes ocho de septiembre, mientras la radio nos informaba que la Junta de Gobierno decretaba Estado de Sitio, que los medios escritos de la disidencia volvían a ser clausurados, que se allanaban las poblaciones populares, que se arrestaba a decenas de dirigentes políticos. Sonó nuevamente la señal de alarma noticiosa de la radio y subimos el volumen.

–Tenemos que comunicar una lamentable noticia que enluta a los periodistas de Chile. Se acaba de confirmar que el cadáver acribillado que apareció junto al cementerio Parque del Recuerdo pertenece a nuestro colega José Carrasco, de la revista *Análisis*...

Dimos un salto buscando el abrazo de la otra. Y nos quedamos así, de pie, abrazadas, en silencio, sintiendo el escalofrío que recorría nuestros cuerpos. Fue tan grande el *shock* que no hubo lágrimas ni sollozos. Yo sé que estaba refugiada en el pecho de Mónica, más alta que yo, y veía a Pepe –nuestro Pepone– bailando salsa con su mujer. Divertido, coqueto, moviendo las caderas con gracia caribeña. ¿Muerto el Pepone? Me quedé paralizada y sólo obedecí a Mónica.

–Vamos, nos vamos a la revista...

En segundos estábamos, con mi escarabajo amarillo, llegando a la rotonda Grecia donde piquetes de soldados detenían a todos los autos. Motores, maletas y puertas abiertos, la revisión era minuciosa. Mónica explotó, todo el dolor contenido se vació en los gritos con que increpó a los soldados. Las armas nos apuntaron, mientras yo pedía "calma, calma" y argumentaba que nos acababan de avisar de la muerte de alguien muy cercano. Debieron conmoverse con mi embarazo de siete meses.

José Manuel nació el quince de noviembre de 1986. Entré al pabellón de la Clínica Alemana y le apreté fuerte la mano a mi obstetra, el doctor Carlos Gómez Rogers: "Me lo prometiste, quiero saber apenas lo veas". Tenía treinta y nueve años recién cumplidos y un miedo grande al Síndrome de Down. No había querido hacerme la prueba intrauterina porque –de confirmarse– no habría abortado. Así que de día jugué a la confianza y de noche me asaltaba la angustia, provocada también por la dura reacción de los hijos mayores de Lucho, a los que este embarazo les pareció una pésima decisión.

Sentí como si un pez aceitado se deslizara por mi interior, escuché su primer llanto y me colgué de los ojos de mi médico. Me cerró un ojo y me anunció "todo bien, es un niño precioso". Lloré entonces lo que no había llorado en meses, quizás en años, quizás la vida entera.

Y seguí llorando por mucho tiempo debido a una depresión postparto que nadie diagnosticó, menos yo que estaba en el fondo del pozo y no lograba razonar sobre lo que me ocurría. Todo mi andamiaje de mujer fuerte, la "mujer fuerte de la Biblia" como escuché decir a tantos sacerdotes mientras me consolaban en mis duelos, se hizo pedazos.

Dejé el periodismo, salvo los despachos a Televisa, y acepté ayudar a Lucho en una actividad que me era ajena. Ya había decenas de casas en etapa final de construcción y estábamos, como decía Lucho, al borde de la quiebra. Ni los mejores corredores de propiedades lograban vender las casas del Parque Santa Elvira –así le pusimos en honor de mi suegra– porque habíamos cometido un error de diseño y de marketing, qué odiosa palabra del libremercadismo. Eran casas baratas y pequeñas, con ladrillo fiscal a la vista, con el living-comedor atrás, conectado con la terraza. No calculamos que a La Florida se llegaba en el sueño de ascenso social, viniendo desde el poniente de la ciudad, con el recuerdo aún fresco de que ladrillos a la vista eran sinónimo de pobreza, de "no alcanzó la plata para estucar". Así fue como me sumergí en la construcción y quizás el olor del cemento fresco me ayudó. Cada uno tiene olores que lo acunan, olores que salen de las ollas, de las flores o hasta de los cuerpos amados. El mío es el del cemento mojado. El mismo olor de mi infancia, ese que perfumaba el aire cuando mi papá mojaba los estucos, en los fines de semana, en las casas que estaba construyendo.

Decidí explorar la venta en un segmento de clientes que no estaban contemplados en la división del mercado chileno. Hice una opción ideológica. Puse avisos en la revista *Análisis*, me hice experta en cálculos de préstamos hipotecarios y comenzamos a vender, con la ayuda de Ana Iris, hija de mi colega José Miguel Varas. Allí, a la casa-piloto, me iba a ver Marcela Otero. Ella, con sus ojazos oscuros, trataba de sondear qué me estaba pasando por dentro, en el alma. Yo buscaba saber, antes que nada, qué le pasaba en el cuerpo. Del pecho, el cáncer había seguido viaje hacia los huesos. Los puntos brillantes en los cintigramas óseos no dejaban escapatoria.

Marcela no aceptaba hablar del cáncer, salvo cuando pedía ayuda para ir al oncólogo o a la quimioterapia. De hecho se mandó hacer unas tarjetas de presentación que decían: "Marcela Otero L., periodista, entrevistas, artículos, reportajes en profundidad, no da informaciones acerca de su salud ni de su familia. Fono 2238538". En su casa instaló el teletipo y echó a andar, clandestinamente, la agencia cubana Prensa Latina. Siguió tomando sol nueve meses al año –parecía funcionar por fotosíntesis– y el bronceado cubría las huellas del mal.

–Lo peor del cáncer es que todos salen escapando a mil por hora –decía refiriéndose a los hombres que tanto le gustaban.

Hubo uno que desapareció cuando supo del rebrote del cáncer. Su alardeada valentía política no le dio para sostener a la "compañera" enferma. Y por meses no supo de amor de hombres hasta que, del cielo, cayó Víctor. Lo había conocido en La Moneda, cuando él –tan bello y tan serio– ayudaba al Presidente Allende con análisis político, misiones especiales para tratar de salvar la crisis y hasta el diario juego de ajedrez para relajarse en medio de tanta emergencia. Entre viaje y viaje, porque seguía viviendo en Estados Unidos, Víctor Pey le regaló a Marcela la plenitud de saberse amada y deseada. Le escribía una cartas que ella leía una y otra vez, para luego guardarlas en un paquete que se iba engrosando, atado con una cinta y las flores –ya secas– que él trajo la primera vez que vino a verla.

Marcela me obligó, como sólo ella sabía hacerlo, a llevar mi computadora hasta la casa-piloto para comenzar a ordenar los datos de mi archivo sobre la "caravana de la muerte". Me hizo llamar, en su presencia, a Carmen Hertz para anunciarle que iba a iniciar la investigación. Y de ahí en adelante, ella lo sabía, no me saqué de encima a Carmencita. "Y, ¿qué pasa con la investigación? ¿Cuándo vamos a tener un libro?", me decía la viuda de Carlos Berger, el joven periodista y abogado que había desaparecido en Calama después de haber pasado por allí el general Arellano Stark.

Mi larga depresión se fue diluyendo, entre vender casas e investigar lo ocurrido con los prisioneros políticos en octubre de 1973. Paso a paso, fui avanzando para armar el rompecabezas, tratando de no perder el norte en medio de las cortinas de humo, tendidas justamente para desorientar.

Fue entonces cuando se inició el debate político y medio Chile se hizo la misma pregunta casi al unísono: ¿Viste a Lagos? En un programa del Canal 13, Ricardo Lagos desafió al general Pinochet directamente: "Primero dijo usted, general Pinochet, que había acá metas y no plazos. Después, general Pinochet, tuvo plazos y planteó su Constitución del '80. Le voy a recordar, general Pinochet, que el día del plebiscito del '80 dijo que no sería candidato el '89 y ahora le promete al país otros ocho años con torturas, con asesinatos, con violación de los derechos humanos. ¡Me parece inadmisible que un chileno tenga tanta ambición de poder, que pretenda estar veinticinco años en el poder!". Ricardo Lagos lo dijo, mirando de frente a la cámara y apuntando con su dedo acusatorio, un dedo que sumaba millones de dedos, a mí me pareció incluso que los dedos de los muertos. Así fue como, en pocos segundos, por obra de un director de televisión que mantuvo la cámara de frente y no apretó la perilla que lo habría dejado de perfil, Ricardo Lagos consagró un liderazgo que luego una débil transición le escamoteó por casi una década.

Ni las amenazas ni las mentiras lograron torcerle la nariz a la historia. El candidato único se sacó el uniforme, se instaló una perla en la corbata de seda, y con el *new look* de dulce abuelito nos habló en tono suave, incluso pidiendo disculpas por los errores que "podría" haber cometido. Así fue como le ganamos el plebiscito del cinco de octubre de 1988, ese plebiscito al que estaba obligado por los artículos transitorios de su propia Constitución y al que llegó porque las lisonjas palaciegas lo convencieron de su arrasador triunfo.

El Comando del "No" estaba instalado en la Alameda y recibía los cómputos desde una red paralela de conteo. Al frente, en el Edificio Diego Portales, el gobierno entregaba las cuentas oficiales. A las diez y media de la noche, luego de que Genaro Arriagada leyó resultados parciales que ya claramente indicaban nuestro triunfo, crucé la calle y entré al edificio gubernamental. Me senté en la enorme sala y me quedé ahí, observando.

Tuve la sensación de que todo se estaba derritiendo. En las caras de ministros, subsecretarios, generales y políticos de derecha, los músculos no lograban sostener en su sitio los ojos, narices y bocas. Parecían de verdad estar derritiéndose. Se veían cada vez más ojerosos, demacrados, macilentos. Y se fueron escurriendo, uno a uno, en las puertas laterales hasta desaparecer por completo. Nadie quedó ahí para dar la cara.

Me acerqué al único funcionario gubernamental que permaneció entre los periodistas chilenos y los corresponsales extranjeros, el colega Enrique Gandasegui, y lo tomé del brazo en señal de simpatía: "Parece, gordo, que te dejaron solo". El gordo Gandasegui asintió, agradeciendo la compañía con sonrisa resignada: "Así parece". El cómputo final marcó el triunfo opositor con mayoría absoluta (53,3 por ciento) y el general Matthei, comandante en jefe de la Fuerza Aérea, fue a La Moneda para asegurarse de que el furioso Pinochet no se atreviera a desconocer los resultados.

Al dictador no le quedaba más camino que aceptar la derrota y comenzar a preparar las maletas. Tenía un año por delante, hasta la elección presidencial, para "limpiar" la casa, no dejar huellas criminales y asegurar el futuro. El de su familia y el de sus amigos. Se traspasó a la banca privada toda la enorme deuda que los grupos periodísticos de *El Mercurio* y *La Tercera* tenían con el Banco del Estado, ante el riesgo cierto de que el Estado pasaría a ser manejado por otras manos. Se dejó al borde de la quiebra a Televisión Nacional. Se dictó un decreto que impedía investigar actos administrativos del pasado. Así, suma y sigue, incluyendo que su hijo Augusto cobró millonarias comisiones al Ejército por venderle armas.

Y si al dictador se le pasó por la cabeza la idea de quedarse en el poder, Estados Unidos se encargó de anularla, envenenando dos granos de uva que provocaron una debacle en la exportación de esa fruta. Fue un grito silencioso enviado desde Washington: atención, señores empresarios, no se vayan a tentar con las ganas del general.

Cambió el clima del país. Y por esa nueva corriente climática me zambullí para buscar nuevas pistas. No, ya no bastaba con contar la trágica historia de la "caravana de la muerte" desde los ojos húmedos de las familias de las víctimas, ni bastaban los documentos escritos. Debía lograr el testimonio de los militares que habían sido testigos de la historia. En esa búsqueda, viví episodios curiosos. No lograba, por ejemplo, dar con ninguna pista que me condujera hasta el comandante Óscar Haag, quien había estado a cargo del regimiento de Copiapó. No había ni un sólo Haag en la guía de teléfonos, que me permitiera ir conectando datos. Ése es un viejo recurso periodístico: dar con una tía o un primo que a su vez da nuevos datos y así se llega al objetivo. Ningún militar en retiro, con los que estaba conectada, sabía de él. Ya estaba a punto de renunciar a la búsqueda, cuando una amiga preguntó cómo me estaba yendo en el trabajo. Comenté un par de cosas y, al pasar, nombré a Haag.

—¿Óscar Haag? Uyyy, lo conocí en Concepción y hace varios años lo fui a ver a su casa en Santiago. Vivía en una calle con nombre de país europeo, de esas que están detrás del teatro Las Condes...

Mapa en mano, comencé el recorrido. Noruega, Estocolmo, Oslo, Escandinavia, Jutlandia, Upsala, Gotemburgo. Cuadras y cuadras, casa por casa, negativa tras negativa. Y yo, cansada, con hambre y con sed, preguntándome cómo es que había escogido este oficio de periodista. Nunca fue el miedo, sino el cansancio, lo que me hizo cuestionar el oficio. Hasta que la voz en el citófono dijo simplemente: sí, aquí vive, ¿quién lo busca?

No recuerdo cómo di con la oficina del coronel Ariosto Lapostol, ex comandante del Regimiento de La Serena. Sólo sé que se me hundió la mirada en el verde del cerro Santa Lucía, que ocupaba todo su ventanal, cuando me dijo que él había visto al general Arellano en el momento de que marcó los nombres de los prisioneros que debían morir. No quise mirarlo de frente, temí que se notara mi euforia interior al momento de obtener esa confesión. Lo primero que hice al salir fue comprobar que todas sus palabras hubieran quedado registradas en mi grabadora. Y dos días después, volví a esa oficina con el texto transcrito y le pedí que corrigiera de su puño y letra. Lo hizo, sin alterar ni una coma de esa parte clave de su declaración.

Con cada oficial tuve un prólogo similar antes de iniciar la entrevista. Explicité con claridad los riesgos que asumían al romper el "pacto de silencio" que impera en la mal entendida lealtad castrense. Cada uno asumió esos riesgos a conciencia. Yo no quería arrastrar culpas que no me correspondían, en caso de que fueran castigados.

Escribí *Los Zarpazos del Puma* como escribo siempre. Tecleando sin parar durante el día y escribiendo párrafos en la cabeza hasta en medio del sueño. Se me cruzaban las imágenes de los que sólo conocí por fotos de sus familias. Llegué a sentir que casi podía tocar el cuerpo de Jorge Peña Hen, el maestro de música. Lo veía con su frac, moviendo la batuta y reviviendo a Haendel en los violines y flautas de los niños serenenses. Me abrazaba cada noche, en la despedida, a mis hijos Felipe, Diego y José Manuel sin dejar de pensar en Josefina Santa Cruz y la desaparición de su único hijo. Cuando el texto estuvo listo, imprimí las páginas y me fui con Carmen Hertz, para revisar la investigación con su ojo implacable, un ojo interior que debe parecerse al de Simon Wiesenthal, el perseguidor de nazis. Salí aprobada de ese examen.

–Carmencita, falta el general Joaquín Lagos. No me resigno a su negativa...

Dos veces había pedido la entrevista, a través de su asesor legal y ahijado, Rodrigo Asenjo, y dos veces la negativa fue rotunda. Él tenía en su poder la clave mayor, ya que era el comandante en jefe de la Primera División de Ejército cuando el general Arellano Stark llegó a su zona de mando. El hecho es que Carmen consiguió su dirección y yo partí en su búsqueda una tarde nublada de fines de invierno. Toqué el timbre muchas veces y nada. La casa parecía vacía. Busqué en la casa vecina: "Deben estar, insista, porque vi gente en la mañana. Casi nunca salen", me dijo una amable mujer. Volví a la carga con el timbre y de repente, allá arriba, una ventana chica se abrió y un hombre mayor lanzó un "¿diga?".

Conseguí que bajara y se acercara a la reja para decirle de qué se trataba. Cuando terminé de hablar, él se quedó unos segundos en silencio, sacó las llaves y abrió la reja. "Pase, pase", me apuró con el tono.

–Mire, le voy a hablar. Antes le voy a decir por qué le voy a hablar. Me comprometí con mi mujer a que iba a guardar silencio, ella teme que me pueda pasar algo. Y tiene razón en tener miedo. He estado enfermo, muy enfermo, y durante muchos meses no he estado ni un minuto solo. O está ella o está la enfermera. Resulta que hoy es la primera vez. La enfermera tiene tarde libre y mi mujer fue recién al supermercado que está cerca...

Miró el reloj y siguió:

–Tenemos no más de quince minutos. Le voy a hablar porque no creo en las casualidades, yo creo que usted me fue enviada porque es necesario que yo hable. Yo creo en Dios y en sus misteriosos designios...

Prendí la grabadora y por quince minutos escuché su relato, apenas interrumpiendo con unas pocas preguntas. Cincuenta y tres prisioneros habían sido masacrados en la zona bajo su mando, violando la legalidad militar de tiempos de guerra. Había denunciado los hechos al general Pinochet y éste le había respondido con una orden perentoria para que reescribiera el oficio, omitiendo toda mención al general Arellano Stark. Así, el general Lagos había optado por retirarse del Ejército, al mismo tiempo que el general Pinochet ascendía a Arellano al rango de General de División y premiaba a todos los miembros de la "caravana de la muerte" con cargos más poderosos.

–¿Qué sintió, general Lagos?

–Fue y es un dolor tan enorme, un dolor indescriptible. Ver frustrado lo que se ha venerado por toda una vida: el concepto del mando, el cumplimiento del deber, el respeto a los subalternos y el respeto a los ciudadanos que nos entregan las armas para defenderlos y no para matarlos...

Nos despedimos con un abrazo. No quiso corregir el texto con sus palabras ya escritas: "Confío en usted". Y me fui de ahí sintiendo, como muchas veces lo siento, el aleteo de mi ángel de la guarda. Di por terminada mi investigación y, pocas semanas después, el libro ya estaba imprimiéndose en la Editorial Cesoc. El editor Julio Silva Solar no dudó a la hora de respaldar mi reportaje y tuvo una visión optimista, optando por imprimir tres mil copias en la primera edición. Ricardo Lagos hizo un impresionante discurso para presentar el libro y yo partí al norte, para entregar mi trabajo a las familias de las víctimas en cada ciudad.

Sé que hice un buen trabajo. Y lo comprobé el año '91, cuando el general Arellano Stark se querelló en mi contra por injurias. Hasta la Corte Suprema, por unanimidad, no encontró razón alguna para someterme a proceso. Y lo volví a comprobar en 1998, cuando el ministro en visita Juan Guzmán Tapia me citó al tribunal y lo encontré con *Los Zarpazos del Puma* en la mano, con párrafos marcados en cada página. "La felicito, hizo una muy buena investigación", me dijo. Un año después dictaba las encargatorias de reo contra el general Arellano Stark y otros cuatro oficiales que tripulaban el helicóptero Puma. Este libro fue, por así decirlo, la "base ordenada de datos" que ayudó al juez Guzmán en la investigación que finalmente derribó al propio general Augusto Pinochet. En agosto de 2000, la Corte Suprema lo desaforó como senador vitalicio y –en enero de 2001– el juez Guzmán dictó la encargatoria de reo contra el ex dictador, acusándolo de ser el autor y encubridor del crimen masivo perpetrado por la "caravana de la muerte". Generoso, el juez consignó a *Los Zarpazos del Puma* en su histórico fallo.

Hice bien mi trabajo, pero eso no explica del todo el fenómeno que ocurrió con ese libro que conectó, creo yo, con un país que necesitaba saber lo que la censura y la autocensura le habían negado, que necesitaba darse por enterado y hacer una catarsis. Ahí había una historia que se escapaba de la estadística. Con razón en la Escuela de Periodismo nos habían enseñado que un millón de muertos era estadística y un muerto, tragedia humana real. Porque en *Los zarpazos del Puma* estaban no sólo las víctimas, personificadas por sus historias y por el dolor de sus familias. Estaban también las otras víctimas, los oficiales de Ejército que fueron quedando en el camino, con heridas invisibles, por no acatar órdenes criminales.

Ese libro fue *best seller* por muchos meses. Vendió más de cien mil copias en el primer año, aparte de las decenas de miles que lanzaron a las calles las imprentas piratas. Me encerré en mi casa, entre el fenómeno que me sobrepasaba y la crisis de nuestra relación con Lucho que hacía agua a babor y a estribor. Una vez más recibí una orden telefónica de Marcela Otero:

–Te vistes, te pintas y tomas el metro. Quiero que salgas a la calle en la estación de la Universidad de Chile. No admito excusas. Después te espero acá, con un buen café...

Lo hice. Al ascender por la escalera mecánica, hacia el Paseo Ahumada, oí el murmullo de los vendedores callejeros voceando el libro. Después los vi a lo largo de Ahumada y de Huérfanos. Cada diez metros, una pila de libros en el suelo. Sentí que en lugar de escribir había fabricado una galleta, un "superocho" de venta masiva. Me fui con Marcela, más asustada que contenta. ¡Cómo nos cuesta a las mujeres convivir con el éxito propio! Quizás sucede porque intuimos que hay que pagar un caro precio personal. Como el de enfrentar, por ejemplo, la tarjeta oficial de invitación para celebrar en La Moneda el arribo del Presidente Aylwin al gobierno. "Patricia Verdugo y señor", decía con grandes y dibujadas letras góticas. No sé qué me complicó más en esa ocasión: si la insistencia de medio mundo por hablar del libro o el aire palaciego con vapores consensuales que anunciaba las debilidades de la transición.

Volví al periodismo de revista con *Apsi*, donde Marcelo Contreras, Fernando Villagrán y Rafael Otano iniciaban la lucha por sobrevivir en transición surcando la selva de un libremercado que no era tal para los medios de comunicación. Uno a uno, en los años siguientes, tuvieron que cerrar los medios escritos que habían sido disidentes a la dictadura. ¡Qué habilidad tuvo el pinochetismo para armar su red de protección! Ellos se habían quedado con las grandes empresas, ellos manejaban el mercado publicitario, ellos no estaban dispuestos a respaldar la pluralidad de medios de expresión. Seguramente se trataba de algún artículo escrito con tinta invisible en su Constitución para montar una "democracia protegida", protegida de la libertad de prensa y de expresión entre otras cosas.

El hecho es que mientras colaboraba con *Apsi*, escribí otros libros. El primero se llamó *Tiempo de días claros* y trataba sobre el drama de los detenidos-desaparecidos. El otro lo hice con mi amiga Carmen Hertz y se llamó *Operación Siglo XX*. Contamos la historia completa del atentado contra el general Pinochet y pusimos en la portada la foto del ex dictador flanqueado por los comandantes del FPMR: José Joaquín Valenzuela Levi (comandante Ernesto) y Cecilia Magni Camino (comandante Tamara). De ella supe luego una historia impresionante. Me la contó el diputado derechista Alberto Espina, quien la quiso mucho en sus años de estudiante del Grange School y hasta hoy le agradece haberlo impulsado en su vocación política. Hija de una familia muy rica, Cecilia Magni estaba con sus hermanos y amigos en la gran sala de juegos de su casa cuando apareció su padre. Con gesto solemne él incorporó en la vitrina de trofeos deportivos unas piezas de género de fuerte color naranja: eran los cuellos y los brazaletes que usaron los soldados para el Golpe Militar. Los había hecho en su fábrica textil. ¿Cómo es que su hija se convirtió luego en la comandante Tamara, miembro del alto mando del FPMR y pieza clave en el atentado contra el general Pinochet? El secreto familiar se lo llevó ella a la tumba cuando su cuerpo apareció flotando en un río sureño hacia fines del '88. Fue arrestada junto al jefe máximo del FPMR, el ingeniero Raúl Pellegrin (comandante Rodrigo), siendo ambos torturados hasta morir.

Por Beatriz Levi, quien vive en Suecia, supe de su dolor como madre de José Joaquín Valenzuela (comandante Ernesto). Repasé muchas veces los rasgos de su rostro, en esa fotografía que pusimos en la portada de *Operación Siglo XX*. Se adivina al niño que fue y lo puedo hasta imaginar jugando en el Colegio Nido de Águilas, el mismo al que yo fui en mis primeros años de escolar. José Joaquín fue asesinado en el año '87 junto a otros once miembros del FPMR, en una sangrienta acción de los organismos de seguridad que se llamó "Operación Albania". Obviamente el parte oficial de la dictadura dijo que se trató de enfrentamientos, pero la investigación policial probó luego que fue una larga matanza a sangre fría.

Con Carmen Hertz supimos, por varias vías, que Pinochet comentaba en detalle ese libro que llegó a vender diecisiete ediciones. Luego tuvo que dedicarnos la única fe de erratas del tercer tomo de sus memorias. En la página sesenta y cinco, el general nos motejaba de "periodistas marxistas". La fe de erratas decía: donde se lee "periodistas marxistas", léase "periodistas". Volvió a cometer un error, ya que Carmen es abogada.

Pero lo más importante del '90, para mí, fue hacer la fila en la Comisión de Verdad y Reconciliación. Esperé mi turno, entre tantos familiares de víctimas, sintiendo un ¡al fin! dibujado con mayúsculas dentro de mi pecho. Y no pude evitar que se me salieran las lágrimas cuando di los datos a quien llenaba el formulario.

–Nombre de la víctima, por favor.

–Sergio Verdugo Herrera.

–Su nombre.

–Patricia Verdugo Aguirre.

–Relación con la víctima...

–Hija.

–Oficio de la víctima.

–Constructor civil.

–¿Desaparecido, asesinado?

–Asesinado.

–Año en que ocurrió el asesinato.

–1976.

–Firme aquí, por favor, y agregue su dirección y teléfono. Será citada a declarar en las siguientes semanas.

Cuando llegó la citación, fuimos a declarar mi madre, mis hermanos Sergio y Cristina, y yo. No le avisamos a Roberto, para entonces en el extremo sur como vicecomandante del Regimiento Chaitén. Dimos por entendido que se negaría. Llevamos la declaración notarial del contador Navarro y, por escrito, un relato detallado de todos los datos que sabíamos. La abogada Paulina Ramos nos hizo un largo interrogatorio y nos aseguró que contaban con equipos de investigadores, que se comunicarían con nosotros si se necesitaban otros antecedentes, que nos fuéramos tranquilos a casa. ¡Al fin! Creo que todos nos abrazamos, al salir, con la sensación de que ya teníamos ayuda para saber la verdad. Al menos eso.

El Presidente Aylwin hablaba de "verdad y justicia en la medida de lo posible" y ya quedaba claro que la Concertación no cumpliría esa parte de su programa gubernamental que prometía derogar la ley de amnistía. No había votos suficientes en el Parlamento. Nos aferramos a la búsqueda de la verdad, como primera etapa de esa justicia posible. De la Comisión de Verdad y Reconciliación –conocida como Comisión Rettig– no volvimos a tener noticias en el curso del año '90. Recibí la visita de uno de sus abogados, Francisco Recabarren, pero su objetivo era indagar sobre la "caravana de la muerte".

Y si lo más importante fue confiar nuestra sed de justicia a la Comisión, lo más doloroso del año '90 fue despedir a Marcela Otero. Y eso le ocurrió a mucha gente. Lo comprobé cuando, para agradecer un premio, dediqué unas líneas del discurso a mi hermanamiga.

–¿Cómo está? –me preguntó el escritor García Márquez, en un tono que develaba la complicidad tejida entre ellos y con un gesto que exigía discreción, su mujer estaba cerca, para hacerse de su nueva dirección y teléfono.

Marcela fue seleccionando a quienes quería a su alrededor en la hora final. Nos hizo espacio en lo más tibio de su nido interior. Nos hizo prometer que no la llevaríamos a una UTI, que no la conectaríamos a máquinas, que ni siquiera romperíamos su piel con la aguja del suero. Sin decirle una palabra, sus amigas organizamos turnos de dos o tres horas, de modo de jamás dejarla sola, con la sola excepción de las visitas de Víctor Pey. Le ayudábamos, con Manuel Délano y Hugo Traslaviña, a revisar la prensa, mientras ella reporteaba por teléfono o escribía los despachos para Prensa Latina. Ya se había despedido de su hijo Rodrigo, en Perú, y Álvaro venía a verla cada día. Hasta el italiano Gian Giacomo Foa del *Corriere della Sera* llegó para decirle adiós. Sólo faltaba una persona en su escenario amoroso y reclamaba su presencia: Maruja Torres, gran amiga y gran periodista española.

Fue un día de fines de noviembre cuando insistió tanto que hubo que llevarla al centro cosmetológico de otra de sus grandes amigas, Mónica Labbé. Nosotras no lo sabíamos, ella sí. Y pidió que le cortaran el pelo y se lo bañaran con aceite. Pidió que la depilaran y que acicalaran sus pies. Volvió hermosa como una reina. Así la encontré por la tarde y así la encontró Víctor. Llegó el llamado de Maruja Torres desde Madrid y escuchamos con claridad la frase final:

–Apúrate, Mágica, que ya me voy a morir...

Cuando colgó, tratamos de distraerla. Víctor preguntó por Maruja, dijo que nunca había leído un reportaje suyo. Marcela se levantó, buscó entre las revistas y le pasó un *Cambio 16*: "Ella es lo mejor de España". Fue lo último que dijo y de ahí en adelante se nos perdió en un laberinto que precedió la agonía. Ahí estuvimos, ayudándola a partir durante cinco días. Silvia Rossi, atenta a cada mínimo detalle; Luz Lagarrigue y Chela Torricelli frotando suavemente su piel; Patricia Duque y Teresa Valdés mojándole los labios. Sólo una vez despertó, por unos pocos minutos, y dijo que quería bailar. Fue el día de su cumpleaños. La pusimos de pie y Víctor la tomó entre sus brazos, meciéndola al ritmo de la música que sintonizó Fedora Robles, la Yeya, su amiga del exilio compartido.

Se nos fue de madrugada, el cuatro de diciembre del '90. Estábamos en silencio total y así nos quedamos cuando expiró. Fanny Pollarolo tomó su muñeca y comprobó la desaparición del pulso. Víctor se acercó, la besó en los labios y cerró sus ojos...

Marcela y Víctor. ¡Qué orgullosa habría estado ella si hubiera podido verlo! Página por página, él fue ayudando a formar el *dossier* de documentos que luego partió a España para abrir un proceso por genocidio, el que dio paso a una petición de extradición y al arresto del general Pinochet en Londres.

Marcela había dicho que quería morir a tiempo, salir del escenario con aplausos, porque le aterraba la vejez. Le organizamos un funeral increíble, el primer funeral laico en una iglesia católica, que resultó un ritual amoroso y cristiano como el que más. Las flores inundaron el altar y hasta una corona del FPMR se deslizó por detrás. Mirenchu Busto la despidió con la canción española a la amistad y María Paz Díaz le cantó el "Te amaré" de Silvio Rodríguez que ella había pedido. El gran periodista José Miguel Varas dijo de Marcela algo que se debe recordar: "Uno se sentía ante ella como dando examen, examen de integridad y de consecuencia. Su posición de izquierda era lo menos dogmática imaginable. Con los pobres de la tierra quiso su suerte echar, como dijo el poeta, y fue así de una vez y para siempre. Estaba con los de abajo, con los perseguidos, los explotados, los humillados y ofendidos y punto. Pero su independencia era feroz. Nunca aceptó razones de Estado, órdenes de partido o conveniencias de grupo".

Maruja Torres llegó al funeral. Casi diez años después, el '99, le dedicó a Marcela su libro *Mujer en guerra*. En sus páginas develó cuánto la quiso y cuán profundo es su sentimiento de culpa por no haber llegado a tiempo (la verdad, Maruja, es que siempre estuviste con ella, no le faltaste). Es una gran lástima que el remordimiento haya hecho que perdiera la brújula. Una periodista chilena, que hoy vive en Roma, la consoló con el argumento de que se había ahorrado el lamentable espectáculo de una Marcela usada y abusada durante su agonía. Un simple chequeo de datos, obligación primera de un periodista, deja al descubierto la falsedad. Y una mínima investigación revela las razones que tuvo Marcela para apartar a dicha periodista de su lado. ¡La deslealtad y la frivolidad le eran muy dolorosas!

La ausencia de Marcela se transformó en presencia. Hasta hoy, no pasa una semana sin que alguien me hable de ella, por angas o por mangas. Incluso una vez voló entre Eduardo Galeano y yo, sin que pronunciáramos su nombre. El escritor uruguayo no hizo más que verme y dijo, tomando el caracol de plata que cuelga de mi cuello:

–Tú lo tienes. Te lo dejó a ti...

–Me lo puso al cuello, ella misma...

Sólo nos abrazamos, unos segundos, en silencio. Si lo veo de nuevo, preguntaré si él se lo regaló. O quizás no haré preguntas...

Doce

Me separé el '91. Por segunda vez. Y eso ya me puso en otra lista de sospechosos, donde la falta de perseverancia y de paciencia deben ser los defectos más leves. Yo, en son de risa, decía que –de saber los entretelones– me aplaudirían los catorce años del primer matrimonio y los siete años de mi segunda convivencia conyugal. Y más en serio, decía a mis hijos que al menos les legaría la capacidad de cambio, de no temerle al cambio, de saber que la vida es un riesgo que se recorre en la montaña rusa de la incertidumbre, que todo intento por asegurar el devenir (incluyendo, por cierto, comprar pólizas de seguros) no hacen más que momificarnos antes de la muerte.

La verdad es que dolió en lo más hondo y que mis hijos también sufrieron. Ya con los mayores había ensayado fórmulas de "tiempo compartido", de modo que la relación con su padre fuera lo más fluida posible. Esta vez, pactamos con Lucho un procedimiento que dejó a José Manuel con dos hogares que marcaban su pertenencia. Juguetes, ropa y cuarto propio en cada uno. Un padre y una madre que lo amaban incondicionalmente. Los líos de sus padres, en tanto pareja, no debían afectar nuestra relación con él. Usar a los hijos para presionar o herir al ex cónyuge me ha parecido siempre una bajeza. ¡Qué faltas de respeto se cometen en nombre del amor y el desamor!

Si me veo a mí misma como trapecista en el aire, con vértigo y todo mientras busco aferrarme a la barra salvadora, la red de protección está tejida por la fe en Dios y el amor de la familia y los amigos.

Es lo que sostiene en las caídas. Esta vez, mi amiga Patricia Duque decidió que ya era hora de contar con ayuda profesional. Más aún, decidió que tenía que ser un hombre para que no me perdiera en el laberinto solitario del ultrafeminismo. Por mis tres hijos hombres no debía ni podía embarcarme en la guerra de los sexos, guerra que ha provocado tanto sufrimiento en las últimas décadas. Y a esa altura del partido yo andaba diciendo que entre los hijos-paridos y los hijos-maridos había sólo una letra de diferencia y que las fuerzas sólo me daban para hacerme cargo de los primeros.

Apareció entonces un ángel barbudo, el sicólogo Max Perea, que me tomó de la mano y se embarcó conmigo en la nave del tiempo para recorrer el pasado. Se llevó consigo una bodega repleta de papel higiénico que fui mojando, rollo tras rollo, en cada sesión. Cuando nos despedimos, yo estaba en paz con el sexo masculino y prometí regalarle una gran caja de pañuelos de papel. No lo hice, ¿para qué privar de esa peculiaridad a los que me siguieron en su sofá? Nos despedimos luego de que soñé que bailábamos un vals y nos abrazábamos con la ternura que precede al erotismo. Se lo conté: "me estoy enamorando de ti". Y me dio de alta, con un beso en la frente.

En las clases de teatro con la gran actriz Nelly Meruane aprendí, en mi adolescencia, del efecto que provocan en otros las palabras. Con el gran maestro Guillermo Blanco, en la escuela de periodismo, aprendí del significado sagrado de las palabras y me hice de un diccionario etimológico sobre el escritorio. Y con Max Perea, sesión por sesión, supe de la milagrosa sanación que producen las palabras en uno mismo: revisando cada pliegue, acariciando cada cicatriz, reconociendo las heridas que las provocaron, aceptando cada episodio como parte de la vida, una vida única e irrepetible, un milagro.

Mi amiga Malú Sierra me había dicho que la palabra "crisis", en su acepción china, significa "nueva oportunidad". Yo estaba, para el '91, en el ojo de la tormenta de mi crisis personal. Tomé decisiones para el caso de que la nueva oportunidad llegara o, quizás, comencé a construir mi nueva oportunidad en ese acto. Compré un sitio en La Reina, la comuna donde había crecido, porque sentí que allí quería vivir y morir, en el mismo territorio. Para llegar hasta ese lugar, en el faldeo cordillerano, pasaba por calles amadas desde siempre y hasta podía saludar a las casas construidas por mi padre. Elegí ese terreno, entre muchos otros, el mismo momento en que lo pisé. Sentí muy dentro que me "pertenecía", no en la pertenencia que da el acto de compraventa sino en la pertenencia esencial. Y sintiendo eso, abrí los brazos hacia la montaña nevada de enfrente y recé un Padrenuestro. "Aquí y así voy a hacer mi casa", dije refiriéndome a la forma de "u" que dibujaba con mis brazos abiertos en la oración. Cuando miré luego el terreno en el plano, supe que llevaba el número trece. Pregunté a dos amigos que saben de numerología y coincidieron en el dato: "doce tiene el ciclo y trece es el número de la vida nueva".

De vida nueva no avizoraba signos por entonces. A mediados del '91, me desperté al escuchar unas voces airadas –la empleada tratando de impedir el paso del intruso– y un papel fue lanzado dentro de mi dormitorio mientras una voz de hombre gritaba: ¡Está notificada! De ese brusco modo supe que el general Arellano Stark se querellaba por injurias en mi contra. Frente a frente los dos, en el campo de batalla legal, teniendo yo como escudo a una abogada ejemplar en la defensa de los derechos humanos: Pamela Pereira. Las dos sabíamos que el general, sin proponérselo obviamente, abría con este proceso una puerta que se había cerrado con la ley de amnistía, nos daba la oportunidad de investigar en el estrado judicial. Él decía que yo mentía en *Los Zarpazos del Puma*, que la Comisión Rettig concluyó su inocencia y esgrimía como prueba una curiosa carta que le había escrito el abogado Francisco Recabarren, el mismo abogado auxiliar de la Comisión Rettig que me había visitado el año anterior para inquirir más datos sobre el caso. Recabarren, en resumen, le decía al general –con la autoridad que le daba haber estado a cargo de la investigación en la Comisión Rettig– que lo declaraba inocente.

Nos preguntamos primero quién era Recabarren y averiguamos que era un abogado de derecha, incorporado en la cuota necesaria para que la Comisión tuviera amplia representación política. Supimos también que era el novio de la hija del historiador Gonzalo Vial, hombre también de derecha que había tomado declaración al general Arellano en su calidad de comisionado. Luego, en pocos días, obtuvimos la declaración de todos los comisionados, incluido Vial, donde desmentían haber concluido la inocencia del general. El propio Raúl Rettig, presidente de la Comisión de Verdad y Reconciliación, recordó que el organismo no podía emitir veredictos y que lo dicho por Recabarren no era verdad: no representaba el pensamiento ni el acuerdo a que habían llegado los miembros de la Comisión.

Despejado ese punto, entramos al campo de batalla jurídico. Se requería mucha energía, yo no la tenía y recuerdo haber rezado mucho pidiendo ayuda, invocando incluso a los espíritus de las 72 víctimas de la "caravana de la muerte". El general Arellano pidió al juez que se requisaran todas las copias del libro que lo injuriaba, copias que estaban en la editorial, en las librerías, en las bibliotecas públicas y privadas. Le faltó pedir que se requisara la memoria de quienes ya lo habían leído. El tribunal contestó con un seco "no ha lugar".

Pidió entonces el general que se decretara la prohibición de informar sobre el caso, diciendo que la investigación de los crímenes exigía esa censura informativa por respeto a las víctimas y sus familias. El tribunal impuso entonces la censura y no logramos levantarla ni con la protesta del Colegio de Periodistas, ni con el respaldo de 180 colegas, incluidos varios directores de medios. La lógica me decía que si lo había injuriado públicamente, el general debía lavar su honor también en público. Pero no operó la lógica, al menos esa lógica.

Entremedio, Pamela Pereira trataba de calmarme. Yo estaba furiosa. El hijo del general, el abogado Arellano Iturriaga, había deslizado una frase gravísima en su declaración. Dijo que, en las reuniones que tuvimos durante mi investigación, yo le había insistido en "mis problemas de financiamiento" y que él me había contestado que "no tenía interés ni posibilidades" de resolver mi problema. Recordé las reuniones que tuvimos, en cómo me había conmovido su ansiedad desesperada por probar la inocencia de su padre. Recordé que –al pasar, respondiendo a sus preguntas– le había contado de mi nueva actividad, vender casas, para salvar a Lucho de la quiebra. Recordé que me había llamado, cuando el libro ya estaba en imprenta, rogándome para que no lo publicara: "Patricia, nos vas a hacer tanto daño". Le contesté entonces que el daño ya estaba hecho, que 72 familias esperaban por justicia. ¿Cómo podía ahora insinuar que estaba "vendiéndole" mi silencio? ¿Cómo podía creer que fuera corrupta y, además, estúpida? Pamela me calmaba: "tranquila, tranquila, es pura desesperación, no le hagas caso".

Me enfurecí también con otra frase de un escrito. Decía el general que yo había "incitado" al coronel Lapostol para que declarara en su contra. Pedí entonces, por escrito, a Lapostol y a todos los altos oficiales que había entrevistado que ratificaran o desmintieran las declaraciones publicadas en el libro. Todos respondieron de inmediato, ratificándolas, excepto Lapostol. Lo llamé muchas veces y no logré hablarle. Pensé entonces que quizás la explicación estaba en un episodio muy curioso. Apenas el libro fue publicado, recibí su llamado diciendo que necesitaba verme y que le llevara cinco copias de regalo. La breve conversación en su oficina, terminó así:

–Patricia, quiero advertirle que en mi mundo nadie va a creer que yo me haya confesado con usted... sin que me haya acostado con usted.

Sé que me estremecí al escucharlo, que observé su actitud (me estaba notificando, no me estaba seduciendo) y respondí en tono frío y calmado:

–No se preocupe, coronel, su mundo y mi mundo no se tocan. Y en mi mundo todos saben que eso no sería posible.

Me levanté y salí, agradeciendo a la musa por haberme dictado una rápida respuesta. Dos años después, Lapostol no contestaba los llamados y suplimos su silencio con la entrega al tribunal de la copia de su declaración en un juzgado de La Serena. Allí repetía palabra por palabra lo mismo que me había dicho a mí: que había visto al general Arellano cuando marcó los nombres de los quince prisioneros políticos que fueron ilegalmente ejecutados en La Serena.

En el proceso en mi contra, el juez Mario Carroza fue especialmente acucioso. Decidió interrogar a los oficiales entrevistados y aceptó nuestra petición de interrogar a los miembros de esa "caravana de la muerte", a los tripulantes del Puma. En ese momento se vino al suelo el "ánimo" del general Arellano Stark: "el ánimo de mi representado de que los crímenes de que se le ha acusado sean investigados", como decía el escrito de su abogado. Dijo que el juez no tenía competencia jurisdiccional para investigar los crímenes y que no podía ordenar diligencias probatorias que no tuvieran relación con el delito de injurias. El caso se paralizó y el recurso del general fue subiendo lentamente de la Corte de Apelaciones hasta la Suprema. En ambas cortes, por unanimidad, dijeron que no había razón alguna para someterme a un proceso por injurias y el caso se cerró.

Pero en esos meses en que sobre mi cabeza daba vueltas en círculo el general Arellano, sentí que enfrentaba de nuevo el abismo. Quince años tenía mi hijo Diego cuando el dolor en su pierna izquierda –dolor de crecimiento, había dicho el médico– se transformó en leve cojera y la radiografía reveló un enorme tumor que ya había carcomido su pelvis. Oncólogos y traumatólogos no lograban ponerse de acuerdo acerca de qué hacer. Pedimos al doctor Arturo Jirón –que a su habilidad y ojo clínico agrega un corazón solidario como el de pocos– que tomara las decisiones en el quirófano. Inmóvil en su cama, Diego parecía sereno. Ni siquiera lloró cuando fue informado de la alta probabilidad de un cáncer y de salir de la sala de operaciones con la pierna cortada desde la cadera. Nos abrazó y nos confortó con sus caricias. Del quirófano salió entero, con un tumor benigno en el frasco de análisis y con hueso de otro ser humano injertado en su pelvis. Por cinco meses debió estar inmóvil, celebrando en cama su reencuentro con la vida y procesando por dentro su temprano roce con la muerte. Tuve que oficiar de enfermera –él no quería extraños cerca– y mis amigos Gabriela Riutort, Jaime Hales y Eduardo Dockendorff sacaron del sombrero un proyecto que me permitió trabajar en la casa.

Todos los espacios de mi vida fueron bombardeados ese año '91. Mi pareja, mis hijos, mi trabajo como periodista... y mi dolorosa deuda como hija de mi padre asesinado. El llamado de Mónica González, entonces editora de *La Nación*, llegó de noche en un día de comienzos de marzo. En los talleres de ese diario se imprimía el informe de la Comisión Rettig y ella lo tenía ya sobre su escritorio:

–No está, Patricia, no está el nombre de tu papá...

–¡¿Cómo?!

–Que no aparece en la lista de las víctimas...

No estaba. Su nombre no aparecía en la lista de más de dos mil víctimas de violación de derechos humanos, por acción de agentes del Estado. No estaba. Su caso había sido declarado "sin convicción". Decía el informe de la Comisión que había revisado "la acuciosa investigación judicial en donde no se pudo acreditar que la muerte de Verdugo se hubiese producido por la acción de terceras personas". Agregaba que no había contado con nuevos antecedentes que le permitieran formarse convicción acerca de los hechos ocurridos y "si hubo participación en ellos de terceras personas". No podía creer lo que estaba leyendo. La Comisión Rettig calificaba como "acuciosa" una investigación hecha en 1976, un proceso de poquísimas fojas que la propia jueza había sobreseído temporalmente, disculpándose por su impotencia. La Comisión Rettig dudaba de la acción de terceros, haciendo realidad lo que ese "capitán Shesta" se había propuesto: hacerlo aparecer como un suicida.

Mi madre, fuerte como roca, acusó el golpe y se levantó de inmediato, quizás porque nunca abrigó esperanzas. Mis hermanos Sergio y Cristina se quedaron con un doloroso gesto de interrogación, que a mí me pareció leer como un: ¿no dijiste que había que confiar en esa comisión? De mi hermano Roberto no supe, lo acababan de dar de baja del Ejército y él me apuntaba como la culpable de su desgracia, por llevar el caso a la Comisión Rettig y por mi acción como periodista.

Yo, literalmente, me derrumbé. Por días y días, despertaba sólo para llorar y caía rendida de noche de tanto sollozo incontenible. Mi madre me salvó: "Lo voy a hacer sólo por ti. Voy a presentar una querella criminal y vamos a probar el crimen. Así que sécate esas lágrimas, porque hay mucho trabajo". Sentí que nunca antes la había querido tanto.

La comisionada Laura Novoa, una abogada de derecha que resultó ser más humana y derecha que ninguno, llamó por teléfono. Pidió verme, "quiero darle una explicación personalmente, por favor, veámonos". Fuimos con mi hermano Sergio y la escuchamos: que nuestro padre no era de izquierda, que no había testigos de su detención ni de su paso por algún recinto policial o de seguridad, que la Comisión había sido muy exigente para calificar cada caso.

–¿Y qué pasó con la investigación? ¿Qué se supo de lo que investigó la DINA?

–Nada, no pudimos avanzar por ahí porque los militares de su familia no aceptaron declarar. Incluso respondieron de muy mala manera cuando la Comisión los contactó –respondió la abogada Novoa.

–¿Y qué se hizo a partir de la declaración notarial de uno de los implicados en la operación de la DICAR?

–¿Cuál declaración notarial?

–La del contador Navarro...

Nunca había oído hablar de esa declaración, pieza clave en el caso. Pidió verla y, mientras la leía, su turbación era creciente.

–Nunca supe de esto, nunca llegó este documento a nuestras manos...

–Se lo entregamos al abogado cuando nos citó a declarar –dijo mi hermano.

La comisionada Novoa consultó sus notas. No lograba entender qué había pasado. Nosotros tampoco.

–¡Qué extraño! Hablé con el abogado recién, justamente para preparar esta reunión. Y no me mencionó esta declaración que, obviamente, es clave. ¿Me permiten fotocopiarla? Debo entregársela a cada comisionado...

Al despedirnos, preguntó cómo es que yo no había usado mi poder como periodista para que los comisionados supieran de los detalles del caso, antes de tomar la decisión. "Usted podía hacerlo. ¿Por qué no nos llamó? ¿Por qué no exigió que un comisionado estuviera presente cuando su familia se presentó a declarar?" Con Sergio nos miramos y fue él quien le explicó que eso no era posible.

–Mi papá nos enseñó a respetar las reglas del juego cuando son justas. Jamás pasar por encima de los que esperan su turno, jamás utilizar indebidamente una influencia, jamás presionar a otros para obtener una decisión. Nosotros confiamos en ustedes, hicimos todo lo que nos pidieron y no nos quedaba más que esperar el veredicto, igual que miles y miles de familias chilenas. No podríamos haber pedido un trato especial –dijo mi hermano con esa seriedad suya que siempre me conmueve.

La comisionada Novoa llamó luego para decir que, con los nuevos antecedentes, ella habría estado por declarar a mi padre como víctima. Ofreció dar su testimonio ante la justicia y ante el nuevo organismo que sería creado, en reemplazo de la Comisión Rettig, para resolver casos de violación de derechos humanos.

Nos quedaba tan poco tiempo. En cuatro meses se vencía el plazo para presentar la querella criminal. Todo crimen prescribe, en Chile, a los quince años. Teníamos que buscar un abogado –mi hermano quería un criminalista no ligado al mundo de los derechos humanos– y reunir más pruebas. ¿Por dónde empezar? Creo que hice tantas veces la pregunta que a mi ángel de la guarda no le quedó más remedio que escuchar y responder hacia fines de marzo del '91.

–Patricia, ven a verme con urgencia. Tengo algo importante –dijo al teléfono mi amiga Mónica González.

Claro que era importante. Policías de Investigaciones habían detenido al coronel Germán Esquivel, de Carabineros, por cheques protestados. Pero el coronel Esquivel, ex oficial de la DICAR, creyó que pesquisaban violaciones de derechos humanos y comenzó a hablar. Le hicieron preguntas. La última: ¿y qué pasó con Sergio Verdugo el año 76? Respuesta: "No, no tuve nada que ver con ése. Yo no estaba en la DICAR en ese tiempo. Por lo que sé, fue asunto de Shesta". ¿Cómo lo había sabido Mónica? Lo averiguó con su contacto en Investigaciones, luego de que una mano anónima deslizó un papel bajo la puerta de su casa: "Esquivel sabe del asesinato del padre de la periodista Patricia Verdugo". Quizás fue la misma mano anónima que marcó mi número de teléfono y me dijo luego que el coronel Esquivel había contestado quince preguntas, que sólo en dos de ellas no tuvo dudas, una de las cuales se refería a mi padre.

–Dijo que el responsable era un oficial de apellido extranjero...

–Shesta –dije yo.

–Así es, dijo que el operativo estuvo a cargo del capitán Shesta –aclaró la voz anónima.

Pedí una audiencia urgente con el director de Investigaciones, general Horacio Toro. Tardó dieciocho días en recibirme y con razón: un comando del FPMR asesinó al senador Jaime Guzmán, el primer día de abril del '91, emboscándolo a la salida del Campus Oriente de la Universidad Católica. El ideólogo de la dictadura y líder del gremialismo fue acribillado por balas que también mataron la posibilidad de que la derecha y las Fuerzas Armadas leyeran siquiera el *Informe Rettig*. Se cerraron las filas en torno a ese bárbaro crimen político cometido en los inicios de la transición. Cuando logré ver a Toro, un general retirado del Ejército, disidente de la dictadura, le expliqué en pocas palabras el caso de mi padre y nuestra premura por obtener pruebas. No mencioné a Shesta.

–Y usted, general, tiene una prueba que necesitamos, la declaración del coronel Esquivel...

–No sólo voy a darle eso –respondió rápido, sin asomo de sorpresa porque yo tuviera la información–. Voy a poner a su disposición a mi mejor equipo de investigadores, van a trabajar con usted hasta que tenga las pruebas que necesita.

Se levantó, abrió la puerta de su despacho y llamó: "Mora, adelante, por favor". Así fue como conocí al prefecto Guillermo Mora, jefe de la JIPOL. Nunca había oído mencionar esa sigla que envolvía el nombre de la Jefatura de Inteligencia Policial. El prefecto Mora comenzó a relatarme la detención del coronel Esquivel, de cómo se había asustado y "cantó". Todo, dijo, estaba grabado.

–¿Qué dijo de mi papá?

–No mucho, dijo que no había estado en la DICAR en ese tiempo...

–Hay que chequear ese dato, puede estar mintiendo –interrumpió el general Toro.

–¿Qué más? –insistí.

–Dio un nombre –dijo el prefecto Mora.

–¿Cuál?

–Bacho...

–Lo transcribimos tal cual, con "ch". Pero puede tratarse de un apellido italiano, con dos "c" o dos "g", Baccio o Baggio –aclaró el general Toro.

–O puede ser bacho de bachicha –dije por la palabra usada despectivamente para referirse a los inmigrantes italianos.

–Estamos chequeando si existe un apellido así entre oficiales de carabineros –dijo Toro.

–Yo tengo otro nombre: Shesta –interrumpí.

Hubo un instante de silencio. Ninguno de los dos reaccionó ante el nombre de Shesta. El general Toro dio por terminada la reunión, reiteró que el prefecto Mora era su mejor hombre y se despidió. ¿Por qué no lo nombraban siquiera? ¿Quién era el tal Shesta, si es que realmente existía? "Acompáñeme, por favor", dijo el prefecto Mora, conduciéndome por el laberinto de oficinas del cuartel central de Investigaciones. Mientras lo seguía, traté de calmarme. En periodismo, al avanzar en una pesquisa uno siente una mezcla de angustia y euforia. Estaba iniciando la investigación más importante de mi vida y sólo sentía miedo. Miedo de echarla a perder con una palabra de más. Entendí la razón por la que un cirujano nunca opera a alguien amado, pero yo no tenía reemplazo en este quirófano. Una vez en su oficina, tuve que relatar a Mora todo lo que sabíamos del crimen, incluyendo el posible conflicto entre la DINA y la DICAR por causa de los militares de mi familia.

–Ustedes deben tener algún registro de eso en sus archivos del '76 –dije finalmente.

–Lamentablemente no hay archivos, el general Fernando Paredes los destruyó. Mire, comencemos a trabajar de inmediato, ¿cuál es el nombre del tipo que se escapó a Canadá?

–Juan Antonio Navarro Navarrete.

Tomó un teléfono, pulsó tres botones –llamada interna– y dijo: "Aquí Mora, ¿cómo estamos con los canadienses...? Ah, qué bien.

Anota este nombre, necesito un informe urgente". Cortó y siguió pensando en voz alta:

–Debió renovar pasaporte en estos años...

Pulsó tres teclas: "Aquí Mora, ¿tenemos un agregado en el Ministerio de Relaciones Exteriores...? ¿cómo se llama...? Okay". Marcó un número: "Urgente, anota este nombre... renovación de pasaporte desde cualquier lugar del mundo, avísame apenas lo tengas". Me miró y dijo:

–Qué más, qué más... pudo haber vuelto a Chile.

Volvió a marcar tres botones: "Aquí Mora, ponme pantalla... (dirigiéndose a mí) se cayó el sistema, se cortó la luz en la mañana... bueno, anota este nombre, necesito salidas e ingresos del país desde agosto del '76 en adelante".

La demostración de poder informativo fue contundente. Y siguió una hora después, porque no hice más que entrar en mi casa y recibí el llamado: "Aquí Mora, anote". Y me dictó la nueva dirección de Navarro en Winnipeg, su teléfono y hasta el número de su permiso de conducir. Siguió también tres días después cuando un vehículo policial me trasladó hasta un cuartel que parecía sacado de una película yanqui. Estaba a pocos metros del Palacio de La Moneda, en los pisos superiores de un edificio, protegido por rejas con cierres electrónicos y donde los policías, de barba y *jeans,* despistaban a cualquiera con su facha. Crucé una enorme sala donde decenas de terminales de computación hablaban por sí solas de la modernidad de una agencia de Inteligencia. Dos comisarias, jóvenes y bien parecidas, estaban junto a Mora. Con ellas examinó el informe de autopsia de mi padre, en voz alta. Otorragia, golpe en el parietal con escasa reacción vital, asfixia por sumersión. Quince años después, volví a sentir que me faltaba el aire y tuve que pedir un vaso de agua. No podía flaquear. Presentí que me estaban poniendo a prueba.

–Lo golpearon justo antes de lanzarlo al agua –dijo Mora y las comisarias asintieron– y como el Mapocho traía muy poca agua en esos días, creo que lo tiraron al canal San Carlos. Fue en aguas profundas, por eso no hay fracturas. Si la caída hubiera sido desde un puente del Mapocho, ¿habría fracturas, verdad...?

Las comisarias seguían asintiendo mientras el jefe de la JIPOL hablaba:

–Claro, lo tiraron al San Carlos...

–Eso dice el contador Navarro en su confesión. Habla del canal San Carlos. Ese dato debió dárselo la gente de la DICAR, porque en la prensa sólo se mencionó que el cuerpo apareció en el Mapocho –aclaré yo.

–Sí, debió ser en el canal. Los muertos del canal, cuando se abrían las esclusas de las Cervecerías, llegaban con la ola de agua hasta el lugar donde apareció su papá, un poco más o un poco menos –explicó Mora.

Una comisaria le hizo ver otros datos contradictorios. "Fuerte hálito alcohólico" en el informe policial y "alcoholemia cero" en la autopsia.

–Le impregnaron con alcohol la ropa, le metieron alcohol en la boca, no tragó –dijo el prefecto y de inmediato pidió por citófono que le ubicaran a su experto tanatólogo.

¿Por qué hacía esto conmigo delante? No era necesario. Entendí en los minutos que siguieron, una vez que hizo salir a las comisarias de su oficina.

–Lo estuve pensando...

–¿Qué?

–Lo de Esquivel. El nombre que dio es otro...

–¿Cuál?

–Chesta... y se escribe con "ch".

Supe que no debía hacer ninguna recriminación por la mentira anterior. Debía callar y seguir el juego.

–¿Y cómo podríamos encontrarlo? –inquirí.

–¿Cómo es su contacto con Carabineros?

–Malo. Debo estar calificada en la lista de peligrosos. Pero tengo un primo que es coronel y él quería mucho a mi papá. No sé de él hace muchos años, pero quizás ahora quiera ayudarnos...

–¿Y usted quiere a su primo?

–Sí, claro.

–Entonces no se lo pida. El que pregunta queda marcado. A ver... ¿tiene algún contacto con la Compañía de Teléfonos? Este Chesta podría tener número privado...

–No, no tengo contactos ahí.

–Piense, piense, usted es una buena investigadora.

–¿A través de Impuestos Internos quizás?

–Inténtelo...

Se quedó unos instantes en silencio y volvió a la carga:

–Se llama Fernando Antonio Chesta Puente... Y tiene hermanos. En la guía hay Chesta ingenieros, Chesta química, en una de ésas está detrás de una empresa.

Lo sabía todo desde un principio. Me entregaba la información por goteo. Yo, en silencio, escondía un "por qué" que no podía pronunciar. ¿Acaso no estábamos ya con un gobierno civil, en transición a la democracia? ¿Acaso no se había desarticulado la red de organismos de Inteligencia? Como si me hubiera escuchado las preguntas, dijo el prefecto Mora:

–Mire, quiero que le quede muy claro un asunto. Esto se divide en dos partes. Yo le voy a ayudar a que usted pruebe que su papá fue asesinado. Lo vamos a probar, de eso estoy seguro. Pero otra cosa es saber quién lo secuestró, por qué y todo lo que sigue de ahí. Ahí yo veo muy pocas posibilidades. En eso no le puedo ayudar, le toca a usted sola...

–Así que yo sola...

–Busque datos en el Registro Civil, por ejemplo.

–Y si Chesta es el nombre verdadero de ese oficial, ¿qué hay del que le dio la orden? –pregunté.

–¿Quién?

–Capitán Juan Brown Galleguillos. Es el nombre que dio Navarro en su confesión. Hay que averiguar si existe...

El prefecto nada dijo. Insistí:

–Yo podría averiguar con mis amigos en el Ministerio de Educación, alguien podría revisar los archivos para saber si en el año '76 hubo un oficial de ese nombre que trabajó como "jefe del Departamento de Locales..."

–Puede ser –dijo sin inmutarse.

Veinte minutos después yo estaba, cruzando la Plaza de la Constitución, en la oficina de Mónica González en *La Nación*. De su archivo privado salió la hoja que aclaró el misterio. Existía el oficial Juan Brown Galleguillos. Había sido recién ascendido a general de Orden y Seguridad, ascenso aprobado por el Presidente Aylwin. Jefe de Inteligencia de Carabineros, decían sus datos. Las piezas calzaron con un tétrico "clic" –lo sentí sonar dentro de mí– y supe que para hacerle justicia a mi padre íbamos a tener que saltar un muro más peligroso que el de Berlín.

Cuando logré que me mostraran la transcripción de lo confesado por el coronel Esquivel, no había ni una sola línea acerca de mi padre. "¡Qué raro!", comentó el prefecto Mora. Y pidió que le ubicaran urgente la cinta grabada.

–Ojalá aparezca, somos tan pobres que usamos las cintas varias veces. Ya puede estar regrabada –explicó.

De más está decir que nunca la obtuve. Ésos fueron días de locura. Mi madre insistía en que Brown era la clave –"tu papá lo nombraba siempre"– y mi hermano Sergio aconsejaba que fuéramos a hablar con el mismo Presidente Aylwin. Con mi hermana Cristina pasamos muchas horas, en la Biblioteca Nacional, revisando cada página de los diarios de fines de julio y agosto del año '76. Si la DINA había matado a un carabinero de la DICAR, para vengar la muerte del papá, alguna explicación debió quedar registrada: un accidente, un enfrentamiento. Salimos de los archivos con una lista de nombres, incluyendo todos los difuntos con ritos fúnebres en la Vicaría General Castrense. En la otra punta del espectro católico –en la Vicaría de la Solidaridad– el abogado a cargo de investigar el "Comando Conjunto", Héctor Contreras, aportó otros datos:

–¿No te parece rara la coincidencia? Mira, en el proceso de tu papá declaró un compañero de trabajo que se llama Ciro Raúl Torres, es el único que dice haberlo visto tan desanimado esa tarde en que luego desapareció. Él incita a que se crea que fue un suicidio. Y, mira, aquí está la confesión de Luz Arce, la agente de la DINA. Nombra a varios agentes. Mira bien, aquí, es el mismo nombre: Ciro Torres...

El abogado de la Vicaría no sólo tenía una pista, producto del cruce de datos en los archivos de las computadoras. Tenía un dato que venía desde dentro de la policía uniformada:

–El mensaje es el siguiente: "Chesta cayó en desgracia. No podemos hacer nada. Si lo encuentran y lo acorralan, no contará con nuestra protección". Lo anoté textual...

Hacia fines de abril del '91, el prefecto Mora llamó para cancelar una cita que teníamos. Y al despedirse, como al pasar, dijo: "Chesta está en un negocio de importaciones en calle Bulnes o Nataniel. Su amiga Mónica González sabe dónde es". Así que el jefe de la JIPOL siempre sabía más y más, incluyendo la lista de mis amigos. Me estaba haciendo sentir muy insegura. Efectivamente, Mónica había pesquisado un negocio de importación de armas, en la segunda cuadra de calle Nataniel, que pertenecía a Daniel Gimpert, un ex oficial de Inteligencia de la Armada que actuó en el "Comando Conjunto". O sea, que los miembros de ese comando seguían unidos por negocios. Mi hermano Sergio y su segunda mujer, la abogada Sonia Cárdenas, fueron al local y salieron de allí con unas balas y una boleta, mientras yo hablaba con Berta Belmar, directora del Registro Civil. Amiga querida desde las acciones de "Mujeres por la Vida", Berta fue clarísima en su negativa para rastrear los nombres de los agentes en los archivos: "Mira, cuando llegué todo estaba infiltrado por los servicios de seguridad y nos costó mucho ordenar el sistema. Sólo podemos contestar lo que nos pregunte un tribunal". Salí con las manos vacías, pero muy orgullosa de la seriedad de mi amiga.

A comienzos de mayo del '91, el prefecto Mora ya nos tenía los nervios de punta. Fui con Sergio a una reunión, en el cuartel central de Investigaciones, de la que salimos muy alterados. Repitió muchas veces las palabras "secreto" y "peligro". Llegó incluso a dibujarnos en un papel una especie de telaraña rodeando un círculo, dentro del cual escribió "Inteligencia Carabineros". Con el lápiz iba tocando los "puntos sensibles" alrededor:

–Chesta... el general Romero, jefe de Inteligencia para el '76, debe estar viejo y retirado, pero igual lo van a proteger... Sergio Ávila Quiroga, jefe de Operaciones de la DICAR para el '76, hoy es segundo jefe de Inteligencia...

Se detuvo. No mencionó al general Brown. Nosotros tampoco.

–Estamos en terreno muy peligroso. Eviten hablar de esto por teléfono. Y si notan algo sospechoso, un seguimiento, un carro frente a sus casas, cualquier cosa, llaman al 134 y piden que me avisen para ayudarlos –dijo el jefe de la JIPOL.

–Ni durante la dictadura nos dejamos atrapar por manías persecutorias...

–Estoy hablando en serio –interrumpió.

En otra ocasión, por teléfono, el prefecto Mora terminó la conversación (siempre dejaba para el final el dato clave) diciendo: "Tuve una confusión que ya aclaré. No era ni Bacho ni Chesta... era Brown Galleguillos". Al fin lo nombraba.

–Así que Brown Galleguillos –repetí sin dar muestra de asombro.

–Sí, claro, y ya lo encontré. Está en servicio activo, es general y es el segundo de Actividades Policiales Especiales...

–¿Inteligencia?

–No, negativo. Fue, ahora no.

Nuestra historia con el prefecto Mora terminó con el gran escándalo político por el espionaje a dirigentes opositores. Los llamados planes "Halcón" fueron noticia de primera plana durante varios días y le costaron el puesto al general Toro como director de Investigaciones y al prefecto Mora como jefe de la JIPOL. Eso ocurrió en marzo del '92.

Mi hermano Sergio decidió avanzar en el espacio que a mí me estaba vedado: los militares de la familia. Nuestro tío Gustavo Verdugo ya estaba en retiro con el grado de brigadier general y del Ejército pasó a trabajar en la Corporación de Fomento, hacia fines de la dictadura. No quiso declarar ante la Comisión Rettig, pero quizás querría hacerlo ante la justicia ordinaria. Había que intentarlo. Cuando mi hermano lo llamó, se mostró dispuesto a colaborar y aceptó reunirse con nosotros en la oficina de Sergio. Ahí teníamos, entre nosotros, al hermano menor de nuestro padre. Su pelo ya blanco se remecía con los sollozos ahogados mientras trataba de hablar, recordando a su hermano muerto. Le temblaba el mentón, las lágrimas corrían y corrían cara abajo mientras pronunciaba su nombre: Sergio, Sergio. Tuve que contener varias veces las ganas de ir a su lado y consolarlo. Pensé en los sentimientos de culpa que había detrás, pensé en lo que mi padre lo amaba.

–Perdóname, Patricia, por haberte echado de mi casa –lo escuché decir, refiriéndose al episodio de casi quince años atrás.

–Está bien, ya está olvidado...

Mi hermano inició el interrogatorio. Sí, mi padre le había pedido ayuda ante el hostigamiento creciente y él había comprobado que la DINA nada tenía en su contra. Mi padre le había nombrado al oficial Juan Brown muchas veces, identificándolo como la persona que quería obligarlo a renunciar. ¿Quién era Brown realmente?, le preguntamos. En el '76, el capitán Brown era el encargado de seguridad del área educacional, porque en el reparto de áreas que hizo Inteligencia le había correspondido ésta a Carabineros. Nos dijo que él nunca tuvo dudas de que su hermano había sido asesinado. La DINA respaldó su petición de aclarar el asunto y puso al capitán Fernando Vásquez a cargo de la investigación.

–Y hasta fui a ver a Brown. Me negó todo. Y yo le dije que estaba convencido de que él sabía, que él era el responsable. Reaccionó indignado. Y ahí fue cuando comencé a recibir las amenazas –nos dijo el brigadier general Verdugo.

–¿Qué amenazas?

–Tres llamados que decían más o menos lo mismo. Amenazas de muerte para mí y para mi familia si seguía investigando. Tuve miedo, reconozco que tuve miedo. Y decidí pedir un traslado fuera de Santiago. Me llegó también otro llamado de la DINA...

–¿Qué decía?

–Un hombre que se identificó con nombre y grado me dijo: "Comandante, quédese tranquilo, hoy se hizo justicia. El hombre que mató a su hermano fue muerto hoy". Y cortó. En la conmoción, me olvidé del nombre. En todo caso, lo más seguro es que haya sido una chapa...

–¿Y qué hiciste?

–Fui a la DINA al día siguiente y traté de chequear la información con mi ahijado, el teniente Miguel Krassnoff Marchenko. Él me llamó después para decirme que no había datos sobre ese asunto. Fueron días terribles, con mucho miedo. Incluso le hicieron seguimiento a tu hermano Roberto. No pude hacer más, no pude. Incluso le pedí ayuda al general Pinochet...

–¿Cómo fue eso?

– Dos veces. La primera fue una reunión que me consiguió el general Julio Canessa. Le dije: mi general, cómo pueden haber matado al hermano de un comandante y al padre de un teniente, sin que sepamos hasta el día de hoy quién lo hizo y por qué. El general Pinochet le encargó al general Ballerino que le reuniera la información. Nunca supe qué pasó con esa gestión. Después, en Iquique, el general Toro hizo una comida muy privada y ahí pedí hablar con mi general Pinochet de nuevo. Él hizo anotar a su ayudante y me dijo que se comunicarían conmigo. Nada supe tampoco.

–¿Y cómo interpretaste ese silencio, tío?

–Entendí que era más importante mantener bien las relaciones entre el Ejército y Carabineros. Entendí que, en ese cuadro, nunca lograría saber la verdad. Y creo que ahora tenemos menos posibilidades, si es verdad que quemaron los archivos de la DINA y la CNI...

–¿Los quemaron?

–Eso me dijo tu hermano Roberto, hace un par de años. Creo que fue el '89. Me dijo que un amigo suyo lo había llamado, que tuvieron una reunión en el cuartel central de la CNI donde le mostró el informe sobre el crimen de Sergio. Tu hermano lo leyó, juró guardar el secreto para siempre y juntos quemaron la carpeta. Estaban quemando toda la información.

–¿Qué decía ese informe?

–Tu hermano no quiso decírmelo, dijo que era secreto. Me indigné con él, me sentí pasado a llevar y pedí una entrevista con el general Salas, director de la CNI en ese momento. Le conté el asunto y le exigí una aclaración. Quedó de averiguar y llamarme. Nunca lo hizo. Debo decirles que, antes de irme, le pedí al general Salas que este asunto no afectara la carrera de tu hermano...

–Parece que la afectó.

–Eso creo. Lo echaron al año siguiente. Creo que tuve responsabilidad en eso –dijo finalmente el brigadier general Gustavo Verdugo.

Bueno, no fue lo último que dijo. Al despedirnos, comentó que sentía peligrar su trabajo en la Corfo, el Ministerio a cargo de empresas estatales. Yo, conmovida por la reunión, dije que trataría de ayudarlo. Llamé luego al ministro René Abeliuk, le conté que nuestro tío había decidido colaborar en el proceso judicial y que ojalá pudiera conservar su trabajo, ya que uno de sus hijos estaba bajo tratamiento médico muy caro. Mi llamado consiguió que su nombre fuera borrado de la lista de despidos inminentes.

Contratamos a Miguel Soto como abogado y descubrimos que el proceso del año '76 se había perdido de los archivos del Tercer Juzgado del Crimen. Tuvimos que entregar la copia que habíamos guardado nosotros y así fue como –tres días antes de que se venciera el plazo– mi madre presentó la querella criminal. Yo tenía tanto miedo de fracasar de nuevo. Era nuestra última oportunidad y me sentía desamparada. ¿Cómo confiar en la policía civil, si era la misma del tiempo de la dictadura y su delicada relación con Carabineros la ataba de manos? ¿Cómo confiar en la diligencia de un abogado criminalista que nada sabía del truculento mundo de las agencias de seguridad y de la violación de derechos humanos? Mi hermano Sergio insistía en que ese abogado, sin relación alguna con la Vicaría de la Solidaridad, tendría más oportunidades "dentro del sistema". ¿Cómo confiar en un juez que se vería obligado a rastrear un crimen cometido quince años atrás? Todos sabíamos de los cientos de casos que se acumulan en los escritorios de los jueces chilenos y yo imaginaba el caso de mi padre perdido entre los archivadores, rogando por un espacio en la burocracia judicial.

No sabía qué hacer. Me lancé a tientas en el único camino que podía recorrer: seguir el rastro de las últimas semanas en la vida de mi padre. No fue fácil encontrar a estos "testigos", ya que la Sociedad Constructora de Establecimientos Educaciones se había disuelto. Me puse, grabadora en mano, frente a su secretaria y sus compañeros de trabajo y de sindicato. Transcribí luego cada palabra de esas largas horas de conversación, donde reconstruí –vista por otros– esa imagen de hombre bueno y justo, el que llegaba primero que ninguno y se iba al final, el de trato amable, el que velaba por la dignidad de sus subalternos. ¡Cómo lo habrían amado mis hijos si hubieran tenido la oportunidad de crecer con su abuelo cerca!

Rastreé su angustia como dirigente sindical al ver negados los compromisos laborales y al comprobar cómo se cerraba el círculo de hostigamiento para obligarlo a renunciar a la presidencia del sindicato y a su cargo como jefe de Abastecimientos. Se repitieron una y otra vez los nombres de quienes lo hostigaban –Guerrero, Risco, Torres, Torrealba, Díaz–, los mismos que el general Gardeweg había despedido y que estaban en esa carta del general Romero, jefe de la DICAR, pidiendo su reincorporación el año '76. ¿Eran todos agentes infiltrados en esa empresa? ¿O eran simplemente delatores, de esos miles de seres miserables que colaboraron tan a gusto con el gobierno militar acusando a los supuestos "antipatriotas"?

Repasaba una y otra vez esos altos de papel escrito, no sabiendo por dónde seguir. Todas las entrevistas coincidían en señalar que el general Gardeweg no tenía el poder real en la empresa, que era sólo un viejo general retirado puesto en la presidencia. El que mandaba de verdad, decían, era el gerente Arturo Holuigue. Lo llamé y su esposa, Berta Barros, me dijo que estaba muy enfermo, no podía hablar debido a un tumor cerebral.

–Mire, quiero decirle que Arturo leyó un artículo donde usted, hace algunos meses, decía que necesitaba saber la verdad. Estuvo a punto de tomar el teléfono y llamarla. Yo lo impedí, le dije que no nos metiéramos en problemas. Lo siento...

–¿Y sabe usted qué quería decirme?

–Es que todo fue tan siniestro cuando mataron a su papá. Yo misma, pocos días después del funeral, recibí una llamada. Era una voz de hombre y preguntó por mi marido. Yo le pregunté de parte de quién y me contestó, con una voz rara, como de ultratumbra: Sergio Verdugo. Y cortó. Yo quedé aterrada. ¿Me entiende, verdad?

—La entiendo...

—Y después, Arturo me contó que había aparecido en su oficina un funcionario de la empresa. Estaba muy alterado, le dijo que venía de una embajada y que iba camino al aeropuerto, que se escapaba con toda su familia. Dijo que quería entregarle los nombres de todos los que tenían que ver con la muerte de Sergio Verdugo. Mi marido no quiso abrir el sobre, le dio asco. Y se lo entregó al general Gardeweg, diciéndole que él no quería verse involucrado en esto.

—¿Supo que contenía el sobre?

—No, nunca.

Quince años después, los datos iban acumulándose uno tras otro. Lo que se había tratado de ocultar, afloraba por donde menos se esperaba. Yo vivía con escalofríos en esos días, mientras investigaba y anotaba cada frase, cada fecha, cada hora, en el archivo de mi computadora. Recé y recé pidiendo ayuda.

El auxilio llegó esta vez por la vía más directa, el de la jueza a cargo del Tercer Juzgado del Crimen. Dovra Lusic entendía su misión como jueza con una solemnidad en la forma que resultaba conmovedora y que, al paso de los meses, resultó de una perfecta armonía con su quehacer real. Ella estaba ahí para hacer justicia y punto. Tenía clara conciencia de los riesgos que corría porque el caso de mi padre era uno de muchos que tocaban al eje mismo de los aparatos de represión durante la dictadura. Tenía de valiente, de perseverante y de paciente las cuotas justas para avanzar en medio de las tempestades —pequeñas y grandes— que sus dictámenes provocaban. Alta, rubia, de piel muy blanca, la jueza Lusic transmitía fortaleza en su cuerpo ágil y bien formado. Cuando me recibió por primera vez, tenía en su escritorio el breve proceso que había realizado su antecesora, la jueza Canales, el año '76.

—Quiero saber si tiene claro que existe la posibilidad de que su padre se haya suicidado. Esta investigación podría terminar así...

—Queremos saber la verdad, cualquiera sea. Nosotros creemos que fue asesinado.

–Eso tendremos que probarlo –dijo secamente.

Así partió la etapa final de esta historia.

De la mano de la jueza Lusic, por decirlo de alguna manera, llegó a nuestras vidas un policía de la Brigada de Homicidios que logró derribar mi barrera de desconfianza a poco andar. El inspector Héctor Arenas era un policía-policía, de pocas palabras, sin gesto alguno que evocara a agentes secretos. Alto y corpulento, podría haber sido el terror en una sala de torturas. Pero en su cara despejada, de mirada brillante y tímida sonrisa estaba aún presente la inocencia del niño que recién había dejado de ser, porque era muy joven. Era el policía científico, el que cree que todo criminal deja huellas que un buen sabueso puede rastrear.

–¿Aunque hayan pasado quince años? –le pregunté.

–Sí, claro, la gente no olvida lo que sabe de un crimen y siempre hay pistas. Una pista conduce a otra y así suma y sigue –me dijo.

Yo lo escuchaba, rogando porque fuera cierto. Se iba a requerir de mucha perseverancia. Lo supimos el día que fue a declarar ante la jueza nuestro tío, el brigadier general Verdugo. Apenas en un par de fojas estaba su relato: supo por mi padre que el capitán Brown lo hostigaba, supo por los coroneles Contreras y Espinoza que la DINA no había tenido participación en los hechos, supo por un llamado anónimo que "ya estaba muerto el que había matado a mi hermano" y punto. No tenía otra información que aportar al tribunal.

¿Qué le había pasado? El abogado Soto nos explicó que dos sujetos, de pelo corto y *walkie-talkie* en mano, se pasearon ostentosamente por el tribunal cuando el tío Gustavo fue a declarar. ¿Era ésa la explicación para su nuevo silencio? Volví a sentir rabia, mucha rabia. ¿Cómo es que, quince años después, no superaba el miedo? Esa rabia se me convirtió en pena, la pena devastadora que se siente ante la miseria humana, cuando la declaración de otro tío, Hugo Verdugo, me llevó al escenario de la infamia. Dijo a la jueza: "En agosto del '76, mi hermano Gustavo, coronel de Ejército en ese entonces, informó a varios hermanos que se había constituido un grupo de investigación de la DINA. Luego, nos informó del resultado de esa investigación: suicidio, malversación de fondos, que tendría un departamento en Providencia con una amante".

Leí una y otra vez el texto. ¿Cómo es que el miedo y la decisión de liberar de toda responsabilidad a los organismos represores podían explicar esa canallada de un hermano contra otro? ¿Cómo es que todos los hermanos, salvo Hugo, habían optado por creer esa versión y así evitarse problemas? Pensé en mi abuela paterna, doña Julieta Herrera, tan severa en la formación moral de sus hijos. Menos mal que ya estabas muerta, abuela.

La jueza ofició al Ejército para ubicar al capitán Fernando Vásquez, el que estuvo a cargo de la investigación de la DINA. No, respondió el Ejército, no había en los registros ningún oficial llamado así. La jueza decidió buscar al capitán Chesta y ofició al Registro Civil para dar con algún rastro del agente de la DICAR. No había ninguna inscripción a nombre de Fernando Antonio Chesta Puente. Pidió entonces al Ministerio de Educación los datos sobre la Sociedad Constructora de Establecimientos Educacionales y allí apareció, entre los años '74 y '76, el capitán Juan Brown Galleguillos como miembro del directorio. Ofició a Carabineros, pidiendo datos sobre el organigrama de la DICAR el año '76 y sobre el personal asignado al Ministerio de Educación. Imposible, le contestó el general René Varas, no hay registros. Pidió la jueza información a la CTC acerca del número 710276, teléfono que el capitán Chesta dio al contador Navarro, y –¡bravo!– le contestaron así: "desde el veintidós de abril de 1976 perteneció al Ministerio de Defensa Nacional, Carabineros de Chile, Dirección General, Sección Estadística, en carácter de privado".

Mi familia estuvo de acuerdo en el cambio de abogados. Y entró en la escena mi amiga Pamela Pereira, el añ'92, quien para entonces me defendía de la acusación del general Arellano Stark. Respiré aliviada –lo reconozco– porque no hay mejor que ella cuando se trata de pesquisar violaciones a los derechos humanos. Pamela fue directo al grano y pidió que el brigadier general Gustavo Verdugo se presentara nuevamente a declarar.

–A ver si se le pasó la amnesia, démosle otra oportunidad –comentó Pamela.

Nuestro tío dijo que sabía, "por experiencia personal", que el capitán Brown estaba asignado por Inteligencia de Carabineros en el Ministerio de Educación. ¿En qué consistía esa experiencia personal? En que "yo he trabajado en organismos de Inteligencia", y en que Brown, siendo ya general, ejerció como director del Servicio de Inteligencia de Carabineros en 1991.

La noticia de que nuestro tío era oficial de Inteligencia me alteró. ¿Del Servicio de Inteligencia Militar o de la DINA? Quizás nunca lo sabremos, pero el dato me hizo revisar todo lo vivido. Él había recibido, en el '76, la petición de ayuda de su hermano. ¿Cómo es que su palabra, como alto oficial de Inteligencia, no lo había salvado? ¿Se habría jugado para protegerlo? Recordé la escena que nos había relatado nuestra madre, aquella en que mi padre terminó llorando luego de escuchar a su hermano decirle: "¿Y qué te crees? ¿Que por ser democratacristiano te vas a librar? Entiende de una vez por todas que hay democratacristianos que son peores que los comunistas... ¡Ya no puedo protegerte!"

Pensé también en cómo, por lo que mi padre lo amaba, busqué excusar su conducta por el miedo. Él mismo lo había dicho: tuvo miedo. ¿Un alto oficial de Inteligencia tenía miedo en el '76? Ahora las piezas de este tenebroso puzzle se encajaban por otros motivos: complicidad con el aparato represivo y lealtad a la dictadura. Sólo así se explican sus contradictorias declaraciones ante la justicia. Como cuando la jueza volvió a interrogarlo acerca de la investigación hecha por la DINA. Dijo que no tenía idea si la DINA había hecho alguna investigación. Pero, agregó, "el coronel Espinoza me manifestó que mi hermano había muerto por error de Carabineros". ¿Y qué hubo de sus entrevistas con el general Pinochet, las que les relató a sus sobrinos? Nada, nunca hubo tal: "mentí", dijo. Le había pedido al general Canessa que le consiguiera una audiencia, pero nunca tuvo respuesta. ¿Y supo algo de la destrucción de un expediente en la CNI? Sí, claro, el año '90 se lo había dicho su sobrino, el mayor Roberto Verdugo, y furioso había ido a quejarse con el general Gustavo Abarzúa, director del DINE, "quien me aseguró que nunca había existido tal expediente". A nosotros nos había dicho que habló con el general Salas, director de la CNI. Ahora cambiaba su interlocutor.

La jueza ordenó, en mayo del '92, que se presentara a declarar el entonces brigadier general Pedro Espinoza, bajo amenaza de arresto. ¿Qué dijo quien fue el segundo hombre de la DINA? Que nada sabía del asunto. Sí, claro, recordaba que el teniente coronel Verdugo le fue a hablar de la muerte de un pariente, que hizo algunas consultas telefónicas delante de él, que la conclusión fue que no había información al respecto. Ante las contradicciones no quedaba más camino que pedir el careo entre mi tío y Espinoza.

Ya cumplíamos un año con el proceso judicial y estaba más que claro que el camino estaba plagado de obstáculos. Paciencia, perseverancia y fe, mucha fe, eran los elementos que podrían sostenernos.

Recién en septiembre del '92, el inspector Arenas logró ubicar en la ciudad de Los Ángeles a mi hermano Roberto. Él no aceptó declarar sin antes contar con la autorización del Ejército, pese a que ya lo habían pasado a retiro. Sólo al leer su larga declaración extrajudicial pude comenzar a entender lo que le había pasado. Roberto tenía apenas veintiún años cuando llegó a Bucarest 187 y quedó en estado de *shock*: "había muerto el hombre que más he respetado, admirado y amado en mi vida". Además, su hermana Patricia decía a viva voz que "al papá lo mató la DINA" y la DINA estaba "fuertemente ligada al Ejército, la institución de la cual yo era integrante y representaba un gran orgullo para mí".

En ese escenario, comencé a entender por qué se atrincheró emocionalmente con su tío, el teniente coronel: "decidimos, bajo mutuo juramento, exigir al Alto Mando institucional una explicación de los hechos y, si había personal del Ejército o de la DINA involucrado, presentaríamos nuestra renuncia ante el propio comandante en jefe".

¿Qué habían hecho, tío y sobrino tras el funeral? Partieron a la oficina de mi padre para retirar sus objetos personales. Podía haber un papel, alguna anotación, que les diera una pista. Dijo mi hermano textualmente: "Se nos aproximó un colega de mi padre, creo que de apellido Mella, quien me sugirió en voz baja que me dirigiera a una determinada oficina, dentro del mismo edificio, donde encontraría al jefe de Seguridad, un tal señor Chesta, quien ya había retirado las pertenencias de mi padre desde su escritorio el día anterior. Ambos, Gustavo Verdugo y yo, estábamos de uniforme. Al aproximarmos a la oficina indicada, el señor Chesta salió precipitadamente con unas carpetas bajo el brazo, no siendo posible hablar con él. Luego me enteré de que ese señor Chesta, que vestía de civil, era un oficial de Carabineros".

¿Qué hacía el capitán Chesta ahí? Yo había pronunciado su nombre ante todos los compañeros de trabajo del papá y nadie había oído hablar de él. ¿Cómo es que tenía una oficina? Quizás la explicación esté en el siguiente párrafo de la declaración de mi hermano ante la policía. Relató la breve entrevista que tuvieron con el general Carlos Gardeweg, el presidente de la empresa. "Estaba visiblemente nervioso y confundido ante nuestra presencia". Les dio las condolencias, alabó la calidad humana de mi padre y les dijo que "el sumario ya estaba cerrado y que mi padre estaba absuelto de toda responsabilidad". Ellos, extrañados, preguntaron a qué sumario se refería. El general Gardeweg dijo que se había recibido, en vísperas de la muerte de mi padre, una denuncia por robo de materiales desde las bodegas. Y ante la sorpresa que vio pintada en el rostro de mi hermano, el general acotó:

–Pero, hijo, no te preocupes, porque antes ya habíamos recibido tres denuncias, sin resultado alguno. A la cuarta, le pedí ayuda a personal especializado de Carabineros para terminar de una vez con estos chismes. Y ha quedado demostrada la honorabilidad de tu papá.

¿Acaso el capitán Chesta era parte de "ese personal especializado de Carabineros" y por eso estaba allí cuando mi hermano y mi tío fueron a la oficina del papá? Sigamos con la declaración de mi hermano. Dijo que pidió una copia de ese sumario y el general Gardeweg quedó en enviársela. "A renglón seguido, mi tío Gustavo le comunicó al general Gardeweg que ambos estábamos investigando la muerte de mi padre, para lo cual al día siguiente teníamos una audiencia con el director de DINA. El general se quedó mudo y pálido".

Releeímos esa parte de la declaración muchas veces. Obviamente fue en ese momento cuando los militares de mi familia incorporaron el nombre del general Gardeweg a la lista de sospechosos, en esa breve cadena de mando que encabezaba el almirante Troncoso, ministro de Educación, seguía con su jefe de Inteligencia, capitán Juan Brown, y el presidente de la empresa, general Gardeweg, para terminar en la DICAR y el capitán Chesta.

Mi hermano relató a continuación las gestiones que hicieron en la DINA. Se reunieron ambos, tío y sobrino, con el coronel Pedro Espinoza, en el cuartel central de la DINA, quien les aseguró que el organismo no estaba involucrado y ofreció investigar lo ocurrido. "Dijo que mi padre no tenía ningún antecedente registrado en la DINA". Esa misma tarde, Roberto volvió solo al cuartel central respondiendo a un llamado del director, el coronel Manuel Contreras (hay que recordar que fue su director de escuela en Tejas Verdes). Luego de darle las condolencias y de escuchar el relato de los hechos, el coronel Contreras decidió que Roberto debía quedarse en Santiago para hacer él mismo la investigación y "mandó buscar a un oficial que me fue presentado como el capitán Velásquez, de Ejército, desconozco si era su chapa, quien sería a partir de ese momento mi oficial de enlace con la DINA". Capitán Velásquez... ahora se llamaba Velásquez. Y lo había designado Contreras en persona, no Espinoza. Busqué la copia de esa bitácora que hizo mi hermano, cuando se creyó en peligro de morir, y comprobé que allí decía que fue el coronel Espinoza quien puso al capitán "Fernando Vásquez" en el caso. Y ese mismo apellido, Vásquez, fue el que dio nuestro tío Gustavo cuando nos relató lo ocurrido. ¿Cuál era la verdad? Ya habría tiempo para despejar las contradicciones.

Sigamos con la declaración de mi hermano. ¿Qué hizo el grupo investigador de la DINA en esos días? Al comienzo trabajaron codo a codo con los detectives, hasta que se cortó bruscamente el contacto. El capitán Velásquez le mostró hasta el número del furgón policial que se usó para detener al papá. Y juntos fueron al Instituto Médico Legal, "donde el capitán Velásquez se contactó con un funcionario que era su informante. De un armario sacó una carpeta y le mostró unos formularios escritos con lápiz pasta azul. La cara de Velásquez cambió a partir de ese momento y nos fuimos. Afuera, me dijo que ya estaba descartado el suicidio, que mi padre había fallecido por un paro cardíaco y que en sus pulmones se encontró agua que no correspondía a las muestras del río Mapocho ni del canal San Carlos. Me dijo que en los siguientes días no nos veríamos, por tener que hacer diligencias en las cuales consideraba poco prudente que yo participara".

El agua en sus pulmones. Recordamos al sacerdote Gregorio Sánchez y el recado enviado por el ministro de Justicia, Miguel Schweitzer: que investiguen a fondo, fue un asesinato, la prueba está en el Instituto Médico Legal, en la muestra de agua que sacaron de los pulmones. Ahora, quince años después, volvía a repetirse el dato del agua en sus pulmones. Pero no había rastro alguno de esa prueba. Aunque la ausencia del examen de plancton era, en sí misma, una prueba. Porque ese examen debió hacerse por reglamento. Al sacarlo del archivo, el asesino había dejado una huella. Y eso fue ratificado luego, cuando la policía encontró al sacerdote Sánchez, quien relató su propia visita al Instituto Médico Legal: "un enfermero me preguntó solícito qué deseaba y le respondí que el resultado de la autopsia del señor Verdugo. Él me dijo: ¡ah, el gallo que murió en una tina de baño! Le pregunté cómo sabía eso y él me dijo 'porque tenía agua potable en los pulmones'. También hizo referencia a 'sales de aluminio en el agua'". Ya teníamos dos testimonios que iban conformando una prueba: el del sacerdote enviado por el ministro de Justicia y el de mi hermano.

Ahora viene la peor parte de la declaración de mi hermano menor ante la policía. Tiempo: comienzos de agosto de 1976. Lugar: Bucarest 187. Circunstancias: una madre abatida por el duelo, hermanos que presionan por saber qué pasó. "Una mañana pasó por mí un oficial que se identificó como el teniente Hidalgo, del Ejército, y dijo que venía por encargo del capitán Velásquez". Fueron ambos al Ministerio de Educación y mi hermano se encontró frente al mayor Juan Brown Galleguillos. Fue presentado como agente de la DINA, con un nombre falso. "El teniente Hidalgo le preguntó por el paradero del señor Chesta y su ayudante. El mayor Brown, muy incómodo, señaló que le había asignado una nueva misión y que por motivos de seguridad no podía decir dónde estaba. El teniente Hidalgo sacó un papel y se lo mostró, diciéndole que era urgente encontrarlo y que se contaba con la coordinación de 'arriba', que ya tenía la autorización del coronel Fontaine (segundo de la DICAR). El mayor Brown se molestó y dijo que, por seguridad, oficiaría por escrito y por conducto regular la información que se le pedía".

Luego, es mi tío Gustavo quien pasó a buscarlo y lo llevó a la Novena Comisaría, en el sector de la Vega central: "Al estacionar el vehículo, él me señaló: 'Aquí murió Sergio'. Entramos a la sala de guardia y yo, aturdido por la información de que en ese lugar habían matado a mi padre, no he podido recordar detalles de lo que pasó". Imaginé a mi joven hermano, de uniforme, en esa sala de guardia. Las imágenes borrosas y las voces en sordina. El corazón acelerado, el pulso retumbando en sus oídos: aquí mataron al papá. De nada servía su uniforme, de nada servía su pistola de servicio. Desarmado en su dolor, impotente en la telaraña de uniformes que se entretejía con razones de seguridad y razones de Estado. Y luego me estremecí al recordar el sueño de mi madre, un año después del crimen. En ese sueño, mi padre la había llevado hasta esa vieja casona que resultó ser la Novena Comisaría...

Con los agentes de la DINA, mi hermano había ido luego al cuartel de la DICAR en calle Dieciocho 229. Y allí, el coronel Luis Fontaine le había dicho: "Hasta en las mejores familias se cometen errores. Teniente, su padre fue víctima de un error de Inteligencia. Me he comprometido con su coronel Contreras a tomar drásticas medidas para que hechos vergonzosos como éste no vuelvan a ocurrir, aun cuando entiendo que eso no le devolverá la vida a su padre". Luego, agregaba mi hermano, "el coronel Fontaine me habló de los superiores intereses del gobierno, debiendo sentirnos todos comprometidos en no enlodar su prestigio".

El coronel Fontaine, el mismo que había participado en los asesinatos de José Manuel Parada, Manuel Guerrero y Santiago Nattino, en marzo del '85. Lamentablemente no podíamos citarlo a declarar, ya que un misterioso comando lo había asesinado en el año '90. Había dicho a mi hermano que se trató de un error de Inteligencia ¿En qué consistió el error? En que los capitanes Brown y Chesta buscaron presionarlo para que renunciara. Al no lograrlo, se da la orden de matarlo. ¿Quién dio la orden? No lo supo mi hermano. Lo detuvieron en un momento que fue buscado con precisión, sin testigos en la casa, sin testigos en el barrio. Chesta y su suboficial ayudante continuaron con la operación en la Novena Comisaría. "Del interrogatorio verbal pasaron a la flagelación y la tortura, sin lograr Chesta que mi padre le firmara los documentos que le pedía: una confesión de malversación de fondos, una nota de suicidio y un talonario de cheques", aseguró mi hermano Roberto.

Y siguió con su relato: "Ante la resistencia de mi padre, Chesta decidió sacarlo al patio de la Comisaría y procedieron a sumergirlo sistemáticamente en un tambor de agua, ocasionándole inicio de asfixia por inmersión que lo condujo a un paro cardíaco, ocasionándole la muerte. En la noche, el jefe de la Comisaría ordenó a Chesta llevar el cuerpo a otro lado porque 'este muerto no lo cargo yo'. Chesta llevó el cadáver a un cuartel de DICAR, dejándolo en un subterráneo, sobre una losa, cubierto con una frazada, reportándolo como un N.N. abatido en enfrentamiento durante la noche. El mayor Brown le ordena deshacerse del cadáver y, durante la noche, lo trasladan a la ribera norte del río Mapocho".

No dio mi hermano las fuentes que le dieron toda esta información. Debíamos inferir que la obtuvo de la DINA, de su tío y de la DICAR misma. Agregaba un dato que explicaba su inacción posterior. Le dijeron que Chesta había sido relevado de sus funciones y luego murió en un accidente carretero. Y le dijeron también que los tres funcionarios que habían participado en el operativo habían muerto en "enfrentamientos con extremistas". Todos muertos, salvo Brown. Su Ejército estaba libre de toda responsabilidad, la culpa era de Carabineros, él podía seguir su carrera sin sentirse desleal con su padre. Cuando ratificó esta declaración, repitiéndola con las mismas palabras ante la jueza Lusic, mi hermano Roberto agregó una explicación por su silencio con nosotros: "No quise decir nada de esto a mi familia por su propia seguridad y por no causarles un daño mayor, con el dolor sobre la forma en que fue asesinado mi padre. Aclaro al tribunal que no se trató de un silencio de complicidad".

¡Pobre hermano mío! De todos nosotros fue el que tuvo el más complicado proceso de duelo. De eso no tengo duda. Tuvo que esperar más de dieciséis años para respirar con más alivio. Porque debió producirle alivio decir finalmente lo que sabía y así compartir con nosotros la necesidad de justicia.

Pero Chesta estaba vivo. ¿Dónde estaba? Fue entonces cuando Investigaciones informó que en el Registro Civil constaba la existencia de un tal Fernando Mario Chesta Puentes, oficial de Carabineros. El dato erróneo que nos había dado el prefecto Mora –segundo nombre "Antonio" y segundo apellido sin "s"– nos había hecho perder varios meses en el proceso de búsqueda. La jueza pidió la hoja de vida a Carabineros y ahí constaba su trabajo en la DICAR entre los años '75-'77. Obviamente en esa hoja de vida no había registro alguno respecto de crímenes y torturas. Pero a partir del año '82, con el grado de mayor, el oficial Chesta registraba varios arrestos y reprensiones por giro doloso de cheques, juego ilegal de dinero y abuso de autoridad para obtener dinero prestado de su personal subalterno.

A esa altura del proceso, comienzos del '93, Pamela Pereira pidió a la jueza Lusic que el expediente fuera guardado en una caja de seguridad del tribunal. Y a mediados de marzo hubo un día de máxima tensión cuando la jueza ordenó que se realizaran los careos. Ahí estábamos, cara a cara, en el tribunal. Mi madre, todos mis hermanos, mi tío Gustavo y el brigadier general Pedro Espinoza Bravo. Entre toda la gente que esperaba en la amplia antesala, se podía distinguir con claridad a los agentes, seguramente guardaespaldas de Espinoza.

La jueza puso el acento en la investigación de la DINA, quería hallar al oficial que la realizó. Mi madre dijo que Gustavo conocía al tal capitán Vásquez o Velásquez que había dirigido el grupo investigador. Mi tío sostuvo, mirándola de frente, que no tenía idea de quién le estaban hablando. Lo carearon conmigo. No, el brigadier general Verdugo no recordaba con quién había hablado en la DINA: "no recuerdo si hablé con el coronel Espinoza u otro funcionario".

–¡No puedo creer que sigas mintiendo! –se me escapó frente a la jueza que, con un gesto, me pidió guardar compostura.

Súbitamente, entonces, mi tío recordó lo que estaba olvidando: "Rectifico mi declaración, efectivamente el funcionario a cargo de la investigación era Fernando Vásquez, capitán o teniente, pero no recuerdo el momento en que fue designado". Vino el careo entre el tío Gustavo y el brigadier Espinoza, al que luego se sumó mi hermano Roberto. Tres oficiales de Ejército sentados frente a la jueza, mirándose las caras, midiéndose el peso de ya invisibles charreteras.

Brigadier (R) Gustavo Verdugo: "Fui a hablar con el coronel Espinoza aquí presente, quien me indicó que se haría la investigación de los hechos. Después supe que se encargó al oficial Vásquez, mandado por el coronel Espinoza para hacer la investigación. Conversé al menos tres veces con el coronel Espinoza y, en la última ocasión, me dijo que la investigación estaba terminada y que la muerte de mi hermano fue un error de Carabineros. Al consultarle qué haría, me dijo que nada".

Brigadier Pedro Espinoza: "Tuve una sola entrevista con el señor Verdugo aquí presente, quien concurrió acompañado –al parecer– por un sobrino oficial. Ambos me hablaron de la desaparición de Sergio Verdugo. En el acto, llamé por teléfono para requerir información. Nunca ordené investigación alguna, ni encomendé a funcionario alguno para ella. Ignoro si se hizo una investigación por parte de la DINA. Yo recibí al señor Verdugo porque lo conocía y quería ayudarlo, pero no podía hacer nada que excediera mis funciones".

Brigadier (R) Gustavo Verdugo: "Mantengo lo dicho, conversé en más de una ocasión con el coronel Espinoza, quien me indicó que había una investigación y me dio su resultado".

Brigadier Pedro Espinoza: "Mantengo lo dicho, no hubo investigación alguna".

Coronel (R)Roberto Verdugo: "Fui con mi tío a hablar con el entonces coronel Espinoza, aquí presente, quien ofreció toda la colaboración de la DINA. Luego concurrí nuevamente a la DINA, donde se me presentó al capitán Vásquez como el oficial a cargo de la investigación. Diariamente me pasaba a buscar ese oficial durante el curso de la investigación".

Brigadier Pedro Espinoza: "Mantengo mis dichos, yo no encargué investigación alguna".

¿A quién creerle? Si no hubo investigación, tampoco hubo capitán Vásquez. Mi hermano, mi tío e incluso mi madre –que había servido más de un café al amable capitán– habían sufrido un espejismo conjunto. Y sin investigación, todas las versiones acerca de quiénes y cómo habían matado a mi padre quedaban colgando de un hilo sin asidero. A esta altura de la historia de Chile, obviamente las versiones de la DINA no son creíbles por juez alguno. Pero un juicio requiere de pruebas reales y no de meras palabras. Necesitábamos de presunciones fundadas y bien fundadas.

Hubo otro punto que la jueza Lusic estimó clave en el careo. Todo indica que ella decidió hacer justicia en lo que yo llamaba "el segundo crimen de mi padre": para ocultar su asesinato se echó a correr lo del suicidio, justificándolo con rumores de robos y amantes. Ése era otro crimen, el de su memoria. En el origen de la tesis del suicidio estaba la DICAR, Investigaciones... y su propio hermano. ¿Por qué el brigadier Verdugo lo había hecho, si todos sus actos –desde un comienzo– se habían dirigido a investigar lo ocurrido hasta comprobar el asesinato en manos de la DICAR? La jueza Lusic lo puso frente a mi madre y a mí, pero el brigadier Verdugo sólo repetía que "efectivamente lo dije, porque era lo que se comentaba de la investigación". ¿Quién lo comentaba? "Lo decía mucha gente, por lo que no puedo especificar quién. La única persona que me entregaba información acerca de la investigación era el coronel Espinoza, pero no recuerdo quién fue el que me informó del desfalco y de la amante".

La jueza Lusic decidió enviarlo a la cárcel para que recuperara la memoria. ¡Fue un escándalo en la familia de mi padre! Se cruzaron decenas de llamadas telefónicas entre tíos y primos contándose la noticia y buscando explicaciones. Como en el juego del teléfono, en que cada uno va agregando o quitando datos según lo que cree escuchar, al final quedaba algo así como "están acusando a Gustavo de la muerte de Sergio". Y tenían algo de razón porque buscábamos, frente a ellos, resucitarlo como el hombre consecuente, limpio y bueno que siempre fue. De la enorme familia que antaño se reunía en cada Navidad, rodeando a los abuelos en la gran casona de San Fernando, ya nada quedaba.

¿Qué nos había pasado? Recordaba la buganvilia morada que cubría parte del primer patio, las porcelanas rojas en los maceteros y mi abuela Julieta oliendo a jazmines en sus blusas de seda blanca, cerradas al escote por un camafeo blanco y negro. Podía ver en el recuerdo a sus hijos llegando a la vieja casa y rodeando a mi abuela con un respeto cargado de ternura. Ella tenía su pelo blanco siempre recogido con un moño en la nuca y unos ojos celestes que se diluían en color de lágrimas cuando algo hería su fina sensibilidad. ¡Cuánto le habría dolido ver a la mayor parte de sus descendientes abatidos por el miedo y la traición!

El hecho es que el tío Gustavo, entre rejas, no se curó de su mal: "No sé explicarme por qué le dije a la familia de los rumores que escuché en la DINA sobre el suicidio, el desfalco y la amante. No sé por qué les dije eso y, en cambio, no les informé del resultado de la investigación, cuando el coronel Espinoza me dijo que los responsables eran carabineros". Peor todavía, le dijo a la jueza que "la mayor parte de lo que he dicho fueron mentiras, puras mentiras en las que incurrí con el fin de aparecer ante la familia con un conocimiento de la investigación que en realidad nunca tuve. Lo que pasa es que, por el grado que yo tenía en el Ejército, podía haber hecho algo más y no lo hice. Me arrepiento por no haber hecho todo lo posible y por haber mentido después".

Y volvió a llorar mientras confesaba sus supuestas mentiras. ¿Así que todo había sido un gran engaño? ¿El alto oficial de Inteligencia nada había sabido? Mi hermano Roberto no se dejó presionar y, mirando de frente a su tío, volvió a repetir: "Él me llevó a la Novena Comisaría y me dijo que allí habían matado a mi padre. Cuando terminó la investigación de la DINA, el capitán Velásquez me dijo que mi tío me daría el informe final. Y así lo hizo él, relatándome todo lo que he declarado en este tribunal".

La jueza ordenó que el brigadier general Verdugo fuera careado con mi hermano Sergio. No hubo caso, insistió en que todo había sido una mentira. Mi hermano dijo a la jueza: "No puedo aceptar que todo haya sido mentira. Creo que Gustavo está protegiendo a las personas que lo ayudaron en la investigación de la DINA. Él estuvo involucrado en la investigación y obviamente conoció sus resultados".

La jueza Lusic decidió dejarlo en libertad, a la espera de obtener nuevas evidencias. Y nosotros quedamos con una espantosa sensación de náusea...

Me embarqué, a comienzos del '93, en la aventura de un nuevo libro. El origen fue curioso. Bastó que algunos amigos me mencionaran que el pintor Nemesio Antúnez estaba gravemente enfermo, para que a mí se me pusiera entre ceja y ceja que debía entrevistarlo. Para la televisión, para un texto escrito, lo que él quisiera. Lo importante era que un hombre de su talla no muriera sin dejar el balance hecho, su legado para los jóvenes. Busqué a quien estuviera en su círculo de amigos más cercanos, ya que necesitaba de un puente muy delicado para no causarle una molestia. No me habría perdonado herir su sensibilidad. No encontré al intermediario y renuncié a mi proyecto. Tres días después, llegó el llamado de mi amiga Lotty Rosenfeld, quien nada sabía de mi plan:

–Patricia, estoy aquí con Nemesio, en su casa. Se está pensando en la posibilidad de un libro y él quiere que tú lo escribas. Te lo paso...

La inconfundible voz de Nemesio me saludó como si nos hubiéramos conocido desde siempre. Yo habría querido exclamar ¡esto es un milagro!, pero nada dije. Nemesio quería que Faride Zerán y yo hiciéramos ese libro. Ella no pudo, estaba demasiado cercana la muerte de su padre como para enfrentar la inminente partida de Nemesio.

Cuando comencé con las entrevistas, yendo cada día a su casa, le di muchas vueltas a lo que había pasado. Pensé que mi deseo por entrevistarlo fue tan fuerte que se elevó como un volantín. Que mientras tuve el hilo en mi mano, tratando de controlarlo, nada había pasado. Hasta que lo solté y él –pintor de volantines– lo había visto en el cielo. Entendí que sólo cuando algo nos pertenece esencialmente, viene hacia nosotros. Cuando algo no nos pertenece, en cambio, se va aunque tratemos de retenerlo con dientes y uñas. Escuchaba a mi alrededor repetir una y otra vez la frase esa de "deja que las cosas fluyan". Y no sabía cómo aplicarla al caso de mi padre. ¿Qué debía hacer y qué debía dejar de hacer? No tenía respuestas.

Nemesio me regaló un contacto distinto con la vida y con la muerte. Me ató la ética y la estética en la misma gavilla. Me recordó que la muerte "es sólo un viaje, Patricia, sólo un viaje". Me hizo tocar con los dedos la silueta de un pájaro que, alas abiertas, había chocado con su ventanal una mañana. La silueta quedó dibujada con una estela de polvo gris, muy fino.

–Es un ángel –me dijo.

Y yo escuché su voz interior que agregaba un "ya vienen por mí". Me despidió con un beso en la frente y un "gracias, Patricia" escrito al pie del grabado donde La Moneda arde tras el bombardeo del once de setiembre de 1973. Era el mismo palacio que, en ese mayo del '93, revivía la presión militar –encabezada por el general Pinochet– para que el gobierno impulsara un proyecto de ley de "punto final", para terminar con las investigaciones judiciales de los crímenes de la dictadura.

Le escribí una carta al Presidente Patricio Aylwin que, en resumen, era un "auxilio, Presidente, no lo haga, piense en todas las familias como las nuestras que están buscando una cuota de verdad y justicia en los tribunales". El Presidente me contestó con fecha treinta de junio del '93:

"Estimada Patricia: he leído su carta con profunda emoción. La comprendo y me pongo en su caso. ¿Le puedo pedir que por su parte se ponga en el mío? Tengo que encontrar una solución que concilie su justo anhelo de verdad y justicia, del que nunca he dejado de participar, con mi deber de asegurar la estabilidad institucional de este país. Le ruego tener confianza. Atentamente, Patricio Aylwin Azócar".

Reorganizamos a "Mujeres por la Vida" y marchamos hasta La Moneda. Enviamos por fax cartas a todos los dirigentes y parlamentarios de la Concertación. Finalmente el proyecto de ley fue retirado del Congreso, al comprobarse que muchos parlamentarios de la Concertación lo rechazarían.

Nuestra investigación seguía avanzando lentamente, con la suma sinérgica de las perseverancias de la jueza Lusic, el inspector Arenas y nuestra abogada Pamela Pereira. Al general Carlos Gardeweg lo fue a interrogar la policía –en julio del '93– a su casa. Dijo que mi padre, en los años que precedieron a su muerte, había sido investigado por la DINA ante "denuncias en su contra por posibles relaciones con grupos de extrema izquierda". Se decía que era "un comunista emboscado". Reconoció el general Gardeweg que varios funcionarios de la empresa lo habían hostigado y él decidió despedirlos tras su muerte. Reconoció también haberme mostrado el oficio secreto del director de la DICAR, general Rubén Romero, donde –dijo– "me solicitaba que reincorporara a esas personas y yo me negué". Del entonces capitán Juan Brown aseguró que estaba encargado de "control", pero negó toda injerencia de la DICAR en la Sociedad Constructora de Establecimientos Educacionales.

¡Qué habría dado, en esos días, por un juicio oral y público como los que veíamos en las películas! Unos con otros se habrían ayudado a destejer la red del miedo...

Trece

Fue a comienzos de agosto del '93 cuando el inspector Arenas pidió una reunión familiar: mi hermano Sergio, mi cuñada Sonia Cárdenas y yo. Estábamos en el *living* de mi casa, con las tazas de café ya servidas, cuando dijo:

–Y aquí está él, ¿quieren verlo?

El inspector Arenas tenía en sus manos un cuadernillo con el material que había preparado para su viaje a Canadá, donde iría a interrogar al contador Navarro. De las hojas escritas había pasado a una secuencia de fotografías, pegadas muy ordenadamente en una página.

–¿Quieren verlo? –repitió, levantando un poco el cuadernillo de la mesa, con gesto invitante.

Sentí que el corazón se me aceleraba. Nos cruzamos la mirada con mi hermano y él preguntó, sabiendo la respuesta:

–¿A quién?

–Chesta –dijo chasqueando las dos sílabas como un latigazo, al tiempo que empujaba el cuadernillo hacia mí.

Me levanté del sillón, sintiendo que el latido en mi cuello clamaba por una escapatoria. Ahí estaba, en blanco y negro, la fotografía de uno de los asesinos del papá. Pequeña, de unos siete por diez centímetros, con el rostro de un hombre de entre cuarenta y cincuenta años. Pómulos altos, ojos pequeños, boca delgada, pelo liso y calvicie incipiente. Nos quedamos los tres con la mirada clavada en ese rostro. Lo poco que se veía de ropa esbozaba una tenida deportiva, una casaca de gamuza quizás. ¿Cómo se vería con uniforme verde oliva?

–Vive en Concepción y ya sabemos qué bar frecuenta –dijo el inspector Arenas, sacándonos de la muda observación.

–¿Y eso qué significa?

–Será fácil atraparlo cuando tengamos todo listo. Y ya falta poco...

Nos pusimos a trabajar en el listado de preguntas para el contador Navarro. Preguntar es parte clave de mi oficio como periodista y yo me pasaba largas horas examinando los datos y preparando cuestionarios. Porque el caso de mi padre era uno más de los muchos que tenían entre manos la jueza, la policía y hasta nuestra abogada. Para mí, en cambio, era el único y podía husmear en cada vericueto descubriendo coincidencias o contradicciones. Al final, cuando el inspector Arenas estaba a punto de irse, recordé a los dos agentes de la DICAR que habían desertado y vivían también en Canadá. ¿Estaba Winnipeg muy lejos de Toronto?, le pregunté. El timbre de inmigración de Toronto aparecía en la copia del documento publicado por la revista *Cauce* con la confesión de los agentes Fernando Arduengo y Nieves San Martín.

–Haremos lo posible por encontrarlos también –dijo Arenas al despedirse, llevándose una copia del reportaje.

El viaje a Canadá parecía ser la clave. Pero nuestra urgencia por avanzar en el proceso chocaba con la burocracia. No sólo se trataba de las decenas de papeles y vistos buenos que había que obtener en la Policía de Investigaciones. Estaba también la coordinación con Interpol y con la policía del Canadá. Y estaban también los imprevistos. El once de agosto recibí el llamado urgente del inspector Arenas.

–El canadiense está poniendo problemas...

–¿Cómo? No entiendo.

–Lo llamé para anunciarle que vamos en camino y él no confía en que seamos de la policía realmente. Parece que ha recibido muchas amenazas, por eso está tan cauteloso. Así que necesitamos su ayuda...

–¿Y qué tengo que hacer?

–Pidió que usted lo llamara por teléfono. Dijo que le iba a hacer una prueba para asegurarse de que usted es realmente usted...

Anoté el teléfono de Juan Antonio Navarro Navarrete, incluyendo las claves para discar directamente a Winnipeg, Canadá. Y subí rápido la escalera, rumbo a mi dormitorio para tener mayor privacidad. De paso, pedí ayuda a mi hijo mayor.

–Felipe, tengo que llamar a Canadá, al hombre que participó en el asesinato de tu abuelo. Ayúdame...

Felipe me abrazó fuerte –¡qué buen compañero ha sido siempre!– y me siguió escaleras arriba. Nos sentamos en la cama, con el teléfono al medio y comencé a marcar. A miles de kilómetros al norte, un teléfono empezó a llamar. Ésta era la llamada que no quise hacer durante diecisiete años. Aló...

Salió él mismo al teléfono. La voz del hombre sonaba desconfiada, no había perdido nada del acento chileno.

–Así que usted es la hija de Sergio Verdugo.

–Sí, yo soy. Soy Patricia Verdugo.

–Mire, le voy a hacer una pregunta. Muchas veces me han llamado, diciendo que son hijos, hijas o hermanos de Sergio Verdugo. A todos les hago una prueba, no la pasan y cortan el llamado. Veamos con usted...

Una prueba. El contador Navarro, el que había colaborado con la DICAR en el asesinato de mi padre, pedía una prueba. Como si fuera un concurso de conocimientos en la televisión. Sabe, no sabe, queda fuera de concurso. No podía creerlo.

–A ver, veamos – dijo el hombre, como si estuviera seleccionando una pregunta entre varias.

–Diga –lo apuré secamente.

–¿Dónde trabajó Sergio Verdugo antes de llegar a la oficina de Santiago?

–Era el jefe zonal de Colchagua, Curicó, Talca y Linares –contesté con tanta rapidez que hasta yo me sorprendí.

Silencio al otro lado de la línea.

–Aló, ¿me escuchó?

–Sí, sí, la escuché perfectamente. Está bien, le creo. Usted es la hija. ¿Es la periodista?

–Sí...

–¡Qué bien! Por acá han llegado noticias de lo que usted ha hecho. Mire, le voy a contar...

Y el contador Navarro abrió una llave cerrada por años y dejó correr su chorro de miedo: que las amenazas de muerte, que la policía canadiense tenía que protegerlo en momentos críticos, que su cuñado había sido asesinado en Santiago y él creía tener la culpa, que no había podido volver ni para el funeral de su padre, que la vida de su familia estaba marcada. Creí por momentos que me estaba dando excusas para no declarar. Pero no era así. "Mire, si me van a matar, me sentiría mejor sabiendo que ya dije todo lo que tenía que decir a un tribunal". La llamada duró treinta y cinco minutos y la hoja de mi libreta quedó llena de nombres de informantes y agentes de seguridad.

Faltaba otra prueba. Navarro pidió luego al inspector Arenas una carta de la Iglesia Católica, en la que se pidiera su colaboración. ¿Para qué la necesitaba? ¿Para mostrarla a su familia, para verse exigido a sí mismo por su Iglesia? Conseguí con mi amigo, monseñor Alfonso Baeza, Vicario de la Pastoral Obrera, que hiciera esa carta. Y la fui a dejar de inmediato a la Brigada de Homicidios, en avenida Condell.

Era el viernes trece de agosto del '93 y todo estaba dispuesto para que los policías partieran ese fin de semana a Canadá. Al despedirme del inspector Arenas, pregunté por su mujer. Estaba a punto de tener a su primer hijo y era lamentable que su marido tuviera que alejarse en esos días. "No se preocupe, ella está bien, está preparada", me dijo él con su cara de niño en cuerpo de boxeador de peso pesado. De ahí me fui a almorzar con mi hermano Sergio y mi cuñada al restaurante R-Punto, pero la extrema tensión me jugó una mala pasada y terminé en la Clínica Santa María con la presión arterial bajísima.

El contador Juan Antonio Navarro Navarrete fue interrogado en Winnipeg, en las oficinas de la Real Policía Montada del Canadá, y firmó su declaración en presencia del cónsul chileno Fernando Guijón. Los interrogadores fueron los inspectores Héctor Arenas y Aldo Villanueva. A ellos les relató paso a paso cómo, casi dos meses antes del crimen, el capitán Fernando Chesta lo enroló en la misión que había ordenado el capitán Juan Brown Galleguillos: "analizar las operaciones que realizaba Sergio Verdugo, revisando documentos. Había tres carpetas con documentos internos de la empresa. Me sorprendió ya que habían fotocopias y copias carbónicas de los originales. Luego supe que los funcionarios que pasaban la información eran Guillermo Risco, Aída Torrealba y Ciro Raúl Torres".

El contador Navarro trabajó en el cuartel de la DICAR todos los días, luego de cumplir sus funciones habituales como jefe administrativo de la zonal norte de la Sociedad Constructora de Establecimientos Educacionales. ¿Por qué investigaban a Sergio Verdugo? "Porque era el presidente del sindicato, estaba bien vinculado y su puesto era importante para reemplazarlo por alguien con malos hábitos. Chesta estaba interesado en comprobar los rumores acerca de que Sergio Verdugo era un comunista de línea, que trabajaba infiltrado en la empresa como democratacristiano. Chesta me dijo que tenían a un buen candidato para reemplazarlo, pariente de un general".

Sacar a mi padre de la empresa –"por la legal"– fue la primera meta al parecer. La Contraloría comenzó a hacer una investigación y los oficiales de la DICAR partieron del supuesto de que todo funcionario público, si podía, metía las manos en la caja fiscal y recibía coimas para favorecer a un proveedor sobre otro. Era cosa de reunir las pruebas y obligar a renunciar a mi padre a su puesto como jefe de abastecimientos y presidente del sindicato. Dos pájaros de un solo tiro. Quedaba el puesto libre para algún amigo con pocos escrúpulos y se deshacían de este dirigente sindical molestoso que más parecía comunista que democratacristiano. Quizás ni siquiera imaginaron como posible que el buceo en sus papeles resultaría infructuoso.

Tras casi dos meses de indagación, la intachable conducta de mi padre colmó la paciencia. Fue cuando el capitán Chesta le dijo al contador Navarro que "Verdugo, ese huevón, se va a suicidar, así que olvídate". ¿Qué hicieron? El contador Navarro aseguró a la policía que Chesta y su ayudante, un civil de apellido Diez, al que llamaban "La Mascota", le dijeron que iban a detener a mi padre a la salida de su trabajo. "El Sargento" iba a manejar el vehículo.

La policía pidió a Navarro más datos acerca del ayudante de Chesta. Era un civil –dijo– al que, en broma, le decían también "El Siniestro", por la crueldad con que torturaba y mataba. Era sobrino de un señor Diez, dueño de la industria metalúrgica Indumet, de Valdivia. Manejaba una camioneta GMC de color verde claro y blanco. "Hablaba mucho con Chesta sobre la DINA, tengo la impresión de que trabajaban para ambos servicios".

¿Qué había sucedido tras la muerte de mi padre?, le preguntó la policía. Dijo Navarro que llamó a Chesta y se reunieron en el cuartel central de la DICAR. El diálogo fue el siguiente:

–¿Por qué lo tuviste que matar? –preguntó Navarro.

–Mira, Juan, yo soy un oficial de carrera y cumplo órdenes. Si me ordenan matar a mi madre, mato a la vieja. Además, mi misión era sacarlo de la oficina. Le di la oportunidad y se negó. No me quedó otra alternativa –contestó Chesta.

El diálogo estaba anotado en la agenda de Navarro. Lo anotó apenas salió del cuartel y conservaba su libreta diecisiete años después. El inspector Arenas la fotocopió y la agregó a su declaración, así como lo hizo con un pequeño trozo de papel que conservaba Navarro. Allí, Chesta había escrito su chapa –don René– y un número de teléfono de su puño y letra, el número del cuartel de la DICAR en calle Dieciocho.

Sigue la declaración del contador Navarro. El capitán Chesta le dijo que debían esperar tranquilos unos días, "para dejar enfriar la conmoción", ya que el Servicio de Inteligencia del Ejército investigaría lo ocurrido, dada la relación de Verdugo con oficiales de Ejército. En la pieza del lado estaban interrogando a gritos a un detenido y le pidieron a Chesta que se hiciera cargo. "Me dijo que lo esperara unos veinte minutos y que buscara una revista en su escritorio para pasar el tiempo. Fue de esta manera que abrí el cajón central de su escritorio y observé en el interior un sobre de papel de color blanco que decía escrito "efectos personales". El sobre estaba abierto y vi en su interior un cepillo de dientes y un par de piezas de joyería, una medalla entre ellos, que tenía una leyenda con el nombre de Sergio Verdugo. Al regresar Chesta a la oficina, le pregunté a quién pertenecían esas cosas y me dijo 'son efectos personales de tu colega'. No hice preguntas".

¡El cepillo de dientes y la medalla del papá! Ahí estaban, en el escritorio de Chesta, pocos días después del crimen. La misma medalla que apareció en su cuello cuando recogieron su cuerpo del río Mapocho. Así constaba en el parte policial. La misma medalla que luego había desaparecido y que, ante el reclamo de mi madre, fue entregada por Carabineros al tribunal. ¿Acaso Chesta pidió que le devolvieran la medalla, como prueba de que el cadáver fue recogido en un procedimiento policial de rutina? La otra "pieza de joyería" debió ser su anillo matrimonial, el que nunca le fue devuelto a mi madre.

Sigue Navarro. El domingo veinticinco de julio de 1976, dos días después del funeral de mi papá, fue llevado al cuartel central de la DICAR y puesto frente al cadáver de un hombre, tendido sobre dos escritorios. Chesta le dijo que era "el sargento" y le habló al muerto diciendo: "esto te pasó por desconsiderado, por no haberlo dejado terminar la once". Agregó Chesta que lo habían matado los militares y que lo pagarían "dos por uno".

Ya conocíamos este episodio, por la primera confesión de Navarro. Lo nuevo aquí es que describía el escenario. El foco de luz iluminaba el rincón contrario, de modo que el supuesto cadáver estaba a oscuras. Navarro no pudo comprobar su identidad. Chesta le dijo que no se preocupara, que tratarían de cuidarlo hasta donde les fuera posible. "Capté el mensaje de Chesta, trataban de impresionarme, si yo hablaba correría la misma suerte". Como esto ocurrió sólo dos días después del funeral, cuando la DINA apenas comenzaba a investigar, podría ser que el cadáver fuera el de un detenido. Y que Chesta haya preparado la escena para aterrar al contador Navarro, asegurar su silencio y quizás provocar su huida fuera del país. Si así fue, lo logró.

La declaración de Navarro terminó así: "Deseo señalar que la presente declaración la hago en forma libre y espontánea, animándome sólo el deseo de cooperar con los Tribunales de Justicia de Chile, a objeto de que esclarezcan la muerte de quien, en vida, fue una persona intachable de acuerdo a mi conocimiento".

De Winnipeg a Toronto. La policía interrogó allí a los ex agentes Fernando Arduego y Nieves San Martín, esos que habían desertado de la DICAR. Ellos pidieron que la diligencia se efectuara en el estudio de los abogados Hoppe y Jackman. ¿A qué se debía tanto resguardo legal? A que los exiliados chilenos en Toronto, al enterarse por *Cauce* de que había dos agentes de Inteligencia en calidad de refugiados, armaron un escándalo mayúsculo el año '86. ¡No podía ser que Canadá amparara a dos torturadores! El gobierno canadiense había ordenado la deportación, pero ellos –residentes ya hacía ocho años– reclamaron por sus derechos civiles. Y el caso seguía pendiente en las cortes. De ahí el extremo cuidado con que actuaban los dos ex agentes.

Así, frente a la abogada Jackman, Arduengo y su mujer ratificaron por completo el texto de sus declaraciones publicado por *Cauce*, reconocieron fotografías de agentes de la DICAR, completaron el organigrama, hicieron detallados planos del cuartel de calle Dieciocho 229 e incluso describieron cómo funcionó la Comunidad de Inteligencia en el edificio ubicado en calle Juan Antonio Ríos número seis: en el primer y segundo piso, la guardia interna; en el tercero y cuarto, la DINE del Ejército; en el quinto piso, la DIFA de la Fuerza Aérea; en el sexto, la DICAR de Carabineros y en el séptimo, la DINAV de la Armada.

Los ex agentes agregaron más datos acerca de cinco crímenes de los que habían tenido conocimiento. Ellos –dijeron– no habían participado en ninguna muerte. No, del caso de Sergio Verdugo nada sabían. La agente San Martín, oficial de Carabineros, había participado en unas diez sesiones de tortura, pero su rol –dijo– era sólo tomar nota de lo que decían los detenidos. Además, había efectuado labores de vigilancia bajo las órdenes de los capitanes Sergio Ávila y

Héctor Tapia. Por su parte, el agente civil Fernando Arduengo también había visto mucho, pero aseguró que no había hecho nada criminal.

Los policías regresaron de Canadá cargados de datos que permitirían, luego, resolver otros casos. Tenían la certeza de que la pareja Arduengo-San Martín estaba mintiendo. Era obvio que no se iban a autoincriminar por propia iniciativa. Lo importante era que colaboraran con la solución de casos, que develaran más detalles acerca de la DICAR y sus agentes. Y ojalá, de paso, recordaran algo que sirviera para resolver el caso de Sergio Verdugo. Ya se había hecho un primer contacto y la puerta quedaba abierta.

Ya estábamos a fines del '93. La jueza Lusic ordenó, entonces, el arresto de todos los ex funcionarios de la Sociedad Constructora de Establecimientos Educacionales que actuaron como colaboradores de la DICAR. En común tenían un primer factor: su ferviente admiración por la dictadura, lo que explicaba su decisión de "cooperar" con organismos de seguridad. Ciro Raúl Torres fue detenido en diciembre del '93 y en su prontuario ya tenía ocho órdenes de aprehensión por giro doloso de cheques. Obviamente negó toda relación con agencias de Inteligencia. Guillermo Risco Cárcamo dijo que "en forma consciente, no recuerdo haber pasado datos o documentos a alguna persona". Aída Torrealba, una auxiliar de contabilidad, reconoció haber sido visitada al menos cinco veces en su casa por carabineros que investigaban a Sergio Verdugo. En la última visita le prometieron reparar la injusticia de su despido, dándole un puesto en el Ministerio de Educación. Como la oferta no se concretaba, fue a hablar con el mismo general Rubén Romero, jefe de la DICAR (nótese, una funcionaria de menor rango es recibida por un jefe de Inteligencia). Y el general Romero le dijo: "desgraciadamente este asunto ya no está en mis manos, está en poder del Ejército".

Así lo declaró a la justicia Aída Torrealba. Esta colaboradora de la DICAR aportó otros datos importantes al ser interrogada durante su arresto. Explicó el motivo por el cual Navarro, el contador, estaba enojado con mi padre. "Estaba muy molesto por un descuento que se había hecho en su sueldo, sin autorización, por parte del Sindicato que dirigía Sergio Verdugo. El descuento era para ayudar a pagar la cuenta del casino, los almuerzos de los funcionarios de menores ingresos. Fue un acuerdo que tomó el Sindicato". ¿Fue esa molestia la que pavimentó el camino para que Navarro se hiciera colaborador de la DICAR? Puede ser.

Aída Torrealba relató haber visto al contador Navarro muy enojado, tanto como para decir de mi padre: "este gallo tiene que tener mucho cuidado conmigo, tengo un cuaderno con anotaciones de todo lo que ha hecho, comprobantes y copias de facturas". Y para finalizar echó al agua a otra compañera de trabajo: "sí, Gloria Guerrero pasaba información, ella mencionó a un oficial de Carabineros como su contacto". La constructora civil Gloria Guerrero, al ser arrestada, procedió a su vez a involucrar a Aída Torrealba y develó otro eslabón en la cadena de la DICAR: "La secretaria Inés Arancibia nos llevó, a Aída Torrealba y a mí, a la oficina de un capitán de Carabineros. Esta reunión ocurrió como dos meses antes de la muerte de Verdugo". Lo cierto es que Gloria Guerrero era una ferviente colaboradora de organismos de seguridad, ya que además informaba a los abogados María Teresa Hoyos y Jorge Balmaceda, ambos del Ministerio de Educación y pareja matrimonial. "María Teresa me dijo que su esposo había realizado unos cursos en la DINA, no sé si como profesor o como alumno", declaró Gloria Guerrero.

Hay veces que el arresto provoca, al paso de las horas, la recuperación de la memoria. Gloria Guerrero, por ejemplo, reconoció haberse reunido con la abogada Hoyos y con el capitán Juan Brown Galleguillos. Y Aída Torrealba súbitamente recordó que supo que "se hizo una investigación por parte de personal de Inteligencia de Carabineros dirigida hacia Sergio Verdugo, antes de su muerte. Ese servicio tenía una sigla, no recuerdo cuál era. Y tampoco recuerdo cómo lo supe. Por eso es que, después de mi despido, tuve la entrevista con el director de Inteligencia de Carabineros, general Rubén Romero". Siguió recordando, aunque difusamente, cuando le preguntaron por la chapa del capitán Chesta: "El nombre de 'don René' me es conocido, me suena como el nombre de alguien que mandaba desde atrás, que manejaba los hilos de algo. Tengo la impresión de que no era el nombre real de esta persona. Pero yo no tuve contacto con esta persona ni recibí recados de su parte". Por la boca muere el pez...

Al repasar una y otra vez las declaraciones de estos funcionarios públicos, intenté explicarme qué había pasado para que personas comunes y corrientes se hicieran parte de esa "operación de Inteligencia" que terminó con el asesinato de mi padre. En el clima en que vivíamos en 1976, ¿era posible que cualquier persona, partidaria del régimen militar, colaborara con informaciones si lo requería un organismo de Inteligencia? Sí, claro, era posible. ¿Asumía el informante que a la persona investigada podía costarle la vida? No lo sé, no tengo respuesta. Es posible que no lo supiera, dada la escasa información pública acerca de violaciones a los derechos humanos y la muy publicitada defensa del gobierno militar acerca de la "rectitud" de sus procedimientos.

En este caso, segundo factor en común, todos estos compañeros de trabajo de mi padre le tenían animosidad por razones políticas y personales. Todos repitieron frases acerca de que mi papá era "comunista" y parecía no ser honesto en su comportamiento laboral. No podían entender que alguien de esas características pudiera conservar su trabajo como alto ejecutivo y, al mismo tiempo, representar a todos los trabajadores como presidente del Sindicato. ¡Cómo podía ser posible a tres años de gobierno militar, instalado justamente para limpiar al país de la basura izquierdista!

Aún así, no me parece posible que hayan imaginado siquiera que el asesinato estaba entre las posibilidades de "castigo". Prefiero creer que ellos querían colaborar para que mi padre fuera despedido o para que la presión lo obligara a renunciar. Sólo el contador Navarro, que fue testigo de los brutales métodos en el cuartel de la DICAR y que reconoce haber sido amenazado de muerte si abandonaba su "colaboración", sabía que el crimen era una posibilidad cierta.

Me rondaban por esos días las preguntas acerca del perverso clima que crean las dictaduras, de derechas o de izquierdas, da lo mismo. Un clima con la temperatura adecuada para caldo de cultivo de los gérmenes más miserables en las personas débiles y temerosas. Imaginaba que la mirada de mi padre se les aparecía en sus noches de insomnio. O que recordaban su nombre –justicia divina– mientras lamentaban alguna desgracia personal. Que de vez en cuando los asaltaba esa manida frase de "todo se paga en esta vida". En eso estaba cuando, hacia fines de enero del '94, recibí el llamado de Alejandro González, presidente de la Corporación Nacional de Reparación y Reconciliación, organismo que heredó las funciones de la Comisión Rettig. Nuestra abogada les había ido informando acerca de los avances en la investigación.

–Patricia, quiero comunicarte que, dados los nuevos antecedentes que ya se han reunido, la Corporación decidió hoy declarar a tu padre como víctima por acción de agentes del Estado...

No sé qué le contesté. Sólo sé que estaba ahí, sentada en mi cama, y que busqué la mirada de mi padre en la fotografía que colgaba en la pared. Y sé que me levanté, caminé unos pasos y apoyé mi cabeza contra su cabeza, mientras se me escapaban los sollozos y sólo dos palabras que repetí varias veces: "Cumplí, papá, cumplí". Yo estaba ahí, con mi cuerpo pegado a una pared que se iba haciendo tibia y blanda, que me acogía dándome una sensación que crecía por segundos: alivio. Un alivio que bajaba desde mi coronilla hasta la nuca y seguía por los hombros y la espalda.

Fui otra desde entonces. Desapareció la tensión que llevaba muy adentro y que de tanto tiempo conmigo ya ni la reconocía como ajena. Pude entonces mirar de nuevo y de frente al río Mapocho. Lo hice con cuidado. Apenas la luz roja del semáforo me dejó detenida en medio del puente, puse la mirada en lontananza y desde la montaña fui bajando lentamente hasta las piedras del cauce y finalmente llegué al agua. Descubrí entonces las gaviotas. Decenas de gaviotas que volaban a baja altura sobre las piedras y el agua allí donde el canal San Carlos cae al Mapocho. Ahí estaban, con las alas abiertas, flotando en el aire en suaves planeos hasta posarse sobre las rocas. ¿Cuándo habían migrado desde el mar? ¿Qué hacen aquí estas gaviotas?, me pregunté en la misma interrogante que cantó el grupo

Illapu. Quien compuso esa canción tenía, como yo, tumbas invisibles en ese río que cruza nuestra ciudad.

El proceso judicial debía continuar. En febrero del '94, el inspector Arenas –que no soltaba la presa así como así– decidió que teníamos que encontrar al tal capitán Vásquez o Velásquez, el que había dirigido la investigación de la DINA. Mi hermano Roberto le había confidenciado que éste tenía un hermano oficial de Ejército, con el que había sido compañero de curso en la Escuela Militar y que había regresado recientemente de una misión militar en Israel. Su compañero, dijo, se llamaba Jorge Velásquez Aguilera o Aguilar. No tenía claro el segundo apellido. Ninguna de las dos combinaciones de apellidos dieron resultado en el Registro Civil ni en la Contraloría General de la República, donde están enlistados todos los funcionarios públicos incluyendo los uniformados.

¿Por dónde seguir? Decidí usar a mi contacto en el Ministerio de Defensa, siempre los periodistas tenemos alguno, y la respuesta llegó rápida: había dos oficiales de Ejército que se apellidaban Velásquez Águila. El inspector Arenas buscó entonces en Policía Internacional y encontró el registro del regreso a Chile, procedente de Israel, del oficial Jorge Velásquez Águila. Y con ese dato, el Registro Civil informó de la existencia de Sergio Velásquez Águila, con domicilio registrado en la Escuela Militar. La Brigada de Homicidios copió su fotografía y fue entonces a Los Ángeles, poniendo frente a mi hermano una quincena de fotos para el reconocimiento. Sin dudarlo, Roberto indicó la fotografía número doce como la del misterioso capitán Velásquez, su "oficial de enlace" con la DINA.

Velásquez Águila fue detenido por la policía el veintiocho de abril del año '94. En la noche que estuvo arrestado en el cuartel de la Brigada de Homicidios, un general de Ejército se apareció exigiendo a gritos que le fuera entregado. Investigaciones se negó. Así, cuando creíamos estar a punto de dar con una potente fuente de información –¡el hombre que había investigado el crimen!– ocurrió lo previsible. El ahora comandante en retiro Sergio Velásquez Águila dijo que jamás había realizado tal investigación, que en la DINA sólo cumplió funciones de Seguridad Presidencial hasta el año '74 y nunca fue "funcionario operativo". Estaba, dijo, en el regimiento de Temuco el año '76 y ni siquiera conocía a mi hermano.

La jueza Lusic decidió dejarlo arrestado para efectuar careos al día siguiente y su decisión provocó un revuelo militar. Generales de Ejército llamaron a Investigaciones y a la propia jueza para manifestar su preocupación por el arresto de Velásquez Águila. Ésa fue la presión explícita. De la presión subterránea no supimos más que por los resultados.

El coronel (R) Roberto Verdugo, mi hermano, se enfrentó a Velásquez y dijo a la jueza: "Me asisten dudas respecto a que mi comandante aquí presente sea el oficial que me ayudó en las investigaciones de la muerte de mi padre". La jueza no podía creer lo que estaba escuchando. Mi hermano Roberto había trabajado con el oficial Velásquez durante un mes, viéndolo casi a diario. No había dudado en identificarlo entre quince personas. ¿Y ahora no estaba seguro de quien era "mi comandante aquí presente"? Estaba claro que el comandante Sergio Velásquez Águila era muy importante, tanto como para provocar gestiones militares de alto nivel en pro de su liberación. Pero sólo el reconocimiento de los militares de mi familia podía darle a la jueza la herramienta de presión para que este agente de la DINA hablara. Mi hermano Roberto ahora dudaba y nuestro tío, el brigadier general Gustavo Verdugo, no pudo ser hallado para el careo. Estaba fuera de Chile: adelantó su partida a Washington donde lo esperaba una curiosa beca en el Colegio Interamericano de Defensa. Y agrego "oportuna" al calificativo de curiosa, ya que esa beca se le dio cuando tenía cincuenta y ocho años y ya estaba en retiro.

La jueza Lusic me comentó luego, moviendo la cabeza en señal de impotencia, que estuvo a punto de ordenar el arresto de mi hermano por "reiterada obstrucción a la justicia". No lo hizo para no agregar otro episodio traumático a una ya larga historia de dolor.

El hecho es que el oficial Velásquez fue puesto en libertad y la pregunta acerca de qué le pasó a mi hermano Roberto enfrente de "mi comandante" sigue sin respuesta. Cuatro meses después, no se lo pregunté cuando recibí su sorpresivo y brevísimo llamado: "Sólo quiero decirte que te quiero mucho y quiero pedirte que me perdones si te hice daño", me dijo Roberto. Murmuré un "yo también te quiero y no hay nada que perdonar, los dos tenemos el mismo dolor".

Debo reconocer que el cierre de este episodio me provocó alivio. Me parecía de un total contrasentido que la DINA colaborara para aclarar el asesinato de mi padre. De haberlo hecho, yo tendría que agradecer. ¿Darle gracias a un organismo siniestro que sembró el terror y la muerte en mi país? Me daba escalofríos el sólo imaginarlo. Nunca sabré si los militares de mi familia tenían alguna expectativa respecto de la DINA. Nunca sabré qué sintieron cuando el brigadier general Espinoza y el comandante Velásquez mintieron acerca de su participación en el caso, dejando a mi hermano y a mi tío sin respaldo en sus versiones. ¿Les sorprendió, les dolió? ¿O les pareció que mentir a un tribunal es parte del oficio de un agente de Inteligencia? ¿O mantenían por la DINA una mezcla de respeto y terror que sólo oficiales del Ejército pueden sentir?

Las mentiras y contradicciones iban conformando una historia que daba a la jueza Lusic las presunciones fundadas que el Derecho le exigía. Sin desalentarse, la Brigada de Homicidios decidió recorrer otro camino: identificar al ayudante del capitán Chesta en el asesinato de mi padre, aquel que llamaban "La Mascota", el agente civil que se destacaba por su crueldad con los detenidos. Nos asistía la certeza de que ese ayudante era el que, materialmente, había matado a mi padre.

Podíamos imaginar la escena. Chesta gritando y amenazando, el ayudante sumergiendo la cabeza de mi papá en el agua. Había algunos datos aportados por el contador Navarro: sobrino de un señor Diez, dueño de Indumet, en Valdivia; propietario de una camioneta GMC verde y blanca; y la descripción física que hacía Navarro en sus declaraciones. La Brigada de Homicidios partió a Valdivia, constató que hubo allí una empresa llamada Indumet y que sus dueños –los hermanos Diez Sáenz– se habían trasladado al norte. El terreno en

Valdivia recién había sido vendido a otra empresa, uno de cuyos socios era Pablo Diez González. Y en Santiago estaba registrada una empresa Indumet a nombre de Pablo Diez Sáenz. Averiguar todo eso tomó mucho tiempo y el rastreo de muchos archivos. Más aún, como se suponía que "La Mascota" era sobrino de un señor Diez, se pesquisó toda la red familiar hasta llegar a cinco "sospechosos", pero ninguno calzaba con los datos exactos.

De repente, revisando papeles, un dato hizo sonar la alarma del inspector Arenas. Cuando la Policía de Inmigración canadiense recibió a los refugiados Fernando Arduengo y Nieves San Martín, agentes desertores de la DICAR, consignó cuidadosamente todo lo que llevaban. Y eso incluyó un papel donde estaba escrito lo siguiente: "Pablo Diez Sáenz, Ismael Valdés Vergara N° 654, depto. 81". La agente San Martín había explicado a la policía canadiense, el año '86, que se trataba de "una amistad nuestra, no tiene relación con la DICAR". Al inspector Arenas le entró la sospecha: Arduengo podría ser "La Mascota".

Decidió que debía cerciorarse de inmediato. Llamó por teléfono a Canadá, habló primero con la mujer de Arduengo y le preguntó por el "papelito" con el nombre de Diez.

–Teníamos anotado ese nombre, con la dirección, porque era una persona muy amiga de mi marido, un señor de más edad que en realidad fue amigo de su papá. Imagínese que mi marido le decía tío –explicó la ex agente Nieves San Martín.

–Qué bueno que me lo aclaró. Me están faltando también algunos datos respecto de los vehículos que eran de ustedes –dijo el inspector Arenas.

–¿Qué le falta?

–Me faltan datos de una camioneta. A ver... aquí tengo los datos de la Taunus, pero me faltan los de la GMC...

–Bueno, la GMC era verde con blanca. Parece que tenía una patente de San Miguel –dijo la ex agente San Martín.

–Gracias por su colaboración. ¿Podría hablar con su marido?

Cuando Arduengo se puso al teléfono, el inspector Arenas avanzó otro paso.

–Estamos en problemas, don Fernando, fíjese que sus camionetas aparecen metidas en cosas bien poco santas...

–¡Ay!, ése fue un error mío que me va a penar hasta que me muera. Lo que pasa es que yo le prestaba las camionetas al capitán Chesta, que era un bruto –explicó Arduengo.

El siguiente paso de la policía fue buscar fotografías de Arduengo de la época y logró dar con ellas en el Archivo de Conductores de la comuna de San Miguel. Procedió, entonces, a armar un *set* con once fotografías de distintos individuos, incluyendo la de Arduengo. Por correo certificado, envió el material al cónsul chileno en Winnipeg, quien lo mostró al contador Navarro. ¡Dio en el blanco! Navarro identificó fuera de toda duda a Arduengo como el misterioso sobrino del señor Diez, llamado también "La Mascota" o "El Chico".

El círculo se había cerrado. La jueza Lusic decidió entonces que la Brigada de Homicidios debía volver a Canadá. Pero esta vez el viaje enfrentó obstáculos extraños y el inspector Arenas no lograba tomar el avión semana tras semana. Un día llamó para despedirse y, cuando yo lo imaginaba ya trabajando en Canadá, llegó otro llamado. Estaba aún en Santiago. "Problemas de última hora, pero ya los vamos a resolver y salimos esta semana, no se preocupe". No quedaba más camino que rezar, rogando porque esos extraños problemas se resolvieran.

Esta vez la ayuda se canalizó a través de mi amiga Patricia Hidalgo. Así me lo contó, casi como al pasar, mientras nuestra amiga Silvia Valenzuela barajaba las cartas para el juego de naipes:

–Fíjate que amanecí el lunes con una fiebre altísima y no fui a trabajar. El martes volví a despertar con fiebre, pero me fui sintiendo inquieta y terminé vistiéndome a mediodía y yendo a la embajada. Para qué te cuento lo que me retó mi mamá cuando me vio salir. El hecho es que llegué y en mi casillero había un fax urgente de Interpol-Canadá donde se avisaba a Interpol-Chile que ya estaba todo listo para interrogar a un tal Arduengo, por el caso de tu papá.

Bueno, llamé de inmediato a Interpol-Chile y me dijeron que no habían recibido copia, que estaban hace muchos días esperando esa comunicación. Se las mandé por fax y listo...

–¿Cómo? ¿Tú tienes que ver con eso en la embajada?

–Bueno, sí, forma parte de mi trabajo confidencial.

–No puedo creerlo...

–Yo tampoco podía creer lo que me pasó. Parece que recibí un mensaje de allá arriba y por eso tenía que ir a la embajada. Así que resolví el problema y volví a acostarme. Y por tus policías no te preocupes, ya están allá –me dijo Patricia Hidalgo.

La abracé fuerte. Mi amiga querida, tan reservada, la que yo creía una funcionaria cualquiera de la embajada de Canadá, había dado el empujón final para ese viaje tan importante para nosotros. Así fue como, justo un año después del primer interrogatorio, estaba otra vez el inspector Arenas frente a Fernando Arduengo Naredo. La abogada Bárbara Jackman presenció silenciosa toda la sesión. Fecha: treinta y uno de agosto de 1994.

El ex agente Arduengo describió con detalles su camioneta GMC, la que tenía un asiento de piel de tigre sintética, la que el contador Navarro vio alguna vez cargada de cadáveres. Y explicó que "Pablo Diez Sáenz era un amigo de mi familia, que pertenecía igual que yo al Estadio Español, era socio de Indumet y yo lo llamaba 'mi tío' por respeto a su edad". Aseguró que su chapa en la DICAR era "Patricio Rodríguez Opazo", que informalmente le decían "El Pato" y, por su baja estatura, también lo llamaban "El Chico". Como gato de espaldas rechazó todas las preguntas del inspector Arenas que lo pudieran relacionar con el capitán Fernando Chesta. No, reiteró, "nunca salí en una operación con Chesta".

Jamás había disparado Arduengo contra alguien y tampoco había torturado a nadie. Eso dijo. Sólo vio cómo torturaban con electricidad y supo que otros agentes usaban métodos terribles: asfixiar detenidos en la pileta central del patio, colgarlos con las manos encadenadas en la pared, amenazar con torturar a la esposa o a los niños que estaban presentes. Recordaba cómo el presidente de un sindicato de taxistas fue torturado delante de su hijo de ocho años. Pero de Sergio

Verdugo no tenía la menor idea. ¿Que en su camioneta GMC se cargaron varios cadáveres? Sí, puede ser, "ya que en algunas ocasiones facilité mi vehículo a oficiales de la DICAR". Punto. La policía no necesitaba más por el momento: tenía la certeza de haber hallado al ayudante del capitán Chesta en el asesinato de mi padre.

Se agregó una buena noticia en Winnipeg. El contador Navarro aceptaba venir a Chile a declarar, siempre y cuando mi familia le enviara dos pasajes –para él y su mujer– y la policía le otorgara una debida protección. Hasta ahora teníamos la confesión de Navarro ante notario (año '76) y su declaración extrajudicial hecha en Canadá (año '93). Pero obviamente su confesión adquiría otro peso si la hacía ante la jueza Lusic en un tribunal chileno.

El inspector Arenas volvió contento de ese viaje, pero a los pocos días comenzaron las amenazas de muerte sobre él. Voces anónimas llamaban a la casa de su padre, anunciando que lo matarían a él y a su pequeña hija. Ya no le parecía casual que hubieran entrado a robar dos veces a su casa. "No se preocupe. No tengo miedo. Voy a tomar algunas precauciones no más", me dijo.

Dos meses más tarde, en noviembre del '94, llegó a Chile el contador Navarro para declarar ante la jueza Lusic. Ratificó todo lo que había dicho antes, lo repitió todo, casi con las mismas palabras. Y volvió a decir que tenía la certeza de que en la "operación Sergio Verdugo" –en su detención y en su asesinato– habían participado tres agentes de la DICAR: el capitán Chesta, su ayudante (La Mascota o "El Chico") y "el sargento". Sobre la estrecha relación entre Chesta y su ayudante, tenía muchas evidencias. Los escuchó reírse mientras contaban cómo habían matado a un mirista. Le habían ordenado correr y luego lo persiguieron, gritando "a ver, quién lo caga, quién lo caga", mientras le disparaban. También los había visto juntos, en el momento en que llegó la camioneta GMC cargada con cuatro cadáveres. "Todos varones, cuyos rostros no vi, pero uno era joven porque estaba boca arriba y con la cabeza hacia atrás, con sangre fresca en el estómago, la boca y los oídos. Los cuerpos estaban lanzados sobre la carrocería, sin ninguna consideración. Chesta le comentó a 'La Mascota' lo siguiente: 'Estuvo buena la pesca hoy, chico'. Y su ayudante le respondió que en la noche se llevaba a los 'fiambres' a otro lugar".

En uno de esos días en que estaba declarando, el contador Navarro me llamó por teléfono. Yo estaba editando un reportaje para Televisión Nacional cuando –en la isla editora– sonó el teléfono y resultó ser él.

–Ayer estuve como tres horas con la jueza y hoy tengo que ir de nuevo a declarar. Estoy aquí con mi señora, como usted sabe, y nos gustaría verla...

–No, no puedo. Tengo mucho trabajo, estoy muy ocupada...

–Bueno, en ese caso, le tengo que decir por teléfono lo que me habría gustado decirle personalmente. Yo admiraba a su papá, él fue un gran hombre. Todavía no me puedo convencer de que lo hayan matado. Así que aquí estoy para ayudar en lo que pueda...

–Mi familia le agradece su colaboración.

–Su papá siempre me distinguió con un trato especial, así que lo menos que puedo hacer es ayudar en lo que pueda para que esto se aclare... y que paguen los que tienen que pagar.

–Eso esperamos nosotros.

–Mi señora le trajo un regalito...

–No...

–Se lo vamos a dejar en su trabajo, en Televisión Nacional. ¡Qué pena que no podamos vernos! Será en otra ocasión...

–Puede ser.

No fui capaz de verlo. Y su regalo –una cerámica canadiense– lo traspasé de inmediato a otra persona. Sentí que ese contacto con Navarro me había congelado el cuerpo y necesité como nunca a mi hermano Sergio para abrazarlo. Pero él, ese mismo día, partía al Asia en viaje de trabajo. Esta vez iba en la delegación de empresarios con el Presidente Frei.

El hecho es que después de interrogar a Navarro, la jueza Lusic decidió dos diligencias claves. La primera: "requiérase, vía Interpol, la comparecencia ante el tribunal de Fernando Arduengo Naredo". La segunda: "despáchese orden de detención en contra de Fernando Chesta Puentes". Luego, ella partió por cuatro días a Antofagasta, a la reunión de la Asociación de Magistrados. Mi misión fue lograr que la prensa y la televisión informaran de la presencia de la jueza Lusic en Antofagasta, de modo que "ellos" creyeran que el proceso quedaba a la espera de su regreso. El objetivo era que bajaran la guardia y evitar que la detención de Chesta se transformara en un posible enfrentamiento entre detectives y carabineros. Así fue cómo, sin mayores problemas, el inspector Arenas y los detectives Piccardo y Seguel detuvieron a Chesta en la sureña ciudad de Concepción el doce de noviembre del '94, a las once de la mañana. Lo trajeron de inmediato al cuartel de la Brigada de Homicidios en Santiago.

Chesta primero declaró ante la policía y luego ante la jueza. Dijo que había sido destinado a la DICAR en junio del '75, dio los nombres de todos los oficiales integrantes y sus chapas, así como reconoció haber trabajado en el departamento de Operaciones, el que a su vez se subdividía en Grupos de Trabajo (GT). Él era el jefe del GT-044 y su chapa era don René: "Cada uno se ponía el nombre que quería, yo busqué el mío en la guía telefónica. Mi nombre falso completo era René Sandoval Araya, el que utilicé en documentación falsa". Había ido a Brasil para tomar cursos de Inteligencia, por instrucciones de la DINA.

Del agente Fernando Arduengo, "La Mascota", entregó nuevos datos: "Un civil de nombre Patricio, de apellido Arduengo, que tenía una camioneta GMC de color claro, un jeep y otros vehículos. En una conversación informal que sostuvimos varios –Gurú, Ávila, González Delgado y González Vega– se planteó su eliminación porque sabía mucho y era muy metiche. En todo caso, le dieron las armas para que se metiera en todo, sabía todo lo que ocurría al interior. Salía con cualquiera, no tenía misiones específicas, le gustaba jugar a los 'jovencitos'. Se enamoró de una carabinero de nombre Nieves San Martín. Luego este chico –lo supe por una revista– aparece asilado en Canadá, entregando la orgánica de DICAR que se ajustaba perfectamente".

Dijo Chesta que su jefe más directo, el año '76, era el mayor Sergio Espinoza Aburto, encargado del Departamento de Operaciones o Departamento IV que realizaba investigaciones y arrestos. Los detenidos eran llevados a la sede de la DICAR en calle Dieciocho 229, a la que "también llegaban detenidos del Comando Conjunto, el que estaba compuesto por personal de Carabineros y otras instituciones, especialmente FACH. Todos usábamos ropa de civil, nunca uniformes".

La primera amnesia del mayor (R) Chesta se refería a su equipo de trabajo: "Aunque parezca extraño, no los recuerdo, ni nombres ni apodos, pese a ser yo su jefe".

Veamos ahora qué dijo acerca de mi padre. En junio del año '76, "me ordenó el jefe del Departamento IV, mayor Sergio Espinoza Aburto, que efectuara una investigación completa en la Sociedad Constructora de Establecimientos Educacionales. Detrás de esta orden estaba el capitán Juan Brown Galleguillos, lo que supe porque él participó en la reunión en que se analizó el tema".

Para comenzar la investigación, aseguró Chesta, lo contactaron con el contador Juan Antonio Navarro Navarrete. La primera reunión con Navarro se realizó en el casino de oficiales y participaron –además de Brown Galleguillos– al menos cinco oficiales de la DICAR.

–Aquí tomo conocimiento de que lo que se persigue es sacar de la empresa a Verdugo. Se quería sacarlo, porque no se había podido lograr que renunciara. Aducían su militancia democratacristiana. A mí me dio la impresión personal de que Brown, además, quería poner en el cargo de Verdugo a una persona de su confianza –declaró Chesta al tribunal.

La DICAR partió del supuesto de que al investigar las acciones laborales de mi padre, iban a encontrar "cosas raras" que podrían usar en su contra. "Se suponía que esa investigación iba a ser lapidaria para él, como se dice vulgarmente, el buque había que dirigirlo a ese objetivo. La voz de mando en esa primera reunión la llevaron el capitán Brown y el mayor Espinoza Aburto", aseguró Chesta.

¿Qué hizo Chesta, según su propia versión?: "Yo mismo recopilé documentación, llevada por Navarro y otras personas de la empresa cuyos nombres no recuerdo. Bueno, recuerdo que uno de los informantes era de apellido Torres (se refiere a Ciro Raúl Torres). Aún más, hubo un suboficial de Inteligencia que fue infiltrado en la empresa como ascensorista".

En eso estaba, recopilando información que el contador Navarro procedía a analizar, cuando "sorpresivamente, mi jefe –el mayor Espinoza– me ordena terminar ese mismo día la investigación porque al día siguiente el general Rubén Romero, director de la DICAR, se iba a entrevistar con el señor ministro de Educación, almirante Arturo Troncoso. Yo debía acompañar al general Romero a esta entrevista donde se le iba a entregar al ministro el informe final sobre Verdugo. Hice un informe escrito que no era más de una carilla, en la que indicaba que efectivamente había una fuga de materiales desde las bodegas y que, por ende, los dardos apuntaban al señor Verdugo por ser el jefe".

Al otro día, se realizó dicha reunión. "Concurrí con el general a la cita con el señor ministro, quien agradeció el informe, dijo que iba a analizarlo y que se comunicaría luego con el general Romero. Acto seguido, nos retiramos. En el trayecto de regreso, el general me dice que siga con la investigación. Pero yo no lo hice, porque me tomé como un par de días para dedicarme a otras labores. El hecho es que unos cuatro días después de esa reunión con el ministro, el mismo general Romero me pregunta cuánta más documentación tengo reunida. Le contesto derechamente que nada más y él me dice que no haga nada más, que deje las cosas tal como están porque el señor Verdugo había aparecido muerto por suicidio en la ribera del río Mapocho. Yo entonces cierro la investigación definitivamente y no me preocupé nunca más del asunto".

Así que el informe lo habían entregado el general Romero y el capitán Chesta al ministro de Educación en persona. Y, acto seguido, Chesta desobedeció la orden del jefe de Inteligencia y se tomó "un par de días para dedicarme a otras labores". ¿Qué labores? ¿Detener y asesinar a mi padre eran parte de esas "otras labores"?

Sigamos con la confesión de Chesta. Días después, estaba con el mayor Espinoza, su jefe, cuando aparecieron dos oficiales de Ejército y él se retiró de la sala. "Los oficiales eran familiares del señor Verdugo, uno era un jefe mayor y el otro un oficial subalterno, teniente o capitán. De esto me enteré por mi jefe después de la reunión. No me explicó el tenor de lo que conversaron".

Agregó Chesta que había visto al contador Navarro sólo una vez, después de la muerte de mi padre, y no mencionaron el asunto. "No recuerdo haber seguido nunca a Sergio Verdugo. No fui a detenerlo y por mi grupo de trabajo no pasó ninguna orden de detención en su contra", terminó diciendo.

La jueza Lusic ordenó el inmediato careo entre el oficial Chesta y el contador Navarro. Ahí estaban, frente a frente, y Navarro repitió su historia palabra por palabra. Eso permitió a Chesta recuperar la memoria respecto de un par de detalles. El primero se refería al resultado de la investigación contra mi padre: "en realidad ahora no me acuerdo si los resultados eran o no incriminatorios para el señor Verdugo". El segundo detalle se refería a la reunión última con Navarro. Sí, claro que habían hablado del caso de Verdugo: "Navarro me hizo saber que estaba inquieto y yo le dije que no se preocupara, que se iba a proteger la integridad física suya hasta donde fuera posible". Nada más. Terminó ese careo con Chesta pidiendo a la jueza Lusic una tregua: "Quisiera tener más tiempo para hacer memoria y recordar más".

Al terminar ese agotador día, la jueza Lusic ordenó el arresto y la incomunicación del ex oficial Chesta. El abogado de Carabineros, Luis Acevedo, pidió que –de acuerdo al Código de Justicia Militar– el arresto se cumpliera en la Escuela de Formación Policial. Al día siguiente, quince de noviembre del '94, Chesta estaba de regreso en el tribunal sin recuperar su perdida memoria.

Yo recorría la antesala del tribunal. Ida y vuelta. Ida y vuelta. Habría necesitado un parque gigantesco para caminar y caminar, tratando de controlar mis emociones. Miraba hacia la pared que me separaba del Tercer Juzgado y no podía creer que allí dentro estuviera finalmente Chesta. Habían transcurrido dieciocho años y cinco meses desde el asesinato de mi padre. Miraba a mi abogada, Pamela Pereira, y al inspector Héctor Arenas conversando cerca de la ventanilla. Imaginaba a la jueza Dovra Lusic en su escritorio del tribunal. Y no sabía cómo decirles la profunda gratitud que sentía hacia ellos.

El inspector Arenas me buscó, sumándose a mi paseo.

–¿Quiere verlo?

–No, no quiero...

–La entiendo.

–Es que no podría verlo –dije sin querer entrar en las razones, porque ni yo misma las sabía.

–Lo ha pasado muy mal el hombre en estos últimos años.

–....

–De veras, lo ha pasado muy mal.

Supe entonces que si preguntaba, corría el riesgo de involucrarme con la historia de Chesta. Saber, no saber, opté por saber. Quizás porque necesitaba entender quién era el asesino de mi padre.

–¿Qué pasó?

–Uno de sus hijos está con muerte cerebral. El niño nació con el paladar fisurado y, cuando lo operaron, hubo una falla y quedó como un vegetal. El niño se llama Felipe, ahora tiene doce años. Me dijo que se pasaba muchas horas al día al lado de la cama de su hijo. Lo ha pasado mal...

Me aparté del inspector Arenas y me fui a un rincón de la antesala, tratando de recuperar la calma. De golpe, todos los duelos se me vinieron encima: mis niños, mi padre... y ahora este infeliz de Chesta con su pequeño Felipe, muerto en vida entre sus brazos. Sentí que algo me oprimía dolorosamente la garganta y reconocí un sentimiento de compasión hacia ese hombre y hacia mí misma. Volví con Arenas:

–¿Habrá sentido él, alguna vez, remordimiento por lo que hizo con mi padre? ¿Se acordará alguna vez de sus quejidos, clamando compasión...?

–No lo sé, quizás nunca lo sepamos.

La jueza Lusic pidió que nos presentáramos en su despacho. Había un tono solemne en su voz cuando nos explicó que había decidido someter a proceso a Chesta, por contar ya con fundadas presunciones acerca de su participación como autor del asesinato de mi padre.

–Le ruego que se lo comunique a su madre y a sus hermanos. Ha sido un largo camino, con muchas dificultades, pero ya estamos acercándonos al final –dijo la jueza.

Estreché su mano, tratando de transmitirle la gratitud de mi familia. Y escuché a medias cómo le decía a Pamela Pereira que no le daría libertad bajo fianza a Chesta. Yo ya no estaba ahí, estaba en otro lugar, en la casa de Bucarest 187, abrazando a mi papá. Media hora después, cuando ya caía la tarde, regresé a la calle que había borrado de mi mapa de Santiago. Me acerqué muy lentamente a la casa. Ya no había reja, ya no era blanca, ya no había antejardín. Estaba pintada de un color rojo ladrillo y funcionaba allí una tienda de ropas. Bucarest 187. Me quedé parada frente a la puerta y cerré los ojos mientras rezaba. "Padrenuestro, que estás en los cielos..."

Hubiera querido irme de ahí a mi casa y refugiarme en el silencio. Pero ya estaba pactada, para ese anochecer, una entrevista con el astrofísico canadiense Hubert Reeves, una eminencia en su campo. La traducción la iba a hacer mi amigo Eduardo Hardy, astrónomo también y amigo de Reeves (¡cómo me ayudaron los Hardy, especialmente mi amiga Clarisa, en esos días!). El hecho es que me encontré con un hombre de cabellos largos y blancos, barba que caía sobre el pecho, y unos ojos azules penetrantes. Parecía sacado de las nieblas de Avalon, con Merlín y Morgana en su cofradía.

Hablamos con Reeves de las estrellas, de su deambular por el espacio, de lo que originaba sus colores. Y le pregunté si había una explicación científica para que la humanidad, desde que se tenga memoria, ligue su destino a la posición de las estrellas en el cielo.

–¿Qué tenemos en común con las estrellas?

–Todo, tenemos todo en común. Cuando una estrella muere, estalla y se transforma en una gigantesca nube de polvo que luego se dispersa en el espacio. Ese polvo es atraído por los otros cuerpos celestes. Sobre nuestro planeta está siempre cayendo este polvo cósmico y de sus átomos se nutre toda nueva vida. Sus átomos están en el trigo y las lechugas, en los peces y las aves. Sus átomos están en nuestros cuerpos. Las estrellas son nuestras abuelas. ¡Somos polvo de estrellas!

Polvo de estrellas. Me miré la mano que sostenía el micrófono y la vi de otra manera. Polvo de estrellas. Salí a la noche y las miré allá arriba, titilando, y sentí que me cerraban un ojo cómplice. Complicidad cósmica para decirme que respirara hondo, que el misterio de la vida y de la muerte requería sólo de mi confianza y de mi aceptación.

Al día siguiente pude ir a ver a Pamela Pereira y darle un estrecho abrazo que contenía nuestro agradecimiento. Fue un encuentro breve, ella debía correr al Instituto Médico Legal. "Ya comenzaron a aparecer los campesinos de Paine entre los restos que sacaron del Patio 29", me explicó. Pregunté por su padre. "No, todavía él no aparece". Yo la había acompañado cuando, tres años antes, se ordenó la exhumación de los cuerpos enterrados en el Patio 29 del Cementerio General de Santiago. Decenas y decenas de N.N. habían emergido desde las fosas, algunas con varios cuerpos en su interior. Nosotras observamos las faenas desde varios metros de distancia, en un día frío y de neblina baja. Ni ella ni yo mencionamos ese día a su padre, desaparecido en Paine el año '73.

–Ahora tengo que ir a pincharme un dedo, se necesita una gota de sangre para la prueba de ADN –me dijo en un tono exento de todo dramatismo.

La despedí en la vereda, sabiendo que detrás de esa apariencia imperturbable había una hija igual que yo, las dos con el corazón bombeando la misma palabra amada: papá, papá.

El abogado que se considera "peso pesado" en la defensa de agentes de Inteligencia, Sergio Rodríguez Wallis, se hizo cargo de la defensa de Chesta. Mientras tanto, la jueza y la policía pusieron la lupa sobre la Comisaría donde habría ocurrido el asesinato. Un sargento de Carabineros, José Vargas, que trabajó en la Novena Comisaría el año '76, describió con detalle la pileta con peces rojos y flores de loto que había en el patio central: "Era ovalada, de unos cuatro metros de ancho y unos cincuenta centímetros de profundidad. Ahí se hundía la cabeza de los detenidos, ya que era el procedimiento usado con ellos". ¿Fue en esa pileta o en un barril con agua que estaba en un rincón de ese patio, como le había dicho mi tío Gustavo a mi hermano? Quizás nunca lo sabríamos.

Ocurrió entonces lo inesperado. De repente, por sorpresa, aduciendo que sabía de los hechos por las noticias publicadas sobre la detención de Chesta, apareció en la escena el mismísimo general Juan Tomás Brown Galleguillos. Hay que recordar que tanto Chesta como Navarro sindicaban al entonces capitán Brown como quien dio la orden para la "operación Sergio Verdugo".

El general Brown le dijo a la jueza que quería declarar voluntariamente, renunciando a su fuero como general. ¿Qué declaró? Obviamente partió por decir que "no he tenido ninguna participación en los hechos que Usía investiga". Dijo que no conocía a Chesta, nunca lo había visto. Y, sostuvo, "yo nunca he trabajado en Inteligencia". ¿Qué hacía entonces en el Ministerio de Educación?, le preguntó la jueza. Dijo que cuando era teniente, en marzo del '74, lo habían destinado allí como "presidente de la Comisión de Estudios para la reestructuración administrativa". Y en ese cargo estuvo hasta marzo del '78. Además, el ministro de Educación lo había nombrado director del Departamento de Equipamiento y Locales Escolares, por lo cual tenía que coordinar tareas con la Sociedad Constructora de Establecimientos Educacionales, donde ocupaba además un puesto como miembro del directorio.

–Nunca tuve ningún tipo de vinculación con el señor Verdugo. Ni supe de su existencia –dijo finalmente el general Brown Galleguillos.

Así que el general Brown, miembro del directorio, ni siquiera se había enterado de la extraña y violenta muerte del presidente del sindicato y alto ejecutivo de la empresa. ¿Cómo es que no había pensado en una explicación más creíble y coherente? La jueza sólo escuchó y el actuario anotó palabra por palabra.

Así que el general Brown decía que nunca trabajó en Inteligencia, que en su oficina "del séptimo piso" del Ministerio de Educación realizaba una labor administrativa, de rango ejecutivo, pero muy inocente. ¡Qué extraño! Repasemos los datos acerca de Brown. El general Gardeweg, presidente de la empresa, decía que estaba a cargo de "control". Mi tío Gustavo Verdugo –alto oficial de Inteligencia a su vez– dijo que Brown "era de Inteligencia y llegó a ser jefe máximo de Inteligencia en Carabineros". El mayor Chesta declaró que la orden para la "operación Sergio Verdugo" emanó de Brown, quien a su vez había recibido órdenes del propio ministro de Educación, almirante Troncoso. Por eso, el informe final lo había recibido el propio ministro de manos del director de Inteligencia de Carabineros, general Rubén Romero. A su vez, el contador Navarro decía lo mismo: el oficial Brown había ordenado la operación.

La policía decidió entonces averiguar de las reales funciones del general Brown en el Ministerio de Educación, el año '76, siendo sólo un capitán. Rastreó entre funcionarios de la época. El empleado Roberto Meneses Ramos, por ejemplo, no tuvo ninguna duda cuando declaró ante el tribunal: "La Oficina de Seguridad funcionaba en el séptimo piso, junto al gabinete del ministro. En esa oficina, todos eran uniformados, pero andaban de civil". Y el funcionario Miguel Cubillos Fuentes confirmó que "la Oficina de Seguridad funcionaba en el séptimo piso, donde estaba la oficina del señor ministro. Ahí, en esa oficina, trabajaba el capitán Brown, de Carabineros, porque casi todos eran de Carabineros. Se recibían ahí las denuncias de todas partes del país. Por ejemplo, alguien denunciaba a un profesor por ser activista y Seguridad investigaba la denuncia, para echarlo o trasladarlo". El funcionario Cubillos agregó, para que no se dudara de su palabra: "Yo era el visitador general de Educación Primaria y mi función era realizar sumarios y aplicar medidas disciplinarias, tramitar traslados y decidir nombramientos. Por eso yo tenía una estrecha relación con la Oficina de Seguridad".

Al repasar estas declaraciones, vuelvo a preguntar acerca de qué le pasó al general Brown. ¿Cómo un experto en Inteligencia podía creer que una jueza como Dovra Lusic y policías hábiles de la Brigada de Homicidios iban a ser incapaces de rastrear sus huellas?

La policía siguió buscando pistas. Y logró ubicar a otro ex agente de la DICAR, el capitán Raúl Antonio Guzmán Torres, quien no tuvo dudas a la hora de identificar a los oficiales de Inteligencia que estuvieron a cargo de los Ministerios donde Carabineros cumplió dicha función: "En el Ministerio de Agricultura y en el Ministerio de Vivienda estaba el teniente coronel Raúl Montt Carvajal; en el Ministerio de Transportes y Telecomunicaciones, el mayor Calabresse Napoli; en el Ministerio de Educación estuvo el capitán Juan Brown Galleguillos primero y luego el capitán Mario Morales Mondaca".

¿Por qué Brown ocultaba su relación con Inteligencia? Mientras la investigación policial iba estrechando el círculo a su alrededor, el reo Chesta –en el tribunal– se enfrentaba a la ex agente de la DINA Marcia Merino. ¿Por qué? Al menos en dos informaciones, cuando Chesta fue arrestado, se lo relacionaba con la DINA. *El Mercurio* había dicho que, según fuentes policiales, Chesta "trabajó para la DINA". Y el diario comunista *El Siglo* publicó un enorme titular de portada que partía con: "La DINA mató a ingeniero DC". La ex agente Marcia Merino reconoció a Chesta en las fotografías como un agente estrechamente ligado a la DINA. Chesta se defendió como gato de espaldas. No, no, dijo a la jueza, él sólo había ido a un curso dado por la ENI (Escuela Nacional de Inteligencia) en Rinconada de Maipú y, como premio, el coronel Contreras lo había enviado a un curso en Brasil, a comienzos del '76. ¡Qué raro!, dijo la ex agente Merino: "Yo misma fui instructora en la ENI y esos cursos sólo se daban a integrantes de la DINA o personal vinculado a la DINA. Y esos viajes al extranjero no se regalaban. La DINA siempre obtenía una retribución de parte de los beneficiados".

¿Había sido Chesta un agente de la DICAR y de la DINA al mismo tiempo? Otro ex agente de la DINA, Daniel Gallardo Cárdenas, aseguró también que sólo el personal de la DINA tomaba cursos en la ENI de Rinconada de Maipú: "Nunca supe de invitados ajenos a la institución". Quizás, en el tétrico mapa de la represión, un agente podía estar en la DINA, en el Comando Conjunto y en el organismo de Inteligencia de su propia institución. La verdad es que, para nosotros, ese dato no era importante. O quizás sí lo era para los militares de mi familia, los que se habían quedado en el Ejército al amparo de su certeza de que la DINA era inocente.

El agente de la DINA Daniel Gallardo agregó a la jueza un dato que permitía explicar las mentiras y las contradicciones de los oficiales que habían declarado en el proceso: "Al retirarme, tuve que firmar un documento muy parecido al que firmé cuando ingresé. Era un compromiso de silencio respecto de todo lo que había conocido con ocasión de mi paso por ese organismo. En caso de quebrantarlo, sería sancionado con la muerte". ¿A eso le temían todos? ¿A las consecuencias que aún ahora podrían pagar si rompían el compromiso de silencio?

En enero del '95, Chesta –preso aún– recordó que su equipo de "trabajo" estaba formado por cuatro funcionarios. Sólo la cifra, de los nombres y apodos seguía con una laguna en su memoria. Más tarde se acordó de un chofer llamado "Moncho" y, por averiguaciones recientes, sabía que era el apodo de Manuel Castro, suboficial mayor en servicio activo. Le habían dicho también –en Carabineros se supone– que su chofer en la época era un tal cabo Sepúlveda.

Había nuevas pistas para rastrear al grupo asesino. Ya estábamos iniciando el año '95. Entonces sucedió lo tan temido: el Segundo Juzgado Militar de Santiago pidió que la jueza se declarara incompetente. La justicia militar aducía que el caso le pertenecía, ya que "en los hechos investigados tiene participación personal con fuero militar". Comprendimos que ya casi estábamos frente al obstáculo mayor: la ley de amnistía. Una vez que el proceso pasara a manos de un fiscal militar, las posibilidades de avanzar eran prácticamente nulas y bloquearían la investigación aplicando la ley de amnistía.

Sólo teníamos encarcelado al oficial Chesta, jefe del grupo operativo que asesinó a mi padre. Faltaban los autores intelectuales, los que habían dado la orden. Y faltaban los subalternos de Chesta en esa operación, los que usaron sus manos para arrestar, flagelar y asesinar. Se sabía, por el testimonio del contador Navarro, que el agente civil apodado "La Mascota" había participado en la operación. Ya sabíamos que "La Mascota" era el agente Fernando Arduengo Naredo, quien ahora vivía en Toronto tratando de impedir su deportación.

Se obtuvieron, por esos días, nuevos datos con el ex agente de la DICAR capitán Raúl Antonio Guzmán Torres.

–Chesta trabajaba mucho con un contador, que era un civil, e investigaban los papeles de un señor Verdugo, que tenía relación con una empresa constructora. Recuerdo que, en una ocasión, junio o julio del año '76, yo estaba con el comandante Pablo Navarrete cuando entró Chesta a la oficina y le dijo textualmente: "Mi comandante, ese Verdugo está tan metido que va a terminar suicidándose". El comandante Navarrete me ordenó retirarme y se quedaron los dos conversando. Poco después, en julio del '76 también, yo estaba en el cuartel de la DICAR, eran como las doce y media de la noche, y llegó un auto de la DICAR donde venían Chesta y el capitán Ismael González. Me extrañó mucho ver a González de uniforme, ya que nunca se usaba uniforme en las actividades de Inteligencia. Detrás de ellos, en una camioneta ploma, venía Arduengo –declaró el capitán Raúl Antonio Guzmán Torres.

Ya teníamos dos testigos de que Chesta había anunciado el "suicidio" de mi padre: el contador Navarro y el capitán Guzmán. Y también teníamos nuevas preguntas entre manos: ¿por qué este oficial había recordado especialmente esa noche de julio del '76? ¿Supo, quizás, que en la camioneta de Arduengo venía el cadáver de mi papá? ¿Le habría tocado ayudar a bajarlo hasta el subterráneo, donde quedó cubierto con una frazada, mientras decidían qué hacer?

Con la declaración del capitán Raúl Guzmán supimos muchos otros datos acerca de cómo funcionaba la DICAR y su red de agentes. Supimos datos mínimos de léxico, como que no usaban las palabras "chapa", "apodo" o "alias" para sus identidades falsas. Decían "HF", las letras iniciales de "historial ficticio". También supimos de otros crímenes que nos provocaron escalofríos, como la matanza de cuatro personas, a mediados del '76, que "habían violado a la novia del hijo del general Mac-Kay, ministro de Tierras y Colonización. No sé qué pasó con los cadáveres". También le había escuchado decir a la mayor Ingrid Olderock, el año '87, que quien le había disparado –

en el atentado que casi le costó la vida– era el oficial Ismael González Vega, de la DICAR. Ella sabía demasiado, dijo.

Estando el proceso en ese punto álgido, con la amenaza de un cierre inminente, yo debía partir a Estados Unidos porque había aceptado una beca del North-South Center por un semestre. Mientras preparaba maletas, recibí el llamado del inspector Héctor Arenas:

–La jueza quiere hablar con ese familiar suyo que es carabinero. Puede saber algo…

–Es mi primo, inspector, y ya está retirado. Creo que llegó hasta el grado de coronel. La verdad es que no hemos tenido contacto con él en muchos años.

–Podría saber algo. ¿Cómo se llama?

–Eduardo Verdugo Marchant. Pero le insisto, él no se apareció en el funeral de mi papá y tampoco se acercó a nosotros en los años siguientes. Era un primo muy cercano, ya que se vino de provincia a la Escuela de Carabineros y vivió en nuestra casa. Mi papá fue su apoderado y vivía con nosotros los fines de semana que se quedaba en Santiago.

–Así que nunca se acercó...

–Y a nosotros nos dolió su deslealtad, aunque podíamos explicarla por el miedo. Debió tener mucho miedo.

–¿Puede localizarlo?

–Sí, claro, lo llamo de vuelta como en una hora.

En la casa del único hermano de mi padre que le fue leal, Hugo Verdugo, encontré el teléfono del tío Eduardo, padre de mi primo, en Talca. Cuando llamé, agradecí que él no estuviera, ya que me habría costado hacer un contacto amable con el hermano mayor de mi padre. En su casa me informaron de la dirección de mi primo en Talca, ya que no tenía teléfono, y traspasé el dato al inspector Arenas. ¿Por qué relato este detalle? Para agregar otra pincelada sórdida a esta triste historia de las familias que se desarmaron durante la dictadura. Poco rato después, recibí el llamado desde la casa de mi tío Hugo: "Patricia, tu tío Eduardo ha llamado furioso, dice que él no quiere tener ninguna relación con el proceso de tu papá, que no quiere molestias ni para él ni para sus hijos".

La policía encontró a mi primo, el coronel Eduardo Verdugo Marchant, quien declaró lo siguiente: sólo en 1980, cuatro años después del crimen, se había enterado de que en la muerte de su querido tío Sergio habrían intervenido carabineros. ¿Cómo lo supo? Su tío Hugo le mostró un manuscrito, donde una persona narraba los hechos (se refiere a la confesión del contador Navarro, ya que efectivamente yo misma le entregué una copia a mi tío Hugo).

Agregó mi primo: "Se nombraba a un oficial de apellido Chesta, a quien yo ubicaba de nombre por ser de una promoción posterior a la mía". Sólo había visto el nombre de Chesta. Por alguna extraña razón, no vio el nombre de Juan Brown Galleguillos que –al igual que el de Chesta– está en las primeras líneas de la declaración notarial de Navarro. ¿Qué hizo el coronel Eduardo Verdugo tras leer esa confesión? Nada, "no efectué averiguaciones ni consultas, ya que por la situación que se vivía en esos años no estaban dadas las condiciones ni siquiera para consultar de manera informal". Ahí estaba de nuevo el miedo, ese miedo del que los disidentes a la dictadura creíamos tener el triste monopolio.

Sigue la declaración de mi primo. El año '90, primer año del gobierno de transición, fue con el coronel Adolfo San Cristóbal, su amigo, a ver al entonces coronel Juan Brown Galleguillos. Una visita informal de camaradería. ¿Conocía a Brown? Sí, claro, lo conocía mucho, era su amigo. Había sido compañero suyo en la Escuela de Carabineros. El año '77, en una reunión social, "me enteré de que era el Jefe de Seguridad del Ministerio de Educación". Luego hicieron juntos el curso en el Instituto Superior. Estaban conversando, en la oficina de Brown, cuando de repente éste comentó que lo estaban llamando a declarar a la Comisión Rettig por el caso de un tal Verdugo.

–Tú no sabes quién es esa persona –le dijo mi primo a Brown.

–Ni idea...

–Era mi tío, hermano de mi padre. Y fue mi apoderado en la Escuela.

—¡¿En serio?! —exclamó Brown.

Cualquier persona podría pensar que, en los siguientes minutos, se hablaría acerca del caso entre dos coroneles que se decían buenos amigos. Brown ya sabía que se lo estaba acusando de haber dado la orden de la operación. Lo había leído —según declaró— en el libro *La Memoria Prohibida*, publicado por un grupo de colaboradores de la Vicaría de la Solidaridad. Si era inocente, como luego aseguró ante el tribunal, lo lógico es que inquiriera detalles acerca de este crimen. Tenía delante al sobrino del asesinado para averiguar más datos. Pero no ocurrió tal cosa. Brown no hizo preguntas. Y mi primo tampoco. "La conversación siguió en forma normal, no volvió a tocarse el tema de mi tío", dijo el coronel Eduardo Verdugo Marchant.

Yo ya tenía todo listo para partir a Estados Unidos con mis hijos. Desde el hemisferio norte, sólo podía ayudar en un tema clave en Canadá: la deportación del agente Fernando Arduengo. Necesitábamos que llegara a Chile antes de que se cerrara el proceso. Ya nos habíamos reunido, Pamela Pereira y yo, con el embajador de Canadá, Marc Lortie, quien nos había informado que su gobierno nada podía hacer, el caso estaba en manos de los tribunales. La pareja Arduengo-San Martín tenía sobre sus cabezas, hace ya ocho años, la orden de deportación. Pero se las había arreglado con sucesivos recursos judiciales para seguir en Toronto. Pamela le recordó al embajador que, en el caso del agente de la DINA Osvaldo Romo, una llamada del Presidente chileno al Presidente brasileño resolvió todas las dificultades y Romo fue deportado. El embajador Lortie se encogió de hombros y nos despidió con un "hablen con su Cancillería".

Antes de irme al aeropuerto, mi joven amigo Alejandro Ubilla me ayudó a despachar con urgencia todas las cartas pidiendo ayuda: al Presidente Frei, al canciller Insulza, al vicecanciller Fernández, al presidente del PDC. Y en manos de mi hermano Sergio y mi gran amiga Odette Magnet quedó la misión de asegurarse que el gobierno chileno planteara el caso al Primer Ministro de Canadá, quien estaba por llegar en visita oficial a Chile.

Estábamos ahora trabajando contra el tiempo. La meta era tremendamente difícil: conseguir la deportación antes de que el caso pasara a la justicia militar o, al menos, antes de que se cerrara por ley de amnistía. Fernando Arduengo era un tipo de recursos a mediados de los años '70, cuando fue agente civil de la DICAR. Era dueño de una gran panadería y tenía varios vehículos que prestaba al servicio de Inteligencia. En Toronto, su situación parecía haber mejorado. Era dueño de una fábrica de uniformes y chalecos antibalas que abastecía a la policía canadiense. Y para impedir su deportación, había contratado a la más famosa abogada en materias de derechos civiles y derechos de inmigrantes: Barbara Jackman. Ella –por lo que supe– estaba convencida de que ambos agentes sólo habían cumplido tareas administrativas en la DICAR y, como tales, habían sido testigos de muchas atrocidades. Y como sus clientes ya habían colaborado diciendo todo lo que sabían, ahora le correspondía a ella defender sus derechos como inmigrantes. Más aún, había que defender los derechos de sus dos hijos, ciudadanos canadienses por nacimiento.

Desde Estados Unidos hice todo lo que pude por obtener su deportación, gracias a la solidaridad de personas maravillosas como la chilena Carolina Gajardo, quien organizó la presión pública por parte de la comunidad chilena residente. O como Bill Fairbain, del Comité Inter-iglesias de Derechos Humanos en América Latina. Fui a Toronto en abril del '95, y ni siquiera recuerdo cómo era la ciudad. La recorrí bajo el sopor de casi cuarenta grados de fiebre, tocando la puerta de los principales diarios y canales de televisión para relatarles el caso. La fiebre cedió apenas salí de Toronto. Estuve menos de dos días en la ciudad donde vivía Arduengo y estoy convencida de que mi cuerpo no resistió su cercanía. La prensa de Toronto publicó grandes reportajes sobre el caso y, de ahí en adelante, conté con la ayuda del periodista Gordon Barthos –del *Toronto Star*– por muchos meses.

La Corte Suprema le quitó el proceso a la jueza Lusic y lo envió a la justicia militar, la que poco después dio por cerrado el caso. Me enteré de eso a mediados del '95, por un fax de Pamela Pereira que me fue entregado en el aeropuerto de Miami: "¡Ánimo, vamos a apelar ante la Corte Marcial!", me decía. Me viví la pena en el avión de regreso a Chile y aquí me esperaba una buena noticia emanada de otra Corte Suprema, la canadiense. ¡Habíamos obtenido la deportación de los agentes Fernando Arduengo y Nieves San Martín!

–La Cancillería ya comunicó que tiene fecha. El catorce de agosto tienen que presentarse ante Inmigración de Canadá. Es un trámite de rutina. Los deportarán en los días siguientes. La Brigada de Homicidios está lista –me dijo Pamela Pereira a fines de julio del '95.

Pero no fue así. Los Arduengo-San Martín interpusieron un nuevo recurso que tardó varios meses antes de ser tratado por la Corte Suprema canadiense. El diez de enero del '96 recibí el fax del periodista Gordon Barthos comunicándome la noticia: ¡los deportaban al fin!, el máximo tribunal de justicia canadiense había rechazado la apelación y esta vez sí que los deportaban.

–¡Bien, bien, lo logramos! –repetí a gritos.

Mis hijos llegaron mojados, desde la piscina, a inquirir por la razón de mis gritos. Y terminamos los cuatro abrazados, celebrando la posibilidad de reabrir el proceso una vez que Arduengo llegara a Chile.

Pocos días después, en la Cancillería chilena se me informó que el embajador Rodrigo Díaz Albónico ya había marcado fechas para el proceso de deportación desde Canadá: el veinticuatro de enero se les entregarían salvoconductos que sólo les permitían viajar hacia Chile y, dos días después, la policía canadiense los pondría arriba de un avión. ¡No podía creerlo, el veintiséis de enero estarían volando y llegarían a suelo chileno el veintisiete! Estaba tan contenta que no esperé llegar hasta mi oficina en Televisión Nacional y desde un teléfono público avisé al inspector Arenas y a Pamela Pareira.

–No voy a estar en esa semana, tengo que irme a Buenos Aires ahora, por lo que sabes –me dijo ella, refiriéndose al proceso por el asesinato del general Prats y su esposa, en el cual era abogada.

Tres días después, mientras los principales titulares daban cuenta del arresto en Buenos Aires del ex agente de la DINA Enrique Arancibia Clavel, recibí el llamado del canciller José Miguel Insulza.

–Mañana, veinticinco de enero, entre las doce y trece horas, se consulta la entrega de salvoconductos a los Arduengo en el consulado de Toronto. Ahora, el viaje de deportación se postergó un poco. Será el trece de febrero –explicó el canciller, dándome en detalle los números de vuelos en cada tramo.

–¿Me puedes garantizar que los pájaros no volarán en esa espera tan larga en el aeropuerto de Buenos Aires? –le pregunté.

–Haremos lo posible por garantizarlo –me contestó riéndose.

–Si no pueden ustedes, quizás me convenga pedírselo al Presidente Menem, que se ve muy ganoso por ayudar –dije refiriéndome a la detención de Arancibia Clavel y a la gran foto en colores que ese día aparecía en toda la prensa, donde el Mandatario argentino sonreía junto a las hijas del general Prats y Pamela Pereira.

–No, no será necesario –me respondió el canciller Insulza.

Pero no era en Buenos Aires donde estos "pájaros" podían volar, sino en el curioso plazo de más de un mes que se les estaba dando entre la decisión de la Corte Suprema del Canadá y el vuelo de regreso hacia Chile (entre el diez de enero y el trece de febrero, para ser exacta).

El hecho es que los Arduengo no recibieron la notificación el día anunciado por el Canciller. Veinticinco de enero había dicho. Y cinco días después recibí una ducha fría en la propia Cancillería. Escuché atentamente a dos altos funcionarios –Felipe Portales y Carmen Bertoni– cuando me dijeron que mi abogada y la Brigada de Homicidios estaban de acuerdo en garantizar la total confidencialidad de la permanencia de Arduengo en Chile.

–No, no, yo no garantizo ninguna confidencialidad más allá del tiempo que la jueza Lusic necesite para interrogarlo. Ella ya no tiene el caso de mi padre, pero siguen vigentes las órdenes de detención contra Arduengo por otros crímenes. Apenas se pueda, yo haré todo lo posible para armar un gran escándalo. Necesito hacer presión para que la Corte Marcial reabra el caso de mi papá –argumenté muy molesta.

Pero no sólo se trataba de eso. Los funcionarios de la Cancillería me dijeron que mi abogada y la Brigada de Homicidios estaban de acuerdo en acceder a una petición de Arduengo: dejar a su mujer en Canadá, acreditando que ningún tribunal chileno requería su presencia y, por lo mismo, el gobierno chileno solicitaría –¡por razones humanitarias!– que el gobierno canadiense anulara la orden de deportación. Incluso me mostraron el texto de esa petición por razones humanitarias, ya lo tenían redactado. No podía dar crédito a lo que estaba oyendo.

–¡Pero si ella tiene órdenes de detención emanadas del Tercer Juzgado del Crimen!

–No, estás equivocada. Ella sólo fue una administrativa en la DICAR...

–Fue una agente operativa y la jueza Lusic ordenó su arresto a la Interpol. Se los voy a probar...

Fui tan enfática que, delante mío, llamaron al cónsul René Faraggi a Toronto y le dijeron que se mantuviera a la espera, mientras el canciller tomaba una decisión. Salí de la Cancillería y me fui derecho donde Pamela Pereira, quien estaba a punto de partir nuevamente a Buenos Aires: no, me dijo, ella no había sido consultada por la Cancillería en este asunto. Me fui al tribunal y la jueza Lusic, cuando se lo conté, puso una cara de extrañeza que no requería de más palabras. Llamó a la Brigada de Homicidios, pero el inspector Arenas también estaba en Buenos Aires. No quedaba más camino que rastrear en los archivos la copia de la orden de detención contra la ex agente San Martín.

¿Qué estaba pasando? No lograba entender. Angustiada, llamé al cónsul Faraggi para tratar de encajar piezas en este rompecabezas, averiguar por qué las fechas de deportación se estaban postergando tanto. Sólo obtuve un breve relato acerca del estado anímico del ex agente Arduengo:

–Él está quebrado emocionalmente. Fíjese que pidió un vaso de agua y la mano le temblaba tanto que derramó el agua. ¡Está aterrado! A cada rato se pone a llorar, diciendo que los van a matar en Chile...

El dos de febrero del '96 obtuve copia de la orden de detención contra la agente San Martín y la entregué en la Cancillería. Pero ya era tarde. La inexplicable demora chilena les dio el tiempo necesario para presentar nuevos recursos legales. ¿Qué argumentaron esta vez? El daño mayor que se les produciría a los hijos por la deportación de sus padres y el hecho de que en Chile –lean con cuidado– "la situación política no ha cambiado, se siguen practicando torturas contra los detenidos y, por lo tanto, no hay garantía alguna para la integridad física del matrimonio Arduengo-San Martín".

Investigué entre mis contactos en Toronto para entender qué había detrás de este asunto. Supe que cuando estalló el escándalo por la presencia de los dos torturadores allí, en el año '86, se efectuó un trato entre los ex agentes de la DICAR y la dirección local del MIR. Información a cambio de protección. Y el MIR los conectó con la abogada Jackman para que los defendiera de la deportación. Diez años después, el '96, la misma gente del MIR abastecía a la abogada Jackman de información acerca de Chile: nada había cambiado con la transición a la democracia, le decían. Y esgrimían como prueba los informes de derechos humanos que, efectivamente, daban cuenta de casos de tortura perpetrados en cuarteles de Investigaciones y Carabineros.

Cartas van y cartas vienen. Traté de convencer a la gente del MIR en Toronto. Luego me llegó la respuesta: debía enviar pruebas contundentes de la culpabilidad de la pareja de agentes. Recuerdo lo que me pasó esa noche de febrero del '96 luego de recibir esa exigencia del MIR. Cerré la puerta de mi pieza para que mis hijos no se enteraran. Apagué la luz, me tendí en la cama y comencé a llorar y llorar, sintiendo que el cansancio ya se me había colado hasta en la médula de los huesos. Estaba llegando al límite. Sonó entonces el teléfono.

–¡Qué pruebas ni qué ocho cuartos! Mira que ahora te vas a volver loca para tratar de convencer a una radical canadiense, influenciada por gente del MIR. ¡Mándalos a la mierda! –exclamó, desde San Francisco, mi amiga Isabel Allende.

No me volví loca. Sólo tomé un poco de aliento y pedí a la abogada Fabiola Letelier, presidenta del Comité de Defensa de los Derechos del Pueblo (Codepu), que escribiera a la abogada Jackman explicándole el caso. No hice más. No podía hacer más. Y en abril del '96 recibí el llamado del dirigente comunista Jorge Insunza, quien venía llegando de Toronto. Me contó de una reunión del comité de Izquierda, formado por los exiliados que se convirtieron en residentes, donde el PC sostuvo que debían empujar la deportación de los Arduengo. Pero el MIR –dirigido por un tal Torres– sostenía que eso sería violar el pacto del '86: información a cambio de protección.

–El asunto se va a demorar, Patricia. Si se logra la deportación, creo que el proceso de tu papá ya va a estar amnistiado. Queremos proponerte que abras un proceso allá. Las leyes canadienses lo permiten porque se trata de un crimen de lesa humanidad y no hay prescripción. Tenemos a un abogado que estaría dispuesto a hacerlo, sólo espera que le envíes los documentos –dijo Insunza.

–Voy a pensarlo –contesté, agradeciendo sus gestiones.

No necesité pensarlo. Esa misma tarde, doce de abril del '96, hubo un accidente en el sitio de filmación y murió Álvaro, hijo de mi gran amigo, el doctor Alberto Carvacho. Me quedé a su lado muchas horas, mientras él solo miraba el techo de su habitación, sin pronunciar palabra. Cuidando de mi amigo en estado de *shock*, se me fundía la imagen de Álvaro, bello como un ángel, con la de mis tres preciosos hijos. Y supe que ya era hora de cerrar el caso de mi padre y recuperar energía. Por Felipe, Diego y José Manuel. Por mí...

Así fue cómo, ya sin involucrarme, observé los esfuerzos de mi amiga Carmen Hertz, recién designada como Directora de Derechos Humanos de la Cancillería, para contratar abogados en Canadá y conseguir la deportación de los Arduengo. Los ex agentes ya reclamaban hasta por su derecho a la salud, ¡cómo pretendían enviarlos a la capital más contaminada de América!, y esgrimían como prueba de la "inseguridad" chilena el creciente número de personas que pedían refugio en Canadá. Incluso mi amigo Mariano Fernández, como canciller subrogante, debió decir que esos centenares de chilenos que pedían asilo, aduciendo persecución política, "faltan a la verdad" y de paso "corrompen un recurso que los gobiernos tienen para auxiliar a quienes realmente lo necesitan".

No investigué qué había detrás de ese fenómeno, aunque ya sabía de las torturas que se seguían practicando contra los detenidos, especialmente en recintos de Carabineros. Un par de años antes, había hecho un reportaje para Televisión Nacional que provocó molestias en altas esferas del poder por las entrevistas que hice a víctimas de tortura. La transición democrática no había logrado terminar del todo con las prácticas adquiridas durante la dictadura.

Escuché, sin alterarme, lo ocurrido en la Corte Marcial, cuando Pamela planteó que la investigación estaba incompleta, que el proceso debía reabrirse para seguir con las diligencias pendientes. Obviamente el abogado de Chesta pidió que se aplicara la ley de amnistía y lo mismo solicitó el Ministerio Público Militar. Y mientras esperábamos la decisión de la corte, a fines de mayo del '96 recibí una carta del hermano menor del ex agente Arduengo. Así decía:

"Le escribo con registros encontrados y no estoy seguro si podré encontrar las palabras que me permitan expresarle mis sentimientos. Durante mucho tiempo este tema ha sido una herida para mi madre y para mí, sobre todo por circunstancias que serían largas de explicar en esta carta. Son muchos los contenidos biográficos y de afecto que fueron quebrados por la dictadura. Me parece que sus declaraciones han contribuido a la comprensión de que donde no hay verdad, existe sufrimiento".

El hermano de Arduengo había visto una entrevista que me hizo un canal de televisión: "Cuando habló de su padre, recordé cómo las generaciones se continúan y percibí en usted la honestidad, la fortaleza y la valentía con que lo describió. La estupidez y la violencia no pueden tocar ni detener el acto humano con la muerte. Yo siento que debo pedirle perdón por la estupidez y la violencia que cobró víctima a su padre, yo siento que tengo que pedirle perdón por la mano que se levantó con tanta soberbia y siento que debo hacerlo por la cercanía que tiene ese hecho conmigo". Me decía finalmente que, si su hermano era el criminal, "quedó encerrado en la prisión de su conciencia y encadenado a la mentira". Firmaba Joaquín E. Arduengo Naredo y abajo estampó "Movimiento Humanista".

Leí muchas veces la carta de Joaquín. Casi podía imaginar que me lo estaba diciendo sentado a mi lado y que nos tomábamos las manos para compartir nuestra pena. No pude responderle, no había dirección en el sobre. Ojalá algún día sepa que sus palabras me ayudaron cuando, pocas semanas después, la Corte Marcial puso la lápida definitiva sobre el proceso de Sergio Verdugo Herrera, mi padre, justo cuando se cumplían veinte años desde su asesinato.

Mi familia hizo todo lo posible por saber la verdad y hacer justicia. Contamos para eso con una jueza ejemplar, detectives eficientes y una abogada de primera línea. No pudimos hacer más porque nuestro país no lo permitió, al mantener vigente una ley de amnistía decretada por el dictador para esconder en la neblina del olvido lo que fue su política de represión contra los disidentes.

La transición democrática de los años '90 se caracterizó por la frase del Presidente Aylwin: "verdad y justicia en la medida de lo posible". Así, lo posible –no lo deseable– estuvo determinado por el clima político de cada momento, un clima que influía fuertemente en las decisiones de las instancias máximas de la administración de justicia. De haber llegado con el proceso hasta fines del '98, nos habría beneficiado el clima judicial que se creó a partir del arresto del general Pinochet en Londres. Estoy segura de que nuestro caso no habría ido a parar a la justicia militar sin que antes se hubiera concluido la investigación.

Habríamos tenido, por ejemplo, varios careos entre el mayor Fernando Chesta y el general Juan Brown. Habríamos hecho entrar en escena al jefe directo de Chesta: el oficial Sergio Espinoza Aburto, Jefe de Operaciones de la DICAR en el año '76. Habríamos llamado a declarar al general Rubén Romero, entonces director de la DICAR. Y finalmente llegaríamos al ministro de Educación de la época, almirante Arturo Troncoso.

Ahí estaba toda la cadena superior de mando para esta "operación" que le costó la vida a mi padre. Porque su asesinato no fue un "exceso" de un mando medio, como sostienen las Fuerzas Armadas para explicar los crímenes de la dictadura, para hacerle el quite a las responsabilidades y con ello blanquear la conducta del general Pinochet y de todo el Alto Mando. No fue así para el crimen de mi padre y pudimos comprobarlo en la investigación. Durante dos meses, toda la cadena de mando se puso en movimiento hasta terminar con el cuerpo de mi padre en el río Mapocho.

Ninguno de los culpables nos pidió perdón y nos vimos obligados a acatar un perdón decretado por ley. Hicimos todo lo posible y, por lo mismo, quedamos en paz respecto de nuestro amor y lealtad por él. Reconozco que, en mi caso, es una paz que se altera cada vez que un general se aparece en la pantalla de televisión diciendo que todas las víctimas eran terroristas que murieron luchando en enfrentamientos. O cuando nos dicen que todo fue producto de "excesos" de mandos medios, como si no conociéramos la estricta verticalidad que opera en los cuarteles. O cuando alguien sostiene que el general Pinochet nunca se enteró de más de tres mil víctimas, entre muertos y desaparecidos, desconociendo la cantidad de denuncias que se pusieron en sus manos mientras la represión estaba en marcha. O cuando alguien pontifica acerca de que lo "correcto" y lo "patriótico" es olvidar, dejar de escarbar cuestiones del pasado y sólo mirar hacia el futuro.

El ejercicio de la desmemoria le conviene a los criminales y a sus cómplices. Yo me quedo con el acto subversivo de recordar, teniendo la certeza de que hacer justicia es condición indispensable para construir un país donde la seguridad ciudadana sea un hecho real. La impunidad deja presta la hoja del cuchillo para la siguiente ocasión. Por ello es que presenté, más tarde, una querella contra el propio general Pinochet. Y de ahí que mi nombre aparezca en el encabezado del histórico fallo del juez Guzmán que –en enero de 2001– ordenó el arresto del ex dictador. Ahí mi nombre representa a la hija que clama justicia por el crimen de Sergio Verdugo Herrera. Agradecí con lágrimas ese misterioso regalo del destino que hizo presente la imagen de mi padre en un momento clave para mi país.

Al recordar esta historia, abrí simbólicamente una caja que él me regaló cuando cumplí quince años. Ese veinte de octubre de 1962, me desperté con su abrazo y dos paquetes de regalo. Cuando abrí el más pequeño, surgió un reloj de oro. Lo tomó y lo puso frente a mí: "Te regalo el tiempo, negrita. Ahora, en silencio, vamos a dejar pasar un minuto", dijo. La manecilla del segundero dio su giro completo y agregó: "Este minuto se fue y jamás volverá. No hay cómo retroceder en el tiempo. Aprovecha a conciencia cada minuto de tu vida, una vida que deseo larga y feliz". Luego tomó el paquete más grande y me lo pasó. Era una sencilla caja de madera, cerrada con llave. La abrí y su interior estaba vacío.

–Guarda en esta caja –dijo tocándola y luego llevando su mano hacia el centro de mi pecho– tus recuerdos y tus secretos...

Abrí ahora la caja y saqué los recuerdos. Los secretos sólo se comparten con el ángel de la guarda.

A mediados de enero del '97, hice una entrevista al director de Carabineros, general Fernando Cordero. Hacía mucho calor esa tarde, pero yo sabía que las gotas de sudor que corrían por mi cuello no se debían a la temperatura exterior. Fumé un cigarrillo en la plaza de enfrente, tratando de calmarme. Y entré. Desde el guardia de la entrada hasta el encargado de relaciones públicas, pasando por el ascensorista, me confirmaron lo que ya sabía. Estaba en paz con esos uniformes verde oliva, pese a todo.

Ingresé a la sala de reuniones de la dirección, donde el general Cordero y varios oficiales estaban de buen humor, discutiendo acerca del diseño de la gorra para las oficiales femeninas. Descubrí que incluso me podía reír con ellos. Y luego hice la entrevista, en un rápido ping-pong de preguntas, sintiendo hasta empatía por el general. Cuando terminamos, él estaba de pie junto a la mesa cuando dijo:

–Estás equivocada, Patricia...

–¿Equivocada en qué?

–Te equivocaste con Chesta. Él no mató a tu padre.

–¿Quién lo hizo entonces?

–Él no fue...

–¿Cómo lo sabe?

–Fue mi alumno, lo conozco bien. No sería capaz.

–¿Ése es su único antecedente para declararlo inocente?

–Es buen tipo, no sería capaz.

–Y si es tan buen tipo, ¿por qué lo dieron de baja?

–Tuvo otros problemas.

–¿Se refiere al giro doloso de cheques?

–Tuvo problemas familiares también.

–General, ¿puede poner las manos al fuego por su alumno, por lo que hizo en los años que trabajó en la DICAR?

–No, yo no pongo las manos al fuego por nadie. Mira que la última vez que puse las manos al fuego, me fue pésimo...

–¿Y eso cuándo fue?

–Yo era subdirector de la Escuela de Carabineros cuando llegaron los oficiales presos por el caso de los comunistas degollados. Hablé con ellos, creí en su inocencia y les expresé todo mi apoyo...

–¿Y qué le pasó cuando leyó sus confesiones?

–Me quería morir, no podía creerlo.

–Con Chesta podría pasarle lo mismo...

–Pero es que él me rogó que no se le aplicara la amnistía, que quería probar su inocencia.

–General, ¡qué habría dado yo porque al caso de mi padre no se le hubiera aplicado la amnistía! ¡Qué habría dado por ubicar a todos los integrantes del "grupo de trabajo" que lo mató y a todos los altos oficiales que participaron en la cadena de mando para ordenar la operación que terminó con su asesinato! Yo sólo sé que el abogado de Chesta pidió la amnistía.

–...

–¿Leyó el proceso, general?

–Bueno, yo no sé realmente del caso...

–Ya que está amnistiado, se lo voy a contar. General, por favor, siéntese.

Y ahí estuve, largo rato, contándole al jefe máximo de Carabineros lo que usted ya sabe. Me escuchó en total silencio. De vez en cuando movía la cabeza, en señal de asombro o de molestia. Salí de ahí más liviana que nunca y supe que algún día, cuando ya hubiera recuperado fuerzas, escribiría este libro. Porque necesitaba de mucha energía para hacer este ejercicio final de recordación, de modo que mis hijos –y algún día mis nietos– conocieran en detalle lo ocurrido. La palabra lo dice: recordar, volver a pasar por el cordis, por el corazón. Hacer fluir esta corriente de vivencias por el torrente que mueve el molino de la memoria. Hacerla fluir, agitando el agua en los rincones donde quedó estancada y putrefacta, donde se formó un légamo turbio, hasta que el cauce quede limpio, transparente. Porque quisiera que Felipe, Diego y José Manuel pudieran alimentarse de agua transparente y dejen atrás el turbio cauce del Mapocho.

Requería de mucha energía para escribir este libro y la recibí el mismo año '97 del modo más inesperado. Hacia fines de diciembre, desde Washington llegó mi amiga Odette Magnet y me pidió dos regalos de Navidad: ir juntas al mar de Maitencillo y salir una noche a bailar salsas y merengues. El baile fue siempre nuestro regalo de alegría para el cuerpo y para el alma. Le pedí a Leila Gebrim que nos llevara a su lugar favorito, "donde los cubanos", como ella decía. Yo estaba dando un paso más en esta historia, aunque nadie supiera de qué se trataba. El local en cuestión –Ilé Habana– estaba en Bucarest y decidí que ya era hora de comprobar si yo era capaz de reírme en esa calle amada y odiada.

Avisamos a varios amigos de la fiesta y, ahí estaba yo, escuchando la música con una caipiriña en la mano, cuando entró él. Salimos de allí cuando el día ya clareaba y Óscar Jadue me besó como príncipe, apenas rozando los labios. Cuando abrí los ojos, en medio de la vereda, él –aún sin saberlo– ya estaba pintando con sus pinceles y sus óleos las dos breves cuadras de la calle Bucarest. El gris de ayer se iba transmutando con los colores brillantes de su paleta de alquimista, la que él fue atesorando en su peregrinaje por Túnez, Londres y Angouleme hasta dar con su alma de mago y de artista.

Pude escribir este libro porque su amor fue entretejiendo un nido tibio y sereno, donde hemos ido cerrando las heridas y descifrando los mensajes del dolor y la alegría. Amamos esta vida que nos tocó vivir y confiamos en los designios de Dios. Su hija y mis hijos. Su pintura y mi escritura. Su gran familia palestina y mi breve familia criolla, la que quedó tras el terremoto de la dictadura. Supe por él que los olivos de bohemia florecen olorosos y que en octubre se cubren de color las pavlonias y los ceibos. Antes no tuve ojos para verlos. En nuestra casa, de cacerolas humeantes y mesa llena, se cultiva el amor y la compasión con el mismo cuidado con que protegemos al romero. Y se veneran los espíritus de nuestros muertos, amén.

Esta edición de 3.600 ejemplares
se terminó de imprimir el mes
de abril de 2001 en
A & M Gràfic, S. L.
Santa Perpètua de Mogoda (Barcelona)